O guelta d´Archeï, na prefeitura do Ennedi, é o mais belo oasis de toda a África subsaariana. Foto tirada de cima do canyon onde se encontra.

© Copyright 2024 Blanche de Bonneval

Produção e Coordenação Editorial: Ofício das Palavras
Capa e Diagramação: Mariana Fazzeri

www.oficiodaspalavras.com.br

Dados Internacionais de Catalogação na Publicação (CIP)
(eDOC BRASIL, Belo Horizonte / MG)

Bonneval, Blanche de.

B717f
Fachos de luz sobre covas rasas / Blanche de Bonneval.
São José dos Campos, SP: Ofício das Palavras, 2024.

504 p.: 16 x 23 cm
ISBN 978-65-5201-009-4
1. Chade - História. 2. Chade - Política e Governo. I. Título.
CDD 916.743

BLANCHE DE BONNEVAL

FACHOS DE LUZ SOBRE COVAS RASAS

DEDICATÓRIA

Dedico este livro a minha saudosa e muito amada professora e amiga Lily Weinberg, que me mostrou — e me ajudou a trilhar — o caminho para que eu pudesse chegar à vida que sempre sonhei, uma vida livre e independente, com muitas experiências enriquecedoras vividas por este mundo afora.

Quero também agradecer a minha amiga Áurea Rampazzo, que reviu com muita competência e dedicação o texto dos livros que publiquei até agora.

NOS PAÍSES DOS ABUTRES

Nos países dos abutres
Nossas vidas expropriadas, nossas existências definham
Nossas cabeças abaixadas como galinhas, que mendigam pela sua própria vida
Nossos pés lerdos e martirizados por uma peregrinação forçada no país da angústia
Nossos cabelos arrancados de nossos crânios são varridos pelo vento do harmattan

Nos países dos abutres
Nos somos enquadrados e vigiados por insaciáveis
Assassinos, sanguinários de todo tipo
Nos somos cismados e incertos

Nos países dos abutres
Nossas mulheres violentadas e estupradas fazem a delícia de nossos algozes
Nossas crianças sempre sombrias e martirizadas consumidas por uma repressão contínua
Nem mesmo um sopro de esperança para nos alimentar
Os homens empoleirados no alto de cavalos nos levantam poeira aos olhos

Nos países dos abutres
Pagamos os tributos de um velho ódio orquestrado por pessoas putrescíveis
Morremos como ratos atordoados pela peste
Morremos de fome e morremos por causa da crueldade humana
Morremos em fogo brando

Nos países dos abutres
Nós estamos sem rumo
Hospedamo-nos na sombra do vizinho opressor
Fazem-nos comer as pedras amargas da desolação
A quietude e a paz não passam agora de uma lembrança esmorecida.

Nos países dos abutres
A crise nos atravessou os ossos
Tornamo-nos todos famélicos
Lançamo-nos involuntariamente invectivas
Revoltamo-nos às vezes contra nós mesmos

Nos países dos abutres
Vivemos a espera de liberação do inferno vivido
Queremos voltar do exílio, construir a nossa felicidade
Um dia virá em que os assassinos serão julgados
Este dia nos venceremos e voltaremos a encontrar nossa liberdade

KEOUL BOLNGAR LAURENT
Poeta Chadiano

Prefácio

Capítulo 1: **A chegada** — 17
Capítulo 2: **O começo dos problemas** — 25
Capítulo 3: **Inferno e paraíso** — 31
Capítulo 4: **Uma nova chefe no horizonte** — 39
Capítulo 5: **Nasce uma grande amizade** — 45
Capítulo 6: **A nova adjunta** — 51
Capítulo 7: **A gravidez de Rufina** — 59
Capítulo 8: **Partida definitiva da adjunta** — 67
Capítulo 9: **As consequências do** *debriefing* **de Rufina** — 73
Capítulo 10: **O encontro** — 79
Capítulo 11: **Festa na casa de Souleymane** — 85
Capítulo 12: **Quando as lendas viram realidade** — 89
Capítulo 13: **O passeio de Farchá** — 95
Capítulo 14: **Preparativos para a viagem ao Tibesti** — 101
Capítulo 15: **A "duna cortada"** — 105
Capítulo 16: **Um sonho se torna realidade** — 113
Capítulo 17: **Descobrindo um ao outro** — 119
Capítulo 18: **Os acertos** — 125
Capítulo 19: **O** *oulao* — 129
Capítulo 20: **A delegacia** — 135
Capítulo 21: **Deterioração da saúde** — 145
Capítulo 22: **A partida de Bintou** — 149
Capítulo 23: **Uma decisão difícil** — 157
Capítulo 24: **A partida** — 163

Capítulo 25: A chegada em Paris — 167

Capítulo 26: O tratamento científico — 173

Capítulo 27: O apoio da tia Bia — 179

Capítulo 28: O tratamento xamânico — 185

Capítulo 29: A interrupção da magia — 193

Capítulo 30: Iniciativa fracassada e recomendações — 197

Capítulo 31: Nova Iorque — 203

Capítulo 32: O começo de uma nova vida — 207

Capítulo 33: Retorno a N'Djamena — 211

Capítulo 34: Uma grande encrenca — 217

Capítulo 35: Captura de Abakar Nassour — 225

Capítulo 36: A superação — 231

Capítulo 37: Encontro com Bintou — 237

Capítulo 38: Entre pombos e socos — 243

Capítulo 39: O primeiro contato com Issa Sougoumi — 249

Capítulo 40: O edema — 255

Capítulo 41: Quando a cabeça tem primazia sobre o coração — 261

Capítulo 42: O primeiro revés do presidente Hissein Mahamat — 271

Capítulo 43: A chegada de Capucine — 275

Capítulo 44: Conversa entre irmãos de alma — 281

Capítulo 45: Falta de discernimento — 285

Capítulo 46: Kayar e suas mulheres — 293

Capítulo 47: A derrocada — 297

Capítulo 48: Preparação da viagem do PNSQV ao BET — 301

Capítulo 49: O trecho N'Djamena/Faya Largeau — 307

Capítulo 50: Os lagos de Ounianga e as salinas de Demi — 315

Capítulo 51: Os primeiros problemas — 323

Capítulo 52: A base de Ounianga — 329

Capítulo 53: **A imprudência de Mohamed** — 335

Capítulo 54: **A um passo de um novo acidente** — 341

Capítulo 55: **Guelta D'Archeï e fim da magia** — 347

Capítulo 56: **O novo apartamento e os ecos da viagem** — 355

Capítulo 57: **A partida de Kayar** — 361

Capítulo 58: **O começo do fim** — 365

Capítulo 59: **O esfacelamento da resistência** — 371

Capítulo 60: **O combate em Farchá** — 377

Capítulo 61: **O último grande combate** — 381

Capítulo 62: **Ida ao ponto de concentração** — 387

Capítulo 63: **O *Camp Dubut* da Força *Épervier*** — 393

Capítulo 64: **A evacuação para Paris** — 399

Capítulo 65: **O re-encontro com Kayar** — 403

Capítulo 66: **Retorno ao Chade** — 407

Capítulo 67: **De volta à rotina** — 413

Capítulo 68: **O pedido de Ali** — 419

Capítulo 69: **Edigueï Dirdemi** — 423

Capítulo 70: **Os encontros** — 429

Capítulo 71: **Uma sucessão de desastres** — 437

Capítulo 72: **A missão do consultor PNSQV no BET** — 443

Capítulo 73: **A retomada das hostilidades** — 449

Capítulo 74: **As aulas de negociação** — 455

Capítulo 75: **O beco sem saída** — 461

Capítulo 76: **Um ato de amor** — 467

Capítulo 77: **O susto** — 477

Capítulo 78: **As despedidas** — 485

Capítulo 79: **A partida** — 491

Capítulo 80: **E a aventura continua...** — 497

PREFÁCIO

Destinos entrelaçados em um país de passagem. É a partir dessa perspectiva que proponho a leitura deste excelente livro autobiográfico. Através de Beatriz, funcionária das Nações Unidas, em missão no Chade, no final dos anos 1980, a autora tece com maestria suas aventuras, vividas junto a colegas expatriados e relações locais. O Chade, destituído de costa marítima, se estende por um território amplo no centro da África, servindo como passagem milenar entre as regiões desérticas do norte e as savanas e florestas mais ao sul. Habitado por uma variedade de grupos étnicos, suas fronteiras não seguem relevos naturais e foram desenhadas pela colonização francesa, que se estendeu até 1960. O período "pós-colonial" é marcado por grandes turbulências e instabilidades. Consequentemente, a temperatura na relação entre as instituições transnacionais e governos locais se encontra frequentemente próximo àquela da fervura.

Os anos em que Beatriz mergulha no país, sempre a ponto de ebulição, são dos mais conturbados. Beatriz é uma protagonista complexa e instigante. O foco narrativo em primeira pessoa nos ajuda a compreender que seus relatos sobre os outros personagens sejam entremeados por dúvidas e que as certezas mereçam grandes doses de subjetividade. Não poderia ser diferente, pois não é somente a individualidade que separa as pessoas narradas; são suas culturas tão diversas que interagem como fazem as placas tectónicas - por vezes em calmaria, por outras em terremotos e, quase sempre, sem aviso prévio.

Assim, a energia que sentimos liberada dentro de nós com a leitura, repleta de momentos excitantes, além de provir de acontecimentos verídicos, é também fortemente derivada da habilidade da autora em tornar o seu cotidiano em uma aventura épica, em que os afetos tricotam os fatos. Além de ser uma excelente contadora de histórias, a autora se vale da sua formação em geografia e das suas experiências antropológicas para nos apresentar, de um lado, uma cartografia viva dos espaços narrados, e do outro, os "acidentes" provocados por conflitantes dimensões de gênero e raça que permeiam a relação entre a carismática Beatriz e os demais personagens.

Adicionalmente, não passarão despercebidas as nuances e ambivalências que os relatos interpessoais projetam sobre as relações de poder entre instituições transnacionais ocidentais e esferas locais sujeitas aos desdobramentos trágicos do projeto colonial globalizante. Por fim, mas não menos importante, o livro é permeado por detalhes dos espaços e culturas cuja descrição nos permite viajar conjuntamente com a protagonista. Em particular, gostaria de destacar as descrições de pratos típicos que nos dão água na boca e que, não fosse pelas dificuldades de obter carne de caça, poderíamos tentar saborear no presente. O que não nos impede de buscar adaptá-los em nossas cozinhas com ingredientes mais acessíveis. De todos os modos, podemos degustá-los mentalmente nas páginas que se seguem. Boa leitura!

DAVI DE LACERDA
Artista visual, formado em medicina e ciências sociais

Capítulo 1
A CHEGADA

Saí na passarela para receber uma lufada de ar quente no rosto. E ainda era de manhã. Podia sentir a tensão, a poeira, aquele calor impressionante. A pista cheia de homens com turbantes, óculos escuros e metralhadoras *Kalachnikov*, que olhavam os que chegavam à sua terra, com curiosidade e arrogância. Segui o fluxo de passageiros e entrei no corredor estreito que levava à alfândega. As malas levaram tempo para chegar, mas eu estava tão interessada por tudo o que via, que não dei importância ao fato e tentava já adivinhar o que este posto me reservava.

O pouco que vira do avião me assustara, por uma razão que não conseguia bem identificar. Eu me vi chegando num país seco, muito plano, com savana arbórea e uma terra arenosa vermelha. O aeroporto era em N´Djamena, a capital do país, uma aglomeração densa, com muros de taipa, casas quadradas e telhados de zinco.

Uma cotovelada nas costelas me tirou das reflexões e entendi que as malas acabavam de chegar.

Os passageiros corriam para o tapete rolante, empurrando as pessoas. Peguei minha mala pesada demais arrastando-a como podia e me dirigi à alfândega. O pessoal da alfândega estava nervoso e usava ou *djellabas* (vestes de algodão longas, largas e de mangas compridas) ou fardas de combate e gritava com as pessoas. Os homens eram altos, magros com traços finos, um tom de pele diferente que oscilava entre o negro e o cinza, rostos estreitos e olhos amendoados. Outros eram diferentes, muito mais negros, encorpados, com lábios carnudos e nariz mais largo.

Quando chegou a minha vez, pediram para abrir a minha mala. Um homem chadiano vestindo uma *djellaba* branca, que carregava um logo da minha organização — o Programa das Nações Solidárias para a Qualidade de Vida (PNSQV) — apareceu ao meu lado e me pediu para não acatar a ordem dada. Os funcionários da Liga das Nações Solidárias (LNS) estavam isentos da revista de bagagem. A tensão subiu, imediatamente. Eu sabia que, a partir de um certo momento, era melhor fazer o que tinha sido pedido. Insistir numa recusa, podia acabar num incidente. Descontraí o ambiente dando risada e diverti os homens com o tamanho de minha bagagem, que comecei a abrir.

De repente, todos recuamos estupefatos, eu incluída, pois a mala estava se abrindo sozinha. Alguma coisa forçava a sua abertura. O pessoal da alfândega apontou as metralhadoras para a mala, temendo que pudesse conter explosivos e, de repente, um guarda-chuva florido abriu-se, completamente, dentro da mala escancarada. E no seu topo, à vista de todo mundo, um sutiã de renda preta! A um silêncio constrangido, sucedeu-se rapidamente uma imensa gargalhada na fila dos passageiros. Pouco à vontade, os militares e policiais me pediram para fechar a mala e seguir em frente.

Se num primeiro momento, Abbo, o colega alto do PNSQV N´Djamena, ficou contrariado por eu não seguir suas instruções, agora estava encantado. Pensava que, de alguma maneira, eu armara de propósito a cena da abertura da mala para me livrar do pessoal da alfândega.

N´Djamena era, para uma geógrafa urbana como eu, uma cidade pitoresca, com poucas ruas asfaltadas e uma ocupação do solo desordenada. Tiroteios podiam ser ouvidos em cada esquina e parecia que as pessoas estavam comemorando alguma coisa.

Ah, a propósito, disse-me Abbo, como que lendo os meus pensamentos, hoje é dia de festa, nós tomamos Aouzou de volta dos líbios. Concordei com a cabeça. Aouzou não me dizia nada.

No caminho, vi muitas pessoas agrupadas perto de vendas, onde espetos de carne eram assados e regados com limão.

Está vendo estes agrupamentos de pessoas? Disse-me Abbo. Então, estão em plena pausa *marara*. É um dos nossos costumes locais. À esta hora, paramos de trabalhar quinze ou vinte minutos entre 10:00 e 11:00 para comer estes espetos e depois voltamos a trabalhar até a hora do almoço. O *marara* compõe-se de miúdos que podem ser preparados de diferentes maneiras. É muito gostoso. A senhora poderá provar este prato chadiano, bem tradicional, nas vendinhas no parque perto do escritório.

Concordei distraída, sentia uma verdadeira aversão por miúdos. Pelo menos agora sabia onde estaria o pessoal se o escritório ficasse vazio nas horas indicadas.

Alguns minutos mais tarde, chegamos ao Novotel *La Tchadienne*, um belo hotel com piscina, que se situava a margem de um rio, onde ficaria até arranjar uma acomodação. Depois de se ter assegurado que estava bem instalada, Abbo desapareceu, não sem antes me dizer que o nosso chefe, que morava perto do hotel, viria me cumprimentar no final do dia.

Fui para o quarto. Notei no caminho alguns homens de negócios estrangeiros, que olhavam à volta com receio. Estavam sentados num canto, afundados nas poltronas com os joelhos encostados no queixo, abraçados às suas pastas. Eles se sobressaltavam a cada rajada de metralhadora. Esperavam sem dúvida que os viessem buscar para fazer o seu trabalho em N´Djamena. Ri ao imaginá-los desviando-se das balas nas ruas para ir conversar de negócios com suas contrapartes chadianas.

Dormi até tarde. O calor era muito forte neste mês de agosto. Senti fome e fui comer alguma coisa.

Um grupo de homens estava nadando ruidosamente na piscina exibindo tangas justas, tatuagens multicoloridas, além de corpos sarados e músculos enormes. Quando perguntei ao garçom quem eram aqueles homens, ele me respondeu que pertenciam à Força Militar Francesa *Épervier* (Gavião).

Fui me sentar no terraço, quando um homem se levantou de uma mesa do lado e veio se apresentar, era Alifa Djimê. Trabalhava num ministério e queria me convidar a tomar alguma coisa. Mostrou-me o rio que passava em frente, que se chamava Chari, e me explicou que a cidade de N´Djamena fica na confluência de dois rios: o Chari e o Logone. Depois começou a falar do Chade e dele mesmo.

Aproveitei para perguntar o que era a Força *Épervier*. Não entendi direito o que o garçom, que trouxe um café, falara a respeito. Ele explicou que a Força *Épervier* fora montada com sede na capital em fevereiro de 1986, pela França, para assegurar um conjunto de missões segundo o acordo de cooperação bilateral assinado entre o Chade e sua antiga metrópole. O objetivo era contribuir para o restabelecimento da paz entre a Líbia e o Chade e manter a integralidade do território chadiano. A ajuda fornecida pelos franceses compreendia um apoio logístico (reabastecimento, combustível, transporte), uma ajuda sanitária e um apoio em informação.

Aparentemente as pessoas que ele esperava chegaram e Alifa Djimê levantou, cumprimentou-me e foi embora depois de me ter dado o seu cartão e desejado boa sorte no meu posto. François Favre, meu novo chefe, chegou algum tempo depois. Era um homem alto, muito magro, louro com bastante cabelo branco, que devia ter cerca de cinquenta anos e olhos sedutores muito azuis. François era suíço e muito agradável.

Vi no seu currículo que é geógrafa, sorriu ele, após se sentar confortavelmente numa das mesinhas do bar. Então talvez esteja interessada em saber que o Chade, além de ser um verdadeiro mosaico tribal e étnico, é o vigésimo primeiro maior país no mundo com um milhão duzentos e oitenta e quatro mil quilômetros quadrados. Tem uma posição estratégica, no coração da África, na encruzilhada das civilizações entre a África negra e o mundo árabe, e apresenta uma das situações geopolíticas mais complexas do continente. A França intervém aqui continuamente, como já deu para perceber com a presença dos militares da Força *Épervier* no hotel, pois quer a qualquer preço, manter o país na sua zona de influência.

Ele parou e deu risada. Eu até que entendo a França, continuou ele. A posição central da bacia chadiana permite-lhe estabelecer uma contiguidade territorial entre as suas antigas colônias da África do norte, da África ocidental e da África equatorial. Mas tirando isso, o Chade é um país pobre e encravado, sem recursos de exportação. E sua unidade, que acho que é mais fictícia do que real, é constantemente ameaçada pela oposição entre um norte muçulmano e um sul animista, parcialmente cristianizado.

Outro fator de instabilidade são suas fronteiras que são complexas, porosas e dividem muitas vezes os mesmos grupos étnicos como os *zaghawa* à leste, que vivem tanto do lado chadiano quanto do lado sudanês. No sul, o caso é ainda mais nítido com boa parte dos grupos *massa*, *moundang* e *toupouri* que vivem, parte no Chade e parte na República dos Camarões. Como sabe, o país também está em guerra ao norte com a Líbia por causa de um quadrilátero de terra - chamado faixa de Aouzou — que faz fronteira entre o Chade e a Líbia.

A maior parte da cartografia existente, assim como os reconhecimentos internacionais, considera que a soberania atual da faixa de Aouzou corresponde ao Chade. Mas o presidente líbio Muamar Khadafi se baseia num tratado da época colonial, que não foi ratificado, em que a colônia italiana da Tripolitânia (que hoje faz parte da Líbia) teria recebido, depois da primeira guerra mundial, territórios controlados pela França entre os quais, a faixa de Aouzou. Assim, invadiu-a e declarou-a território líbio. A disputa entre os dois países é ainda mais acirrada depois de lá terem sido identificados potenciais depósitos de urânio.

Ele se calou um minuto. Poderemos falar mais detalhadamente do país mais tarde. Quero agora apenas lhe dizer uma palavrinha sobre o escritório e depois deixá-la ir descansar um pouco. Muita novidade para você, muito calor e muito cansaço com a viagem, imagino.

Apresentou-me uma situação difícil no PNSQV/N´Djamena, que tinha ficado cerca de três anos sem adjunto. Mencionou a falta de sistemas, dos pequenos reinados, que uns e outros se tinham criado, da desorganização dos serviços, dos conflitos entre as pessoas. O número excessivo de encarregados de programa e sua falta de experiência também eram motivos de preocupação. Em resumo, a situação no escritório exigia uma ação decisiva do meu lado.

Ao ouvi-lo falar fiquei com medo. Eu nunca desempenhara as funções de representante residente assistente. A sede, sabendo disso, queria me enviar, num primeiro momento, para ocupar o posto de representante residente assistente, num escritório africano muito bem-organizado como o do Mali. Mas uma semana antes, os meus chefes mudaram de ideia e resolveram me enviar para o PNSQV/Chade que todos sabiam que era uma bagunça. E mesmo sabendo que os meus conhecimentos no setor de programa eram muito básicos, e correspondendo aos de uma estagiária, ninguém arranjara um tempinho na sede para discutir comigo o que eu acharia localmente ou para me dar alguns conselhos.

Voltei a escutar o que dizia o meu chefe. Ele estava agora falando de um certo Bintou Nguebla, um chadiano ao qual delegara as funções de adjunto e que, além de uma forte personalidade, também tinha os seus próprios interesses, que não convergiam obrigatoriamente com os do PNSQV. Este fato muito preocupava a sede que estava procurando — sem pressa — a melhor maneira de se separar dele. Bintou era considerado brilhante e muito próximo das mais altas autoridades do ministério do plano e da cooperação — que era a contraparte direta das agências da liga no país — assim como da presidência. Eu devia achar uma maneira de retomar as rédeas do escritório sem melindrar o meu poderoso colega, o que não ia ser fácil.

Favre falou-me tanto de Bintou que cheguei a me perguntar se realmente ele também não estava sob a sua influência e em que medida poderia me dar o apoio de que precisava. Depois de alguma conversa adicional, retirou-se dizendo que eu devia ir descansar e que nós nos veríamos amanhã, no serviço.

Ouvia do saguão do hotel o som das rajadas de metralhadora e o barulho dos motores e pneus de veículos Toyota Picapes 4x4 lançados em alta velocidade nas ruas da cidade pelos militares, que estavam festejando a sua vitória em Aouzou. Fui até a porta do hotel para ver melhor.

Em cada veículo, havia cerca de seis "combatentes" — era assim que eram chamados localmente os militares. Os carros eram equipados com metralhadoras soldadas no capô e, na plataforma traseira, tinham sido instalados canhões bi-tubos antiaéreos. Os homens vestiam uma farda bege-esverdeada e usavam óculos de tanquistas, colocados por cima do *chech* — o turbante tradicional — que lhes cobria inteiramente o rosto. Duas fileiras de cartuchos se cruzavam nos seus peitos e alguns usavam facas e revólveres na cintura.

Parei na portaria e perguntei o que merecia tamanha comemoração, queria ter mais informações sobre Aouzou. O recepcionista estufou o peito, orgulhoso: Hoje reconquistamos Aouzou, que tinha sido tomada pelos líbios. Este dia vai entrar para história. O nosso valente Chefe do Estado Maior Geral dos Exércitos, Abakar Nassour, enfrentou as tropas líbias e recuperou Aouzou. Então, Aouzou é chadiana de novo e é esta façanha que está sendo festejada hoje.

Veja! — disse-me ele, mostrando um mapa do país atrás dele. Aqui está a faixa de Aouzou. E de fato vi, na extremidade norte do país, um quadrilátero longo de cerca de cento e dez mil quilômetros por cem de largura, situado entre o Chade e a Líbia. Agora, pelo menos, eu sabia onde se situava a região que acabavam de reconquistar.

Capítulo 2
O COMEÇO DOS PROBLEMAS

O DIA SEGUINTE, COM CERTA APREENSÃO, vi o carro do escritório vindo me buscar. O motorista, um homem magro com *djellaba* branca — devia ser o traje tradicional — apresentou-se e, respeitosamente, abriu-me a porta traseira do carro para que eu pudesse me acomodar. Agradeci e começamos a viagem. A avenida principal Charles de Gaulle era asfaltada, larga, bonita, com arcadas de alvenaria do período colonial francês de ambos os lados. Toda uma fauna humana lá grassava: vendedores ambulantes, mendigos, mulheres com roupas coloridas, crianças esfarrapadas. Todos discutiam, davam risada e se acotovelavam no meio de mercadorias, cachorros magérrimos, dromedários e ovinos.

De cada lado da avenida, armações de madeira mal ajambradas, com teto de lona, onde comerciantes colocavam tábuas e vendiam mercadorias, penduradas em cabides ou expostas em cima de prateleiras improvisadas. Atrás, debaixo das arcadas, havia comércios mais abastados, restaurantes e até um pequeno supermercado francês de luxo, chamado Dom.

Mas o verdadeiro mercado era mais longe, lá onde as armações de madeira eram mais densas. Também havia tendas onde vendiam frutas, carne, hortaliças, cortes de fazenda de algodão e até ouro, que era importado da Arábia Saudita.

A grande avenida desembocava numa vasta praça e continuava do outro lado. Virando à direita, o quartel geral do alto comando militar chadiano (*Camp des Martyrs*), a catedral e uma rua pequena arborizada, frente a um parque. E era lá, no meio de um jardim, que se encontrava um prédio de três andares, que abrigava a sede do PNSQV — e algumas outras agências da liga.

Entrei devagar. Todo mundo me cumprimentava e eu sentia gentileza e curiosidade nos olhares. Subi ao primeiro andar, meu chefe veio ao meu encontro. Levou-me para o fundo do corredor, numa grande sala confortável com uma vista bonita sobre o parque e o ar-condicionado ligado. Avisou-me que esta era minha sala e lá podia deixar a minha bolsa. Depois foi me apresentar os meus novos colegas.

O escritório era grande, muito pessoal nacional e internacional. Quando as apresentações terminaram, Favre levou-me para uma última sala e fechou a porta atrás de nós dois. O homem que lá estava trabalhando, levantou-se e eu já imaginava que devia estar na frente de Bintou.

Era um homem de altura média, trinta e cinco ou quarenta anos, de pele muito negra, meio careca e muito carismático. O *tee shirt* branco justo revelava um torso de atleta completado por braços com enormes músculos. Ele era alegre com um sorriso contagiante e olhos de predador. Falava alto, cumprimentando com muita cortesia. Abordamos alguns assuntos banais sem nos aprofundar em nenhum e eu sentia o tempo todo, os olhos de Bintou sobre mim, me avaliando. Ele mencionou que pertencia ao grupo étnico *toupouri* do sul do país.

Ora, ora, pensei com meus botões. Ele é proveniente do país da magia e dos ritos iniciáticos. Se me lembro bem do que me disseram os colegas da sede, os *toupouris* têm vínculos estreitos com os *moundangs* que são considerados os maiores feiticeiros do país. Não me espantaria descobrir qualquer dia desses, que ele não só acredita no xamanismo negro, como também o pratica. Meu Deus, vou ter de tomar muito cuidado com esse homem.

Senti um arrepio, debaixo de suas maneiras cordatas, senti um adversário formidável. Entendi que minha chegada, na realidade, não o preocupava. Estava convencido de que dispunha de meios para lutar contra a pequena assistente inexperiente, que eu era, e manter sua influência no escritório, através do apoio que recebia das autoridades e do grande carisma e inteligência.

Instalada na minha sala, comecei a sentir medo. Medo de não estar à altura, medo de não saber por onde começar para gerir um escritório tão grande em vista de minha parca experiência no setor de programa. Mas tinha certeza de que a sede cobraria, em breve, se não apresentasse bons resultados.

E o escritório era de fato uma grande bagunça, ainda pior do que Favre me dissera.

Nos dias seguintes, me preocupei com a minha instalação. O PNS-QV possuía dois condomínios, onde hospedava o seu pessoal. O primeiro era um condomínio de casas com palmeiras *rôniers* (palmeiras locais muito altas com folhas em forma de leque), primaveras e hibiscos, que asseguravam uma certa privacidade às residências. O condomínio tinha o nome das palmeiras. Achei-o bonito, mas amontoavam-se famílias de estrangeiros num espaço reduzido.

O outro consistia num prédio bem simples de quatro andares — com dois apartamentos por andar — que se localizava num enorme terreno desleixado. Mas lá, pelo menos, tinha muito espaço e muito verde.

Um apartamento acabava de desalugar no último andar e foi para lá que eu resolvi ir. O edifício era muito parecido com aqueles *HLM* franceses (imóveis populares com condomínio baixo), mas era confortável. E, além do mais, era apenas a cinco minutos de carro do escritório. Possuía uma sala e um terraço grandes, dois quartos, uma cozinha e um banheiro pequeno. A superfície total devia ser noventa metros quadrados no máximo. Lá em cima ainda soprava um ventinho gostoso naquele clima de intenso calor. Favre queria muito que eu me mudasse para lá. No andar de baixo, vivia uma jovem etíope — Pia Ghirma — que trabalhava num dos nossos projetos e tinha mais ou menos a mesma idade que eu. Ele pediu à moça que se ocupasse um pouco de mim para que me ambientasse no novo posto.

Logo de saída, simpatizamos muito uma com a outra e começamos a nos frequentar.

Comecei, então, nas próximas semanas a organizar o escritório o melhor que podia. Logo notei que Favre era um representante fraco. E eu, do meu lado, não sabia resolver os problemas que os meus colegas traziam e ficava atemorizada atrás da mesa, eu não estava à altura das funções que devia desempenhar.

Além disso, sentia um cansaço anormal, que atribuía ao fato de me ter desacostumado a trabalhar em climas tão quentes, depois de servir quase dois anos na sessão do pessoal em Nova Iorque.

Após alguns dias, a satisfação do pessoal em me ver chegar começava a se dissipar. Tentei me agarrar em Bintou como uma boia para não afundar. Não demorou muito para perceber que estava apenas fortalecendo mais a posição dominante que o meu ambicioso colega ocupava no escritório. Atrás do respeito que parecia ter por mim, era ele, na realidade, que estava desempenhando as minhas funções. De fato, eu estava nas suas mãos.

A relação entre nós dois havia ficado próxima. Falávamos por horas e os colegas já estavam começando a fazer fofocas. O fato era que Bintou achava as palavras certas para me acalmar, entendendo — ou fazendo de conta que entendia — o quanto eu me sentia desorientada e assustada.

Eu me sentia também desmotivada, pois Favre não perdia uma oportunidade de me criticar sem dar orientação alguma. E nada conseguia inverter a situação: os documentos não eram assinados e se amontoavam na minha mesa. Os reinados de uns e outros continuavam intactos. Eu evitava na medida do possível os encontros com meus colegas por não saber o que lhes dizer. E cada vez mais, deixava o pânico me dominar sem entender exatamente o que estava acontecendo. Sentia uma profunda angústia, que me paralisava.

Os meus resultados, por ora, pelo menos, eram péssimos e logo o pessoal internacional, que estava fora de controle fazia muito tempo, começou a me enfrentar e a reagir. Jimmy Cartland, um jovem canadense estagiário, que assumira uma parte das minhas funções, não queria mudanças que diminuíssem seu poder. Começou a fazer intrigas e a jogar contra mim os outros estagiários mais novos, como Yrieix Leprêtre e Inge Vogel, que faziam parte de sua turma.

Yrieix era um rapaz francês, de cerca de vinte e cinco anos, difícil e complexado por lhe faltar o braço direito, amputado quando ainda era criança depois de um câncer. Inge era uma alemãzinha, influenciável, um pouco mais nova do que Yrieix, gordinha e bonita, imatura, interessada em namorar os chadianos bonitões que encontrava socialmente, ou pior, profissionalmente.

No meio do grupo de membros internacionais tinha João Batista Dion. João Batista era um rapaz canadense encarregado de programas, mais velho e mais maduro que os outros. Sua objetividade e liderança chamavam muito a atenção e ele logo entendeu o drama pelo qual eu estava passando, sem experiência e com muitas responsabilidades. Ele fazia o que podia para me acalmar e me dar provas de amizade.

Os colegas nacionais gostavam de mim, pois eu os tratava com gentileza, mas estavam tão perdidos quanto eu e não sabiam bem o que fazer com uma chefe tão hesitante e assustada, constantemente desafiada pelos colegas internacionais. A insatisfação era grande, e eu estava absorta pelos meus terrores e complexos.

Capítulo 3
INFERNO E PARAÍSO

Mas se no escritório precisava lidar com o inferno, lá fora era o paraíso. Pia Ghirma, a jovem vizinha etíope, insistia, desde o momento em que cheguei, para que eu fosse a festas e reuniões com ela, onde só tinha chadianos.

No Chade, as pessoas têm o hábito, depois do trabalho, de ir visitar seus amigos de casa em casa para jogar baralho, discutir as notícias ou apenas jantar e conversar. Ninguém se preocupa em marcar hora; as pessoas apenas passam, ficam algum tempo com amigos ou familiares e seguem depois para outra casa.

Eu agradara muito aos varões de N´Djamena e todos tinham rapidamente entendido que eu queria conhecer a terra e as pessoas e não ficar confinada numa torre de marfim, como tantos outros estrangeiros. Eu trabalhara muitos anos no meu país natal, o Brasil, com tribos indígenas e populações mestiças em regiões longínquas e violentas com códigos de honra e comportamentos particulares. Adquirira uma espécie de compreensão particular das pessoas e uma grande tolerância para com o outro. E, sendo filha de um *marsouin* (um soldado de elite dos comandos da infantaria de marinha francesa), também entendia esses homens que só viviam da guerra pela guerra. Conversara várias vezes com o meu pai sobre as vantagens e inconvenientes dessa vida e podia ver na prática, nos países onde trabalhava, o resultado de vidas sem eira nem beira.

O fato de eu própria ter uma vida nômade também me dava alguns elementos adicionais para entender os homens do Sahel, que vivem em perpétuo movimento atrás de comida, água ou aventura. O Sahel, para quem não sabe, é uma região da África situada entre o deserto do Saara e as terras mais férteis do sul, um corredor quase ininterrupto que atravessa toda a parte mediana do continente.

Em virtude destas qualidades e em pouco tempo, consegui fazer uma rede de relacionamentos de alto nível e eu sinceramente, gostava das pessoas da terra, que, contrariamente aos internacionais do escritório, me tratavam com muita amizade.

E mais o tempo passava e mais eu me encantava em conviver com a grande solidariedade e sabedoria dos chadianos assim como sua hospitalidade e capacidade de se virar para sobreviver — a *débrouille* — como era chamada no país.

E essa última virtude era essencial numa terra tão pobre, com salários ínfimos e um meio ambiente tão hostil. Também notei que não se costumava fazer apresentações de uma pessoa à outra e se chamavam, conforme o sexo, "o homem" ou "a mulher". Aderira, portanto, naturalmente à esta moda, sem saber quem eram os meus interlocutores, e isso se prolongou por um bom tempo.

Quando Pia me contou quem eram os meus amigões, me assustei: eram ministros ou desempenhavam funções importantes no governo do presidente Hissein Mahamat (ou no exército).

As pessoas tinham começado a me tratar como uma chadiana, e assim desfilavam na minha casa à noite para tomar um chá ou uma bebida, ou ainda jantar sem aviso prévio, práticas que conhecia, pois eram similares as que vigoravam no interior brasileiro do tempo em que eu lá trabalhava. Isso me tirava da atmosfera pesada e traiçoeira do escritório.

Aos poucos, os chadianos se haviam apegado a mim, mesmo se eu os desnorteava: além de ser diferente dos outros internacionais que conheciam, tinha um nome francês tradicional (Val d´Or), ao passo que nada no meu comportamento era francês, e ainda lhes dizia que era brasileira! Sentia-me querida e relaxava bastante na sua companhia. O carinho e a amizade que recebia de pessoas que mal conhecia era um verdadeiro raio de sol na minha vida tão atribulada profissionalmente.

Bintou avaliava tudo, mas não dizia nada. Ele sabia do meu sucesso na cidade, limitando-se a acompanhar tudo com muita atenção.

Na verdade, eu não realizava até que ponto conseguira, em muito pouco tempo, entrar nos mais altos círculos de poder da cidade. Para mim, eram apenas pessoas amigas e eu era honesta demais para tirar proveito de minhas relações. E desligada como sempre fui, não media muito bem as consequências de ter uma rede de amigos tão poderosos. Eu gostava de passar tempo com eles, independentemente de quem eram e ponto final.

Eles, do seu lado, não conseguiam entender como um membro graduado de uma organização internacional podia ser tão ingênuo, desligado e desinteressado. Mas vendo que era realmente o meu jeito, aceitaram-me como eu era e sentiam um grande prazer em me frequentar.

Um dia conheci na casa de um chadiano, um rapaz da etnia *gorane* chamado Djiddi Adoum. Se ele fora completamente antissocial nos primeiros contatos comigo, fiquei intrigada por aquele homem. Pelo que as pessoas me tinham dito, Djiddi vira toda a sua família ser assassinada a machadadas quando tinha cinco anos. Fora resgatado pelo exército chadiano na ocasião, que o criara. Era um homem de estatura mediana, de cerca de trinta anos, magérrimo, hiperagressivo e tímido, com pouca educação formal, mas tinha carisma e inteligência de sobra, mesmo se claramente desprovido de traquejo social. Também era considerado imprevisível em vista de mudanças de humor bruscas e da dificuldade que sentia em permanecer parado no mesmo lugar por muito tempo.

Se tinha uma personalidade muito forte, também sentia nele muito sofrimento, muita tristeza e uma imensa revolta. O rapaz era um chefe de guerra famoso e cumulava a função com a de diretor geral das alfândegas, que era um posto importantíssimo no país.

Djiddi também ficara interessado em me conhecer melhor, por eu ser tão diferente. Seus amigos lhe haviam falado bem de mim e de uma forma que ele não entendia, eu o acalmava. Mas ele não conseguia ultrapassar a forte desconfiança que sentia em relação aos estrangeiros, assim como a sua timidez doentia. À medida que me via na casa de amigos comuns, ele se sentia atraído por minha tranquilidade e compreensão. Mas o seu grande problema era saber se achegar e aceitar as minhas demonstrações de amizade. Com o passar do tempo Djiddi foi se soltando, mesmo se de vez em quando se assustasse com a aproximação e me dava algumas patadas, que imediatamente tentava compensar, atrapalhando-se por inteiro.

Um belo dia, tive a surpresa de achar Djiddi atrás da minha porta com um amigo para vir tomar um chá em casa. Mas ele estava tão sem graça, mas tão sem graça, que tive um trabalhão para que ficasse minimamente à vontade. O esforço pareceu compensar, começou a vir me ver com mais frequência, mas sempre acompanhado.

E um dia, Djiddi veio sozinho, meio intimidado. Não ficou muito tempo, mas nas outras vezes foi ficando mais. Aos poucos, foi se descontraindo até conseguir ficar várias horas sentado em cima dos meus almofadões, bebendo chá e conversando animadamente.

O que surpreendia os chadianos ainda mais do que o "amansamento" de Djiddi era que, se eu praticamente só recebia homens (as mulheres não saem de casa, na sua esmagadora maioria), deixava muito claro o que queria deles, eram bem-vindos como amigos e nada mais além disso. Assim, qualquer tentativa de aproximação física por parte deles, seria imediatamente rejeitada, pois minha casa era uma casa de respeito. E mesmo assim, tive de tomar ações firmes com alguns poucos, que quiseram me testar e foram devidamente escorraçados.

Vendo que eu era coerente com os meus princípios, as próprias esposas começaram a me mandar pratos de comidas típicas. E eu também comecei a enviar pratos brasileiros, sem as conhecer na maior parte das vezes.

Podia parecer uma prática estranha para quem não conhecesse os costumes daquele país, mas as mulheres sabiam que era de praxe os seus maridos circularem na casa de uns e outros com quem trabalhavam e/

ou tinham laços de amizade. E estavam informadas que os seus maridos trabalhavam com o PNSQV por meu intermédio.

E assim a minha roda de conhecidos foi ficando cada vez maior e fui estabelecendo uma sólida reputação de seriedade. Até que um dia, eu conheci um casal chadiano, Amadou e Hawa Traorê, com o qual simpatizei. Ela era chadiana e ele por parte de mãe, pois seu pai era descendente de maliano. Tinham quatro filhos (três meninos e uma menina) e recebiam tudo o que N´Djamena contava de pessoas poderosas. No começo, ficaram curiosos com a pessoa diferente que eu era, cujo lado desligado e sincero os tocara e surpreendera, e eles sempre me convidavam para ir à sua casa.

Com o passar do tempo, a situação evoluía, mas as grandes linhas eram as mesmas: no escritório, as pessoas se tinham conformado com minha incompetência e procuravam ter o menos contato possível comigo. Minhas relações com Bintou todavia estavam cada vez mais estreitas e passávamos muito tempo conversando na minha sala.

Notei que estava começando a ficar atraída por ele, mas mantinha lucidez suficiente para saber que devia resistir ao desejo, pois ceder podia ser perigoso. Não era por causa das fofocas que eu sabia que decorreriam de um eventual relacionamento. Mas alguma coisa, lá no fundo, me dizia que este homem era perigoso — muito perigoso — e que faria melhor de me cuidar.

No que dizia respeito à minha vida social, as coisas iam de vento em popa: era convidada todos os dias por pessoas diferentes que vinham à minha casa nos fins de semana para encontros prazerosos, discutíamos assuntos profissionais e as decisões eram posteriormente formalizadas por cartas durante a semana. A única coisa que me atrapalhava era meu constante cansaço e angústia.

Um belo dia, Favre me chamou. Fui vê-lo chateada, temendo receber uma nova reprimenda. Desta vez, ele parecia feliz e informou-me de que receberia, em breve, uma adjunta que talvez pudesse me ajudar para gerir o escritório. Era uma mulher haitiana que eu encontrara uma vez em Nova Iorque, por um tempo muito curto. Uma noite, quando fui jantar na casa da minha amiga Pia, toquei no assunto: Você sabe que vou receber uma nova chefe? — perguntei.

Ah é? E você tem certeza de que ela vai ajudar? Você a conhece, pelo menos? — Não, respondi. Na verdade, não sei e isso me preocupa. Vi-a uma vez na sede e não fiquei com boa impressão dela. Na verdade, eu só me sinto à vontade quando estou com você ou com os amigos chadianos. Quando chego ao escritório, perco todos os meus meios. Estou plenamente consciente da decepção das pessoas em relação a mim. Mas por uma razão que não entendo, sou incapaz, neste momento, de reagir e desempenhar o meu papel que deleguei à Bintou.

Delegar, delegar, retrucou Pia, dando de ombros. Beatriz, não se iluda! Você não delegou coisa nenhuma a Bintou! Você não tem a menor autoridade sobre ele. Ele é inteligente e se vê que pode manter o poder sendo seu amigo é bem melhor enveredar por este caminho do que chegar ao mesmo resultado, brigando com você. O dia em que quiser reassumir as responsabilidades que "delegou" a ele, como você diz, e afirmar a sua autoridade, você não vai conseguir.

Pia se calou. Estava começando a entender que a minha relação com Bintou estava evoluindo e que eu estava aos poucos me apaixonando por ele. Ela achava Bintou pouco confiável e estava se preocupando muito: se eu começasse a ter uma relação mais próxima, estaria inteiramente nas suas mãos.

Como adivinhando o que Pia pensava, falei: — Sei o que você está pensando e não vou negar. Bintou me atrai muito, mas por nada neste mundo eu deixaria a minha relação com ele evoluir para o plano físico. É demasiadamente perigoso. Não me pergunte por que, mas sei disso, sinto lá dentro, no meu coração, Bintou é um homem extremamente perigoso.

Vamos comer, disse Pia. Não falemos mais disso tudo. Hoje é sexta-feira, divirta-se neste final de semana. Sempre terá tempo mais tarde para pensar sobre sua relação com Bintou.

Enquanto nos sentávamos, Pia se perguntava por que eu qualificara Bintou de perigoso. Ele devia se mostrar a mim sob os seus melhores ângulos. Eu devia possuir sem dúvida dons psicológicos bastante desenvolvidos. Só depois de conhecer Bintou, que ela entendeu o grande manipulador e sedutor que era. E não teria escolhido um termo melhor para defini-lo. Como era possível que eu, recém-chegada em N´Djamena, já tivesse chegado a esta conclusão?

Capítulo 4
UMA NOVA CHEFE NO HORIZONTE

Eu sentia um certo receio com a chegada da nova adjunta. Um belo dia, Bintou chegou na minha sala e notei algo de diferente nele.

Bom dia, Bintou, como está você? — perguntei, colocando uma pilha de pastas para assinatura na minha frente.

Bem, foi a resposta. Você sabe que a nova adjunta chega amanhã?

Amanhã? Não, não sabia que chegaria tão cedo, respondi.

Estou seguro de que tudo vai ficar muito bem, disse Bintou. Você tem melhorado muito estes últimos tempos e sei que posso assessorá-la ainda melhor. Você vai ter de mostrar à adjunta que conseguimos gerir este escritório sem a sua ajuda. Você pretende ir ao aeroporto para recebê-la?

Não. Favre me avisou que vai sozinho. Quer que nós dois estejamos no encontro no ministério do plano e da cooperação, amanhã de manhã.

Então, ele não quer que você esteja presente e escute o que ele vai dizer à adjunta, não é? Você deveria ir e depois poderíamos, os dois, ver como vamos apresentar o escritório, insistiu Bintou.

Lamento, mas a decisão já foi tomada. De qualquer maneira veremos em breve com o que ela se parece. Não se preocupe, manterei você a par de tudo. Agora, preciso trabalhar e assinar estes documentos.

Bintou olhou-me divertido e saiu sem dizer mais nada. Comecei a assinar as pastas em silêncio. Estava muito angustiada: costumava ter pressentimentos e muitas vezes, eram justificados. E hoje, eu me sentia pouco à vontade com a ideia de ter a nova adjunta no escritório. Sentia que Rufina

Bellevue Fitch (era esse o seu nome) não vinha tanto para me ajudar, como Favre me falara, mas sim para reorganizar o escritório sem Bintou.

Saí da sala para ver se o malote diplomático já chegara e ouvi um cumprimento alegre. Virei-me e o meu rosto se iluminou quando vi Olivier Coustau. Olivier era o chefe de um grande projeto PNSQV de planificação, ambientado no ministério do plano e da cooperação. Estava nos seus quarenta e cinco anos, francês, muito alto e magro, louro com olhos azuis. Havíamos nos simpatizado muito desde que eu chegara e confiávamos muito um no outro, o que era um fato raro neste escritório.

Bom dia, Olivier, como vai você? — perguntei. Sempre sorridente! — Divertiu-se ele. E, portanto, imagino que você não deva ter muitas razões para isso no escritório neste momento.

Concordei com a cabeça. Entre — disse-lhe. Venha tomar um café comigo. Faz tempo que não o vejo.

Eu havia contado parte dos problemas no escritório e ele era suficientemente inteligente para ter deduzido o restante. Brilhante, sarcástico, muitas vezes desagradável, Olivier apegara-se a mim: achava-me honesta, muito digna e trabalhadora e respeitava muito a minha capacidade de escutar os outros e a maneira como geria os meus encontros com a contraparte chadiana.

A nova adjunta vai chegar esta manhã — disse-lhe sem olhar para ele. E tenho o pressentimento de que não vai ser bom. Olivier logo sentiu o quanto eu estava preocupada.

Escute Beatriz, você não deve dar asas a estes pensamentos negativos antes mesmo de sua nova chefe ter chegado. Talvez, ao contrário, vocês consigam se entender melhor por serem as duas mulheres.

Ela vem com informações falsas, continuei. Principalmente no que diz respeito a mim e ao Bintou. Somos próximos, mas as pessoas estão falando coisas erradas a nosso respeito. Talvez o nosso comportamento tenha sido inadequado e suscitou rumores. Andam dizendo por aí que somos namorados, o que é incorreto.

Olivier se calou sem saber ao certo o que responder. Ele próprio pensava que Bintou e eu tínhamos um relacionamento. Sempre se recusara a comentar esta informação com outras pessoas quando pediam sua opinião a respeito.

Olivier levantou-se. É sempre um prazer ver você, Beatriz. Você traz um pouco de humanidade e de calor humano a este escritório que é bem desprovido tanto de um como de outro. Nunca mude.

Sorri e não disse nada. Tinha afeto por Olivier. No escritório, além dele, tinha Pedro Leterme de quem também gostava e que trabalhava comigo e com a contraparte chadiana na gestão de um gigantesco empreendimento regional na prefeitura do Kanem, localizada a noroeste de N´Djamena. E me dava muito bem com Real Dalphond, que dirigia o projeto, em que trabalhava Pia, que transportava os gêneros alimentícios da Rede Mundial de Segurança Alimentar (RMSA) para a zona norte. Os três eram muito diferentes dos outros chefes de projeto, que me assediavam e faziam uma corte desavergonhada, convidando-me para jantar, entre outras coisas, quando seus contratos estavam vencendo, na esperança de assim conseguir extensões infinitas.

Eu os desprezava e divertia-me vendo-os lançar mão da "política do girassol" que consistia em sempre estar do lado do "sol" — isto é, dos poderosos. Eles me adulavam e faziam de tudo para me agradar, mas quando Favre chegava, eu não tinha mais a menor importância e todos se precipitavam para fazer a corte ao chefe do escritório. Se eu estivesse no seu caminho, não teriam hesitado um segundo em me derrubar e pisotear para chegar mais depressa ao representante residente.

No começo da tarde, Favre veio me ver todo feliz da vida e descontraído.

Creio que a nova adjunta é muito boa, disse-me ele. Ela vem com muitas ideias novas e espírito aberto. Falei de você e ela está mais do que disposta a ajudar. Ela virá amanhã ao escritório. Vou pedir que você organize uma reunião de programa para que possamos apresentá-la ao pessoal.

Mal Favre saiu, entrou Bintou tentando disfarçar a sua preocupação: E então? — Perguntou ele.

Ela já chegou, não vai vir hoje e, Favre pediu-me para organizar a apresentação ao pessoal, respondi. Esteja, portanto, amanhã às 10:00 na sala de reuniões.

Bintou ficou pensativo. Era evidente que queria saber mais a respeito da adjunta ou sobre o que Favre me dissera, mas eu não queria me alongar sobre o assunto.

Coragem, disse-me Bintou. Seremos dois a enfrentá-la.

Agradeci com um movimento de cabeça e voltei a me concentrar. Eu terminara o meu serviço do dia e estava me aprontando a ir embora. Sabia que não era muito popular com o pessoal internacional, que me ignorava e fazia-me sentir o tempo todo excedente no escritório, às vezes, com muita crueldade.

Ele divertia-se em me contradizer, falava mal de mim nas minhas costas e me consultava o menos possível. Só não me tinha enfrentado com mais determinação por sentir que eu tinha muitos apoios, mesmo não conseguindo desempenhar adequadamente o papel de representante residente assistente. E de fato, eu era apoiada tanto pelo pessoal nacional do escritório, quanto pelas contrapartes governamentais às quais parecia ter um acesso irrestrito.

Capítulo 5
NASCE UMA GRANDE AMIZADE

Juntei as minhas coisas desci para ir à casa de meus amigos Amadou e Hawa Traorê no bairro de Djambal Bahr, pertinho do escritório. Eu adquirira o costume de ir às segundas, quartas e sextas, os outros dias eram aqueles em que recebia na minha casa. Jantava muitas vezes com meus amigos Traorê e estava começando a considerá-los um pouco como minha família. Notei que formavam um casal relativamente moderno para os padrões chadianos e não hesitavam, na hora das refeições, em comer junto com seus hóspedes, o que seria impensável num lar muçulmano mais tradicional, onde os homens comem separados das mulheres.

Com o passar do tempo, ficamos muito íntimos a ponto de me pedirem, quando tinham de atrasar a volta à casa, para desempenhar o papel de anfitriã, servindo chá e entretendo os seus convidados. Se no começo, notei um certo espanto nos seus amigos, eles logo se acostumaram a mim e pareciam achar normal me ver como anfitriã na casa dos meus amigos e recebendo homens sozinha. Nesta sociedade, era muito malvisto mulheres ficarem sozinhas em casa com homens que não fossem seus maridos. Mas eu não era chadiana e esta regra não valia para mim.

Além disso, era suficientemente inteligente para, quando vinham pessoas de costumes mais tradicionais — me retirar, ou assumir um papel feminino mais condizente com a cultura local, como desaparecer na cozinha e ir ajudar Hawa com o jantar. Não queria que meus amigos fossem criticados por conceder tantas liberdades a uma mulher branca — e estrangeira ainda por cima.

Às vezes, quando chegava muito cansada do serviço, os Traorê me tinham reservado um quartinho, onde dormia no chão em cima de uma esteira e só me acordavam quando o jantar estava servido. O jantar vinha numa enorme bandeja e todos comiam com a mão, sentados em almofadas sobre o tapete.

Durante os fins de semana, o pessoal mudava-se para a minha casa para jantar e conversar. O andar em que eu morava era bem ventilado, o que deixava a temperatura agradável, mesmo se os materiais de construção não apresentassem o mesmo conforto térmico daqueles da casa do casal Traorê, que eram essencialmente barro socado com ervas. Eu fora apresentada à família de Hawa que pertencia ao grupo étnico *gorane* (clã *anakaza*) originário do norte do país e que fazia parte da elite da sociedade chadiana, fortemente marcada pelo tribalismo. Os *gorane* formavam um grupo minoritário no país, mas era muito favorecido pelo presidente que pertencia, ele próprio, à mesma etnia e ao mesmo clã.

Eu gostava da família de Hawa e simpatizara muito com sua mãe e com um dos seus tios que também chamava de *tonton* — diminutivo carinhoso para tio em francês — que poderia ser traduzido por tiozinho.

Tiozinho era um chefe de guerra semianalfabeto, mas dotado de prodigiosos dons de inteligência e observação. Sabia ler o relevo como ninguém e circulava no deserto como numa rodovia cheia de painéis indicativos. Também sabia ler os movimentos do corpo e a partir deles, o que se passava nas almas. Tiozinho afeiçoara-se muito a mim e sempre me dizia, com a maior seriedade, que precisava me achar um marido para que ficasse sempre no Chade.

Quando cheguei na casa dos meus amigos, notei entre os carros que lá estavam estacionados, o veículo do vice-ministro do plano e da cooperação e de duas outras personalidades, que começaram a gritar de satisfação quando me viram. Cumprimentei-os e instalei-me no círculo de amigos, sentados em cadeiras na calçada debaixo das mangueiras, na entrada da casa dos Traorê. Eles acabaram de jogar cartas e iam jantar, não sem antes tomar um pouco a fresca da noite. Levantei-me mais tarde para ajudar Hawa com o jantar.

Um magnífico peixe de rio, chamado de *capitaine* — de carne branca e macia — foi servido, recheado com folhas de azedinha, temperadas com farinha de gergelim, legumes, cebola e alho. Havia também uma espécie de bolo de milho painço, chamado popularmente de *éch*, regado com "molho comprido" feito à base de quiabo. E por último, Hawa também me deu uma bandeja de *charmout*, o equivalente chadiano da carne de sol e croquetes de milho painço, temperados com pimenta vermelha e outros condimentos. Para beber, havia *karkanji* — a tisana de azedinha vermelha, forte, que era extremamente refrescante e podia ser tomada quente ou fria.

Fiquei com os amigos até às 21:00 e depois voltei para casa. Amanhã, a nova adjunta estaria no escritório.

Era uma dessas noites esverdeadas, a lua cheia emite uma luz diferente, doentia. Uma dessas noites em que se diz, em certos lugares do Brasil, que os maus espíritos e bruxos estão soltos e os homens se transformam em lobisomem. Ficou, hoje, ainda mais impressionante devido aos uivos dos cães vadios. Aparentemente, os combatentes não haviam saído para matá-los com rajadas de metralhadora como era o seu costume. A verdade era que estes cães vadios tinham "alçado" — isto é, voltado ao estado selvagem — e ficado tão agressivos que era preferível não os deixar multiplicar: quando estavam em matilhas, não hesitavam em atacar homem ou animal e devorá-lo em instantes. Insone, eu sentia frio na alma. Virava e me revirava na cama, sem conseguir dormir pensando em que tipo de relacionamento teria com a recém-chegada adjunta.

E foi assim que a alvorada me encontrou. Como não podia dormir mais sem correr o risco de perder a hora, levantei e fui tomar banho. Quando me olhei no espelho, vi que estava com as olheiras ainda mais fundas do que de costume e me sentia como se tivesse exagerado na bebida alcoólica na noite anterior.

No caminho para o escritório, deparei-me com uma daquelas cenas corriqueiras no Chade que abominava: um prisioneiro, sem camisa, com feridas de faca, que sangravam no peito e nos braços, arrastado por combatentes, atrás do veículo, por uma corda no pescoço. Cada vez que parava, levava chibatadas. Troquei um rápido olhar com este homem e lá vi toda a miséria e a resignação do mundo.

O PNSQV instruíra o seu pessoal a circular com as janelas do carro fechadas e portas travadas, nunca se meter em assunto chado-chadianos (como este que acabava de presenciar) e fazer de conta de que nada via. E eu seguia as instruções com dor no coração, sabendo que esta cena estragaria o meu dia.

Notei que hoje, mais do que as outras vezes, havia nas ruas um número bem maior de combatentes armados até os dentes, a saber, os guardiões do regime chadiano em vigor. Os militares estavam se divertindo em parar seus Toyotas em qualquer lugar e atrapalhar o trânsito. Ninguém lhes dizia nada por morrer de medo de receber socos e bofetadas por lhes terem feito críticas. Fiz como os outros, e fiquei parada na fila sem dizer nada até que achassem que a brincadeira tinha durado tempo suficiente. Entraram então às gargalhadas no quartel *Camp des Martyrs*, vizinho do PNSQV e liberaram a avenida. Ninguém me falou nada no escritório a respeito das razões da agitação adicional. E eu também nada perguntei.

Mais tarde, soube pelos Traorê, que o nervosismo se devia ao massacre de cerca de uma dezena de pessoas do grupo étnico *hadjeraï*, originário do centro do país, que tinham, aparentemente, desafiado a autoridade absoluta do presidente. Eu sabia que estes massacres étnicos aconteciam com frequência — mas as pessoas evitavam falar deles no escritório, ainda mais com estrangeiros.

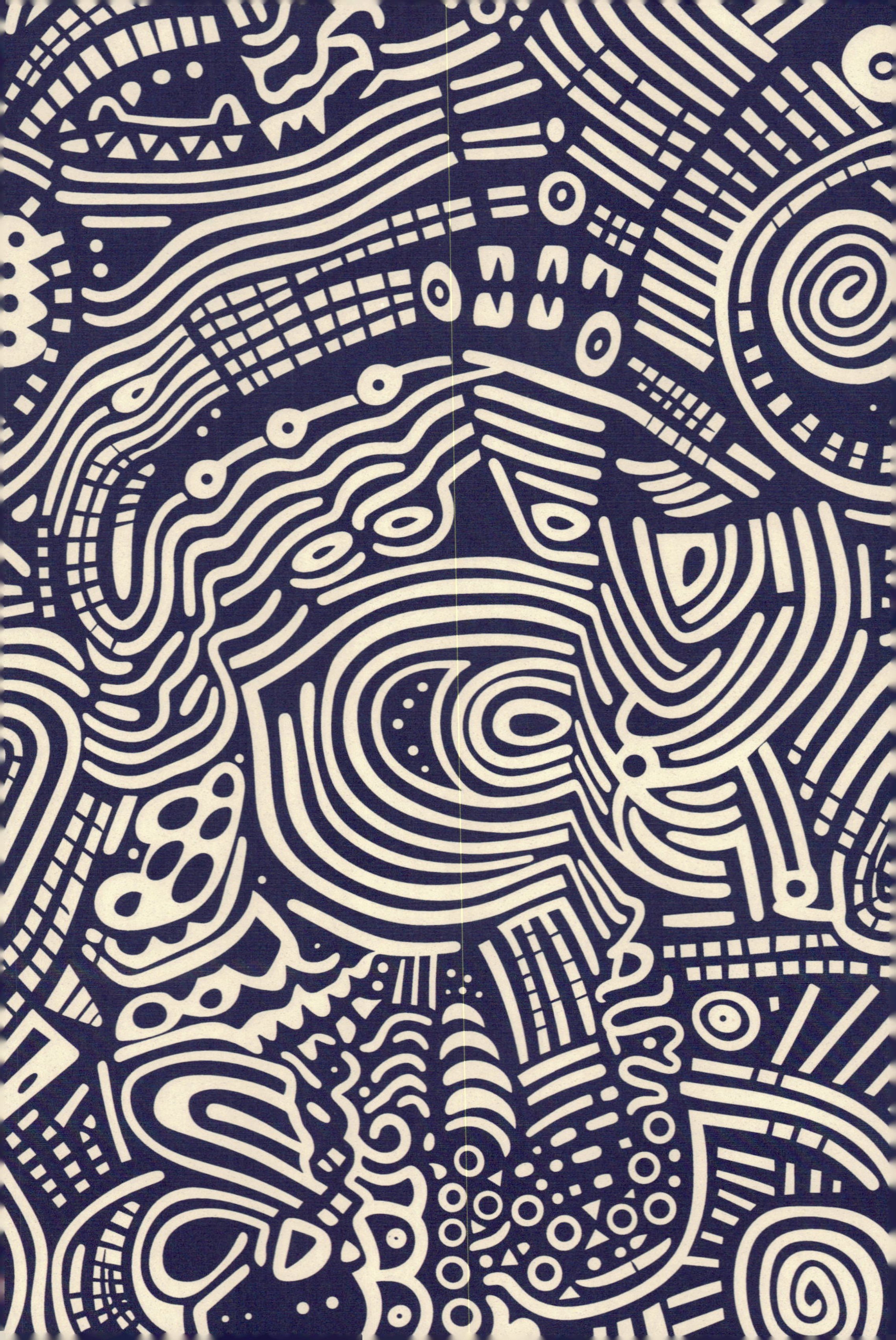

Capítulo 6
A NOVA ADJUNTA

Algumas horas após minha chegada, ouvi vozes e a porta da minha sala se abriu dando passagem à Favre. Atrás dele entrou uma mulher negra clara, magra e seca, levemente prognata, de cerca de 40 anos. Era Rufina. Ela me estendeu uma mão mole, que mal apertei, e me olhou da cabeça aos pés. Desejei-lhe as boas-vindas, trocamos algumas palavras e voltei a sentar quando se retirou. Alguns momentos mais tarde, Bintou entrou e fechou a porta atrás dele.

E então? O que achou dela?

Não sei, respondi. Ela tem um ar distante e desconfiado. Não sei o que lhe disseram na sede.

Não faz mal, respondeu Bintou. Tudo vai ficar bem. De qualquer maneira ela não vai declarar a guerra sem aliados.

Você se engana, Bintou. Ela já tem aliados no escritório: os Yrieix, as Inges, os Jimmies. Todo este pessoalzinho vai passar para o seu lado, assim como os chefes de projeto cujos contratos vão vencer em breve.

Talvez isso aconteça mesmo, mas nós temos o governo do nosso lado e Favre.

Não quero encarar esta hipótese. Precisamos dar uma chance à essa mulher. E mesmo se as coisas não acontecerem bem como previmos, não devemos envolver o governo nisso.

Como sempre, você está com a razão, disse ele, levantando-se. Mas havia uma ponta de ironia na sua voz e tive a impressão de que ele estava falando exatamente o contrário do que pensava e — pior — pretendia fazer. Alguma coisa me dizia que, tanto Bintou quanto Rufina, não tinham se simpatizado muito um com o outro e que as hostilidades logo começariam.

Durante o resto do dia, Rufina, trancada na sala, estudava a documentação do escritório. Respirei aliviada. No final da tarde, Favre veio me perguntar se eu podia levá-la para fazer algumas compras na cidade. Concordei com o pedido e saí com minha chefe. Ela não falava muito, mas me observava atentamente e fez algumas perguntas. Mas não havia muita empatia entre nós duas. Voltei para casa, desapontada.

Nos dias seguintes, tive a surpresa de ver que Rufina começara seus encontros pelos estagiários e encarregados de programa e não por mim. Também notei que eles saíam de sua sala, lançando-me olhares triunfantes. A adjunta viu todo mundo e me chamou por último depois de ter acabado sua entrevista com Bintou.

Quando fui ter com a chefe, me recebeu secamente e perguntou como via o meu trabalho. Tentei responder, e minha resposta foi recebida friamente. Ela indagou em seguida quais eram, a meu ver, os problemas no escritório, e de novo tentei fazer o inventário deles, com a maior objetividade possível.

Não existem outros problemas, além destes? perguntou Rufina.

Não sei que informações os meus colegas lhe deram, respondi com tranquilidade. Não nego que eu tenha algumas dificuldades em desempenhar as minhas funções, pois não tenho suficiente experiência, mesmo sentindo que estou progredindo. Sei que isso indispôs os meus colegas, o que entendo muito bem. Espero poder contar com seu apoio para que essa situação melhore.

Sei. E o seu olhar pareceu ficar mais doce. E, o que pensa você de Bintou?

Bintou? — respondi. É um chadiano que desempenhava a função de adjunto do representante até a minha chegada. Ele conhece a fundo este escritório do qual é de certa forma a memória institucional. Ele assistiu o representante numa altura em que havia muito pouco pessoal para gerir um grande programa. É claro que resta um trabalho enorme para colocar este escritório nos trilhos.

Rufina novamente fez um movimento de cabeça. Quando perguntei como ela queria que me organizasse para poder ajudá-la, ela esquivou-se e me falou que primeiro, queria ter uma ideia do escritório e que depois voltaria a me contatar.

Senti, imediatamente, que Rufina não queria trabalhar comigo, ou então o menos possível. E de fato, esta impressão se confirmou nos próximos dias. Ela via muito os chefes de projeto, os estagiários e encarregados de projetos, o pessoal da administração etc. mas Bintou e eu éramos, sistematicamente, deixados de lado.

Resolvi ir falar diretamente com Rufina, a respeito do que estava vendo e ouvindo. Minha chefe, surpresa, negou imediatamente.

Eu quero saber se tem algum problema entre nós, disse-lhe. Senão nunca vamos poder resolvê-lo. Nunca nos vemos. Quando peço ao pessoal algumas tarefas com prazos específicos, me respondem que estão ocupados com o trabalho que você lhes dá, sem a menor coordenação comigo. Isso vai acabar erodindo o que me resta de autoridade.

Rufina me assegurou que havia um engano e marcou um encontro comigo no dia seguinte. Sabia que era uma maneira dela se livrar de minha presença e fui diretamente falar com Favre.

Quando ele ouviu o que aconteceu, ficou sem jeito.

Não nego que temos aqui um problema, respondeu ele. Rufina não quer trabalhar com você. Acha-a incompetente. Eu também já tive discussões pouco amenas com ela: considera que eu já devia ter tomado providências para me livrar de você. Ela escuta demais os seus amigos estagiários e encarregados de programa internacionais. Você fez progressos, mas ainda não tem a capacidade requerida para levantar este escritório e agora tem muitas pessoas unidas contra você. Eu vou tentar falar com ela.

Fui para minha sala, cabisbaixa. Fechei a porta e comecei a refletir sobre o que tinha ouvido, tanto por parte de Rufina quanto de Favre.

Alguém bateu na minha porta, era João Batista Dion. Alto, magro, com um começo de calvície, olhou para mim com muita compaixão nos seus olhos castanhos. A meu pedido, acomodou-se numa cadeira à minha frente. Não precisava ser particularmente observador para ver que ele entendera tudo.

João Batista, disse-lhe, é o inferno que começa. Como e onde isso vai acabar?

Ele me olhou com simpatia. Olha Beatriz, você pode estar segura do meu afeto e de meu apoio, mas é verdade, a guerra já foi declarada. Favre é demasiadamente fraco para arbitrar os conflitos. O escritório se dividiu em dois campos: no primeiro, tem Rufina, os estagiários e os encarregados de programa internacionais. Já conseguiram o que queriam, pois trabalham agora diretamente com a adjunta, sem passar por você. No segundo, tem você e Bintou. Apesar de não se dar conta disso, seu campo é muito forte, e o pessoal nacional, que se sente muito próximo de vocês dois, tenta restabelecer um equilíbrio. Será, portanto, difícil impedir um confronto.

Por que tanto ódio? O que foi que fiz à chefe para ela assumir um comportamento tão hostil em relação a mim?

Ele pensou um minuto. Escute. Sempre fiquei impressionado com sua discrição, honestidade e dignidade. Alguém está jogando azeite no fogo, alimentando rumores. O problema é que sou um dos poucos neste escritório com Favre, Coustau, Dalphond e Leterme que estamos convencidos que não é você que está tentando desacreditar Rufina.

Abri os olhos espantada. Vendo a minha reação, João Batista continuou:

Sua cara me confirma o que penso. Não é você, mas alguém está lançando rumores sobre Rufina e se passando por você.

Mas o que dizem esses rumores? Tenho problemas suficientes com os quais me ocupar neste momento. Como sabe, além dos meus problemas profissionais, a minha saúde não anda nada bem.

Os rumores dizem que a adjunta estaria recebendo ministros na sua casa e que alguns deles lá passariam a noite — completou João Batista.

Levantei-me, chocada. Quem poderia falar isso? Mas o que acaba de dizer é verdade pelo menos ou é mera calúnia?

João Batista deu de ombros. O problema é que esta informação foi introduzida em meios governamentais muito influentes e agora todos estão rindo. E você, minha cara, é a única estrangeira que tem acesso a esses meios. Estes senhores ministros e militares de alta patente continuam a ir tomar chá na sua casa? O problema é que você encarna para eles todas as virtudes e se alguém se arriscasse a falar de você o que estão falando de Rufina, todo mundo ficaria escandalizado. Seus amigos de peso como os Traorê, Djiddi Adoum e tantos outros desmentiriam imediatamente, e não se falaria mais no assunto. Então os rumores que, supostamente, são lançados por você têm muito peso.

Além disso, tem um outro assunto que deixou os chadianos furiosos: o Favre, apesar de saber que o projeto de habitação é gerido diretamente por você com o governo, contatou as autoridades sem seu conhecimento para sondar como receberiam a candidatura de Steven Fitch — o marido de Rufina — como chefe de projeto.

Este fato veio se somar aos rumores depreciativos que andam circulando sobre a chefe e a contraparte do projeto recusou a candidatura do Sr. Fitch. Foi uma ação desastrada por parte deste escritório. Se Favre tivesse deixado você se ocupar da questão, é bem possível que o resultado fosse diferente. Mas no momento, Rufina está enlouquecida pensando que é você que está, tanto na raiz dos rumores a seu respeito, quanto da recusa das autoridades em considerar a candidatura do marido.

Diga-me mais uma coisa, continuei. Quem é o propagador destes rumores? João Batista sorriu meio sem graça:

Olha, não quero lançar rumores, mas se refletir um pouco, talvez ache a resposta. Pergunte aos Traorê, um dia desses quando for visitá-los. Tenho certeza de que devem ter muito mais informações do que eu.

João Batista saiu me deixando intrigadíssima. E de repente, pensei em Bintou. Eu devia falar a respeito com ele. Chamei-o por telefone e ele se propôs a vir até minha sala.

Não, respondi. Vamos discutir isso por telefone. O que sabe a respeito de todos esses rumores sobre Rufina?

Ouvi os rumores como qualquer um no escritório, mas não sei sua proveniência. Toda a cidade, no momento, está falando disso, foi a resposta.

Bintou! — disse-lhe com severidade. Espero que você não tenha nada a ver com isso.

Mas é claro que não! — Respondeu Bintou. Imagina se não falaria com você antes de tomar uma iniciativa do gênero.

Desliguei, pouco convencida. Esperei passar meia hora e fui ver Favre. No momento em que o vi, soube que ele sabia de tudo.

François, disse, quero partilhar com você a conversa que acabo de ter com um colega. E contei-lhe tudo o que João Batista me dissera.

Olha Beatriz, eu confirmo tudo o que você ouviu. — respondeu. Não sei com quem você falou, mas vejo apenas o João Batista capaz de guardar a este ponto a sua objetividade, neste escritório onde as paixões estão se desencadeando.

Não sei quem está disseminando esses rumores. Sim, eu vejo que está pensando no Bintou. Ele poderia de fato fazer isso, pois sabe que está sendo visado. Mas seria uma iniciativa tão contraproducente! Rufina está enlouquecida, pois cada vez que ela vai ver membros do governo, eles a recebem com uma cara divertida e irônica. E isso a deixa constrangida, pois entende que eles a consideram uma prostituta. Agora vá continuar o seu trabalho, falaremos mais tarde.

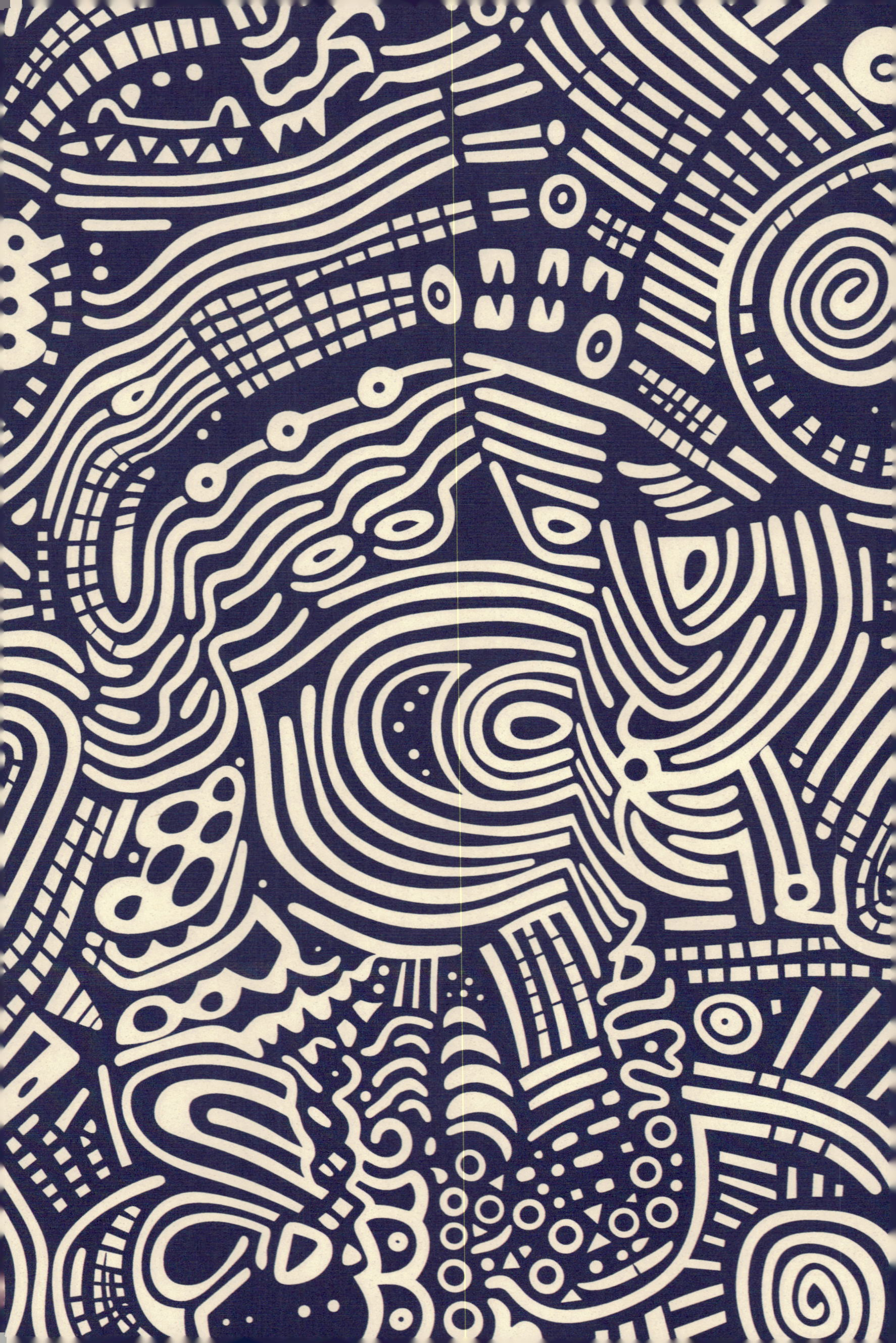

Capítulo 7
A GRAVIDEZ DE RUFINA

Hoje é sábado e espreguicei-me com gosto na cama por um bom tempo, feliz da vida por ficar deitada até tarde com a previsão de uma festa à noite, que tinha tudo para ser muito boa. Eu acabava de levantar e cantarolando, preparava o café da manhã quando alguém tocou à minha porta.

Dei de cara com Bintou. Ele tinha um aspecto descansado e feliz. Falou-me que estava passando e não resistira em vir cumprimentar-me.

Convidei-o à mesa. Conversamos sobre as últimas notícias que circulavam na cidade. Quando lhe falei dos rumores sobre Rufina, ele deu uma risada feroz.

Ele não sabia da origem, mas era bem-feito. Isso apenas mostrava que nós dois éramos protegidos e que as pessoas não tinham nada de vir nos atacar. Mudando um pouco de assunto, ele também passara para me convidar para ver a nova ponte que um dos nossos projetos acabava de construir sobre o rio Lerê, que faz fronteira entre o Chade e a República dos Camarões.

Ele teria uma semana sobrecarregada e queria dar pessoalmente uma olhada na ponte. Não era muito longe da capital, apenas algumas horas de carro na direção sul de N´Djamena. Apesar do calor e da hora relativamente avançada, resolvi ir para lá com ele.

Bintou estava feliz de eu ter aceitado o seu convite. Também havia na região um tipo particular de árvore-garrafa que ele queria muito que eu visse e que só existia nas proximidades do rio. Muito rapidamente, estava pronta e descendo as escadas com ele no maior bom humor. Rodamos bem e chegamos ao local na hora do almoço.

O rio era muito bonito, a paisagem curiosa, muito seca, com vegetação à base de espinhos e aquelas árvores-garrafa estranhíssimas. Fomos ver a ponte que o projeto reconstruíra: como a zona fronteiriça entre os dois países é de muito comércio, a ponte fervilhava de gente, tanto do lado chadiano quanto do lado camaronês, sobrecarregada de mercadorias e parecia que a sua reconstrução melhorara sensivelmente a vida das pessoas que moravam dos dois lados do rio.

Descemos nas suas margens para ver a ponte por baixo, e ela dava a mesma impressão de solidez que tínhamos tido quando a examinamos de cima. De qualquer maneira, o engenheiro do projeto ainda precisava fazer uma última vistoria e dar o seu "ok" final.

Entramos num daqueles pequenos comércios locais para almoçar e comemos um bolo de milho painço - o *éch* - com molho comprido e peixe de rio com azedinha temperada. Falamos de nós próprios, do escritório, da vida.

Antes de voltar à N´Djamena, já no meio da tarde, Bintou pegou-me pelo braço: Vamos fazer uma foto de nós dois aqui em cima da ponte, sugeriu ele. Pedimos a um velho comerciante com enorme chapéu de palha, de fazer-nos este favor. Assim, fomos de mãos dadas para a ponte e fizemos uma pose para a fotografia. O velho sorriu, tirou a foto e devolveu o aparelho à Bintou:

Até logo namoradinhos, disse-nos ele sorrindo com um ar cúmplice, enquanto se afastava rumo à fronteira.

Na semana seguinte, fui chamada por Favre. Eu começava a me acostumar com esses seus ares inquietos e sentia remorsos ao me perguntar em que medida eu também contribuía para agravar suas preocupações.

Ele me mandou sentar e perguntou se havia estado em contato com Rufina, recentemente. Baixei a cabeça e reconheci que não: minha chefe imediata nunca me procurava.

Favre me confidenciou que ela estava grávida e com grandes chances de perder o bebê. Teria aceitado o seu posto no Chade sem saber do seu estado. Fiz um cálculo rápido que o olho perspicaz do meu chefe logo percebeu e perguntei o que esperava de mim.

Tenta ser um pouco gentil e atenciosa com ela, respondeu Favre. Ela também não está num bom estado psicológico e precisa de apoio.

Muito bem. É tudo o que precisávamos agora. Ela introduziu modificações tão grandes no programa que, se tivermos efeitos positivos no médio/longo prazo, vão certamente acarretar grandes confusões no imediato. E agora que ela bagunçou ainda mais, ela tem grandes chances de ir embora e nos deixar gerenciar esta imensa confusão. Enfim, se você acha apropriado, é claro que vou ajudá-la, mas não sei se serei muito bem-vinda.

Converse com ela, respondeu Favre. Finalmente parece acreditar que você não teve nada a ver com as fofocas. Está até bem-disposta em relação a você. Falou-me que pretende convidar nós dois para almoçar na ocasião em que receber uma de suas amigas fotógrafas, que vem fazer uma reportagem sobre o Chade para promover as nossas atividades aqui. Você irá? — Refleti um momento e concordei. Favre sorriu, fazia tempo que não o via sorrir.

Sem pensar, saí da sala e corri dar a notícia à Bintou. Ele caiu na gargalhada dizendo que talvez os rumores não fossem mentiras. Eu, na hora, lamentei ter partilhado a notícia com ele e este sentimento transpareceu claramente no meu rosto, pois Bintou, imediatamente me assegurou que seria discreto. No dia seguinte, Rufina teve de ir ao ginecologista e muito rapidamente, N´Djamena inteira estava a par da visita. Numa cidade pequena como a capital chadiana, tudo se sabe, sobretudo no que diz respeito aos estrangeiros. Todo mundo fazia cálculos e se divertia.

Eu não vira Olivier ultimamente e sua calma e maturidade me faziam falta. Chamei-o e sugeri que viesse ao escritório no final da tarde para conversarmos um pouco. Pressentia novas tempestades com Rufina e não sabia como evitá-las. Quando Olivier veio ter comigo, eu estava olhando para fora, pensativa.

Olivier! Entre por favor, como vai você? — estendi a mão, que ele apertou afetuosamente.

Você está com um aspecto melhor. Fico feliz com isso. Ele se sentou. Contei a minha última conversa com Favre e fiquei espantada de ver o quanto o seu rosto ficara sério.

Beatriz, você falou a este respeito com alguém além de mim? Espero que não tenha comentado nada com Bintou.

Ai, meu amigo, fiz sim esta bobagem. Não pensei um segundo que ele tivesse algum papel em todas essas calúnias. Mas agora sei o que você vai falar: foi ele quem lançou os primeiros rumores e vai ser ele também quem vai lançar os próximos. Creio que você tem razão.

Falamos mais um pouco e despedimo-nos. Olivier saiu preocupado: como eu podia ser tão ingênua?

Rufina não viera mais ao escritório e fazia agora uma semana que ela estava ausente. Isso não tinha impedido o surgimento de novos rumores pouco lisonjeiros sobre ela, focando essencialmente na gravidez. E eu sentia que, no escritório, havia muita gente que acreditava firmemente que era eu que me comprazia com as difamações.

Assim, sentia a hostilidade crescente dos meus colegas internacionais, sempre os mesmos, que me ignoravam e tentavam me prejudicar. Eu até vi alguns assinarem cartas para o governo, no meu lugar. Favre sabia de tudo e se calava.

Bintou sacudia a cabeça e assustava estes garotos que sabiam que ele podia ser duro e tinha muito poder. Eles haviam, de certo modo, me poupado por medo dele e sabiam perfeitamente que eu frequentava círculos governamentais aos quais jamais teriam acesso. E todos invejavam a facilidade com a qual me relacionava com os chadianos, quer fosse o pessoal do escritório e do governo ou até mesmo os combatentes arruaceiros, que circulavam na capital.

Outro dia, o estagiário maneta Yrieix Leprêtre, que era uma das pessoas mais virulentas contra mim, quase foi vítima de sua própria pretensão e imaturidade: enquanto vinha a pé de sua casa para o escritório, esbarrou em dois combatentes, xingou-os e seguiu. Correram atrás dele, imobilizaram-no e começaram dando-lhe algumas bofetadas, que eram o prelúdio de uma boa surra.

Avisada pelos guardas, instintivamente, saí correndo e fui falar com os dois militares, que me contaram a desfeita de Yrieix.

Vocês estão com toda razão em querer dar-lhe uma surra! Ele realmente foi muito grosso! Mas já deram algumas boas bofetadas, não é mesmo? Não fica nada bem vocês espancarem um jovem estrangeiro assim na rua. Vou pedir a ele que se desculpe e o meu chefe lhe dará a surra que merece.

Yrieix, cuja boca sangrava, concordou rapidamente e, antes mesmo de esperar a reação dos militares, desculpou-se.

Pois bem, posso mandá-lo agora de volta ao escritório? Acho que ele já aprendeu a lição.

Os militares concordaram com um movimento de cabeça e Yrieix afastou-se.

O seu chefe vai bater nele? — perguntou-me novamente um dos dois homens. Eu sabia por Amadou, que os militares costumavam dar castigos físicos a seus subalternos nas casernas e sem titubear, respondi:

Estou certa, em vista da gravidade da infração, ele vai apanhar sim e muito. Encantados com a perspectiva de ver Yrieix surrado, os homens sorriram e se afastaram.

Voltei, lentamente, ao escritório e nem me incomodei em ir ver Yrieix. Para quê? Ele não gostava de mim e não ia me dar crédito algum pelo risco que eu incorrera. Mas cerca de meia hora depois do incidente, ele veio me ver, ainda muito branco e trêmulo, e agradeceu.

Como você sabia que eles não iam bater em você por vir me ajudar? — perguntou ele.

Na realidade, eu não sabia o que eles iam fazer. Mas achei que era minha obrigação tirar você da situação. Se você não tem educação ou juízo, pense um pouco nos riscos que você próprio corre — e faz correr aos outros — antes de se engalfinhar na rua com combatentes. Podem ter reações imprevisíveis quando se sentem desrespeitados. Recomendo que os evite para não ter mais problemas.

Voltei a me debruçar sobre meus papéis e quando levantei novamente a cabeça, Yrieix desaparecera.

Todo mundo se divertiu muito aquele dia com os tapas que Yrieix levara, e foi o assunto predileto dos chadianos na pausa *marara*. Como ele também tinha o hábito de destratar as pessoas no escritório, suas vítimas, pelo menos hoje, sentiam-se vingadas.

Capítulo 8
PARTIDA DEFINITIVA DA ADJUNTA

Rufina estava cansada. A experiência no Chade era muito desgastante com os desconfortos de uma gravidez problemática, a gestão de um escritório complicado e o surgimento de rumores pouco lisonjeiros a seu respeito. Além disso, precisava lidar com aquele representante residente fraco, que não estava nada convencido de que eu tivesse realmente um papel na sua crescente difamação! Muito irritada, resolveu hoje falar à Favre umas verdades.

Bateu na porta do nosso chefe e entrou. Favre sabia de antemão o que ela ia dizer e suspirou, resignado.

François, você é de uma inadmissível indulgência com Beatriz! — começou ela. Ela é uma incompetente e eis que circulam horrores na cidade a meu respeito e você fica aí parado sem fazer nada. Ela se interrompeu e caiu em prantos.

Rufina, disse Favre, levantando-se e pegando-a pelo braço para fazê-la se sentar. Eu estou desolado, sinceramente desolado com toda esta história. É verdade que Beatriz não consegue ainda exercer plenamente suas atividades de assistente. Culpo a sede de tê-la enviado aqui sabendo perfeitamente que ela não possuía experiência suficiente para o posto. Tenho de reconhecer que ela está melhorando cada dia mais e até você admitiu isso.

No que diz respeito aos rumores, você nunca foi capaz de me provar que tivessem sido lançados por Beatriz. O grande problema é que você antipatizou tanto com ela que perdeu toda a objetividade e agora posso até dizer, sem risco de me enganar, que você a odeia.

Eu sei que é ela que dissemina todos esses horrores a meu respeito, disse Rufina, cada vez mais alterada.

Eu preciso de provas, respondeu Favre. Estou até disposto a fazer uma acareação entre vocês duas para restabelecer a verdade. Agora, posso saber quais são as suas intenções?

Eu vou fazer exames amanhã. Meu médico particular quer que eu partilhe os resultados, mas já me avisou que tenho sintomas, que vão provavelmente me obrigar a voltar para Nova Iorque por alguns meses.

Minha cara, respondeu Favre. Se você deve ir embora, é melhor que fique em Nova Iorque pelo resto da gravidez e que peça à sede para enviá-la depois a um posto mais fácil do que este.

François, continuou Rufina mais calma. Você acha mesmo que essa é a melhor solução?

Penso que sim. E reconheço que você fez um excelente trabalho aqui. Rufina saiu da sala, sorridente. Favre se levantou e foi olhar pela janela, tentando se acalmar. Ele sentia raiva dele próprio por ser fraco e ter mentido. Na verdade, os colegas chadianos e muitos peritos tinham se queixado de Rufina e até tinham chegado a falar que preferiam trabalhar comigo!

No dia seguinte, minha chefe estava voltando do ginecologista muito nervosa. Se ela quisesse evitar um aborto espontâneo, deveria ir embora o quanto antes para Nova Iorque. Ela já imaginava o quanto Bintou e eu íamos ficar felizes quando soubéssemos que ela estava deixando o país definitivamente.

E de repente sentiu uma grande raiva: de qualquer maneira eu não perdia nada por esperar! Ela tinha suas relações na sede e faria um relatório detalhado sobre mim.

Subiu a escada e se dirigiu para o escritório de Favre. Quando bateu à porta e escutou o familiar "entre", ela se acalmou um pouco. Favre ergueu a cabeça dos seus papéis e lançou um olhar interrogativo.

Bom dia, François. Gostaria de avisá-lo que finalmente serei obrigada a ir embora. Eu corro o risco de um aborto a qualquer momento.

E quando você vai? — perguntou Favre.

O médico recomendou deixar o país a semana que vem e devo chamar o meu esposo, em Nova Iorque, para que tome as medidas necessárias. É claro que eu deixarei notas para indicar o estado do programa e darei instruções aos nossos excelentes estagiários e encarregados de programa. Você tem verdadeiros valores entre eles, sabe? O problema é que você não parece notar este fato, pois...

Rufina! — interrompeu-a Favre. Faça as suas notas e deixe-as com Amélia, minha secretária. Eu me entenderei com o pessoal. Estou desolado que precise ir embora nessas condições. Mas pode ficar certa de que faremos o máximo para ajudá-la.

Gostaria de fazer um bota-fora na minha casa em sua homenagem, continuou ele. Pedirei a você que me indique as pessoas que quer convidar. Mais descontraída, ela sorriu, agradeceu e se retirou.

Na segunda-feira, a adjunta resolveu anunciar a sua partida durante uma reunião de programa. Depois, começou a olhar rapidamente o seu auditório para ver as reações. Os estagiários e encarregados de programa internacionais, desolados, não conseguiram conter exclamações e mímicas de consternação.

O pessoal chadiano apresentava um semblante sério compatível com as notícias. Todos os olhares se voltaram para Bintou e para mim. Nada nos nossos rostos denotava felicidade ou tristeza. No final do encontro, fomos cada um para nossa sala e fechamos a porta, sabendo perfeitamente que todo o escritório aguardava nossas reações. Eu estava triste, entendia o que Rufina devia estar passando e sabia que ela me detestava, mas pelas razões erradas.

Sabia pelos meus colegas da seção de viagens que ela ia viajar amanhã, cedinho. Ela deixou o escritório acompanhada de Favre, de todo o pessoal do programa e de sua secretária Natália, que estava chorando.

Todo mundo ia ao aeroporto para se despedir da adjunta. Eu acompanhava o movimento da janela, vendo as pessoas entrarem nos carros. Não sentia prazer ou desprazer. Numa dada altura, Rufina levantou a cabeça e me viu. Dominei a primeira reação de me afastar e encarei-a, ela revidou o olhar por longos instantes, cheia de ódio. Mas imediatamente desviou o olhar e entrou no carro.

Afastei-me da janela. Para mudar um pouco minhas ideias, tentei pensar no agradável jantar que teria hoje à noite na casa de Pia. Já imaginava que a minha amiga iria falar do belo italiano, que ela acabara de conhecer na sua última viagem a Roma. Ela estava muito apaixonada por ele e queria entender melhor os seus sentimentos.

Comecei a trabalhar tentando não pensar mais em Rufina.

Capítulo 9
AS CONSEQUÊNCIAS
DO *DEBRIEFING* DE RUFINA

Depois da partida da adjunta, e como eu previra, o escritório entrou em crise. Ela começara a introduzir uma série de mudanças substantivas no programa e não teve tempo de terminar e institucionalizar. E para agravar as coisas, a minha relação com os encarregados de programa e estagiários internacionais só piorara, pois Rufina, de certa forma, os atiçara contra mim.

Bintou até que se saíra bem com a partida da adjunta e retomara a sua influência sobre Favre. Mas eu sabia, ou melhor, sentia, que os problemas só estavam começando. O escritório estava uma bagunça! E Rufina logo faria seu relatório à sede fazendo o possível para comprometer tanto o representante residente quanto Bintou e eu.

Um dia, me abri com Pia, que fizera uma análise similar à minha. Pensávamos que a sede, primeiro, se ocuparia de Favre, tirando-o do Chade e enviando-o em algum outro país africano, bem distante dali. Isso poderia ser feito sem problemas, pois ele já ficara no país três anos, ao passo que a duração máxima de permanência dos funcionários do PNSQV no país era de apenas dois.

O PNSQV Nova Iorque também poderia arranjar um bom encarregado de escritório, até a nomeação de um novo representante residente. Bastava promover um funcionário local competente de um dos seus escritórios, com a condição de que aceitasse trabalhar num posto tão difícil quanto o Chade. Seria uma proposta irrecusável para qualquer funcionário com um pouco de ambição.

Depois tomaria medidas contra Bintou, recomendando provavelmente que o seu contrato renovável de dois anos não fosse prorrogado.

E por último, a sede se debruçaria sobre o meu caso. Mas eu tinha vantagens mesmo não conseguindo levar a cabo satisfatoriamente todas as tarefas de assistente: conhecia bem o escritório, era honesta, trabalhadora, fiz grandes progressos e gostava muito do país. Então, seria preferível investir em mim e me dar a formação de que precisava para melhorar, do que trazer outra pessoa para o Chade.

E, sobretudo, eu também conseguira penetrar as mais altas esferas do governo e resolvia facilmente todos os problemas que surgiam entre os chadianos e os colegas do PNSQV. E isso era importante quando se sabia que as relações entre as autoridades nacionais e o pessoal expatriado sempre tinham sido difíceis até então — com exceção do período de Favre como representante residente — e a sede estava perfeitamente a par deste problema.

Vamos ver com o tempo se a nossa avaliação se concretiza, pensava eu, com um aperto no coração. Eu gostaria muito de ficar aqui. Mas o que lamento mesmo é que Rufina vai fazer um *briefing* incorreto: não sou amante de Bintou e não sou responsável pelas fofocas que tanto a prejudicaram.

Os dias passavam, Favre, Bintou e eu trabalhávamos muito na previsão dos numerosos eventos do final do ano. Entre eles, havia a organização de uma mesa redonda estratégica para o governo que visava arrecadar recursos para a reconstrução e reabilitação da região norte do Chade — vulgarmente chamada de BET (prefeituras de Borkou, Ennedi e Tibesti) — que fora destruída pela ocupação líbia e os combates entre invasores e chadianos.

Favre teve uma ideia genial: abrir a conferência com um filme curto sobre a região, que mostraria aos doadores, de maneira original, os problemas e o potencial da região.

Animado pelo entusiasmo que a ideia encontrou nos colegas e nas suas contrapartes, Favre fez várias ligações à Suíça para ver se conseguia interessar uma firma daquele país nesta iniciativa.

Bintou e eu estávamos trabalhando sobre este assunto quando Favre veio falar conosco, encantado: acabava de receber o acordo de uma pequena firma cinematográfica suíça para vir dentro de dois meses fazer o curta metragem com três jornalistas. Iam trazer, além do entusiasmo pela tarefa, um equipamento excepcional. Favre queria ir pessoalmente acompanhar o grupo com Bintou, enquanto eu ficaria em N´Djamena, encarregada do escritório.

À noite, estava confortavelmente instalada no sofá, lendo e escutando música quando ouvi a campainha tocar. Sem me mexer, gritei que a porta estava aberta e fiquei muito surpresa ao ver Favre.

Levantei e fui buscar uma cerveja, que ele começou a beber em silêncio. O meu instinto me dizia que ele não era portador de boas notícias.

Os suíços não vêm mais aqui? — indaguei.

Não, respondeu Favre. Acabo de receber uma chamada de nosso Escritório Regional para África (ERA). Querem que eu vá para o Botswana dentro de três meses.

Botswana? É bem longe daqui. Mas você está com vontade de ir para lá?

Não. Não estou nem um pouco animado em me mudar para lá. Pedi para me enviarem a proposta por escrito para que possa avisar, oficialmente, o governo chadiano.

Eu refletia, silenciosa, com o cenho carregado.

No que você está pensando? — perguntou Favre.

Penso que Rufina não perdeu tempo. Alguns meses atrás você me disse que a sede sondara você para averiguar se estava disposto a ficar aqui mais tempo, pois não conseguia ninguém para vir ao Chade. Então por que mudariam de ideia de maneira tão brusca?

Favre não respondeu. Um silêncio pesado se instalou e tentei animá-lo. Minhas palavras, aparentemente, o acalmaram e no final da conversa, ele já estava mais alegre e sorridente. Terminou a cerveja e se levantou.

Obrigado pela recepção e gentis palavras. Vou passar na casa do Real Dalphond conversar um pouco com ele e beber mais algumas cervejas. Imagino que você vá receber os seus amigos da terra ou então vai sair.

É, os meus amigos chadianos são os meus fachos de luz na escuridão em que está mergulhado este país, nessa guerra impiedosa. São eles que conseguem me trazer o equilíbrio e a harmonia de que preciso para poder trabalhar com toda a energia. Favre me olhou, espantado, mas não disse nada e se retirou.

No dia seguinte, Bintou veio me ver para anunciar que conversara com Favre. Nada comentei a respeito da visita na véspera. E tive a sensação de que ele falara com Bintou para que ele conseguisse uma reação bem negativa do governo ao anúncio de sua partida.

Bintou, assim como eu, pensava que a retirada de Favre do Chade era o resultado das intrigas de Rufina na sede.

Esta mulher é perigosa, me disse ele. Vai tentar responsabilizar tanto o Favre quanto nós dois por tudo o que acontece aqui de negativo.

Vendo o quanto estava veemente, entendi que ele não previra este desenlace. Mas para mim, esta sequência de eventos era muito lógica.

Eu me pergunto quem vai ser a próxima vítima da Rufina, disse-lhe em voz baixa. Ele se virou para mim com vivacidade e pela primeira vez encontrei-me frente a um Bintou que não conhecia: seus olhos, estreitados, pareciam duas fendas, onde brilhava uma luz maldosa. Um ricto torcia sua boca e os traços estavam de uma impressionante dureza.

Meu Deus! — pensei com um aperto no coração. Se lhe acrescentarmos um par de chifres, uma cauda com ponta em flecha e pés de bode, eu diria que tenho neste exato momento o demo na minha frente. Pela primeira vez Bintou me assustou, mas tentei disfarçar.

Mas em questão de minutos, o diabo transformou-se novamente num ursão manso, carinhoso e Bintou caiu numa sonora gargalhada.

Este comentário foi ótimo. Mas não vai ter mais vítimas de Rufina, está claro? Repito: não haverá mais vítimas.

Não respondi. Eu estava entendendo agora o que sempre me afastou dele: este homem por quem estava tão atraída era capaz do melhor e do pior e acabava de me dar uma excelente demonstração. Sozinha, chocada, não conseguia mais trabalhar. Sabia que não poderia falar com ninguém: estava cercada de inimigos e de pessoas em quem não confiava. Olivier estava de férias e Pia saíra numa missão, e estes eram os únicos com quem poderia partilhar esta experiência demoníaca.

Decidi, como de costume, ir ter com os Traorê. Os homens estavam instalados na calçada na frente da casa, tomando a fresca da noite e conversando, debaixo das mangueiras. Vi muitos rostos familiares me sorrirem, quando me acerquei.

Ó Beatriz, venha aqui, disseram eles, indicando uma cadeira vazia no meio do grupo. Estávamos nos perguntando por onde andava e querendo ir à sua casa. Então, conte-nos um pouco: o que é esta história do Favre sair de N´Djamena daqui a três meses?

Fiz uma careta de desprazer e todos caíram na gargalhada. Bintou provara mais uma vez a sua habitual eficácia em disseminar informações restritas.

Capítulo 10
O ENCONTRO

Neste sábado, eu devia ir à casa de Hissène Mahambo, que fazia uma festa de arromba. A sua morada, bem central, tinha um pátio grande de terra batida, assim como na maior parte das casas chadianas, e todas as pessoas importantes de N´Djamena estariam presentes.

Cheguei mais cedo que os outros convidados pois Hissène, que era divorciado, me pedira para vir ajudá-lo a finalizar os preparativos e desempenhar um pouco o papel de anfitriã. Por volta das 21:00, os convidados começaram a chegar.

O meu amigo Souleymane insistiu para que abríssemos o baile juntos e logo a pista foi invadida pelos casais. Os chadianos gostavam de dançar e dançavam muito bem.

Num dado momento, esperei Souleymane dar uma volta para eu poder ver quem estava me olhando com tamanha insistência. Vi que era um militar chadiano, de tez escura, nos seus trinta e cinco/quarenta anos e cumprimentei-o com um movimento de cabeça, enquanto voltava a me concentrar na dança.

Ele era de estatura média e usava farda de combate. Eu o olhei novamente e notei seu rosto estreito, lábios grossos e sensuais, com cabelo, barba e cavanhaque curtos. O que chamava a atenção neste homem eram os olhos muito negros, de uma grande intensidade e muita inteligência.

Ele tem olhos de lobo, pensei, impressionada pelo militar distinto e carismático, cujo olhar se desviava um instante de mim, só para imediatamente voltar a se concentrar na minha pessoa.

Muitos homens haviam tomado posição ao seu redor. Um deles estava atrás do militar-dos-olhos-de-lobo, olhando tudo e todos. Era um homem jovem com um tipo singular: alto e magro, enérgico, com um anel diferente na mão esquerda e dono dos mais incríveis olhos cinzas que eu vira na vida!

Era um contraste insólito e muito bonito com aquela pele de mestiço escuro. Ele me encarou com uma expressão divertida, já imaginando a razão do meu espanto. Voltou a se preocupar com sua tarefa de proteger o seu chefe e se desinteressou de mim.

Desviei os olhos dos dois militares e comecei a olhar a mulher, sentada ao lado do homem-dos-olhos-de-lobo. Devia sem dúvida ser sua esposa. Era uma mulher da comunidade árabe da prefeitura do Batha, alta e esguia, clara, com o cabelo trançado sem adornos. Os seus olhos estavam pintados com *kôhl*, e desenhos sofisticados feitos com *hina* enfeitavam seus pés e mãos.

Souleymane notou que estava olhando o belo oficial por cima do seu ombro. É Kayar Saleh Yacoub, sua esposa e seus homens, avisou-me ele. Depois dos conflitos de Fada, em 1986, houve uma inversão de alianças e Kayar — assim como outros militares prestigiosos — aceleraram os contatos com o presidente Hissein Mahamat e se distanciaram dos seus aliados líbios. Depois de sua participação destacada na batalha de Ouadi--Doum, ele tornou-se o Chefe do Estado Maior Geral Adjunto dos Exércitos. Ele é responsável pelas táticas e estratégias de combate. Neste ano de 1987, graças a ele e ao meu conterrâneo, o comchefe *zaghawa* Abakar Nassour, os líbios foram rechaçados e tomamos de volta localidades chadianas como Ouadi-Doum, Faya Largeau e Fada, entre outras.

Cuidado, continuou ele, rindo muito. Halima, sua esposa, é uma verdadeira tigresa e se olhar muito para seu marido, vai vir arrancar os seus olhos. Ela é de um ciúme doentio. E ele é um rabo de saia notório. E vejo que ele não para de olhar para você. Isso tem todos os ingredientes para virar um coquetel explosivo. Bom, faça o que bem entender, mas não venha depois me dizer que não foi avisada.

Depois da dança, Hissène veio ter comigo, servil, me pegou pela mão dizendo que queria me apresentar alguém. O alguém, evidentemente, era Kayar. Cumprimentei-o assim como a sua mulher. Estava resolvida a não me demorar muito e após uma troca de banalidades, queria voltar a dançar, quando ele me interpelou:

A senhora mal nos cumprimentou e já está nos deixando? Saiba que eu não mordo. Sente-se um pouco aqui conosco.

Sentei-me relutante, sem dizer uma palavra. Neste exato momento, alguém veio conversar com a esposa de Kayar que levantou, desculpou-se e se afastou do grupo.

O meu interlocutor nem lhe deu atenção. Os seus olhos estavam fixados em mim. Eu lá vi curiosidade, desejo, provocação. Ao mesmo tempo em que me olhava, deu-me algumas alfinetadas que imediatamente retornei. Seus olhos brilharam, divertidos, ávidos, irônicos. Ele me detalhava com um sorriso desagradável, agressivo. Eu o encarei e me levantei.

A senhora está fugindo? — perguntou Kayar, com ironia.

Não, respondi, sem deixar um segundo de encará-lo. Mas vim aqui para me divertir e não receber alfinetadas de um militar que esqueceu suas boas maneiras num BMC (Bordel Militar de Campanha) qualquer.

Kayar caiu na gargalhada. A senhora parece não se deixar intimidar e sempre acha a resposta apropriada para tudo, não é mesmo? Imagino que um homem não deva se aborrecer na sua companhia.

De fato, respondi secamente. Tenho muitos defeitos, mas não este. Agora, se o senhor me der licença. Tranquilamente, levantei-me para ir dançar com Souleymane, cuja mão já estava estendida na minha direção fazia algum tempo.

Ainda nos veremos, Sra. de Val d´Or, continuou Kayar.

Ah é? Não me diga! Não vai mais então voltar para aqueles seus fins de mundo? Bem, seja lá o que for, desejo-lhe ótima noite e estadia em N´Djamena, comchefe, respondi.

Quando fui dançar, senti um olhar divertido sobre mim: era aquele militar dos olhos cinzas, atrás do comchefe. Ele seguira com bastante atenção a nossa conversa e, aparentemente, gostara das minhas respostas.

Quando mais tarde, olhei na direção do comchefe, de sua esposa e dos seus homens, todos haviam desaparecido. Fui me sentar, cansada de tanto dançar, quando ouvi uma voz zombeteira nas minhas costas. Era Hissène.

Eu não sei o que você disse ao comchefe, mas ele ficou impressionadíssimo com você. Está totalmente subjugado.

Dei de ombros. Ele foi desagradável e revidei à altura, só isso. Este seu comandante se impressiona com facilidade.

Ah, então é isso! — riu Hissène. Ele não está acostumado a ser tratado assim. Todas as mulheres estão a seus pés. É um chefe de guerra prestigioso e como todos os predadores, ele não gosta do que é demasiadamente fácil. Apesar de casado, ele troca de amante como de camisa.

Kayar é um personagem histórico. Foi o comandante em chefe geral das forças armadas de Mahamat Gouro, um dos oponentes do atual presidente. Depois ocupou um posto chave no subsequente governo de união nacional de transição. Em seguida, passou para o lado do presidente Hissein Mahamat e estava até agora postado em Bardaï, na prefeitura do Tibesti. Todas as mulheres de N´Djamena têm os olhos fixados nele e só esperam um sinal dele para cair nos seus braços.

E quando volta para Bardaï? — perguntei.

O presidente acaba de chamá-lo para vir à N´Djamena. Precisa mais dele aqui agora. Você ainda vai ouvir muito falar de Kayar. Se ele gostou de você, o que me parece ser o caso, ele vai vir atrás de você. Coitado! — riu Hissène divertido. Acho que desta vez ele caiu num osso duro de roer.

Dei de ombros e mudei o assunto da conversa.

Mais tarde, em casa, voltei a pensar no comchefe. Até agora eu não encontrara ainda ninguém que me tivesse dado aquele friozinho na barriga, aquelas pernas moles. Instintivamente, sabia que o belo militar e eu íamos sair juntos.

Capítulo 11
FESTA NA CASA DE SOULEYMANE

SOULEYMANE DECIDIU, pouco tempo depois do evento na casa de Hissène, fazer uma grande festa na ocasião do seu aniversário e convidou a nata da sociedade N´Djamenense. Como Pia e eu éramos as suas amigas próximas, fomos evidentemente convidadas.

Quando chegamos à casa do nosso amigo, ainda havia pouca gente e ele já havia mandado acender no pátio duas grandes fogueiras que, de um lado, iam permitir iluminar melhor o local e, de outro, assar grandes quantidades de carne, que já estava sendo colocada no fogo sobre grelhas de ferro.

Fui cumprimentar os amigos que chegavam. Depois disso, fui me instalar ao lado de uma das fogueiras, onde estavam assando gazela, frango e peixe capitaine. Assegurei-me de estar bem longe do local onde o inevitável *marara* estava sendo assado, mas também fervido em caldeirões, pois só o cheiro me dava engulhos. Aos poucos, o pátio se encheu de gente: uns conversavam sobre tapetes e almofadões ouvindo música chadiana e sudanesa, outros dançavam, comiam e bebiam à vontade. Sentei-me ao lado de Pia e servi-me de peixe grelhado.

Fui dançar várias vezes, cada vez com parceiros diferentes, mas não vira ainda Kayar. Estava convencida de que viria. Enquanto isso, me divertia como podia, com um olho na porta, tentando disfarçar a ansiedade para Pia não se dar conta de nada.

Mas que diabos está acontecendo? Perguntei-me. Vi este sujeito uma vez só e agora ele não me sai da cabeça. Preciso lembrar que sua esposa tem fama de ser muito possessiva. Eu preciso esquecer este homem, ele é encrenca.

Por volta da meia-noite, quando a festa estava no seu auge, vi Kayar chegar. Deixara os sapatos na entrada e entrou sozinho, com seu uniforme de combate desabotoado na altura do peito, cumprimentando todos e, visivelmente, procurando alguém ou alguma coisa.

Senti, mais do que vi, que era eu que ele estava procurando e, depois de algum tempo, ele se aproximou da fogueira, perto da qual estava: Ora, mas vejam só quem está aí! Pia e a minha amiga das Nações Solidárias! Como estão as senhoras?

Ele se deixou cair no meio de nós duas e afastamo-nos para lhe dar espaço: Sou como Cinderela, ironizou ele. Já é meia-noite, perdi os meus sapatos e daqui a pouco posso também perder a cabeça entre duas beldades dessas.

Notei que já devia ter bebido muito. Mas tive de repente a impressão de que todas estas brincadeiras e provocações escondiam timidez, tristeza e talvez até insegurança.

Numa hora Pia pediu licença e foi dançar e Kayar e eu ficamos os dois numa espécie de *tête-à-tête* desajeitado. Se ele bebera muito, estava perfeitamente consciente de tudo o que acontecia à sua volta.

Eu não estava incomodada por ele, mesmo tendo horror a bêbados, mas queria do fundo do coração que ele parasse de fingir o que não era e tivesse uma conversa decente comigo. Ele estava insuportável hoje, ainda mais do que da outra vez. Eu sentia que devia estar infeliz com alguma coisa, pois não parava de me dar patadas e suas brincadeiras eram muito ferinas. Os seus olhos brilhavam de uma maneira diferente e ele parecia ter febre.

O senhor sempre se esconde atrás desta couraça de agressividade e de deboche? — perguntei, zangada com as suas ironias e agressões contínuas. Eu gostaria de conhecer o Kayar que está atrás de tudo isso. Tenho certeza de que deve ser uma pessoa bem diferente e mais amável. E se continuar assim, vai me afugentar de vez.

Kayar continuava me olhando com cara de desafio. Quer me conhecer é? — riu ele com deboche. Mas isso é possível a qualquer momento. É só acharmos um canto sossegado, minha cara. E seria um grande prazer para mim.

Sacudi a cabeça com um sorriso: Não, não me referia a conhecê-lo fisicamente. Isso realmente dá para fazer a qualquer hora e em qualquer lugar, mas lamento informá-lo que não costumo começar assim os meus relacionamentos. Eu queria simplesmente ter uma conversa amiga sem levar — ou ter de dar — patadas o tempo todo. É muito cansativo ficar assim num estado de perpétua tensão. Mas me parece que não entende nada do que estou falando, não é mesmo? Desculpe, acho que me enganei a seu respeito. Esqueça o que eu disse e aproveite bem a noite.

Um dos amigos chadianos veio me tirar para dançar, levantei-me e fui para o meio do pátio, sentindo os olhos do comchefe cravados nas minhas costas. Pia também já fora devolvida ao seu lugar e comentamos um pouco sobre a festa que estava maravilhosa, até que ela me disse, rindo muito: A conversa com o comchefe foi prazerosa?

Não, não foi não, respondi. Nunca vi alguém mais agressivo e debochado do que ele. Mas desta vez me pareceu que ele estava desta forma por alguma razão. Talvez tenha brigado com a mulher, não sei. Mas conviver com pessoas assim me cansa.

Comecei me expressando mal falando que queria conhecer a pessoa que estava atrás de todas aquelas aparências. Aí, ele não deixou passar a ocasião para me virar uma resposta atravessada como se eu tivesse manifestado um interesse físico nele. Esqueci que a palavra "conhecer" aqui no Chade quer essencialmente dizer manter relações sexuais. Aí expliquei-lhe que queria apenas ter uma conversa amigável, sem agressões e ironias. Não sei como ele reagiu, pois alguém veio me convidar para dançar e quando voltei para meu lugar, ele já tinha desaparecido.

É, disse Pia pensativamente. Eu acho que Kayar é uma pessoa infeliz, talvez até muito infeliz. Lembre-se sempre disso. Hoje ele estava alterado, nunca o vi assim.

Capítulo 12
QUANDO AS LENDAS VIRAM REALIDADE

Algum tempo depois do aniversário de Souleymane, fui à outra festa muito animada, dessa vez na casa de Hissène e não vi Kayar.

O relógio indicava mais de 02:00, quando fui buscar meu carro, estacionado no pátio da residência de Souleymane e voltei para casa, perguntando-me o que poderia ter acontecido com o comchefe. Será que viajara?

Eu dirigia numa avenida deserta onde se localizava um quartel, o que também explicava porque as pessoas nunca andavam por lá: todos tinham medo dos militares e preferiam passar pela avenida de trás, ainda mais à essa hora da noite, quando o lugar ficava ainda mais perigoso para pedestres do que de dia.

Eu estava passando por lá quando tive a surpresa de ver uma mulher jovem, vestida de branco, com um *lafaï* (pano leve que cobre a mulher da cabeça aos pés) da mesma cor, pedindo carona na calçada frente ao quartel. A lua estava cheia e iluminava aquela forma esguia que se quedava imóvel debaixo de uma paineira. Pensei em parar para ajudar a mulher, mas depois resolvi continuar o meu caminho, quem em sã consciência poderia estar pedindo carona naquele lugar àquela hora?

Na segunda-feira, fui, como de costume, para a casa de Amadou e Hawa. Estava cedo e tinha aproveitado para trazer para o jantar um enorme pedaço de gazela, que um dos amigos caçadores me trouxera. O animal era tão grande que até pensei em fatiá-lo, congelá-lo e ir comendo aos poucos. Devia certamente pertencer ao grupo de gazelas-cavalo, como adaxes ou oryxes e eu levaria semanas para comê-lo. Resolvi levá-lo inteiro à casa dos Traorê após tê-lo temperado. Agora só faltava assar, para que todo o sabor viesse à tona.

Estacionei o carro do lado da casa, peguei cuidadosamente o prato de gazela e entrei na casa, chamando por Hawa. Amadou acabava de avisá-la que preparasse algo de gostoso, viria jantar com um grupo de seis amigos que nós duas conhecíamos. Hawa olhou aliviada para mim.

Nossa, que ótimo que trouxe esta gazela! Amadou só me avisa que vai trazer gente para jantar quando todas as lojas já estão fechadas. Nossa! Que pedaço de carne bom! Pelo tamanho, não deve ser gazela não, parece mais ser uma gazela-cavalo e a carne é muito saborosa. Acho que vai dar para todos nós hoje e ainda vai sobrar, a não ser que apareçam outras pessoas.

Tenho ainda algumas coisas na geladeira se precisarmos de mais. É só preparar arroz e tenho *éch*, que uma das minhas primas preparou e está bem gostoso. São pessoas que apreciam gazela, portanto não poderia me ter trazido coisa melhor.

Enquanto trabalhávamos, contei à Hawa o que acontecera na véspera. E como era esta mulher? Perguntou Hawa. Descreva-a para mim.

Ela não tinha nada de particular, respondi. Era jovem, alta e magra. Estava vestida de branco com um *lafaï* branco por cima da roupa, que cobria a cabeça e não dava para ver muito bem suas feições. Ela estava de pé, àquela hora da madrugada na avenida do quartel, debaixo de uma grande paineira.

Eu estava pensando em dar-lhe uma carona quando alguma coisa dentro de mim me desaconselhou a fazê-lo e voltei a acelerar. A pobre mulher deve ter pensado que eu ia parar. Até se aproximou do carro.

Ah, é? — disse-me Hawa. E deu para você ver os seus pés?

Os seus pés? Não. Nem pensei na verdade em olhá-los, mas espera. pensando bem, estavam cobertos pelo *lafaï*. Na verdade, não vi nada dela, nem rosto, nem mãos e nem pés.

Então eu acho que você tomou uma excelente decisão, disse Hawa. O que você viu certamente não era uma mulher comum. Devia ser uma *Mamy Wata*, pois nenhuma mulher em sã consciência ficaria plantada na frente de um quartel de combatentes, nem de dia, e ainda menos àquela hora. Seria estupro na certa. A *Mamy Wata* é um ser de outro mundo. Dizem que ela fica tarde, de noite nas calçadas, pedindo carona para os desavisados, que pensam que ela é uma mulher comum.

Quando ela entra no seu carro, você vai ver os seus pés de cabra e ficar à mercê dela. Ela entorpece você, entra na sua cabeça e a domina. As pessoas que lhe dão carona ficam loucas, depois de ter rodado pela cidade horas a fio, pois a *Mamy Wata* gosta de fazer as suas vítimas darem muitas voltas, antes de enlouquecê-las. Você não é a primeira pessoa que vê uma delas naquele local. Elas gostam de ficar à noite debaixo de uma paineira, que aqui é considerada uma árvore mágica. Nunca pare Beatriz. As *Mamy Wata* são perigosas.

A propósito, outra recomendação, antes que eu esqueça, Ali me falou que ele e Narguis queriam convidá-la a semana que vem para ir ao seu "jardim" nas margens do Chari, a cerca de meia hora de N´Djamena.

O "jardim", caso você não saiba, é um pedaço de terra que os chadianos abastados têm fora da cidade, onde plantam árvores frutíferas e legumes para complementar a dieta, ou até mesmo vender. Lá os amigos se encontram para comer, jogar baralho, tomar banho de rio, fazer a sesta. Tem muitas árvores e você pode ficar o dia todo debaixo da sombra, fazendo o que lhe der vontade. Caso vá e queira tomar banho no rio por volta das 12:00 (hora mais quente do dia, quando os espíritos das águas saem do rio para se aquecer ao sol), lembre-se, quando entrar e sair do rio, de se desculpar para com os espíritos das águas e dizer: Espíritos das águas, quero lhes pedir desculpas se eu os estou pisando, pois se assim fizer, é porque eu não os vejo. É indispensável você dizer isso naquele momento se quiser que eles permitam um banho seguro e prazeroso.

Então, estamos entendidas, respondi. Se for tomar banho de rio às 12:00, me desculparei como você indicou.

A chegada dos convidados interrompeu a conversa e fomos nos juntar ao grupo.

Depois de jogar fora alguma conversa, Hawa e eu voltamos à cozinha para esquentar a comida. Quando os convidados viram a gazela chegar na bandeja com arroz e *éch*, lamberam os beiços.

Mas que cheiro divino! — disse um deles. Vocês não poderiam ter acertado mais o cardápio da noite! Adoramos gazela e esta parece ter sido muito bem temperada e preparada. Amadou, você está de parabéns.

Eu ia colocar na boca um pedaço de carne, quando ouvi que dois dos presentes estavam falando do comchefe adjunto. Prestei atenção à conversa: Kayar Yacoub? — disse um deles. Ele não está em N´Djamena no momento. Foi para Koulbous numa viagem de rotina. Creio que deva regressar amanhã ou depois. Ele agora está desempenhando as suas funções aqui em N´Djamena. Se precisar falar com ele, tente ligar ou no final do dia amanhã, ou depois de amanhã no Estado Maior.

É por isso que ele não estava na festa na casa de Hissène, pensei. Ele jamais perderia uma festa tão boa quanto aquela se estivesse na capital.

Capítulo 13
O PASSEIO DE FARCHÁ

Eu estava particularmente cansada neste fim de tarde e decidi ir fazer um passeio de carro do lado do bairro de Farchá, antes de voltar para casa. O sol estava baixo, perdido numa maravilhosa explosão de cores e a temperatura estava mais suportável. Até soprava um ventinho fresco.

Peguei a pequena estrada estreita que acompanhava o Chari, onde dava para ver uma praia fluvial sempre cheia de hipopótamos. O lugar ficava lindo àquela hora do dia. Notei que um carro me seguia já fazia algum tempo e não dei muita importância. Tinham-me avisado no escritório que a polícia política, a Direção da Documentação e da Segurança (DDS) tão temida e formada por agentes franceses, costumava acompanhar por algum tempo os deslocamentos dos estrangeiros recém-chegados para verificar seus hábitos e quem frequentavam. Mas Amadou também me avisara que ela dispunha de um braço armado ainda mais inquietante, a Brigada Especial de Intervenção Rápida (BEIR), que prendia, torturava e executava as pessoas.

Os agentes tanto da DDS quanto da BEIR podiam muitas vezes se transformar em verdadeiros animais e praticar torturas horrorosas.

Continuei rodando alegremente para chegar ao meu ponto preferido, de onde tinha uma excelente vista do rio e dos hipopótamos. Não prestei mais atenção ao carro, que agora chegava mais perto do meu. De repente o carro me ultrapassou pela direita e emparelhou comigo. Surpresa, fiz uma falsa manobra e o meu veículo morreu.

Ai meu Deus, parece que o seu carro está com problemas. Quer uma ajuda? — me disse uma voz zombeteira.

Olhei de onde vinha a voz e vi Kayar, sentado no banco do passageiro, do lado de um dos seus tenentes, que olhava para mim com seus olhos pretos, brilhando. Ele parecia muito divertido pela cena e pelo movimento de irritação que tive e logo tentei disfarçar.

Sorri: Ora essa, comchefe! O senhor não tem nada de melhor a fazer do que seguir as pessoas? Com o posto que ocupa, isso realmente é de uma falta de seriedade! Kayar parecia encantado.

Mas eu não sou sério, minha cara, sobretudo com alguém como a senhora. Perco os meus meios com muita facilidade. Sou extremamente tímido, sabe. Já deu para notar isso, na casa do Souleymane? E realmente os seus dons de observação deixam um tanto a desejar: a senhora levou um tempão para se dar conta que estava sendo seguida, não é mesmo?

De fato, respondi. Sou muito distraída e estava perdida nos meus pensamentos. Sempre venho aqui para ver o pôr do sol sobre o rio.

Não me diga! E em quem a senhora estava pensando? Em mim? Talvez seja por isso que sumiu da circulação, esses últimos tempos.

Comchefe, respondi. Como dizem na minha terra, modéstia, canja de galinha e água benta não fazem mal a ninguém. Acho que o senhor teria tudo a ganhar sendo mais modesto. Detesto fanfarrões.

Nós dois estávamos rindo. Estamos provocando um grande congestionamento, observei depois de olhar no retrovisor. Por que não vamos tomar um café no hotel *La Tchadienne,* aqui pertinho? Eu o convido. Poderíamos conversar mais agradavelmente. Ele concordou e vi uma luzinha de satisfação se acender nos seus olhos.

Fomos para o hotel. O café se prolongou mais do que o esperado e nós nos divertimos muito.

Fui obrigada a reconhecer que o homem podia ser encantador — e nada agressivo — quando queria. Depois de algum tempo, Kayar lembrou que precisava ver alguém no hotel e que já estava quase na hora do encontro. Foi neste momento, que lembrei que eu não viera apenas à Farchá para ver o pôr do sol: enleada pelo comchefe, esquecera que ainda precisava conversar com um dos meus consultores que acabava de chegar. Separamo-nos muito amigavelmente.

Marcara o meu encontro com o perito no bar do restaurante e lá ficamos um bom tempo, conversando. Quando saí, já estava anoitecendo e olhei ao meu redor, esperando ver o comchefe.

Eu não o vi. Com certeza, já deve ter ido embora, pensei. Realmente, estou começando a pensar muito neste homem.

Entrei no estacionamento do hotel a céu aberto, que ficava perto do rio e era muito mal iluminado. Andava rápido para não chegar atrasada aos Traorê.

Quando localizei meu carro e me aproximei, já dava, de longe, para ver que um dos pneus estava furado. Fiz um gesto de cansaço e não pude deixar de falar um palavrão.

Alguém caiu na gargalhada nas minhas costas e me propôs os seus serviços. Eu já ouvira esta voz grave em outro lugar e nem precisei me virar para saber que era a voz do comchefe.

Vendo minha reação de surpresa, ele me falou que terminara o seu encontro e quando viu meu pneu furado, galantemente, resolveu me esperar, sabendo que ia precisar de ajuda.

Era muita coincidência. Achava, na verdade, que o próprio Kayar tinha furado o pneu do meu carro de propósito e montado toda aquela história, só para poder ficar mais tempo conversando comigo. Mas achei melhor dar uma de tonta e fazer de conta que acreditava no que ele dizia.

Kayar pediu ao seu tenente para trocar o pneu. Venha, disse-me ele. Vamos dar uma volta. Tem um trilho perto do rio, com jardins que são muito bonitos com este luar. A propósito, podemos ser menos formais? Chamar as pessoas de senhor e senhora me deixa constrangido.

Pegou minha mão e me levou para o lugar, que de fato era lindo. Fiquei de mãos dadas com ele e, depois de alguns instantes, a removi sob o pretexto que queria pegar um cigarro na bolsa. Kayar sorriu, mas não reagiu. Começamos então a passear nas margens do rio sempre conversando.

Quando vi o tenente se aproximar para avisar que o pneu já fora trocado, marquei um tempo e depois comecei lentamente, a voltar para o carro. Senti claramente o quanto Kayar estava decepcionado. Ele me seguiu sem dizer nada. Entrei no meu Toyota Starlet.

Se você está pensando meu amigo que vou cair temperada e assada no seu bico, está muito enganado, pensei. E arranquei devagar, não sem antes ter agradecido muito pela ajuda e ter desejado boa noite.

Depois deste encontro, agora via Kayar com uma certa frequência, na casa de meus amigos Traorê. Um dia Amadou comentou com a esposa que estavam vendo muito o comchefe na sua casa ultimamente.

Hawa riu. Talvez ele tenha arranjado uma nova amiguinha nas imediações. Este rapaz é um incorrigível paquerador.

Amadou deu de ombros. Ele gosta muito de beber, de namorar tudo o que tem uma saia. Ele realmente não é sério para alguém que desempenha as suas altas funções.

Você sabe, Beatriz, continuou Hawa. Nós o chamamos de camaleão. Tem momentos em que desaparece e ninguém sabe onde e com quem está. Numa cidade tão pequena quanto N´Djamena, ele consegue se fundir na paisagem. Mas quando se trata de uma aventura, ficamos todos a par, ele não consegue manter segredo. Dizem que tem orgias e farras na casa de alguns estrangeiros e ele lá vai regularmente. É sem dúvida encantador, mas não tem nada na cabeça.

Kayar, quando me via nos Traorê se comportava de maneira distante e às vezes, agressiva. Eu sorria, devolvia suas alfinetadas — o que muito fazia rir o casal Traorê — e o deixava mergulhar nas suas palavras cruzadas onde podia passar horas, alheio a todo o resto. Ele mudou completamente os seus modos no dia em que me perguntou por que eu ficava menos nos Traorê quando ele lá estava. Eu respondi que achava o seu comportamento desrespeitoso para com os anfitriões e isso me desagradava profundamente.

A partir deste momento, Kayar ficou encantador com todo mundo. Parou de fazer palavras cruzadas na cara dos amigos. Os Traorê, surpresos, se perguntaram qual seria a causa de uma mudança tão radical nos modos do comchefe. Os dois gostavam dele, apesar dos seus múltiplos defeitos e de seu comportamento imprevisível.

Capítulo 14

PREPARATIVOS PARA A VIAGEM AO TIBESTI

Estava inquieta. Os preparativos para a missão ao maciço do Tibesti na região norte do Chade estavam no auge. Bintou era o responsável, mas eu tinha a impressão de que ele não se ocupara deste assunto com a devida seriedade.

Ele falava muito — e bem — e impressionava o auditório. Mas com frequência, varria os problemas para debaixo do tapete e sabia usar o seu charme para disfarçar as falhas de uma tarefa malfeita por falta de tempo ou de persistência. E como Pia me dissera várias vezes, via agora com clareza que eu não tinha a menor autoridade sobre este colega pois ficara próxima demais dele.

Mandei fazer uma revisão completa nos dois Toyotas 4x4 PNSQV, que iam viajar para o Tibesti, pois a missão tinha de ultrapassar o *erg* do Djourab.

Um *erg* é um deserto de areia com muitas dunas, areia grossa e funda onde o material rodante atola com facilidade, e sua remoção é extremamente laboriosa.

Tudo precisa ser previsto: a densidade demográfica no BET é baixíssima (cerca de 0,1 habitante/quilômetro quadrado), e não há qualquer serviço no lugar. É indispensável levar água, comida, sobressalentes, remédios, assim como rádios. Se o planejamento não for adequado, os viajantes podem morrer de sede e/ou por falta de socorro, naqueles areões em caso de acidente ou problemas mecânicos.

Outra razão de preocupação era que os motoristas do PNSQV não eram especialistas de areia. Favre me falara para não me preocupar em demasia com isso: os Toyotas seriam acompanhados por dois caminhões do projeto de Dalphond. Além de adaptados ao terreno do percurso, os motoristas eram especializados em dirigir na areia e iam equipados de rádio.

Conheciam de cor e salteado o percurso N´Djamena/Faya Largeau, mas não tinham ido além. Esta dificuldade, segundo Favre, seria contrabalanceada pela presença de Mohamed Tahar, o delegado do BET, nomeado pelo presidente, que também era um dos meus amigos.

Os motoristas levariam os veículos até Faya Largeau, a capital da prefeitura do Borkou — que também era a capital do BET Ocidental — e lá encontrariam os representantes do PNSQV, o delegado do BET e os jornalistas que viajariam de avião.

Eu bem que teria gostado de discutir a viagem com o comchefe. Mas não o conhecia o suficiente e ficaria sem graça de pedir ajuda. Apoiada pelo encarregado de logística da Rede Mundial de Segurança Alimentar (RMSA), assegurei-me que a missão fosse segura.

Na véspera da partida do comboio para Faya, estava mergulhada nos meus afazeres costumeiros, quando Bintou entrou na minha sala com uma cara aflita.

Seu tio lhe dissera ontem à noite, que a viagem não tinha bons auspícios e pedira para que desistisse. Ele recusou, mas estava bastante preocupado, pois as predições do seu tio sempre se realizavam.

Mas ele disse que algo de ruim iria acontecer a você pessoalmente? — perguntei.

Não, ele falou da viagem, não de mim.

Neste caso, você tem de ir. Você tem a cabeça no lugar e poderá ajudar a missão que é essencialmente composta de estrangeiros, se acontecer alguma coisa. Vai ser uma missão difícil sem dúvida, mas se conseguirmos obter um bom filme sobre o BET, daremos aos doadores presentes uma preciosa visão dos problemas e potencialidades da região.

Bom, então estamos entendidos, vou participar da viagem. — disse. Tudo está pronto. Os dois caminhões do projeto de Gestão da ajuda de urgência do Dalphond vão vir amanhã no escritório. A partida foi marcada às 08:00. Tão logo os veículos chegarem à Faya Largeau e, após dois dias de descanso, os motoristas irão ao aeroporto nos encontrar e começaremos a nossa viagem.

Bintou levantou-se e saiu. Não consegui dissipar minha preocupação e voltei para casa com um sentimento desagradável de perigo, que não conseguia entender.

Quando cheguei ao escritório de manhã, o comboio estava prestes a sair. Bintou corria, dava ordens e os últimos preparativos eram feitos numa certa bagunça.

Quando Favre chegou, tudo parecia estar mais ou menos acertado. Improvisação em demasia, pensei com meus botões enquanto o comboio se afastava. E senti o coração se apertar vendo aqueles homens começarem a viagem que não ia, segundo o tio de Bintou, se desenrolar sob bons auspícios.

Olhei-os até que desaparecessem numa curva da avenida Charles de Gaulle. Sabia que, de agora em diante, eu iria seguir todos os seus movimentos pelo rádio.

Alguns dias mais tarde, os motoristas informaram que haviam chegado sem incidentes à Faya Largeau e que iam descansar dois dias como previsto. No terceiro dia, se não fossem avisados em contrário, iriam ao aeroporto recepcionar Favre, Mohamed, Bintou e os três jornalistas.

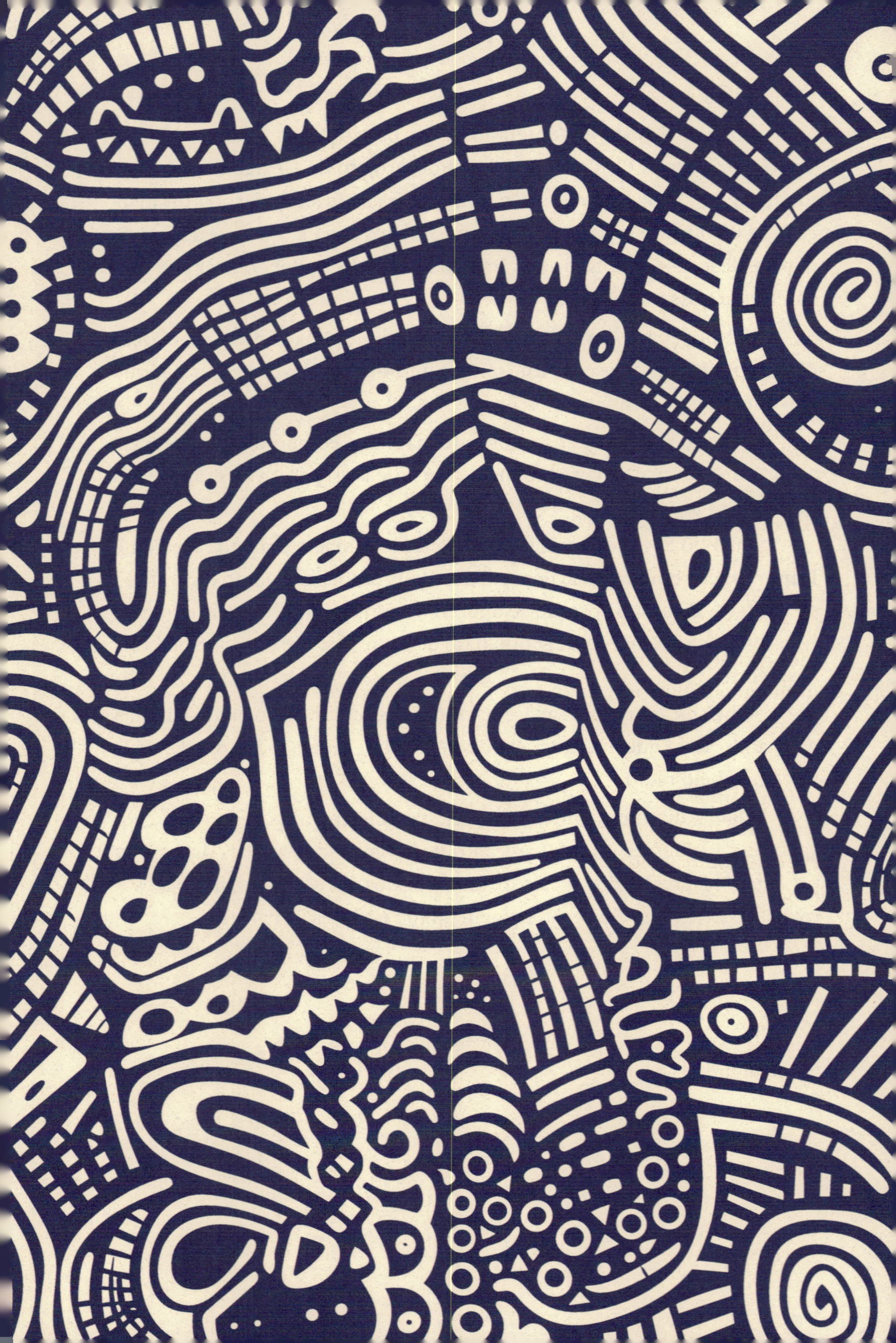

Capítulo 15
A "DUNA CORTADA"

Durante a ausência de Favre, fiquei encarregada do escritório e todos os dias, de manhã cedinho, eu ia na sala de rádio acompanhar as novidades da missão no BET. Fui informada de que o grupo foi à Aïn Galaka, ver as ruínas senussistas.

Antigamente, Aïn Galaka era uma *zawiya* — ou centro — que era tanto um depósito de bens e armamento quanto um lugar de culto e educação religiosa dos adeptos de uma teocracia militar, chamada senussismo. A doutrina fora muito importante no passado na região e bastante influente em outros países além do Chade, como a Líbia de onde era originária. A missão estava tendo os seus últimos momentos de lazer antes de começar a escalada do maciço do Tibesti.

No dia seguinte, não houve mais notícias e tentei sem muito sucesso me convencer que havia várias boas razões que podiam explicar o silêncio. Preocupada, fui me encontrar com Bernardo Dabzac, o representante do Mundo Sem Fome (MSF), também encarregado da segurança da liga na ausência de Favre.

Vamos para sua sala, disse-me ele, pegando-me pelo braço. Preciso ter uma palavrinha confidencial com você.

Beatriz, lamento ter de dar tão más notícias, mas o comboio teve um acidente nos contrafortes do Tibesti. Tem um morto e dois feridos, sendo que o estado de um deles é preocupante. O mais chato é que não sabemos de quem se trata. Pode deixar que cuido de tudo e mantenho você informada.

Mal me sentei e recebi uma chamada na linha direta. Era Issa Sougoumi, o poderoso secretário geral da presidência chadiana e minha contraparte no projeto de Pedro Leterme. Ele ouvira falar do acidente e queria saber detalhes.

Desculpe Sr. Sougoumi, mas não sabemos à esta altura muito mais do que isso. Há um morto e dois feridos, sendo que o estado de um deles é preocupante. Mas ignoramos, até o momento, quem é. Se o senhor também tiver informações, mande me avisar por favor.

Nas horas seguintes, contatei os amigos chadianos e obtive uma série de informações que me contrariaram muito: eles estavam furiosos — e com toda razão — pois o comboio acumulara uma série de erros de debutantes.

O erro mais sério fora sem dúvida o grupo se dividir: os caminhões, com os rádios, eram muito pesados para acompanhar os Toyotas em pistas estreitas e muito íngremes cheias de pedras e rochas. Portanto, o grupo determinara um ponto de encontro e enviara os caminhões por um caminho, mais acessível. Os Toyotas, sem rádio, seguiriam por outro, perigoso e isolado, mas de uma beleza espetacular.

Foi nesta pista que um dos Toyotas subiu no que é chamado, na linguagem local, de "duna cortada" — de difícil reconhecimento para motoristas que não são de areia — e capotado. Uma "duna cortada" tem, de um lado, uma vertente suave e, do outro, uma vertente abrupta.

O morto e o ferido grave eram ambos do grupo de jornalistas, os feridos mais leves eram o terceiro jornalista e um dos motoristas do PNSQV. Sem rádio, os ocupantes do único Toyota em condições de rodar, foram obrigados a perder um dia inteiro de viagem para voltar e ir buscar socorro. Só foi depois de vários enganos, que acharam o último posto militar — de cuja localização não se lembravam exatamente — e pediram socorro.

Enquanto isso, os outros integrantes da missão foram obrigados a ficar no local para cuidar dos feridos, removidos a muito custo de dentro do carro capotado debaixo de um sol coruscante. A missão, ou melhor, o que sobrava dela, voltaria a N´Djamena, no dia seguinte.

Fiquei pasma, não conseguia entender como pessoas tão experientes quanto Favre — e sobretudo Tahar — podiam ter concordado com essas loucuras.

Outra coisa que ficava muito clara agora era que Mohamed não tinha verificado com as forças armadas chadianas, o melhor caminho para escalar em segurança o maciço do Tibesti com carros e caminhões. Mas agora tudo isso tinha pouca importância.

Os rumores mais malucos circulavam na cidade, e pedi a João Batista Dion para chamar os colegas para a sala de reunião para partilhar com eles a informação mais confiável de que dispunha sobre o acidente. À noite, Favre me ligou avisando que o avião chegaria às 10:00 do dia seguinte. Me pediu para falar com Dabzac e ver que ajuda a Força *Épervier* poderia estender ao pessoal ferido.

Levantei cedo o dia seguinte e fui dar uma volta na estrada de Farchá, que muito gostava, pois era linda e bem arborizada. No caminho de volta, parei no acostamento direito que dominava uma pequena praia fluvial no Chari.

Este lugar denominado "o buraco dos hipopótamos" — do qual já falei anteriormente — estava encostado na casa de Dabzac. Desci do carro e me enterneci com a visão dos bebês hipopótamos, bocejando e se espreguiçando junto a suas mães, aproveitando o relativo frescor matinal. Estava tão entretida, que não ouvi a primeira chamada de Dabzac — que me vira de seu terraço — e estava me convidando para tomar café da manhã com ele.

Aceitei o convite com prazer. Dabzac iria receber a missão no aeroporto militar da Força *Épervier* pois, segundo ele, era um "assunto de homens" e levaria os feridos diretamente para o setor médico. Não entendi por que tinha alguma coisa a ver com gênero, mas enfim, eu ficaria aguardando Favre na representação para ajudá-lo a chamar um avião internacional de resgate. Ficaríamos em contato por rádio.

Eu trabalhava, quando a porta se abriu e entrou o representante do MSF, com uma cara divertida, que ele tentava dissimular sem muito sucesso. Tentei dizer que era melhor ele ir diretamente para casa, mas atrás dele, apareceu Bintou, ainda de *chech*, mudo, lívido, profundamente chocado.

Bom, disse Dabzac. Vou deixá-los. E se retirou sem olhar para trás. Notei o quanto Bintou estava afetado. Eu o peguei nos braços e comecei a niná-lo, como se fosse uma criança. Bintou tentava retomar o controle de si, mas só depois de um bom tempo foi capaz de falar.

Ele repetia incessantemente o quanto a região era horrível. Falava de uma paisagem lunar, sem árvores, um paraíso de pedras e de areia onde reinava uma solidão abominável. Não havia, nesta paisagem de outro mundo, uma folha de grama ou uma gota de água. E depois, este acidente horrível.

Me falou do horror que sentira quando ouvira os gritos dos feridos presos debaixo do carro que, em minutos, se transformara num verdadeiro forno, com o calor. Me falou do cheiro de carne podre que emanava do cobertor onde haviam enrolado o cadáver de um dos jornalistas, menos de meia hora depois de sua morte. Ele falava, falava e este desabafo parecia lhe fazer bem. Quando ele se calou, eu disse:

Bintou, relaxe, você está em segurança. O pesadelo já passou. Mas você precisa ir agora para casa descansar.

Favre não demorou muito para chegar. Ele telefonou à firma suíça para avisar do acidente. Depois disso, começou o inferno para obter todas as autorizações necessárias para que o avião internacional de resgate pudesse aterrissar em N´Djamena.

Finalmente, conseguimos terminar as formalidades. O avião aterrissou sem problemas e logo em seguida decolou, levando os três jornalistas suíços para sua terra. Aliviado, Favre se levantou, pediu a Amélia para buscar um prato de *marara* grelhado e pegou uma garrafa de uísque num pequeno armário. Preparou dois copos e começou a descontrair um pouco.

Como é que uma coisa dessas foi acontecer?

Estupidamente, foi a resposta. Como aliás acontece com a maior parte dos acidentes. Eu estava num dos veículos com Bintou, Mohamed e o motorista. No outro Toyota conduzido por Boucar, havia o guia chadiano e os três jornalistas. Num dado momento, a pista ficou mais larga e mesmo que irregular, permitia aos nossos veículos rodar quase que um do lado do outro. Estávamos entrando num circo magnífico, que marca a entrada do Tibesti, perto do *enneri* Misky (um *enneri* é a denominação local de um rio, cujo leito fica seco a maior parte do tempo e só volta a ter água quando chove). Nosso veículo estava numa velocidade moderada, quando de repente, o segundo carro nos ultrapassou e fez de conta que estava nos desafiando a fazer uma corrida. Como era altamente imprudente, recomendei ao nosso motorista que se deixasse ultrapassar e não acelerar.

Boucar, incentivado pelos suíços, particularmente por aquele que morreu, arrancou como um louco e depois só vimos uma grande nuvem de poeira. Quando chegou ao topo da "duna cortada", capotou. A mesma coisa nos teria acontecido, não fosse pela iniciativa do guia chadiano que, apesar de ferido, saiu pela janela e nos fez sinal de parar.

Quando a poeira assentou, vimos um dos suíços morto com uma fratura de crânio que praticamente abriu a sua cabeça em dois. O outro recebeu uma pancada tão forte no rosto que destroçou seu maxilar e nariz. O terceiro recebeu uma violenta pancada nas costas, mas conseguia se mexer. O nosso motorista, Boucar, quebrou o tornozelo; e, todo esse pessoal preso no carro, gritando.

Favre fez um gesto cansado. A propósito, não quer um pouco de *marara*? Está muito gostoso. Ele pegou um limão que cortou e espremeu em cima da carne que já fora temperada com pimenta vermelha e sal.

Não, muito obrigada. Diga-me, a equipe estava filmando quando o desastre ocorreu?

Não lembro. Deixa ver! Sim, quando nos ultrapassaram, a câmera nos filmava.

Onde está a câmera? Ela veio com vocês ou ficou no Tibesti?

Não, a câmera está aqui. Ela também sofreu avarias.

Vou verificar então, respondi terminando de beber o conteúdo do meu copo. Se realmente um dos suíços encorajou Boucar a fazer a corrida, a câmera deve ter gravado a conversa. Talvez, poderá nos ajudar na defesa caso as famílias dos jornalistas nos ataquem em justiça. Agora sugiro que vá descansar. Você não parou um minuto desde que regressou. Falaremos mais, amanhã.

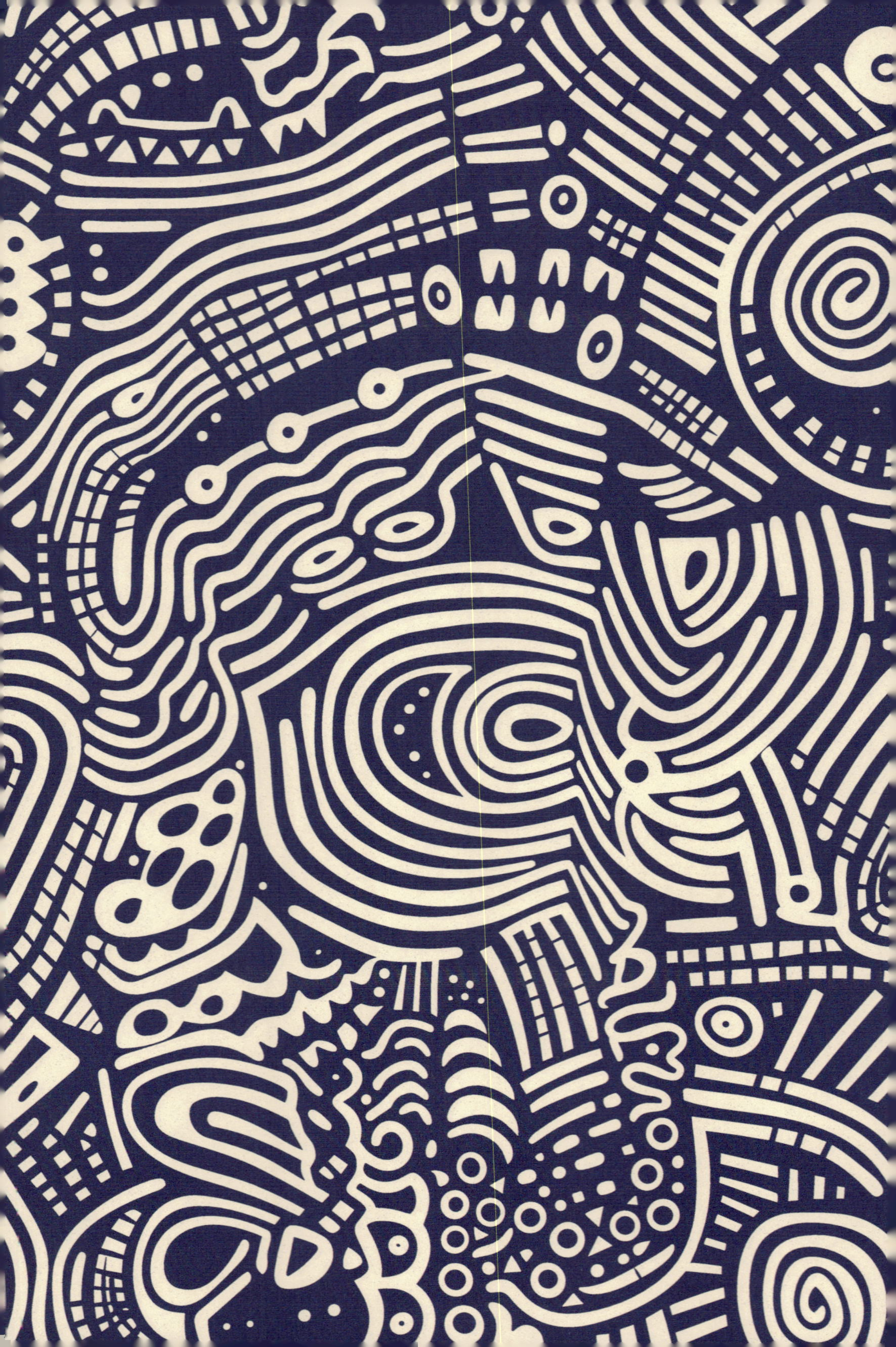

Capítulo 16

UM SONHO SE TORNA REALIDADE

Alguns dias mais tarde, Souleymane veio me ver em casa com Kayar. Estava meio sem graça, me olhando, cabisbaixo. Eu os abracei e ficamos um bom tempo conversando, e os convidei para o jantar: o guizado de gazela logo iria para o forno e o perfume dos temperos já se tinha alastrado pela casa.

Mas Kayar não podia ficar, alegou que tinha um outro compromisso logo mais e não podia faltar. Nessas alturas, ainda não sabia que o compromisso era comigo aqui em casa. Souleymane olhou-o suplicante, mas estava na hora de ele ir embora.

Se você quiser ficar, então muito que bem, disse-lhe Kayar. Mas terá de voltar para casa a pé. À contragosto, Souleymane se levantou e pediu se podia ir lavar as mãos. Indiquei o banheiro, sem dizer nada.

Só foi Souleymane sair da sala para a cara de Kayar mudar radicalmente. Com uma voz doce, me perguntou se eu ia estar em casa à noite por volta das 21:00, pois precisava muito conversar comigo e colocou afetuosamente a sua mão no meu ombro. Surpresa, fiz sinal que sim.

Muito bem, disse ele baixinho. Virei aqui hoje às 21:00. E tão logo ouviu os passos de Souleymane, ele se transformou novamente no horrível personagem que podia ser de vez em quando e que exasperava os seus amigos.

Agora que nos conhecemos melhor, você vai impedir sua chefia de se embrenhar no deserto sem informações e com pessoal inexperiente, ironizou ele. Se for preciso, posso até ajudá-la a organizar as próximas viagens que o PNSQV vai fazer na região norte.

À noite, estendida no meu sofá, me perguntava se hoje ficaríamos juntos. Eu não estava ainda completamente decidida, mas Kayar me agradava muito. Apesar de seu comportamento maluco, parecia ser um homem de honra e de palavra e entendi que eu queria me relacionar com ele, sim.

Quando a campainha tocou, me levantei e lá estava atrás da porta o comchefe à paisana com uma camisa verde, calça jeans surrada e um par de tênis.

Ele ficava muito diferente sem os trajes tradicionais ou a farda de combate. Entrou me dizendo que viera a pé.

Fiquei admirada, é muito longe! Deve ter levado no mínimo duas horas senão mais, para andar do bairro de Sabangali até aqui. E aí entendi o porquê do calçado.

Ele começou a me falar de banalidades, mas logo passou aos assuntos que o tinham trazido: queria sair comigo. Tentou se aproximar de mim bruscamente, com fome, e, como que incomodada pela pressa, afastei-me dele. Neste momento, houve um apagão.

Dei risada para descontrair o ambiente e fui buscar velas e uma caixa de fósforos. Mesmo com luz em alguns trechos da rua, a iluminação era muito fraca. Eu não enxergava direito e acabei esbarrando em Kayar, que também estava procurando o isqueiro na semiescuridão.

De uma maneira totalmente involuntária, que sempre ia nos fazer dar muita risada, eu em vez de dizer "Droga, caiu a energia!" falei na realidade "Oba, caiu a energia!", o que deixava claro até para mim mesma que, no fundo, eu queria mesmo que ele se aproximasse de mim, só que com mais jeito.

Kayar entendeu a mensagem, tentando controlar-se e com muito carinho, me pegou nos braços e me beijou e depois era eu que não queria mais sair daquele abraço. Correspondi aos beijos do comchefe, que estavam ficando cada vez mais insistentes.

Ele me levou para o sofá e se despiu com rapidez. A próxima coisa que realizei era que estávamos fazendo amor no sofá. Um pouco mais tarde, e ainda tonta com a celeridade dos acontecimentos, fiquei deitada, esquecendo de me vestir. Quando a luz voltou, ainda estava meio despida. Olhamo-nos e caímos na gargalhada. Foi maravilhoso! — disse Kayar, sentando-se no sofá do meu lado e me pegando nos braços. Eu me acheguei e beijei-o. Começamos a conversar em voz baixa: queríamos muito levar adiante esta relação, mas agora precisávamos ver como íamos geri-la. E não ia ser nada fácil.

Ele me falou que estava completamente fascinado por mim. E que neste momento exato, estava plenamente feliz.

Eu do meu lado, também lhe disse que pensara muito nele, mas que sua reputação e modos me assustavam. Ainda lembrava o quanto ficara triste com as agressões no dia da festa de Souleymane. Mas antes de irmos mais a fundo nesta relação, eu tinha um certo número de condições. Ele estava pronto para ouvi-las?

Falei que não era ciumenta e que se ele fosse leal e honesto comigo e estivesse por perto quando precisasse dele, estava tudo bem. A fidelidade não era essencial, mas eu não queria mentiras. Avisei-o de que não desejava vê-lo quando estivesse bêbado e queria que ele se precavesse caso tivesse relações com outras mulheres: não queria estar exposta a doenças venéreas e se por acaso, acontecesse, seria um motivo de ruptura definitiva. Também queria um relacionamento onde privilégios e obrigações fossem igualmente repartidos entre nós dois.

Mais, achava importante avisá-lo desde já que queria que a relação fosse um segredo entre nós dois. Ninguém precisava saber que estávamos namorando, e a discrição seria boa tanto para ele, quanto para mim. Quanto ao meu trabalho, não fazia a menor questão de falar a respeito e imaginava que do lado dele, era a mesma coisa.

Finalmente, podíamos romper a qualquer momento, se assim o desejássemos e não seria preciso dar explicações, continuaríamos amigos. Kayar estava pasmo e muito divertido. O que eu dizia era muito similar ao que costumava dizer a suas namoradinhas. Eu raciocinava como homem e isso o encantava. Sem saber bem o que dizer frente à esta situação que lhe era tão pouco habitual, ele virou-se para mim e perguntou com ironia:

Você pretende formalizar tudo o que disse num documento jurídico para assinatura de nós dois com firma reconhecida, ou será suficiente empenharmos as nossas palavras?

Mais tarde ele me diria que o que mais o espantara em mim era — logo depois de ter feito amor com ele pela primeira vez — de me ouvir falar como se fosse um advogado finalizando um contrato.

Mas o contrato oral, estávamos firmemente dispostos a respeitá-lo. Sabíamos a série de problemas, caso caísse na boca do povo. Seriam, evidentemente, bem maiores do meu lado por ser mulher e por ser estrangeira. E Kayar, comovidíssimo, entendeu claramente a dose de confiança que eu depositava nele para me meter no que podia se tornar uma formidável encrenca.

Ele estava impressionado e queria muito ficar comigo mais tempo. Mas a sua esposa devia estar furiosa, procurando-o pela cidade inteira. Ele não sabia bem como me dizer, não queria me falar dos seus problemas conjugais logo no início do relacionamento. Mas desconfiei da razão do seu desconforto e propus levá-lo para casa, pois estava começando a ficar tarde. Fiz um café e descemos para o estacionamento.

Capítulo 17
DESCOBRINDO UM AO OUTRO

Vamos ter muitos dias ainda melhores do que este, me disse o comchefe, enquanto se sentava no banco do passageiro. Eu estava convencida também, e certa de que fizera uma boa escolha.

De repente, Kayar me olhou com cara séria. Aconteceu alguma coisa entre você e Souleymane? Vi hoje que ele parecia estar muito sem graça com você.

Ele me viu hesitar, mas depois resolvi lhe contar. Não ia tocar no assunto, pois não tem muita importância e Souleymane é nosso amigo. Mas como você perguntou, vou responder. Aconteceu sim, uma coisa besta: outro dia, ele veio em casa embriagado e quis fazer sexo comigo. Eu recusei e ele pareceu ter entendido — e aceitado — a minha recusa.

Mas quando me virei para ir à cozinha, se atirou sobre mim e quis me forçar. Consegui ficar calma e dei-lhe uma joelhada, não muito forte, nas partes baixas para ele me soltar. Abri a geladeira, agarrei uma garrafa, quebrei-a na borda da pia, na sua frente e fiquei esperando-o se aproximar mais.

Vi claramente o medo se estampar no seu rosto. Ele começou a se desculpar, dizendo que não sabia o que dera nele e me dando explicações mil. Ligou diversas vezes para me pedir perdão e eu disse que estava tudo bem, mas que não se atrevesse a vir me ver sem estar acompanhado. E se estivesse bêbado, então, nem queria vê-lo. É por essa razão que estava tão sem graça hoje.

Kayar escutava divertido, mas senti que estava bastante espantado com minha reação. Ficou em silêncio por uns minutos.

Diga-me uma coisa, sua garota desconcertante, disse ele devagar. Onde foi que aprendeu o truque da garrafa?

Quando trabalhei no vale do Araguaia, no interior do Brasil, era mocinha e tive de aprender a me defender, respondi. Certa vez, estava sozinha numa pequena aldeia no cerrado brasileiro, esperando o barco chegar para ir ao trabalho, que era a várias horas à jusante do rio Araguaia. Como estava com dor de cabeça, entrei num bar para tomar um comprimido. O que eu não sabia é que moça direita não vai em bar e os homens que lá se encontravam, pensaram que eu era uma prostituta à procura de clientes. Alguns deles já estavam bloqueando a saída, então, não tive escolha.

Lembrei-me do conselho que meu pai, antigo *marsouin* (comando de infantaria da marinha francesa), me dera para me defender nessas circunstâncias: agarrei uma garrafa de cerveja que estava no balcão, quebrei-a na borda do bar e ameacei o primeiro homem que se aproximou. O efeito surpresa foi tão grande que eles ficaram imóveis, espantadíssimos e me deixaram sair.

Kayar me beijou com delicadeza e colocou sua mão no meu joelho: Então, eu também vou ter de tomar cuidado? — perguntou com ironia.

Não, respondi. Sempre senti que você não ia me obrigar a fazer nada que eu não quisesse e sempre tive muita confiança em você. Quando se aproximou de mim a primeira vez esta noite, meio bruscamente, recuei porque você me surpreendeu.

Mas em momento algum senti medo de ser forçada. Na verdade, queria apenas que você se achegasse mais carinhoso, o que acabou fazendo e adorei fazer amor com você.

E o seu pai ensinou muitos outros truques do gênero a você?

Sim, alguns, mas esses, ainda não cheguei a usar. Meu pai nunca me impediu de ir trabalhar nos quatro cantos do Brasil, mas sei que sentia muito medo por mim. E me ensinou algumas coisas para surpreender e fugir.

Eu peguei a avenida para ir a Sabangali. Kayar me acariciava com doçura, muito comovido sem dizer nada. Era evidente que estava descobrindo uma faceta minha que ele não conhecia.

Logo na primeira encruzilhada, me mandou converter à direita e entrar numa estradinha de terra, sem iluminação alguma a não ser a lua ou faróis, paralela à avenida onde estávamos circulando. Numa certa altura, pediu que convertesse novamente à esquerda e fomos dar numa ruazinha asfaltada, onde se localizava, bem mais abaixo, a sua casa.

Eu nunca viera por ali. Na verdade, nem sabia que a estradinha de terra existia. Kayar notou o meu espanto e sorriu:

Cada vez que vier a Sabangali, venha por esta picada. Ninguém a conhece e ela vai dar perto da sua casa no Béguinage. À noite, é mais segura que a avenida asfaltada apesar de parecer erma. Se a usar, ninguém poderá- vê-la por aqui.

Nós nos beijamos.

Ele saiu do meu carro e foi andando para casa sem se virar. Fiquei olhando-o se afastar. Ninguém parecia conhecer melhor a cidade e todas as suas passagens do que ele, e pensei que era uma pena o seu casamento ter se transformado no verdadeiro inferno que sabia que era.

Os comentários que ouvia diziam que Halima vivia fazendo escândalos terríveis, com direito a crises de choro e chantagens e sabia que ele estava se afastando dela cada vez mais e se consolando com outras mulheres. No dia seguinte, quando acordei e lembrei dos acontecimentos da véspera, tive um movimento de pânico.

Meu Deus! Sou totalmente louca! Comecei a me relacionar com aquele comchefe maluco! Mas o que foi que deu em mim?

Depois da crise de angústia, senti vir à tona um sentimento muito positivo que me acalmou logo e entendi que Kayar não me daria razões de arrependimento.

Passamos as semanas seguintes nos conhecendo melhor. Ele descobria uma mulher carinhosa assim como um furacão na cama, o que estava longe de lhe desagradar. Também notou que eu era uma pessoa inteligente, diferente de tudo o que ele conhecia, decidida, independente. E não sabia ainda bem como se comportar comigo.

Eu descobria um homem superdotado, carismático, complexo, desconfiado, tímido e carente que se escondia debaixo de impressionantes agressividade e violência. Além disso, era um verdadeiro atleta entre os lençóis e mesmo com momentos de loucura, era um sedutor com um incrível senso de humor. Também, o mais surpreendente, era capaz de momentos de meiguice e delicadeza, que nunca poderia ter imaginado vindo de um militar como ele.

Kayar entendera muito rapidamente que, comigo, não seria obrigado a adotar o papel do machão-padrão chadiano. E achava isso ótimo, vira tantos horrores na sua vida que precisava muito de momentos de paz e de tranquilidade, nos quais podia ser ele mesmo.

Sentia, todavia, que eu trazia alguma coisa que ele nunca conhecera até então: gostava dele pelo que era. Pouco me importava se ele era famoso, se era comchefe, se participara dos combates mais gloriosos do Chade, se era rico ou pobre. Eu simplesmente gostava do homem atormentado, sensível, cujas noites eram muitas vezes assombradas pelo que vira naqueles mais de cem combates em que participara e talvez até pelo que ele próprio fizera.

Possuía uma grande experiência de vida porque vira a morte de perto muitas vezes e sempre escapara por um triz. Apesar do seu caráter forte, precisava ser escutado e partilhar com alguém suas preocupações. Existia entre nós respeito e desejo, mas também — o que podia parecer paradoxal — muita amizade e a mais total confiança.

O fato de nós seguirmos à risca o nosso contrato tornava a relação muito sólida. Estávamos muito apaixonados um pelo outro e eu, fiel ao que dissera aquela noite, nunca perguntava nada a respeito de onde vinha e para onde ia.

Às vezes, quando o via com a ruga de preocupação funda na testa, sabia que devia ter discutido de novo com a esposa. Havia dias em que ele me contava as situações com as quais se deparava em casa e dava para ver claramente que o casamento fora um erro.

Aos poucos, ia descobrindo o meu enigmático e imprevisível com-chefe. E me apegava cada dia que passava mais a este combatente íntegro, honesto que continuava dando provas de fantástica força física e vitalidade, apesar de ter sido ferido duas vezes, muito seriamente, no abdômen durante o combate. Mas não ficara sequelado, apenas apresentava cicatrizes da largura de um dedo na barriga, resultado das cirurgias para salvar a sua vida no hospital militar francês Val de Grâce.

Capítulo 18
OS ACERTOS

Se na teoria concordávamos sobre muitas coisas, na prática, não era assim tão fácil: tínhamos muito caráter, muitas diferenças culturais e nenhum de nós queria abrir mão da sua liberdade. Mas nos amávamos, queríamos conviver bem e estávamos dispostos a fazer concessões.

Por exemplo, meu buliçoso comandante, às vezes, não me entendia: estava acostumado a mulheres submissas, mesmo se a sua própria esposa não se enquadrasse exatamente no modelo padrão de mulher chadiana. Mas Halima não desafiava abertamente seu marido, preferindo usar armas mais femininas como o choro e as cenas.

Comigo, todavia, não acontecia nada de parecido: eu sempre encontrava paradas para suas reclamações e conseguia desmontá-lo completamente, pois tudo o que eu dizia era sem agressividade e em voz baixa. O oposto de Halima.

Minha total falta de ciúmes (mais fingida do que real) o desconcertava. Nunca perdia a oportunidade de colocá-lo no seu lugar, quando ele vinha com suas crises "machistas" e mesmo a enfrentá-lo quando necessário, o que o deixava sem reação.

Ele queria saber para onde eu ia e de onde eu vinha? Mas eu nunca perguntava nada sobre suas próprias andanças, portanto não via com que direito ele se permitia me fazer estas perguntas. Não havíamos combinado de nos tratar em pé de igualdade?

Ele reclamava que eu não dizia que o amava? Ao que eu respondia que era preferível eu provar que o amava, do que ficar fazendo grandes declarações. E de resto, este constante mantra "eu te amo" podia se tornar logo bem cansativo. Kayar era obrigado a reconhecer que não tinha do que se queixar.

Ele ficava furioso, mas completamente subjugado. Além disso, entendera muito depressa que se queria que eu mudasse, precisava mudar também. No fundo, ele queria manter todos os seus privilégios de homem muçulmano e empurrar todas as obrigações para mim.

E o fiz notar que, muitas vezes, ele vinha me fazer cenas. Sim, cenas. Mas não era isso o que ele sempre criticava em Halima e que me dizia que o irritava muito? Então, por que me fazia passar pela mesma coisa? Ele podia estar certo de que eu o amava muito e se um dia algo mudasse, ele seria o primeiro a ser informado.

Mas se eu arreganhava os dentes de vez em quando para manter o comchefe na linha, era muito feliz com ele. E aos poucos, fomos nos acertando: sabíamos que devíamos aproveitar ao máximo os momentos felicíssimos que passávamos juntos, pois não durariam eternamente: Kayar podia ser enviado de novo para algum lugar remoto do país ou morto em combate, e eu também poderia ir trabalhar em outro país ou até deixar o PNSQV.

Apesar de Kayar alardear o contrário, ele começou a mudar. Não se dava realmente conta, mas estava loucamente apaixonado por mim e queria me agradar. E eu, do meu lado, o amava e queria que ele fosse feliz comigo.

Tive a confirmação da mudança do meu namorado, por acaso, um dia na casa de Amadou e Hawa. Eles estavam falando de Kayar e Amadou riu dizendo que não sabia o que estava acontecendo com o comchefe, mas ele estava melhorando bastante: já não ia mais com a mesma frequência ver as meretrizes chadianas e cooperantes estrangeiras e bebia com moderação. Além disso, parecia mais sereno.

Ele estava mais educado e atencioso com as pessoas de que gostava e desgostava e nunca mais chegava na casa de alguém para ficar no seu canto, imerso nas suas palavras cruzadas.

Você quer dizer que ele arranjou uma nova amante? — perguntou Hawa ao marido.

Não, continuou Amadou. Se fosse isso nós já estaríamos sabendo. Kayar é incapaz de guardar um segredo neste departamento. Deve ser alguma outra coisa, bem mais profunda. Outro dia eu lhe disse que ele parecia estar feliz.

E o que foi que respondeu? — quis saber Hawa.

Ele me disse que de fato estava feliz. Vindo dele, isso é quase que inconcebível.

Então imagino que ele tenha feito as pazes com a mulher, disse Hawa pensativamente. Halima não é fácil. Mas Kayar também não é. Talvez eles tenham conversado e resolvido ultrapassar os seus problemas e pensar mais nos três filhos.

Eu não fiz nenhum comentário sobre o que acabava de ser dito. Ficava sem graça de esconder coisas dos meus dois melhores amigos. Mas tinha assumido um compromisso e iria mantê-lo. Além de Kayar e de mim, só estavam a par da nossa relação os seus tenentes — que jamais abririam a boca sobre o assunto — e algumas poucas pessoas da presidência. E a prova era de que quando verificavam que o comchefe não se encontrava à noite com a família — e precisavam dele com urgência — ligavam invariavelmente para a minha casa.

Capítulo 19
O *OULAO*

Estava com os Traorê, quando apareceu um homem diferente na casa deles, que conheciam, mas do qual pareciam ter um certo receio. Este comportamento vindo de pessoas tão hospitaleiras, me espantou muito e fiz uma nota mental de perguntar mais tarde o que estava acontecendo. O homem estava vestindo roupas velhas e tinha uma expressão diferente. Cumprimentou-nos e se sentou no meio do grupo. Vi os amigos trocarem olhares, mas não disseram nada. O ambiente foi ficando pesado, pois o homem não parecia querer muita conversa.

Fatou, a filha de Hawa, de quatro anos, chegou toda feliz para mostrar o seu novo vestido, que foi muito elogiado, inclusive pelo homem que acabava de chegar. Era um vestido branco com rendinhas e ficava muito bem nela.

Na hora do jantar, quando fomos buscar os pratos na cozinha, pude verificar o quanto minha amiga estava incomodada.

Mas o que está acontecendo? — perguntei em voz baixa.

Este homem é um *oulao* e só traz azar e más notícias. Não o queremos aqui, mas agora que veio, não podemos mandá-lo embora. Isso nos colocaria em risco, além de ser uma falta de educação grave. Depois eu conto mais.

De repente, ouvimos Fatou dar um grito e chorar muito. Hawa correu para a sala e viu a filha aos prantos segurando o seu vestido novo, desolada. Ela acabava de derrubar suco de azedinha, que faz manchas vermelhas indeléveis.

A menina chorava muito: não poderia usar o vestido com aquelas manchas. O *oulao* não dizia nada e parecia alheio à tristeza da pequena. Comeu em silêncio e quando estava satisfeito, agradeceu e se levantou para ir embora. Hawa quis sair para se despedir dele quando, inadvertidamente, esbarrou na chaleira e derrubou o chá no chão, escapando por um triz de se queimar gravemente.

Quando o *oulao* foi embora, Hawa explicou: Aqui no Chade, temos esses homens e algumas mulheres que têm as mesmas características, que tentamos evitar. Nós os chamamos de *oulao*. Quando passam nas nossas casas, só acontecem desgraças e coisas ruins. Você já esteve aqui inúmeras vezes e por acaso já testemunhou acontecer, no mesmo dia, duas coisas chatas assim uma atrás da outra? Dou graças à Deus que nenhum dos nossos outros amigos estivesse aqui hoje. Se fosse o caso, teriam todos arranjado alguma desculpa para ir embora. O *oulao* traz muito azar.

Tudo isso é culpa daquele homem. Sua presença é que acarreta tudo isso. E agora que ele a conheceu, pode muito bem ir à sua casa pedir o que comer ou beber. Então, preste atenção no que eu vou dizer: se o *oulao* for vê-la, nunca o deixe entrar na sua casa. Vá ver o que ele quer e traga-lhe um prato de comida e uma caneca de tisana ou suco de azedinha, que é o que ele sempre pede. Assim vocês se separarão na paz e não haverá nenhuma desgraça acontecendo. Aliás, vou fazer melhor, vou desde já pedir à minha vizinha para lhe dar uma muda de um arbusto cujo nome agora esqueci, que impede os *oulao* de entrar em casa. Vou também aproveitar para plantar uma nova muda na minha porta de entrada, pois só agora é que notei que a que plantei morreu.

Saí esta noite da casa de Hawa divertida, mas não podia deixar de ficar cismada. O que será que havia de verdade sobre estes *oulao*?

No dia seguinte, perguntei no escritório aos meus colegas chadianos o que era um *oulao* e recebi a mesma resposta.

A única coisa que podia proteger as pessoas dos *oulao* era um arbusto com folhas longas e finas que os espantava. Se fosse plantado na porta de entrada da casa, ele atuaria como uma barreira intransponível.

Ninguém sabia me dizer por que, mas era assim. Também notei que ninguém queria muito se estender sobre o assunto, parecia que só o fato de falar de um *oulao* podia trazer azar.

Alguns dias depois, fui falar com Nadjilem, o jardineiro do condomínio e pedi para plantar a muda no pé da escada do prédio. Ele perguntou se eu estava com medo de receber um *oulao* em casa. Mas a senhora vai ver, disse-me ele com um grande sorriso. Quando a muda for plantada, ela vai crescer depressa e se tornar um lindo arbusto que dá flores roxas, muito perfumadas.

A partir desta data, eu sempre ia ver a plantinha que estava crescendo muito rapidamente. Nadjilem conseguira outra muda e os dois arbustos faziam um efeito muito bonito, plantados frente a frente, de cada lado da escada. O tempo foi passando, até que um dia o guarda de serviço veio me chamar. Um homem estava no térreo, querendo falar comigo.

Como estava ocupada, pedi ao guarda para deixá-lo subir, mas a pessoa cismava que não podia. Acabei descendo e fui dar de cara com o *oulao* que encontrara na casa de Hawa e Amadou.

Cumprimentei-o, educadamente, ele agradeceria muito se pudesse ter um prato de comida e um copo de tisana de azedinha vermelha.

Pedi-lhe para se sentar no banco debaixo da escada e subi, preparar o seu almoço. Coloquei um pedaço generoso de gazela com arroz entre dois pratos fundos de plástico e embrulhei-o à moda chadiana numa toalha branca, caso ele não quisesse comer imediatamente. Também enchi uma garrafa de tisana de azedinha quentinha. Coloquei num cesto de vime e dei ao homem.

Agradeceu muito, levantou-se e saiu do condomínio, mancando levemente, o cesto no braço. Nadjilem achegou-se a mim com cara séria: A senhora fez muito bem em lhe dar de comer e beber. Se não o fizesse, poderia ter uma série de azares e coisas desagradáveis por algum tempo. Este homem ali é um *oulao*. Não quis subir porque a senhora está protegida pelos arbustos. Lembre-se de sempre tratar bem os *oulao* e lhes dar de comer e beber. Assim se afastarão e não mais a incomodarão.

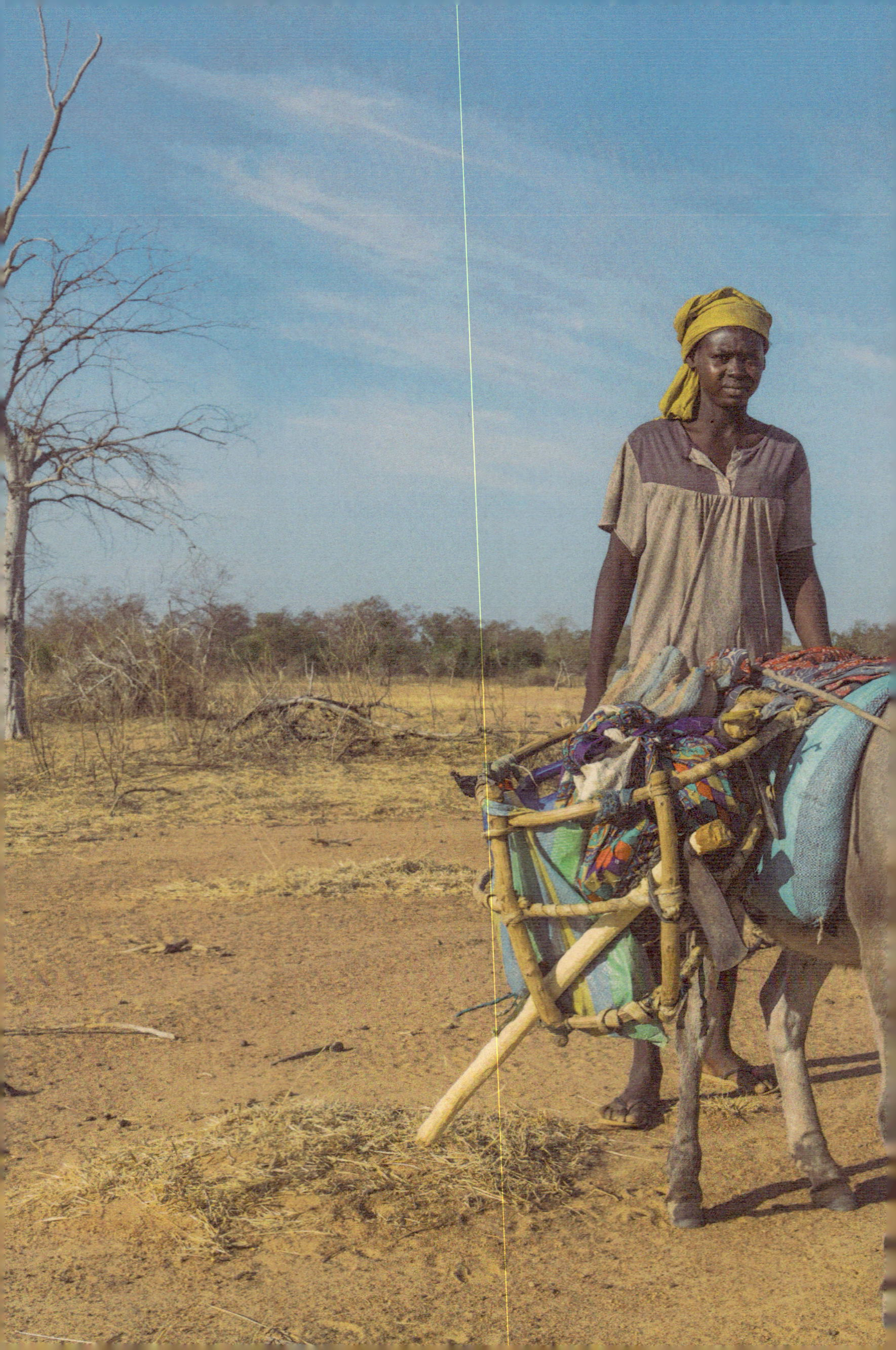

Mulher circulando com seu burrinho na zona saheliana.

Capítulo 20
A DELEGACIA

Estava pesarosa, acabava de ser informada de que a sede da organização de Christian, um dos meus bons amigos que trabalhava numa ONG belga, tinha decidido enviá-lo ao Mali, para conseguir naquele país os mesmos excelentes resultados que atingira no Chade. O programa da ONG, naquele país, estava encontrando muitos problemas pela má comunicação entre a chefia da organização e o governo maliano.

Eu entendia que a transferência representava uma promoção para ele e que precisava ficar feliz. Mas eu lamentava a sua partida: gostava muito deste rapaz tranquilo, tão seguro de si.

Tanto seus colegas quanto o pessoal de outras entidades que ele ajudara haviam resolvido juntar forças e lhe fazer uma bela festa de despedida em N´Djamena, num pequeno restaurante, perto da rue des Quarante.

Eu também tinha participado financeiramente da organização do bota-fora, e graças à contribuição de todos, a despedida de Christian seria um belo evento com presentes, jantar farto, homenagens diversas etc.

O pessoal das ONGs parecia gostar de fazer eventos - e terminá-los - cedo. A festa foi um verdadeiro sucesso e Christian ficou comovidíssimo. A comemoração encerrou por volta das 20:00. O homenageado me pediu para ficar mais um pouco, pois ia sair amanhã bem cedo de N´Djamena para o Mali.

Por volta das 23:00, abraçamo-nos e cada um voltou para sua casa. Resolvi antes de me recolher, ir dar uma volta do lado de Moursal. Parecia que acabava de ocorrer algum incidente, e vários carros de polícia e combatentes paravam as pessoas que passavam para verificação de documentos.

Quando chegou a vez de me identificar, enfiei a mão na minha bolsa para apresentar meus documentos e não os achei. Nervosa, encostei o carro, dei uma última olhada na bolsa e verifiquei que realmente havia esquecido em casa, tanto o meu documento de identificação das Nações Solidárias, quanto meus passaportes francês e brasileiro.

O policial ficou nervoso. Mas como eu podia sair sem levar minha identidade? No Chade, como aliás em qualquer país, as pessoas andam com os papéis de identificação à mão e eu estava em falta. Logo entendi que, seja lá o que falasse ou fizesse, ia entrar em problemas com aquele homem, e me calei para não o irritar.

A senhora vem agora comigo para a delegacia, disse-me ele secamente. E não quero ouvi-la dar um pio, entendido?

Eu não disse nada e estudei a situação: tanto os policiais quanto os militares estavam nervosos — e não vi ninguém conhecido. Era melhor fazer o que fora pedido e eu veria depois qual seria o melhor curso de ação a tomar.

Como se eu fosse uma criminosa, me levaram para o posto com um carro na minha frente e outro atrás para me impedir de fugir, o que era provavelmente a última coisa que pensaria em fazer. Senti muito medo. Durante o trajeto, vi um carro civil nos ultrapassar e as cabeças de seus ocupantes se virarem para me olhar depois de terem visto a chapa do carro. Será que me conheciam? Será que iam procurar ajuda?

Pensei depois que eles também podiam simplesmente ter ficado intrigados em ver a polícia escoltando um funcionário das Nações Solidárias daquela maneira.

Chegamos à delegacia, que era em Moursal. Se os policiais foram brutos comigo na sua maneira de falar, não sofri nenhuma agressão física. Eles me mandaram sentar no saguão e foram recepcionar duas pessoas, que um Toyota com o logo da Brigada Especial de Intervenção Rápida — BEIR — trouxera.

Vamos ocupar-nos primeiro destes dois, riu um dos policiais, justamente aquele que me interpelara. E depois vamos nos ocupar desta moça francesa aqui para ensiná-la a não andar mais sem documentos. Riram todos e se afastaram, pareciam muito mais interessados nos dois homens que acabavam de ser trazidos do que em mim.

De repente, comecei a escutar gritos de agonia, suplicações e risadas. Os policiais pareciam estar torturando os homens que emitiam verdadeiros urros de dor. Fiquei branca como uma folha de papel e não sabia bem o que fazer sozinha no meu banco. As horas foram passando e os gritos e risadas continuavam. Mas o que será que estavam fazendo às vítimas? E que tratamento será que pretendiam me dar para que não esquecesse mais os meus documentos?

Numa hora, um dos torturadores saiu da sala, onde os dois presos haviam sido levados e veio ter comigo.

Olha, eu disse, sou funcionária das Nações Solidárias e estou perfeitamente consciente de que cometi um erro não trazendo comigo os meus papéis de identificação. Será que não daria para alguém vir comigo até em casa para ver os documentos que esqueci? Eu me comprometo a trazer a pessoa de volta aqui. Ou será que eu poderia ser autorizada a telefonar?

O homem escutava o que eu dizia com um sorriso irônico. Logo entendi que ele não ia concordar com nada e se divertia em me manter ali, escutando os gritos daqueles presos. Ele também me examinava dos pés à cabeça com um ar lúbrico. Resolvi não o encarar e desviei o olhar.

Não, respondeu ele. Não vamos poder fazer nada do que a senhora pediu. Vai ter de ficar aqui esperando.

Não respondi. De qualquer maneira, era perda de tempo.

O homem afastou-se com as chaves do meu carro no bolso. Aproveitei a sua ausência para verificar na minha agenda qual dos amigos poderia chamar para me socorrer.

O primeiro reflexo evidentemente era chamar Kayar, mas ele não estava na cidade. E muitos dos meus amigos chadianos não dispunham de telefone em casa, a começar por Amadou e Djiddi. Mas Issa Sougoumi me dera outro dia o seu número. E caso fosse possível, ligaria a ele. Sabia que ele me ajudaria. Em nenhum momento pensei em ligar à Favre.

Fiquei mais algumas horas naquele posto. Sentia que os meus nervos estavam em frangalhos, ouvindo os gritos desesperados dos dois homens e o cansaço piorava ainda mais a situação. Era uma forma de tortura psicológica a que estavam me submetendo de propósito: queriam ver se eu caía numa crise de choro ou desmoronava. Nada, além disso, explicava a crueldade gratuita. Pois então eu ia surpreendê-los. Mesmo bastante abalada, não deixaria nada transparecer no meu comportamento.

A hora passava desesperadamente devagar e eu esperava que os dois infelizes aguentassem o seu suplício por mais algum tempo. Sabia perfeitamente que se morressem, eles viriam me buscar para se divertir comigo. Ou pelo menos era isso que eles queriam que eu pensasse. E o fato de eu ser ou não ser funcionária da liga das Nações Solidárias, não ter cometido nenhum crime hediondo, nada disso parecia contar.

Mais do que assustada, sentia-me cada vez mais esgotada.

Fiquei irritada quando notei que o meu comportamento era monitorado pelos torturadores: de vez em quando, um deles aparecia para me olhar, ria e desaparecia. E logo em seguida os gritos dos infelizes prisioneiros redobravam de intensidade.

Tentei me ajeitar, precisava ficar atenta a tudo o que faziam.

De repente, ouvi um barulho de pneus e motores, vozes e vários militares fardados entraram no posto. Olhei-os, cansada: o que será que queriam? Será que era de novo gente da BEIR? Um deles, que parecia ser o chefe, a julgar pelo respeito com que era tratado, entrou na sala onde eu continuava sentada.

Foi aí que todos ouvimos um grito, que nada mais tinha de humano, e depois disso, só se ouviam os gemidos da outra pessoa. Um dos dois homens devia ter desmaiado ou morrido.

Os torturadores, atraídos pelo barulho dos carros, saíram da sala onde estavam os prisioneiros, e pude ver claramente nas suas fisionomias que a intrusão não era esperada. E notei que a arrogância fora substituída pelo medo: o exército era muito temido.

Ora, ora, pensei. Além de bestas humanas, também são covardes.

O comandante parecia estar procurando alguma coisa — ou alguém — e quando se virou, viu-me sentada, encolhida com frio e sono. Os policiais tentaram justificar-se.

Eu não via o seu rosto — coberto pelo *chech* amarrado à moda *gorane* e óculos escuros — o que claramente indicava que não queria ser identificado. Os policiais pareciam saber muito bem quem era e aparentavam ter muito medo dele. O militar se aproximou de mim perguntando por que estava aí. Eu expliquei e me espantei de fazê-lo na maior calma.

O carro Nações Solidárias que está lá fora é seu? — perguntou.

Fiz que sim com a cabeça.

Muito bem, vou pedir para que lhe tragam uma xícara de chá verde e depois será liberada. Assim poderá dormir ainda um pouco antes do expediente, ponderou. Queira desculpar os homens. Acho que houve um mal-entendido. Diplomatas nunca são trazidos às delegacias.

Agradeço muito a sua intervenção, murmurei, sentindo todo o cansaço do mundo. Posso saber qual é o seu nome?

Ele sacudiu a cabeça. Respondeu-me secamente que eu não o conhecia. Afastou-se e o vi entrar na sala onde estavam os dois presos e ordenar a sua remoção.

Fiquei meio surpresa com o tom desagradável da resposta. Mas, pensando melhor, entendi que o mau-humor era compreensível: alguém devia tê-lo acordado no meio da noite e pedido para ir resgatar uma estrangeira idiota sem documentos de identidade que passeava a altas horas da madrugada pela cidade!

Enquanto isso, um dos policiais trouxe uma xícara de chá fervendo. Agradeci e tomei o chá em silêncio. O meu salvador ainda deu ordens aos subordinados e aos policiais e de repente, voltou-se para mim: Os homens incomodaram-na de alguma forma desde que a trouxeram aqui, além de obrigá-la a escutar os gritos daqueles dois presos? A senhora não me parece estar bem.

Os policiais remexiam-se, desconfortáveis e esperavam a minha resposta com uma ansiedade visível.

Não, respondi. Eu não fui maltratada. Tenho um aspecto cansado por causa de problemas de saúde, que nada têm a ver com a minha permanência aqui. Além disso, estou apenas com frio e sono.

Vejo que a senhora tem aí o seu livrinho de telefone aberto. Quer telefonar a alguém? Voltou a perguntar o comandante.

Eu pensei em ligar para o secretário geral da presidência, Issa Sougoumi, respondi. Mas se estou autorizada a voltar para casa, não tem a menor necessidade de incomodá-lo, ainda mais a esta hora.

Mas a senhora conhece o secretário geral da presidência o suficiente para ligar a ele no meio da noite? Não deixa de ser estranho a senhora pensar em pedir ajuda a uma autoridade chadiana quando está em apuros, em vez de ligar para a sua chefia do PNSQV.

Conheço Issa Sougoumi faz tempo, além de ser a minha contraparte num projeto, também é meu amigo. E não hesitaria um minuto em chamá-lo, se fosse necessário. Tenho a mais completa confiança nele e sei que seria imediatamente atendida.

O indivíduo que fora tão desagradável comigo se aproximou e me entregou as chaves do carro.

Aqui estão suas chaves, senhora, e desculpe a falta de jeito.

Eu fiz um sinal de cabeça, agradeci e me levantei.

Sra. de Val d´Or, vou levá-la no meu Toyota para casa e um dos meus homens seguirá levando o seu veículo, explicou-me ele com tranquilidade. Depois dos incidentes em Moursal hoje à noite, ainda há muitas barragens na estrada e a senhora seria novamente presa sem papéis.

Eu notei que me chamara pelo meu sobrenome. O homem não dissera que eu não o conhecia? Limitei-me a sorrir. Lamento que a minha falta de atenção esteja lhe dando todo este trabalho, comandante. Mas sou imensamente grata pelo que fez.

Ele não respondeu e fizemos o trajeto em silêncio. Eu conhecia este homem de algum lugar, mas não atinava de onde e ele, do seu lado, parecia saber muito bem quem eu era, assim como onde trabalhava e morava. Quando estávamos chegando, ele me disse com uma voz mais doce: A senhora é valente. Muitas pessoas teriam ficado extremamente abaladas em se encontrarem sozinhas àquela hora numa delegacia com torturadores na sala ao lado.

Não vou negar que fiquei com medo, respondi-lhe. Mas logo vi que eles queriam me assustar e resolvi então fazer o possível para não lhes dar esta satisfação.

Pronto, a senhora agora está entregue em casa, disse-me ele, parando no estacionamento. Imagino que com essa sua aventura noturna já tenha aprendido a lição. Sorri, afaguei sua mão e despedi-me. Desci do Toyota, não sem antes decorar os números da chapa.

O outro militar que dirigia o meu carro já estava de pé ao lado do meu veículo, me entregou as chaves, desejando-me boa noite. Agradeci-o também e fiquei parada, olhando os dois homens se afastarem até perdê-los de vista.

Olhei o relógio e fiquei aliviada, ainda teria cerca de três horas para dormir. No dia seguinte, quando fui ter com os Traorê, já estavam informados da minha aventura noturna.

Amigos que sabiam o número da chapa do meu carro — LNS 05 — me viram ser levada à delegacia. Como sabem que lá existem pessoas que tanto podem ser decentes como se comportar como verdadeiros animais, foram notificar quem podia me ajudar. Amadou não sabia quem era o homem que fora me resgatar, e isso pouco importava agora. Mas eu devia ser mais cuidadosa com meus documentos e sempre tê-los comigo. Era raro que pessoas apreendidas pela polícia e levadas à delegacia saíssem de lá no mesmo estado em que tinham entrado.

Apesar de minha curiosidade e de algumas tentativas para identificá-lo, não consegui saber quem era o anjo da guarda. Mas pensando melhor, eu conhecia aquele homem sim. O seu porte, a maneira de se mexer, as mãos, aquele anel diferente que usava na mão esquerda, eram familiares. Eu já o vira em algum lugar. E ele também me conhecia.

Acabei desistindo do meu intuito de descobrir a identidade dele. E nunca mais esqueci os meus documentos em casa.

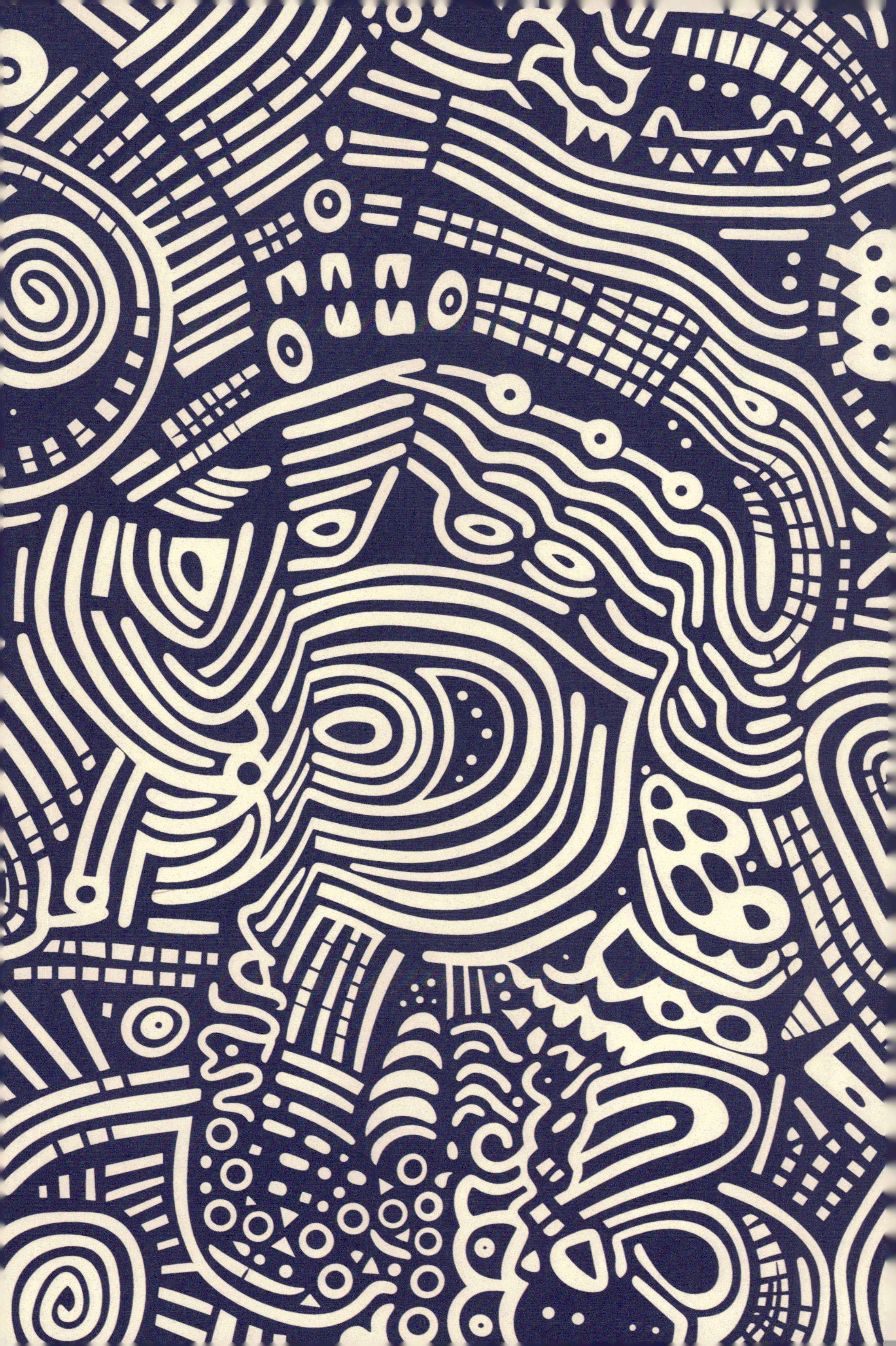

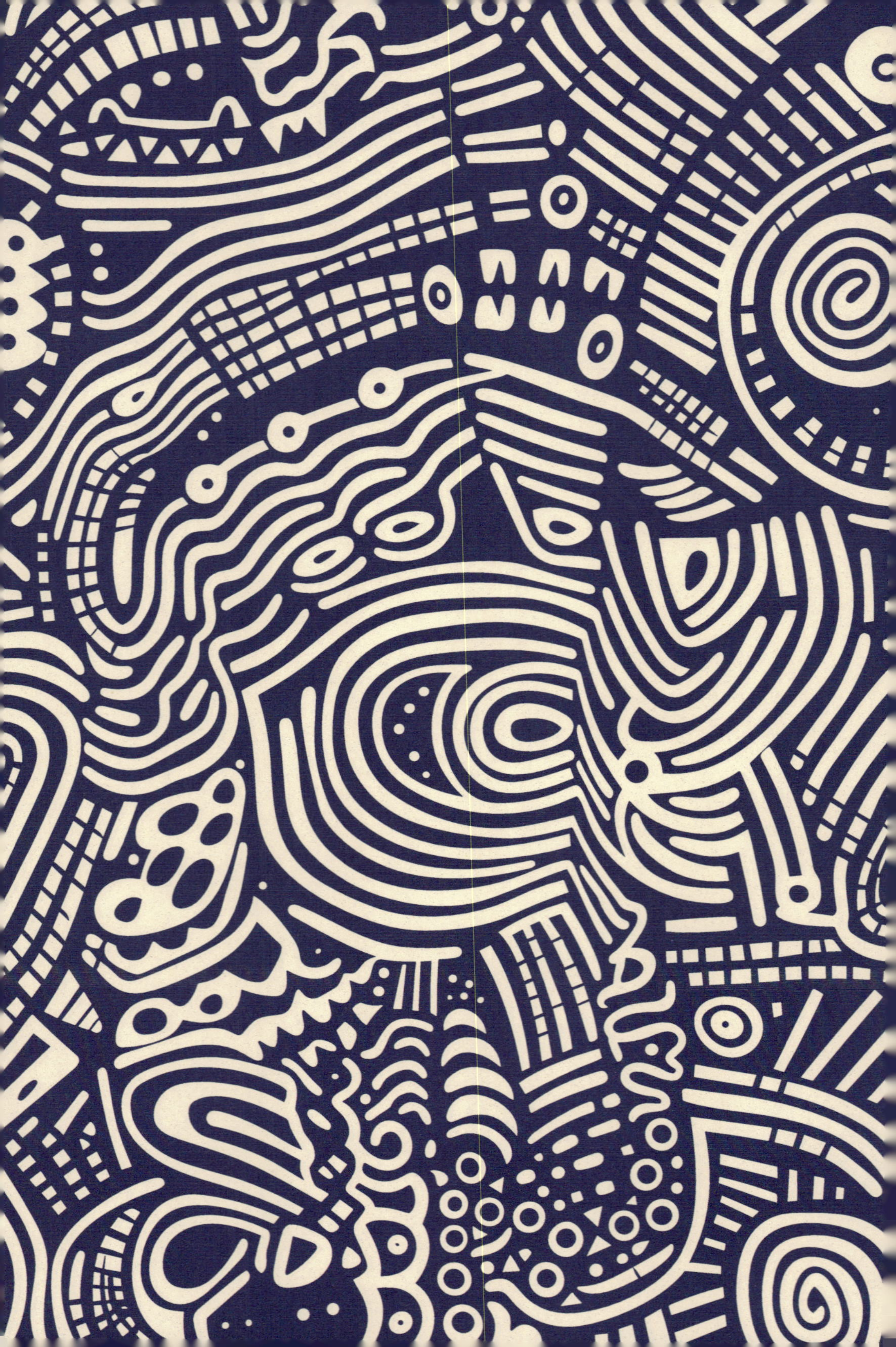

Capítulo 21
DETERIORAÇÃO DA SAÚDE

Estava começando a ter dificuldades crescentes de saúde e havia dias em que não conseguia sair da cama. E agora ficara ainda pior. Durante todo dia, sentia um profundo mal-estar e um medo intenso que eu não conseguia explicar. Eu dormia mal e acordava na alvorada com crises de angústia insuportáveis.

Além de me sentir esgotada — estado ao qual estava me acostumando — não me reconhecia mais.

Meus pontos fortes haviam se tornado meus pontos fracos e os meus pontos fracos, eu preferia nem pensar no que se tinham transformado. Quando olhava para o espelho, me assustava com o rosto que o espelho refletia, que não identificava mais como sendo o meu. Minhas olheiras tinham ficado tão grandes que parecia estar usando óculos de sol naturais. Minha pele ficara amarelada, espessa e sem viço. Os meus cabelos, que eram tão bonitos, estavam quase que inteiramente quebrados em toda a extensão.

Eu me sentia morrer e devia fazer um esforço hercúleo para não mostrar o quanto os sorrisos, cheios de escárnio de vários dos meus estagiários e encarregados de programa internacionais, me machucavam. Todos viam o agravamento espetacular do meu estado e parecia que isso os deixava felizes. Os outros, meus amigos, preocupavam-se cada vez mais comigo, mas não sabiam o que fazer.

Todas as noites, voltava para casa completamente exausta e eu tinha a impressão de que me atirava contra os muros do meu apartamento com um barulho mole e escorria deles sob forma líquida, deixando na superfície mil sulcos de sangue. Parecia que o meu cérebro se incendiava, desagregando-se numa explosão de fagulhas, que pareciam saltar de uma fogueira de lenha seca. Montadas em fumaça, ardentes, chuviscavam na minha cabeça turvando o meu espírito, que encolhia como maracujá de gaveta.

Mesmo assim, conseguia ir trabalhar praticamente todas as manhãs. Às vezes, quando não dava mesmo para levantar, avisava o escritório e ficava deitada o dia inteiro. Eu estava ao mesmo tempo fascinada e atemorizada com o que estava me acontecendo. Às vezes, eu estava fora do meu corpo como espectadora, me via fazendo coisas, trabalhando e vivendo como se fosse outra pessoa. Sentia medo de um dia não poder reintegrar este corpo, que parecia também não me querer mais. Outras vezes, parecia perder o controle, tanto do meu corpo quanto do meu espírito.

Um dia reparei que até os meus olhos haviam mudado de expressão, refletiam uma profunda tristeza. Quanto mais o tempo passava, mais entendia que tinha um passado e um presente, mas não tinha futuro. Seja lá o que estivesse acontecendo, continuava a sair quando podia. Mas saía menos e por menos tempo e mesmo assim, a minha casa continuava cheia de gente.

Os Traorê, como todo mundo, viam a degradação da minha saúde. Mas como eu nunca falara com eles sobre este assunto, pensavam que talvez eu quisesse gerir a questão sozinha, na maior discrição. Quando ia à casa deles, eu me acostumara a fazer uma sesta e alguém me acordava na hora do jantar. Quanto à Kayar, não parecia dar-se conta do meu estado.

Ele vira, evidentemente, que eu não estava bem de saúde, mas pensava que isso devia-se essencialmente ao excesso de trabalho. Eu também não lhe disse nada. Sabia que ele também andava muito cansado e como se isso não bastasse, ainda precisava lidar com problemas conjugais crescentes quando voltava para casa. Apreciava os esforços que fazia para ficar o mais tempo possível comigo, assim como as suas incríveis doçura e gentileza. Eu o amava muito e me sentia plenamente correspondida.

Um dia, me disse que sua chefia queria que ficasse um mês em Bardaï, no Tibesti. Ele estava inconformado em ficar todo este tempo longe de mim, mas incentivei-o a ir. Eu também ficaria desolada sem ele, mas não queria de jeito nenhum ser um empecilho para seu avanço de carreira. Na verdade, não queria que ele me visse assim. Kayar era inteligentíssimo e acabaria entendendo que algo estava muito errado comigo.

Pedi para mandar regularmente notícias por um dos seus tenentes, de preferência Joseph — um mestiço sírio-chadiano de quem gostava muito — era ele que sempre o trazia à minha casa. Às vezes, vinha outro tenente buscá-lo, um certo Maidê Wodji, que também era o seu homem de confiança, mas eu nunca o via: devia ser bem mais arisco e tímido do que Joseph, que muitas vezes até subia para conversar comigo em volta de um prato de comida ou um copo de chá.

Kayar fumava um cigarro, contrariado. Era evidente que não queria viajar, mas não podia negar-se. Olhei-o com carinho e perguntei: Kayar, você acredita em bruxos e bruxarias? Outro dia alguém me falou que existem grupos aqui no Chade, que praticam magia negra como os *moundangs*, *toupouris* ou *kotokos*. Fala-se muito também dos "comedores de alma" lá do leste.

Bobagens, respondeu Kayar, tranquilamente. Você me falou também destas lendas brasileiras como a "mula sem cabeça", botando fogo pelas ventas e aquele gênio malvado com cabelos vermelhos, que corre nas florestas com os pés virados para trás. Como é que ele se chama mesmo? Esqueci agora o nome.

Curupira.

Então, diga quantas vezes já viu a "mula sem cabeça" ou Curupira nas suas andanças pelo Brasil? São histórias que não existem. É como aqui no Chade, fala-se muito das *Mamy Wata* e dos *Papy Wata*, dos *oulao*, dos "espíritos do rio", dos "comedores de alma" e sei lá do que mais. Mas é folclore. Nada disso existe.

Levantou-se para ir buscar o seu turbante, que esquecera no meu quarto. Beijei-o longamente e o vi se afastar com dor no coração sem saber ao certo quando voltaria a vê-lo.

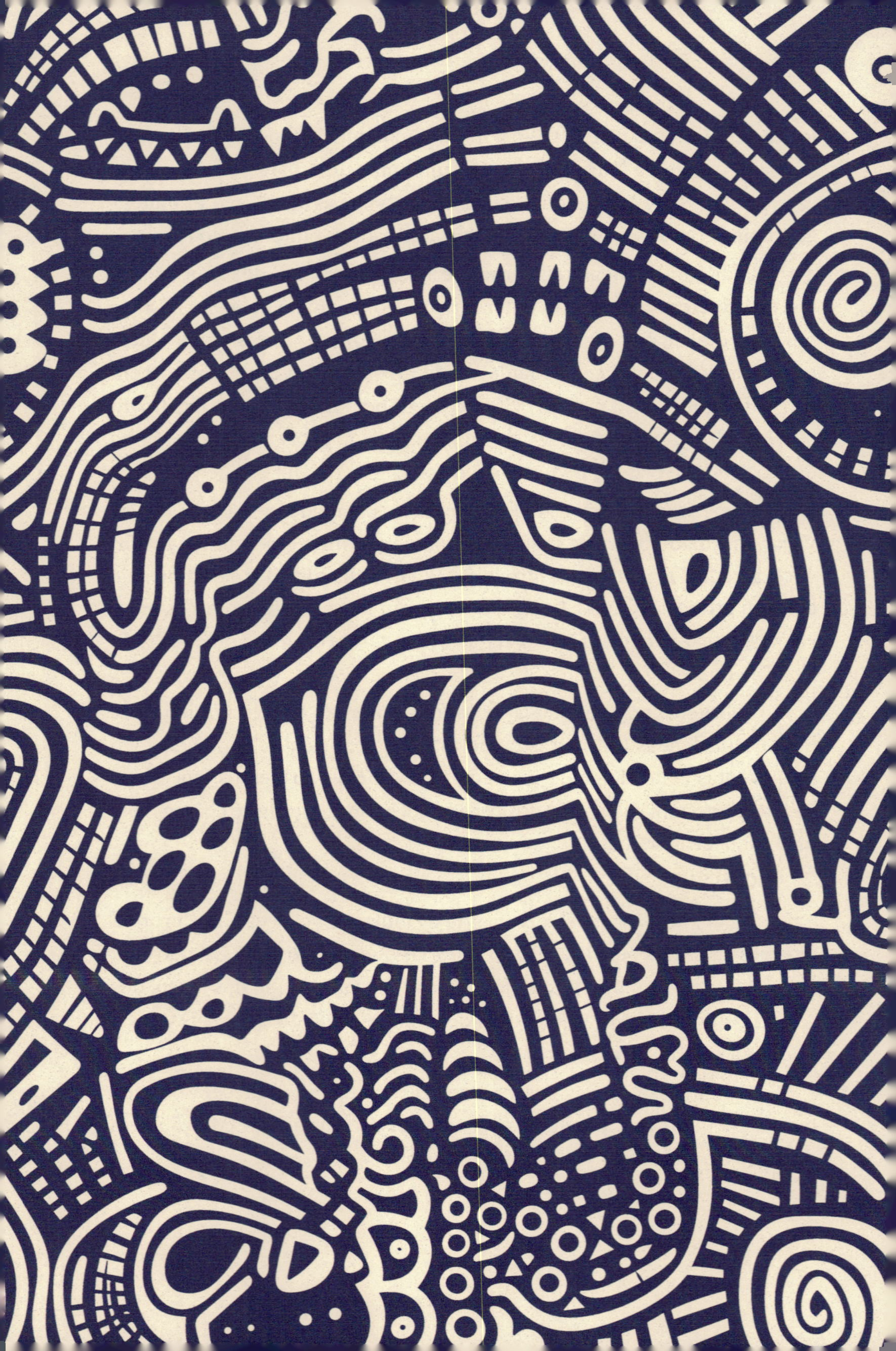

Capítulo 22
A PARTIDA DE BINTOU

Depois da partida de Kayar, começei a passar mais tempo fora de casa para não pensar muito na sua ausência. Percebia agora o quanto me apegara a ele.

Não tive, todavia, muito tempo para pensar nos meus problemas sentimentais. Apesar do protesto enérgico de Ibni Adam, o ministro do plano e da cooperação a respeito da transferência de Favre, o PNSQV Nova Iorque não se deixou abalar e mandou ao nosso chefe os papéis para a mudança de posto e indicou as datas em que estava sendo esperado no Botswana.

Favre, frustradíssimo, preparou-se para deixar o Chade. Deveria embarcar tão logo chegasse um indiano chamado Dipak Sikkri, que exerceria as funções de encarregado de escritório até a chegada do novo representante residente.

Sentia-me dividida com as mudanças. Temia para o meu futuro e o de Bintou, apesar de estar agora mais do que convencida que ele era mesmo um perigo para o escritório. Mesmo assim, sentia que eu lhe devia alguma coisa, até apoiaria a renovação do seu contrato por algum tempo para procurar em segurança outro emprego que fosse do seu agrado.

Quanto à Bintou, ele estava muito assustado com a partida de Favre: o fato de trabalhar no PNSQV abrigava-o, ele e sua família, da grande instabilidade reinante no Chade. De fato, no país as pessoas podiam, num abrir e fechar de olhos, perder o emprego e nunca conseguir arranjar outro, se gente poderosa assim decidisse. Mas tinha pior: pessoas que tinham caído em desgraça e não dispunham de padrinhos influentes podiam simplesmente "desaparecer", isto é, serem jogadas na prisão, torturadas, mortas e enterradas em valas comuns ou aterros sanitários.

Era por esta razão que muitos expatriados chamavam o Chade de um "gigantesco campo de valas comuns", onde era muito difícil trabalhar. Consideravam a nomeação neste país como um verdadeiro castigo. Eu sempre respondia que concordava em parte com essa visão, mas também deviam reconhecer a generosidade e o carinho dos chadianos para com aqueles que os respeitavam e se esforçavam em entendê-los. Por exemplo, eram amigos da terra que me ajudavam a manter a sanidade neste país tão violento, onde a guerra virara — de certa forma — um modo de vida.

O medo crescente de Bintou o impedia de avaliar a situação com objetividade: eu imaginava que se perguntava até que ponto eu ainda era leal ou se já estava apoiando a sede contra ele num esforço para salvar a minha própria carreira.

Quando pediu ajuda, Favre, secamente disse que já era obrigado a lidar com muitos problemas para ocupar-se dele. Talvez Ibni Adam, que sempre o apoiara, pudesse intervir a seu favor junto ao Banco Supranacional, por exemplo.

O novo adjunto chegou duas semanas antes de Favre embarcar. Sikkri era um homem baixinho, cheio de boas intenções e de experiência, mas sem brilho ou carisma. Se vinha com reputação de competência, logo notei que tinha um bom coração —- o que era raro achar no PNSQV.

Quando falou comigo, o fez com muita diplomacia. Parecia realmente se compadecer com a minha situação e fiquei muito grata. Ele começou pedindo para entender o escritório e logo deu-se conta que eu tinha uma ótima visão do que estava acontecendo e era muito justa com meus colegas, mesmo os que me maltratavam. A sua primeira questão foi evidentemente sobre Bintou, pois Favre não fizera um *briefing* muito positivo sobre ele.

Fui muito honesta, ele era talvez a única pessoa que eu não conseguia avaliar com objetividade por sempre ter me ajudado desde a chegada. Sim, eu concordava que ele apresentava aspectos negativos, mas também tinha muitos pontos fortes. Esperava que ele pudesse fazer uma melhor opinião sobre Bintou a partir das avaliações de outros colegas. Dipak agradeceu minha franqueza e não me perguntou mais nada.

A partir do momento em que Favre deixou o Chade, Sikkri começou a implementar reformas com sua meticulosidade indiana. Mas se ele me dera a supervisão do pessoal, que gostava de mim e me orientava com muita paciência, geria o resto do programa, além de exercer suas funções de encarregado de escritório, que o sobrecarregava muito. Bintou assim ficou sob a minha supervisão e sentiu-se mais aliviado, mesmo não sabendo o que seria feito dele a longo prazo.

Sikkri logo sentiu que algo estava muito errado comigo: não era a minha incompetência, tão alardeada na sede por Rufina. Meu desempenho, aliás, melhorara muito, mesmo se ainda apresentasse algumas falhas. Mas era essencialmente os meus problemas de saúde, ele dava-se conta perfeitamente dos esforços que eu fazia para estar no escritório na hora todo dia e sabia, por exemplo, que eu dormia quase todo o final de semana e na segunda-feira, mesmo assim, o meu cansaço era aparente.

Alguns dias depois, Sylvia, minha secretária, avisou-me que o encarregado estava à minha procura.

Bom dia, disse-me Sikkri, sem perguntar como estava, o que via já lhe dava a resposta. Sente-se, por favor. A sede me mandou o currículo de um rapaz maliano que poderia vir aqui nos assessorar imediatamente. Gostaria que você o lesse e me desse o seu parecer. Eu o achei excelente. É até estranho um rapaz com todas essas qualidades querer vir a um país tão pouco atraente como o Chade.

Pensei um instante. Talvez seja um desses jovens de que a sede gosta, que são tão competentes quanto ambiciosos. O PNSQV Nova Iorque promete agora promoções e uma série de regalias a jovens talentos para trabalharem em países de alto risco com escritórios problemáticos. Vai ver que este é um desses casos, disse.

E continuei: Você tem razão. Este é um dos melhores currículos que li, ultimamente. O rapaz é excelente e com certeza dará uma grande contribuição. Mas esses gênios também podem trazer alguns problemas.

Talvez em breve, ele vá querer nos substituir os dois e exercer ele próprio as nossas funções. Mas isso não é muito grave: ele, com certeza, virá por pouco tempo. A sede deve ter negociado com ele uma promoção em breve. Ninguém quer vir com esta instabilidade, massacres e ódios. Mas já que pediu minha opinião, eu topo o desafio. Traga-o, sim.

Pois é, vejo que os dois anos que passou na divisão do pessoal da sede, deram uma visão muito realista sobre os funcionários da organização, riu ele. Agora como vê a sua inserção no programa?

Fiquei quieta um momento. Se desse para dividir o nosso programa em dois e dar-lhe uma metade, enquanto eu ficaria com a outra, este arranjo seria ideal. Posso fazer-lhe uma proposta neste sentido, se assim desejar.

Sikkri queria e voltei para minha sala sem saber se devia ficar feliz ou não com a vinda do rapaz. Tudo dependia evidentemente de como ele era e como se portaria.

Fiz a minha proposta de divisão de tarefas à Sikkri e logo no final do mês chegou Iassine Celestino Bah, do Níger, onde era professor de faculdade em Niamey, capital do país.

De cara, entendi que se a minha avaliação do seu currículo estava correta, ele era ainda mais ambicioso do que imaginara. Era mais jovem do que eu, gordinho, sempre alegre e risonho.

No começo, tentei competir com ele, que encantava todo mundo com suas ideias originais, seu incrível dinamismo e sua excelência, mas logo cheguei à conclusão de que não valia a pena; ele tinha suas qualidades e eu, as minhas.

Resolvi me achegar e aprender com ele, o que era difícil para o meu ego, no começo. Um dos assuntos que Iassine, aparentemente, vinha tratar a pedido da sede, era a questão Bintou. Numa reunião com Sikkri e eu, ele abordou o assunto e disse que a sede não queria renovar o seu contrato, que vencia dentro de seis meses.

A sede quer desfazer-se dele. Acha que é uma pessoa perigosa que manipula os colegas e faz o que pode para avançar os seus próprios interesses em detrimento da nossa organização. A decisão de não renovar o seu contrato já está tomada. Precisamos lhe dar essas más notícias com antecedência. Pessoalmente, acho que você, Beatriz, é a mais indicada, pois trabalha com ele desde que chegou.

Aceitei a tarefa pesarosa. Realmente o escritório estava mudando bastante e agora nem lugar mais havia para Bintou. Mas no fundo do meu coração, sabia que era a melhor decisão. Talvez ele pudesse realizar com alguma outra instituição o seu sonho de tornar-se membro de uma organização internacional e trabalhar fora do Chade. Eu sabia que ele esperava receber alguma proposta de trabalho do Banco Supranacional, mas até o momento, nada se materializara ainda.

Eu estava na minha sala quando Bintou veio me ver.

Você tem algum tempo livre? Posso me sentar?

Fiz um sinal positivo com a cabeça.

Vim vê-la por que gostaria de partilhar com você as minhas preocupações. Desde a chegada de Sikkri — e sobretudo a desse Iassine — mudanças importantes estão acontecendo. Não sei se alguém como eu vai se encaixar neste novo escritório. Sinto cada vez mais que não tenho espaço aqui.

Respirei fundo. O que é certo é que não terá mais a considerável influência que tinha do tempo de Favre. Naquela época, você, de certa forma, era o representante residente bis, disse-lhe.

Bintou refletiu um momento. Recebi uma proposta diretamente do presidente da república para ser presidente diretor geral da nossa firma algodoeira CotonTchad. É um belo posto, mas como sabe, aqui na nossa terra, tudo é muito instável. E trabalhar no PNSQV, além de me dar garantias de estabilidade e segurança, também me abria uma porta para me tornar funcionário internacional. Se aceitar a oferta do presidente, perco tudo isso. Meu contrato com a organização expira dentro de seis meses. Você acha que vai ser prolongado?

Calei-me um instante e respirei fundo.

Não, Bintou, tudo indica que não. E a sede nos avisou que a decisão já foi tomada. Eu sinto muito ter de dar essa notícia a você.

Bintou ficou quieto. Eu sabia que este era um péssimo sinal. Mas você tentou pelo menos argumentar em meu favor? — perguntou ele.

Tentei sim, respondi. Mas a posição da sede foi tomada, baseada nas informações de Rufina. Portanto nada do que eu disse teve peso, pois ela informou Nova Iorque que éramos amantes e que seria lógico que eu interviesse em seu favor.

E de fato, eu tentara influenciar, tanto a sede quanto os meus colegas do escritório para que dessem a Bintou pelo menos uma extensão de contrato limitada para que ele pudesse procurar um novo emprego com mais folga. Mas ele não parecia acreditar em mim.

Você duvida do que eu estou falando? Perguntei, meio chocada.

Não, é claro que não, respondeu ele. Eu jamais faria isso. Mas o seu tom indicava exatamente o contrário. E nessa hora, entendi que de agora em diante, teria um inimigo pela frente: ele não acreditara numa palavra do que dissera.

Você me disse algum tempo atrás que o Banco Supranacional ia lhe fazer uma oferta, chegaram a mandar ou dizer alguma coisa a você sobre isso?

Não, foi a resposta. E nem espero que concretize esse interesse agora. Acabei de descobrir que as duas pessoas que mais apreciavam meu trabalho e tinham considerável influência na organização, saíram do Banco para ir trabalhar na Comunidade Europeia.

Bem, não vou mais tomar o seu tempo. Já sei agora o que queria saber. Vou aceitar a proposta do presidente e quero avisá-la de que terei de ir ao Egito por algumas semanas, custeado pela empresa, naturalmente, ainda dentro do prazo de vigência do meu contrato com o PNSQV. Espero que vocês não vetem isso também.

Sacudi a cabeça. Você está nos tratando como inimigos. Como pode fazer isso? É claro que faremos o que for possível para facilitar a sua transição do PNSQV para a CotonTchad. Vou falar agora com o Sikkri que, tenho certeza, não terá o menor problema em deixá-lo ir ao Egito.

Bintou anuiu em silêncio e senti a sua animosidade velada, logo substituída por um sorriso. Mas não disse mais nada e retirou-se, deixando-me perplexa e muito magoada. Realmente, o PNSQV/Chade sem Bintou era alguma coisa inconcebível e até há bem pouco tempo.

Capítulo 23
UMA DECISÃO DIFÍCIL

Depois da conversa senti que alguma coisa "trincara" na nossa amizade. Aos poucos, ele se afastava de mim — com muita sutileza — e eu me ressentia muito.

Aparentemente, continuava sempre tão atencioso e solícito comigo. Tinha ido ao Egito e me trouxera presentes. Entre estes, uma túnica longa em algodão com estampa de faraós e hieróglifos de que gostei muito.

Um belo dia, vi um homem sentado no cantinho-salão do meu escritório, me esperando. Levantou-se quando entrei e fechou a porta atrás de mim. Era Olivier, que tentou sem sucesso, reprimir uma expressão de susto quando me viu.

Como vai você Beatriz? Perguntou-me, disfarçando. Está se sentindo melhor?

Vi a sua expressão quando entrei e conheço você bem demais para fazer de conta que está tudo bem, meu amigo. Eu me sinto horrivelmente mal.

E de repente, todas as minhas forças pareceram me abandonar. Meus olhos se encheram de lágrimas. Olivier não falou nada. Pegou-me pela mão, levou-me até o sofá e sentou-se a meu lado.

Beatriz, disse com doçura. Você sempre me honrou com sua amizade e confiança e a considero como uma amiga muito querida. Eu vejo você já faz algum tempo, definhando cada vez mais por causa de um problema de saúde, que ninguém consegue diagnosticar de maneira apropriada em N´Djamena. Então, por que diabos teima em ficar aqui? Vá embora para França ou para o Brasil para conseguir tratamento apropriado, faça alguma coisa, pelo amor de Deus!

Ele levantou-se com vivacidade e foi encostar na janela. Estou seriamente preocupado com você. Você não está sendo nada sensata.

Funguei e enxuguei os olhos.

Vá ver Sikkri, continuou ele. Diga a ele que você precisa ir embora. Sua saúde não tem preço.

Creio que você tem razão, respondi. Muito obrigada por ter vindo ter comigo esta conversa. Vou seguir o seu conselho.

Vá ver Sikkri agora. Bem, tenho de ir. Nos falamos.

Sikkri espantou-se em me ver entrar resolvida e segura de mim, mas ficou pasmo em ver que a doença da qual eu sofria, começara a me desfigurar.

Vim vê-lo para avisá-lo que vou pedir férias e ir à França investigar o que se passa com a minha saúde. Temo que se ficar aqui vou acabar, como se diz na gíria brasileira, "batendo a cachuleta". Quero o seu acordo para ficar fora quinze dias. Tenho a impressão de morrer um pouco mais todos os dias. É horrível.

Sikkri ficou muito feliz com minha decisão: não sabia bem como me fazer uma recomendação que ia no mesmo sentido. Eu devia viajar imediatamente.

Vou embora, então, numa semana, disse. Se estiver bem para você.

Ainda preciso de você amanhã para o encontro de chefes de pequenas e médias empresas, respondeu. Mas depois, se você não viajar, vou colocá-la à força no avião.

Terminei o dia com dificuldade e, quando voltei para casa, fui ver Pia.

Quando me viu, ela deixou cair a pilha de lenha perfumada que ia colocar no braseirinho. Ajudei-a a juntar os pedaços de madeira espalhados pelo chão e colocá-los em cima do fogo. Uma lufada de fumaça elevou-se imediatamente, espalhando por toda parte um cheiro maravilhoso.

Nossa Senhora, Beatriz! — balbuciou Pia, olhando-me com consternação. Mas o que foi que houve com você? Eu não a vejo faz cerca de uma semana, mas me parece que o seu estado piorou muito. Eu não quero assustá-la, mas...

Desculpe interrompê-la, mas acabo de falar com Sikkri. Vou para Paris depois de amanhã, para fazer uma investigação a respeito de minha saúde. Imagine, pela primeira vez tive um apelo irresistível para pular do meu terraço e o vazio insistia me olhando com olhos arregalados para que fosse ter com ele. Se ficar mais tempo aqui, vou acabar fazendo isso, pois a atração é muito forte. Estou cada vez mais perdendo o controle do meu corpo e do meu espírito.

Vivo numa espécie de neblina de pesadelo, sem mais nenhuma noção de tempo e de espaço. Seja lá de noite ou de dia, sofro não sei bem do quê. Meu corpo, meu espírito e minha alma têm dor e não sei por que razão. Não acho realmente as palavras certas para descrever o que sinto.

Beatriz, disse Pia. Você já está doente faz tempo, mas noto agora um agravamento espetacular. Você tem de ir. Às vezes, me pergunto de que natureza são estes seus problemas de saúde. Você já considerou, como posso dizer, é claro que é apenas uma hipótese, que alguém esteja colocando mau olhado em você?

Quando ela viu a minha cara, entendeu que em nenhum momento a possibilidade passara pela minha cabeça.

Mas quem poderia fazer uma coisa dessas? Eu não tenho inimigos declarados.

É, eu também não vejo ninguém, disse Pia. Mas me prometa de não comentar nada, nem mesmo com Bintou. Eu trabalho no Chade faz mais de três anos. Existem aqui grupos, que são muito reputados pela sua magia. Os *moundangs*, por exemplo, podem provocar distúrbios muito reais e até matar pessoas. Não os subestime.

Você desconfia de alguém? Perguntei.

Não, é claro que não, respondeu com vivacidade. O que estou falando é uma mera hipótese. E desviou o olhar de mim.

Logo entendi que ela estava mentindo, mas sabia que se não queria partilhar alguma coisa comigo, não adiantava insistir.

Quando me levantei para sair, ela segurou-me pelo braço.

Olha, se ninguém conseguir descobrir, em Paris, o que você tem, prometa-me que vai consultar um exorcista, um sacerdote vodu, um xamã ou alguém que possua conhecimentos nesta área.

Prometi e ia me afastar quando a voz zombeteira de minha amiga me fez voltar para junto dela.

E o belo comandante? Ele não consegue melhorar o seu estado de saúde?

O comandante? Mas de que comandante está falando? Perguntei lhe dando risada, espantadíssima com os meus dons de atriz. Conheço um monte de comandantes e você também. Me diga de quem está falando, em vez de ficar rindo assim feito boba.

Ora, estou falando de Kayar.

Ah o comchefe! De fato, ele vem de vez em quando em casa, e daí?

Pia me encarou mais séria. — Eu conheço bem Kayar. Ele fazia parte do grupo de chadianos que estudava comigo em Aix, na França, e ele não é homem de dar ponto sem nó. Além disso, ele olha para você de um jeito!

Tomei cuidado em não defender Kayar. Grande novidade! Você sabe até melhor do que eu, pois trabalha aqui faz mais tempo, que os homens chadianos olham para as mulheres como um gato olha para um pires com sardinhas.

Acho que fazer sexo neste país foi elevado a esporte nacional. Em Angola era a mesma coisa, mas aqui esses varões já têm direito à quatro esposas. E como se não bastasse, ainda arrumam tempo e energia para ir a orgias e ter várias amantes. São verdadeiros atletas do sexo. O nosso amigo Ali é um bom exemplo desse tipo de homem.

Capítulo 24
A PARTIDA

P IA NÃO RESPONDEU. Pensando bem, talvez não tivesse nada mesmo acontecendo entre Kayar e eu. Seja lá como for, não era o seu problema. Mas ela teria gostado muito de saber que eu saía com uma pessoa mais confiável do que ele e estivesse tão feliz quanto ela com seu namorado italiano.

Por falar no comchefe, já estava na hora de ele voltar do Tibesti e estava ansiosa para contar sobre a decisão de viajar.

Fiquei entristecida na véspera de minha partida de receber a visita do tenente Joseph, avisando que Kayar ainda ficaria fora da capital por mais duas semanas.

Ele fora de Bardaï para Zouar, no Tibesti, e ainda precisava arbitrar um conflito entre militares e pastores na localidade de Yebbi-Bou, antes de voltar à N´Djamena. No momento, estava incomunicável e só regressaria à Bardaï na próxima semana. Escondi a frustração, agradeci a informação e mudei de assunto.

No dia seguinte, fui para a casa dos Traorê. Estavam extremamente preocupados comigo, e não só eles. Pensei com um aperto no coração que se encarregariam de avisar Kayar de minha partida.

À noite, a angústia era insuportável. Passei horas virando na cama de um lado para outro e finalmente consegui dormir, mas o sono era de má qualidade, agitado por pesadelos e interrompido por momentos de vigília, cheios de demônios.

Finalmente acordei de novo e não consegui mais dormir. Eu estava deitada de costas, com os olhos abertos, quando pontos luminosos branco-azulados começaram a aparecer e a girar: giravam, giravam, agora cada vez mais rapidamente e cada vez apareciam mais pontos luminosos formando um torvelinho que quase iluminava o meu quarto.

Começaram a consolidar-se numa forma humana e apareceu Emílio Wong Chou, o meu melhor amigo, que falecera no Brasil em junho de 1977 de um infarto fulminante. Ele flutuava num halo de luz e de paz e estava exatamente como me lembrava dele: frágil, os olhos puxados e cabelos lisos, sorriso tímido num rosto alongado. Via apenas a sua cabeça, ombros e parte superior do torso.

Emílio estendeu-me a mão, dizendo: venha, vamos fazer o *mitabê* juntos. Vou ajudá-la a atravessar o vau. Ele referia-se simbolicamente a uma cerimônia malgaxe, da qual eu gostava muito, onde celebrava-se a força do esforço coletivo. O melhor exemplo de solidariedade, era representado pela passagem segura de uma comunidade no vau de um rio turbulento graças a cooperação de seus membros. Estendi-lhe a mão e senti a do meu amigo fechar-se sobre a minha. De repente, ele desapareceu.

Emílio! Emílio! murmurei, chorando. Sinto tanta falta sua. Nunca consegui esquecê-lo ou achar outro amigo como você. E pela primeira vez, a angústia diminuiu e entendi, que qualquer que fosse o mal que me roía por dentro, eu me curaria e ele ia me ajudar. Adormeci numa paz que não conhecia havia muito tempo.

No dia seguinte, eu estava curiosamente feliz. Fiz a mala e quando estava praticamente no térreo para ir ao aeroporto, senti que esquecera uma coisa importante.

Voltei para casa. Dei uma parada, sentei-me no sofá e fechei os olhos. Precisava esquecer da pressa, relaxar e me concentrar no que devia levar. Pedi a ajuda dos meus guias e protetores espirituais e respirei fundo, devagar.

E vi com os olhos da mente, um envelope velho, sujo e já um pouco rasgado, que se encontrava na borda da janela e que mal dava para ver, com o dançar da cortina na brisa da manhã. Eu o abri e lá estava guardada a foto envelhecida, amarelada, que o velho comerciante tirara de Bintou e de mim, na ponte do rio Lerê, o ano passado. E foi aí que me veio o sentimento que era aquela velha foto que precisava levar comigo.

Sem bem entender a razão, coloquei a foto na bolsa. Olhei o relógio. Estava ficando tarde. Saí correndo do apartamento e subi no carro. O embarque aconteceu quase que imediatamente. Olhei, pensativa, para o desfile de telhados da capital lá embaixo e logo mais, quando o avião ganhou altura, pude admirar a imensidão da savana arbórea de N´Djamena.

Capítulo 25
A CHEGADA EM PARIS

PELA PRIMEIRA VEZ, chegava a Paris sem alegria. Quando a aeronave pousou, olhei os gramados do aeroporto de Roissy Charles de Gaulle, que separam as pistas, à procura dos coelhinhos que lá moravam, como sempre fazia. E logo eles apareceram, brincando, indiferentes ao barulho dos aviões.

Eis os meus coelhinhos aviadores, murmurei, com o nariz no vidro da janela, olhando-os com deleite. E acompanhei as farras até a aeronave sair da pista e estacionar em frente ao meu satélite.

Fui buscar a bagagem. Eu gostava do aeroporto e circulei num sentido ou no outro, deste tapete rolante por anos.

Reprimi um gesto de impaciência, tia Bia — minha melhor amiga e mãe de coração — estava gripada e não estaria naquele canto do saguão de desembarque à minha espera, como sempre. Como este mês de outubro era prematuramente frio, eu tinha recomendado que ficasse descansando e já a tinha avisado, de N´Djamena, do meu estado e dos meus planos. Tia Bia ficara de marcar um encontro com o Dr. Sentiez, o médico generalista que nos atendia há anos.

Saí do aeroporto a procura de um táxi. Fora informada pela minha irmã, Marina, que teria de partilhar o apartamento da rue de l´Université com os meus pais, o que não me agradava nada: teria preferido que eles não me vissem neste estado e já inventara uma história que justificasse minha presença em Paris.

Eu não mantinha boas relações com a minha mãe, mas adorava o meu pai, que era um homem bondoso e fraco que não queria desagradar à sua mulher. Minha mãe e eu tínhamos personalidades fortes e vivíamos às turras por termos visões de mundo totalmente diferentes. Entendia um pouco a sua reação no que me dizia respeito: ela teria sem dúvida, gostado muito de ter uma filha de comportamento mais condizente com seu sistema de crenças e que se preocupasse exclusivamente em fazer um belo casamento e desfilar ao lado de um homem de nome aristocrático e muitas posses. Também devia esperar que me realizasse como mulher apenas sendo uma boa esposa e uma boa mãe de filhos varões. E eu era, para o seu desespero, o oposto.

Cursara contra a sua vontade a faculdade de geografia da USP e obtivera um mestrado e um doutorado em geografia urbana e planejamento na França, que ela achava perfeitamente inúteis. E agora trabalhava nesses países de fim de mundo sem ter a mínima intenção de me casar. E isso deixava minha mãe apreensiva e furiosa.

Ela também não gostava muito da grande intimidade de que gozávamos, o meu pai e eu, da qual estava excluída. Com o passar do tempo, conseguira fazer com que as demonstrações de afeto de seu marido para comigo, diminuíssem. Mas eu sabia perfeitamente que os sentimentos dele continuavam os mesmos.

Quando cheguei, minha mãe me abraçou protocolarmente e disse que me achava com um aspecto muito cansado. O meu pai me abraçou longamente e parecia estar preocupado com o que estava vendo. Sentamo-nos para conversar, como de costume. Era essencialmente minha mãe que falava. Queria, para variar, me contar as últimas notícias sobre meu irmão: ele fora promovido com aumento de salário, o diretor do banco não se cansava de elogiar a sua competência etc. etc.

Na verdade, minhas irmãs Marina, Alice, Camila e eu mesma, como aliás não me privava de dizer à minha mãe com uma certa amargura, éramos apenas os quatro "acidentes" indispensáveis para ter chegado, finalmente, ao herdeiro temporão. Ela nunca falava das meninas e para ela — inteligente, dura e excelente atriz — dos cinco filhos vivos, só via o caçula homem e só falava dele. Talvez esta impressão não fosse correta, mas era certamente assim que nós, as irmãs, nos sentíamos.

Cansada, fazia o meu possível para parecer interessada na conversa e tentava sorrir. O meu pai silencioso, meio sem graça com o tema da conversa — que era invariavelmente o mesmo — me olhava com cara de preocupação, temendo o começo de uma discussão. Eu sabia que ele notara alguma coisa. Tão logo foi possível, ele se aproximou e indagou se estava tudo bem. Ia continuar a falar sobre a minha saúde quando minha mãe, que fora retocar a maquiagem, saiu do banheiro e juntou-se a nós. Mudamos imediatamente de assunto e ele propôs darmos uma volta em Paris. Eu sabia que não conseguiria andar muito e meu pai ficaria ainda mais preocupado.

Recusei o convite, alegando que viera numa missão à Organização das Nações Solidárias para a Educação, a Ciência e a Cultura (ONSECC) que tinha sede em Paris — e precisava ir aos encontros agendados para mim do Chade. Vi meu pai aborrecido com a resposta e fui buscar o meu casaco.

Pelo menos espero que venha almoçar conosco, disse-me ele secamente. Suponho que os seus encontros já tenham terminado às 13:30. Sim? Ótimo! Iremos naquele restaurante de que tanto gosta, o *Vert Bocage*. Nos encontramos lá, então.

Na hora combinada, cheguei ao pequeno restaurante do boulevard La Tour Maubourg, que era excelente, onde já me aguardavam. Estavam numa forma invejável e continuavam jovens, saudáveis, distintos e engraçados mesmo tendo passado dos sessenta e cinco anos.

Meu pai decidiu, depois de estudar cuidadosamente o cardápio, que tanto eu quanto ele, comeríamos um *meli-melô* de salmão defumado com endro, acompanhado de aranhas do mar. Seus olhos brilhavam de prazer enquanto indicava ao maître o que íamos comer e escolhia o vinho. Minha mãe, sentada entre nós, escutava a conversa e escolheu uma salada naquele cardápio maravilhoso: precisava se cuidar muito para não engordar.

Eu sabia muito bem que ela não prestava a mínima atenção no que eu falava sobre a vida no Chade. Mas o meu pai era todo ouvidos e não se cansava de fazer perguntas.

Várias vezes durante a refeição, a minha mãe tentou interromper o diálogo para voltar ao seu assunto favorito. Na terceira vez, o meu pai e eu nos entreolhamos e nos calamos, em conivência.

Meu irmão Antonio se casara em julho deste mesmo ano e, segundo a minha mãe, logo teria um filho. Lembrou o quanto ficara comovida com o casamento naquela igreja antiquíssima dedicada a São Saturnino, uma das joias arquitetônicas da aldeia de Belvès-Val d´Or, no Périgord Negro. Todos os Val d´Or tinham se casado naquela igreja desde tempos imemoriais. Foi neste momento que ela realmente sentiu que levara a cabo, satisfatoriamente, à missão de dar um herdeiro homem à família para continuar o nome. Minha mãe não parava de falar e comecei a ficar cansada com aquela conversa repetitiva. Notei o desconforto de meu pai.

Depois do almoço, levantamo-nos e eu passei mal. Fiquei com medo de que meu pai visse alguma coisa.

Avisei-os que iria amanhã à Lyon, a trabalho, e voltaria dentro de alguns dias. Na verdade, ia para ver amigos especialistas em psicologia e psiquiatria. Haviam pedido que tão logo chegasse a Paris viesse logo vê-los.

O gesto de contrariedade do meu pai não me escapou, mas fiz de conta que não vi nada. Quando voltasse, eles já teriam viajado para o Brasil. Minha mãe limitou-se a dizer um "Ah, bom, minha querida, então nos vemos de novo o ano que vem no Brasil, se Deus quiser" e desconversou. Meu pai fez uma careta desapontada e, quando estávamos na rua, agarrou-me pelo braço, enquanto minha mãe entrou numa farmácia.

Beatriz! — disse ele. O que você está escondendo? Está com uma cara terrível. Vi no restaurante o esforço que estava fazendo para comer. Eu estou muito preocupado.

Respondi que sofrera, recentemente, um ataque de malária violento. Também aproveitaria para ver um especialista em doenças tropicais e confirmei que, de fato, estava fraca e muito cansada.

Meu pai se calou. Estava mais aliviado com as notícias, mas não inteiramente convencido. Sofríamos de malária: ele contraíra a doença na ilha da Camargue, durante a Segunda Grande Guerra. E eu, nos anos 1970, quando trabalhava no parque do Xingú. Minha mãe regressou da farmácia e mudamos novamente de assunto.

Despedimo-nos protocolarmente. A última coisa que ouvi-a dizer, toda agitada, era que deviam voltar rapidamente para casa para que não passassem da hora combinada para conversar com meu irmão. Dei um suspiro, mais Antonio e sempre Antonio. Dei de ombros e me afastei.

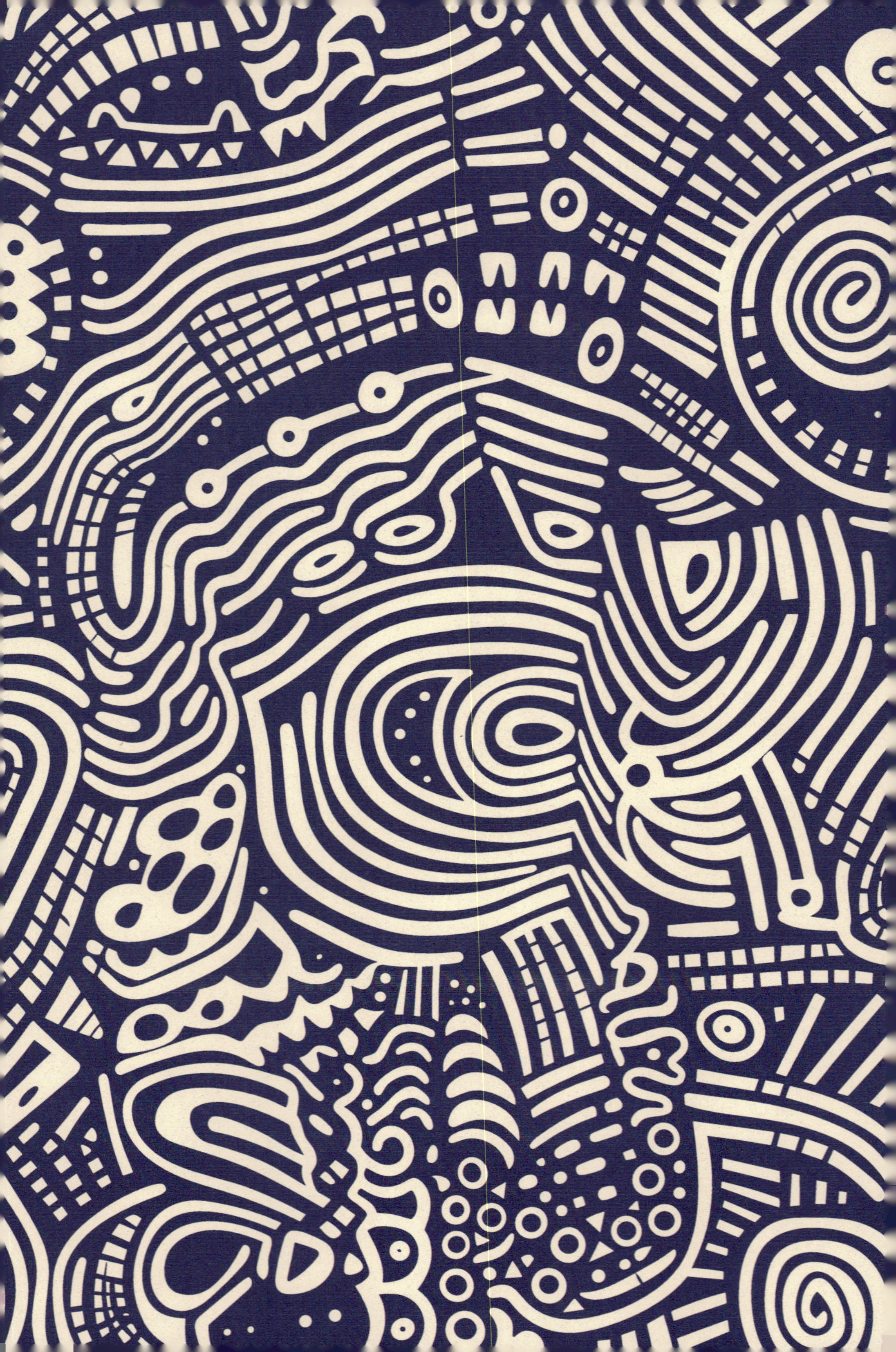

Capítulo 26
O TRATAMENTO CIENTÍFICO

No dia seguinte, fui para Lyon de trem e fui recebida de braços abertos pelos amigos. Eu pretendia lá ficar três dias. A sua amizade me fez muito bem. Notaram a profunda tristeza do olhar, o meu envelhecimento precoce, a pele amarela, espessa, os meus cabelos sem brilho, as unhas quebradas. Também repararam meu olhar ausente e o fato de eu estar repetindo coisas obsessivamente.

Depois de três dias encantadores na sua companhia, eles não haviam chegado a nenhuma conclusão. Pensavam, todavia, que a origem do meu mal era física. Deram-me o endereço de um dos seus colegas psiquiatras em Paris e voltei para a Cidade Luz, mais serena.

Mal cheguei ao apartamento da rue de l´Université, chamei minha mãe de coração com a qual mantinha relações de total confiança e amizade. Combinamos de nos ver depois da minha consulta com o Dr. Sentiez.

Quando o médico me viu, quase desmaiou. Já começara a me acostumar com a reação das pessoas ao me ver. Examinou-me da cabeça aos pés sem dizer nada.

Quando terminou o exame, sentou-se atrás da mesa e disse que todos os sintomas pareciam indicar um estado muito crítico, mas ele não conseguia achar a causa. Não era apenas a minha condição física que o impressionava, mas também o meu lado mental e emocional e sobretudo, o meu olhar ausente.

E de fato, eu parecia ao mesmo tempo estar presente e ausente. Comportava-me como uma drogada. Apesar da longa conversa comigo, o

Dr. Sentiez não progredira muito na avaliação. Eu apenas estranhei quando ele perguntou se eu começara a fazer uso de entorpecentes.

No final, deu-me uma longa lista de remédios e de análises para fazer e, apesar de tentar minimizar a situação, podia claramente ver o quanto estava preocupado. A consulta estava ficando longa demais. Eu marcara encontro com meu amigo Martim Bérault, no café Odéon às 19:00, no Quartier Latin que fica razoavelmente longe da Porte de Versailles, onde me encontrava. Tão logo possível, despedi-me do médico e fui correndo para o metrô. Martim Bérault fora o primeiro namorado que tivera em 1977, em Paris, e agora se transformara num grande amigo. Eu queria muito ver sua reação quando me encontrasse.

Quando Martim chegou, ele ficou pasmo quando me viu de longe. Depois de nos termos abraçado com muito carinho e alegria, pela segunda vez no dia, tive de responder a um verdadeiro interrogatório que, claramente, indicava o quanto ele estava assustado com minha aparência.

Quando tive oportunidade, perguntei se gostava de ser professor para adolescentes do secundário. Mas Martim estava decepcionado, tinha sido enviado pelo estado num colégio da periferia norte de Paris, com alunos indisciplinados e violentos, que enfrentavam os professores, brigavam entre si e não tinham o menor interesse em aprender filosofia. Ele precisava falar muito alto e ficava afônico no final do dia.

Tenho certeza de que, com o tempo, serei transferido num colégio melhor. O que importa agora é você. E não falou mais nada a seu respeito.

Passamos algumas horas juntos muito agradáveis. Insistiu em me acompanhar à minha casa, temendo que eu não passasse bem no meio do caminho. Convidei-o a entrar e ele recusou, dizendo que eu devia ir imediatamente para cama.

O dia seguinte fui fazer os exames e passei a manhã inteira naquele laboratório na rua Chardon Lagache, no 16ème arrondissement. Em vista do grande número de exames para fazer ao mesmo tempo, o pessoal vinha perguntar o que tinha e eu não sabia o que responder.

Os dias passavam e me sentia cada vez pior. Arrastava-me, literalmente, e tentava passar o máximo de tempo na frente da televisão para não ficar deprimida. Uma semana depois, fui levar os exames ao Dr. Sentiez.

Quando terminou a leitura, encarou-me devagar e não parecia saber como me anunciar notícias tão ruins.

Vamos direto ao ponto. Em toda a minha carreira profissional, nunca vi exames tão horríveis. Você tem os sistemas hormonal e imunológico gravemente atingidos e apresenta outros sintomas que não sei bem como interpretar. Sofreu muitos danos no fígado, que até o ano passado, não tinha problema algum. Não sei como consegue ficar de pé e dizer frases que ainda tenham algum sentido.

O que me preocupa é que nada me permite identificar a causa. Vou indicar a você um novo tratamento, assim como novos exames para continuar a investigação.

Não se preocupe em demasia, disse-me ele. Acharemos as causas. A ciência fez progressos enormes e podemos tratar praticamente tudo.

Eu me via em certos momentos, sentada do outro lado da mesa do Dr. Sentiez, escutando-o dentro do meu corpo. Em outros, estava fora, nos vendo sentados, conversando e flutuando numa espécie de universo aquático. Era de certa forma agradável, mesmo se preocupante. Despedi-me educadamente do médico e saí correndo, o meu espírito se recusava a permanecer ali por mais tempo.

Já fazia uma semana, agora, que tomava os coquetéis de remédios. A farmacêutica quase enfartou quando eu entreguei as receitas do Dr. Sentiez. Mesmo assim, não sentia nenhuma melhora, muito pelo contrário.

Estava cada vez pior, e fiquei comovida quando comecei a receber chamadas, carinhosas de Bintou. Ele estava preocupadíssimo e queria saber todos os detalhes. Fiquei surpresa com as manifestações de interesse. Será que ele entendeu que sempre estive ao seu lado?

Logo me dei conta que não passava de um desejo meu. Algum tempo antes da viagem, ele me encontrou na cidade e foi horrível comigo.

Então, a mudança de comportamento repentina devia ter alguma outra explicação.

Um belo dia, estávamos Martim e eu passeando no boulevard Saint Germain a caminho de casa:

Desculpe-me, mas aquele seu médico ou está senil ou não está encontrando o que você tem. Você vai acabar prejudicando ainda mais o seu organismo tomando estas toneladas de remédios. Talvez devesse pedir uma segunda opinião, ou então verificar se não tem alguma bruxaria atrás disso.

Não gostei muito da notícia, que o Bintou liga regularmente de N´Djamena para saber como você está. Chama a atenção o fato de estar tão interessado nos mínimos detalhes do que está sentindo e do que está tomando.

Antes de sair com Kayar, quase namorei o Bintou. Ficamos amigos, portanto, não vejo nada demais no fato de chamar tantas vezes e querer saber tantos detalhes. Mas o seu comentário me lembrou de que quando saí de N´Djamena, prometi à amiga Pia fazer uma investigação para ver se não havia xamanismo negro envolvido nos meus problemas.

Mas porque Pia falaria de xamanismo negro se não tivesse uma suspeita? Perguntou Martim. Eu faria esta recomendação se eu desconfiasse de alguém e você me falou que ela era clarividente.

Você talvez tenha razão, respondi. Agora que estou discutindo este assunto com você, estou lembrando de coisas que ela disse. Falou que eu deveria fazer esta investigação na área da magia com um especialista, caso os tratamentos ditos científicos não dessem resultados. Também pediu — aliás insistiu — que eu não comentasse nada com ninguém. Vou procurar um, ou uma, xamã ou exorcista e ver se consulto outro médico. Talvez vá ver o que me indicou.

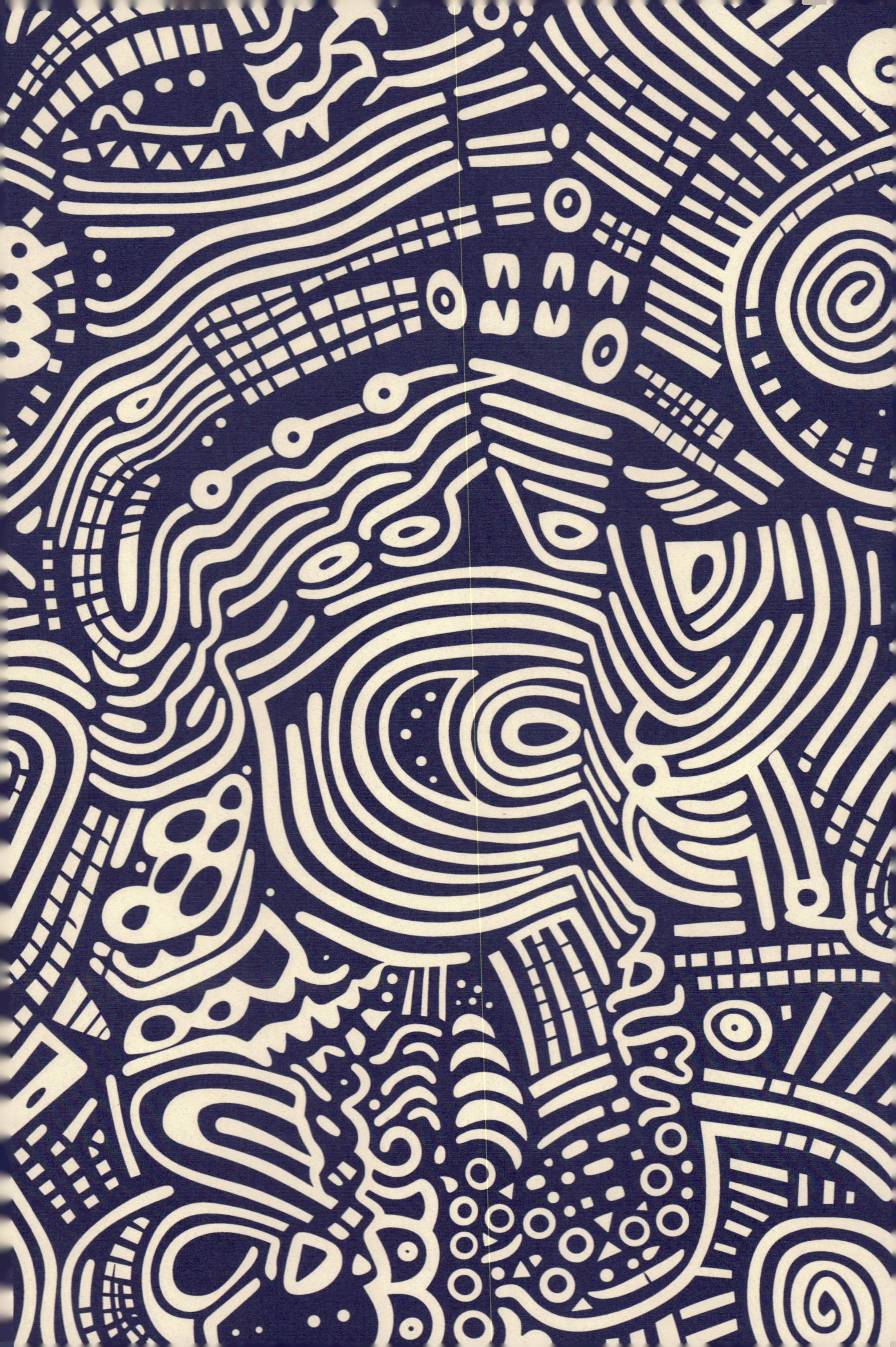

Capítulo 27
O APOIO DA TIA BIA

VOLTEI MEIO CISMADA. O fato de ele pôr em dúvida os verdadeiros motivos das chamadas de Bintou tinham me desconcertado e preocupado também. Eu própria, mesmo que não quisesse admitir, achava estranha a grande solicitude dele.

No dia seguinte, fui visitar tia Bia, que sempre foi um arrimo para mim desde que eu estudei na França, em 1976.

Eu a conhecia desde os quinze anos. Era uma parente, nascida Maria Zenóbia Alexandra Vitória de Val d´Or, que se casou com um amigo — e parente do meu pai — Raoul de Salgneux. Naquela época, por volta dos anos 1960, tia Bia era uma mulher gorda, autoritária e seca, meio obsessiva. Mantinha relações execráveis com seus cinco filhos. De um lado, pela personalidade autoritária, brilhante, difícil. De outro, havia problemas de loucura, que explicavam muita coisa, tanto do lado Val d´Or do qual era oriunda, quanto por parte da família materna. E esta, digamos, originalidade excessiva, permeava também o comportamento dos rebentos, todos tão inteligentes e difíceis quanto a mãe.

Entre os filhos da tia Bia, havia uma única mulher, Amardina, casada com João, o meu único primo irmão do lado paterno. Ela manifestara esquizofrenia depois do nascimento de dois filhos. Apesar dos esforços de todos, Amardina, se tinha suicidado em 1979, quando eu ainda estava em Paris, redigindo minha tese de doutorado.

O choque com a morte da filha mudou profundamente a tia Bia, que já perdera em 1969, um filho para a leucemia. Além de ter emagrecido espetacularmente, "humanizou-se" e revisou completamente seus modos e ideias, tornando-se uma pessoa extremamente moderna, mesmo que continuasse de trato difícil. Passou a me considerar como sua segunda filha.

Assim, tia Bia acabou se tornando uma das minhas melhores amigas, apesar da grande diferença de idade entre nós duas. Ela tinha cerca de 76 anos e eu, 39. Eu sabia por várias fontes, que sempre me defendia, inclusive quando era a minha própria mãe que fazia recriminações. E minha mãe se calava frente a defesa articulada e muitas vezes agressiva, quando se atrevia a falar mal de mim, a sua "protegida." Era, portanto, mais do que justificado que fosse vê-la numa hora tão dolorosa e a tia, que conversara com o Dr. Sentiez, estava preocupadíssima.

Peguei o metrô e desci na estação Saint Philippe du Roule, onde a tia vivia numa suíte do hotel Bradford, situado no prestigioso bairro dos Champs Elysées.

Subi à suíte 405, ela levantou-se e veio me dar um grande abraço. Era uma mulher alta, magérrima, sempre vestida de preto. Estava ainda mais enrugada do que a última vez e seus grandes olhos azuis expressavam toda a preocupação do mundo.

Talvez fosse a única pessoa em Paris — com Martim — que sabia da existência de Kayar. Não me acanhava em contar tudo e a tia não se escandalizava — aparentemente pelo menos — com nada do que eu falava.

Que bom vê-la, minha querida, a sua mãe se comportou decentemente com você? Coloquei-a no seu devido lugar recentemente. A sua conversa é insuportável, realmente estamos frente a uma mulher obsessiva com seu filho único. Parece um disco que riscou e fica repetindo a mesma faixa. E o Martim? Ele presta mais como amigo do que como namorado?

Gostava da maneira precisa e nem sempre muito caridosa da tia falar. Ela nunca gostou de Martim que achava um rapaz mimado e egoísta, mesmo não o conhecendo.

No que diz respeito à minha mãe, estou fazendo progressos e não brigo tanto com ela, respondi. Ela foi suportável e, graças à Deus, não notou nada de muito diferente no meu estado. Apenas me achou com ar cansado. Quanto ao meu pai, para variar, ele foi adorável. Agora, falando de Martim, a senhora acertou de novo: ele é bem melhor amigo do que namorado.

Rimos as duas. Sentei-me e dei uma olhada na tia. Ela nunca fora bonita com suas manchas de vitiligo nos braços e no rosto alongado. Sua pele ressecada e com rugas fundas, a faziam parecer muito mais idosa do que realmente era. Mas, curiosamente, o resto do personagem estava conservado com expressão maliciosa, silhueta juvenil e movimentos rápidos e flexíveis. Intelectualmente a tia continuava brilhante e cheia de humor cáustico. E isso, aliado a uma vida ativa, levava as outras pessoas a lhe darem bem menos idade do que realmente tinha.

Tia, estou me sentindo muito mal e não sei a que se deve. Estou muito angustiada e o Sentiez não parece saber o que precisa ser feito. Senti-o muito desorientado e até assustado.

Ora, não me preocuparia com isso. Hoje em dia a medicina progrediu muito e acabará achando uma resposta ao seu problema. O Dr. Sentiez é, como sabe, um excelente médico.

Vou achar o que tenho de uma maneira ou de outra. Sou perseverante. Sem saúde, não vou conseguir fazer nada da minha vida.

Tia Bia olhou-me com maior intensidade como que pedindo mais explicações.

Eu quero dizer que se a medicina não resolver, irei procurar um xamã ou um exorcista, continuei. Como sabe, no Brasil, vivemos com um pé no real e outro no maravilhoso. Como a minha doença começou num país africano, quero me assegurar que não tenha mau olhado envolvido. A minha melhor amiga no Chade, da qual já lhe falei, me recomendou que caso o tratamento científico não desse resultados, fosse consultar um xamã, um mago ou vidente.

Sei que a senhora é muito racional e não acredita nisso, assim como o Dr. Sentiez, mas pelo menos a senhora respeita esta possibilidade. Mas o que está me perturbando também, é que eu estou farta do PNSQV. Quero ir embora, mas não sei bem como fazer, pois estou muito apaixonada por Kayar, como a senhora bem sabe. Em resumo, estou bastante confusa.

Tia Bia não respondeu imediatamente e se limitou a sorrir. Eu sabia que para ela, deixar o PNSQV e sair com um negro era o fim do mundo. Mas ela respeitava as minhas escolhas, e por isso sempre havíamos tido um diálogo muito sincero e amigável.

Bom, disse-me. Você sabe que preferia que você se relacionasse com outro homem que não fosse negro. Já conversamos sobre isso antes. Antigamente, as mães instigavam as moças a se casar com homens brancos, de nome, dinheiro e posses e eu teria gostado muito, é claro, que você arranjasse um rapaz nesses parâmetros.

Também tenho de reconhecer que nem sempre os arranjos davam muito certo. O importante é que este homem a faça feliz, seja ele branco, preto ou verde de bolinhas azuis.

Mas me elevo com veemência contra sair do PNSQV. Você sempre me disse que confiava na minha intuição. Então, insisto que esta profissão é a que lhe convém melhor: você conhece gente e países diferentes, roda o mundo e faz alguma coisa de útil.

Você é uma nômade e gosta de viajar. Depois, aqui na França, você teria agora um problema para arranjar trabalho. As Nações Solidárias dão uma formação muito geral e você não tem mais vinte anos para se reciclar e poder disputar um bom emprego em Paris. Não sei como é o mercado de trabalho no Brasil e se resolver sair mesmo do PNSQV, imagino que não voltaria para São Paulo, onde vive sua mãe.

Além disso, este é o seu quarto posto, se não me engano, nessa organização e, mesmo sem ter padrinhos, tem grandes vantagens sobre os outros por falar outras línguas e gostar de países difíceis. Pode fazer uma excelente carreira. E depois, não consigo acreditar que, na primeira dificuldade, queira desistir. Imagina o quanto a sua mãe ficará contente com esta notícia.

E o namorado de quem alardeia tanto gostar? Vai deixá-lo assim, sem mais nem menos? Eu teria esperado uma outra atitude de você. Onde está a guerreira que conheço? Ah, e ia esquecendo um outro fator de peso: o trabalho é bem remunerado e pago em dólares, que é a moeda mais forte do mundo. Então, pergunto, você realmente é maluca para largar esse trabalho?

A senhora continua tendo argumentos percucientes como sempre. E pensando melhor, tem razão. A condição precária do meu estado físico não me permite raciocinar direito. Mas não escondo que tenho medo de voltar para o escritório que me é tão hostil.

Bobagem! — disse tia Bia. Se decidir no fundo do coração que vai ultrapassar esta situação, há de conseguir. E pelo que me falou, tem muitos amigos fora do escritório que têm uma amizade sincera por você.

Tão logo estará melhor, não pensará mais nisso. Mas vá por mim, sair do PNSQV não é uma opção. Você precisa de adrenalina, de novidade o tempo todo para se sentir feliz e este é um trabalho que proporciona isso. Não existem muitos trabalhos assim. Tenho muitos parentes que precisaram estudar muito para, no final de tantos esforços, serem obrigados a ganhar a vida fazendo um trabalho chato em Paris, diariamente das 08:00 às 18:00. Isso sim é que é um castigo.

Escutava a tia, mas já começara a vagar de novo. Tentei me concentrar: É, acho que vou ter de pensar mais um pouco. Eu tive um desempenho muito ruim e ninguém mais me quer no escritório. Me assusta voltar e não conseguir dar a volta por cima.

Você vai conseguir, sim. Eu não tenho dúvida alguma sobre isso. Cada vez que realmente quis alguma coisa, conseguiu. Mas essa não é a melhor hora para falarmos de tudo isso. Vamos primeiro, concentrar-nos na sua cura ou pela ciência ou pela magia, pouco importa. O resto virá depois. Agora me conte um pouco as outras novidades das quais ainda não me falou. Já pedi ao hotel para preparar o seu suco de laranja e o almoço aqui no quarto não deve demorar.

Capítulo 28
O TRATAMENTO XAMÂNICO

Comecei a me perguntar como e onde iria achar um, ou uma, xamã em Paris. Lembrei de ter visto em bancas de jornais, pequenos almanaques onde videntes, magos, exorcistas e outros, colocavam anúncios para divulgar os seus serviços. Fui à banca mais próxima e, junto com o jornal *Libération*, comprei um daqueles livrinhos.

Havia anúncios de todos os tipos e as fotografias dos especialistas. Lia as descrições das suas habilidades e nenhum deles me agradava. Quando caí na foto de uma mulher loura, pequena, que contrariamente aos outros, estava com os olhos abaixados, como que se concentrando sobre alguma coisa. O anúncio dizia que aprendera a sua arte no Tibete e na Sibéria.

Acabei de olhar todos os anúncios e sempre voltava ao da mulher, chamada Shakti. Parecia emanar muita serenidade e o texto também me agradou: simples, conciso. Senti que poderia me ajudar, sim. Agora que escolhi a especialista, não tinha como verificar se ela era competente ou apenas uma daquelas vigaristas, como existem tantas, que tiram vantagem da credulidade das pessoas. Voltei a olhar para a fotografia: a primeira impressão foi positiva, que se manteve e até se aprofundava.

Desde que cheguei à Paris, o meu estado se agravou, apesar dos remédios. Recebera outra chamada, carinhosa como sempre, de Bintou hoje, quando voltava da banca de jornais. E, sem saber bem por que, falei de que o meu estado estava bem pior do que estava na realidade. Ele desligou, aparentemente, muito preocupado.

Liguei à Shakti para marcar hora. Ela dispunha de um horário no dia seguinte, no começo da tarde e lá fui para o 20ème arrondisssement, distante de onde morava.

Subi com dificuldade os degraus da escadaria do bairro, e cheguei à porta de um prédio antigo e toquei. Uma moça veio logo me buscar para me conduzir até a xamã. A sala era inteiramente branca, sem decoração, com uma mesa e cadeiras brancas também e um altar onde queimavam velas. Shakti era uma mulher baixinha, magrinha com olhos azuis, que mais parecia uma menina. Ela se levantou e me olhou fixamente. Seus olhos pareciam ver dentro de mim com grande intensidade e concentração. Com uma voz rouca, pediu-me para contar o meu problema.

Eu não sei, eu não sei mais, murmurei. Cheguei recentemente do Chade, onde trabalho, para me tratar. Eu me sinto horrivelmente mal e ninguém sabe o que tenho. Meu médico me deu muitos remédios, que parecem agravar ainda mais o meu estado. Os psiquiatras me asseguram que não sou louca. Caio na rua o tempo todo e quase fui atropelada, agora, por um carro. Tudo dói no meu corpo, na minha alma e a minha mente não está em estado muito melhor.

Qual o seu nome? Beatriz? É um nome forte e bonito. Significa "Aquela que traz felicidade", mas também tem outros sentidos como "Viajante", "Peregrina". Vamos agora ao que nos interessa, eu não sei no momento o que você tem, mas vou entrar num estado que vai parecer a você ser de sonho. Vou pedir que tome notas pois quando sair deste estado, não me lembrarei de nada do que terei dito. Então, não hesite em me interromper e pedir explicações. Eu só vou poder dá-las nessa hora. Entendeu bem? Aqui está um bloquinho para fazer as anotações.

Shakti baixou a cabeça e começou a respirar muito fundo, deixando o ar sair devagar. Alguns minutos mais tarde, ela levantou a cabeça. Seus olhos estavam abertos, vazios e ela mexia levemente a cabeça, de um lado para o outro. Sua voz, diferente da que tinha ouvido até então, se fez ouvir no silêncio.

O que você tem aí na sua bolsa? Me disse. Você tem lá dentro a chave dos seus problemas. Ela continuava balançando a cabeça levemente e entendi que o seu espírito estava em algum outro lugar.

Abra, abra a sua bolsa e esvazie o conteúdo na mesa.

Fiz o que pediu. De repente, ela levantou a mão sobre os objetos da bolsa que estavam na mesa e de um gesto brusco, pegou o envelope e extraiu dele a foto de Bintou e eu sobre a ponte do rio Lerê.

É ele! É ele que faz tudo isso! Aliás, minto. Não é ele. É seu tio, mas a seu pedido. Fazem isso à noite. Xamanismo negro!

Pegou um par de tesouras e cortou a foto em dois, separando-nos simbolicamente. Calou-se por um momento, mas continuava a balançar-se na sua cadeira.

Sim, é isso! Uma mistura de ervas venenosas. Tem aí dose para matar um elefante. Você tem uma saúde de ferro minha cara e uma proteção celeste maior ainda. Mas ela está diminuindo. Eles conseguiram acertar você. Mas como as plantas agiram? Não vejo! Espere um pouco. Ah, então é assim que as coisas aconteceram. As plantas foram esmagadas até formar uma pasta à qual foram juntando água para obter uma consistência líquida. Uma túnica longa foi imergida nesta mistura e deixada lá vários dias, para que ficasse bem impregnada no veneno.

E você a usou frequentemente porque a achava bonita. É através da pele que a mistura entrou no seu organismo e agora o veneno espalhou-se pelo seu corpo todo e vai matá-lo, mas não através de um efeito direto, mas por efeito induzido. Cuidado com as quedas! É um acidente que está à espreita. Os espíritos me dizem que precisamos trabalhar depressa. Suas proteções estão falhando.

Shakti, interrompi tremendo da cabeça aos pés. Por quê? Bintou era um amigo. Por quê?

Shakti hesitou um momento e virou devagar o rosto na minha direção:

Bintou queria primeiro ver você ir embora. Ele mesmo e membros do governo queriam ter outra pessoa no seu lugar. Eles já haviam acertado tudo com ela e aí chegou você. Teve uma tentativa inicial de desestabilizá-la e desencorajá-la a trabalhar no país. As primeiras magias, começaram quase no dia em que você chegou à N´Djamena. Mas eles se apegaram a você depois e as práticas cessaram. Mas seus efeitos continuaram ativos e foram fragilizando o seu organismo e provocando insegurança, cansaço e confusão mental.

Quando Bintou se sentiu traído por você, ele se deixou dominar pelo ódio. Por quê? Me espanta muito fazer esta pergunta! Ele realmente apegou-se muito a você. Sem mesmo dar-se conta, ele ficou loucamente apaixonado e agora se sente traído: acha que você ajudou os seus colegas a escorraçá-lo do PNSQV para salvar a sua pele, agradando à nova hierarquia.

Ele agora odeia você com a mesma intensidade que a amou. Pediu ao seu tio para fazer o que fez e se entregar a práticas ainda mais maléficas que as anteriores. Ele se diverte com o seu sofrimento. Ele deve telefonar com muita frequência para saber como está. E não faz isso porque se preocupa com você, mas apenas para dosar melhor a sua vingança. Quer vê-la morta. Shakti arrepiou-se inteira.

Eu sinto, neste momento, todo o ódio que ele tem por você, continuou ela. Você vai começar trazendo à minha assistente todos os presentes que ele lhe deu. Devem estar todos envenenados. Depois, vou precisar exorcizá-la e muito rapidamente. Bintou está começando a ficar impaciente em não ver os resultados esperados e já pediu ao seu tio de fazer alguns outros trabalhos adicionais. O tio tem um impedimento e se encontra fora da sua aldeia até a semana que vem. Precisamos realizar o exorcismo antes, porque você está fraca demais. Se fizerem um trabalho adicional, você não vai aguentar. Ah, estava esquecendo, tenho, todavia, uma boa notícia: o exorcismo dará conta de todos os trabalhos de magia, que foram feitos com você até agora.

Eu sei que você era muito apegada à Bintou, continuou ela com uma voz mais doce. Deve de fato ser muito difícil aceitar uma coisa dessas, ainda mais sabendo que nunca o atraiçoou. Você é uma pessoa de uma integridade impressionante. É ele que se enganou e o duro é que não existe ninguém que possa lhe dizer isso.

Você pode vir aqui depois de amanhã de manhã? Eu preciso de tempo para preparar a cerimônia e tenho uma agenda muito carregada. Se ele a chamar — e vai fazê-lo sem dúvida — diga que o seu estado piorou muito. E finalmente, evite ir passear a pé na cidade. Tem um acidente à espreita, repito. Não tome riscos. Shakti calou-se.

Mais uma coisa, continuou ela. O exorcismo não vai resolver de imediato, vai apenas interromper o processo de envenenamento e abrir caminho para a cura, que vai ser longa: cerca de um ano. Vai precisar de muita fé e de muito amor.

Fechou os olhos e respirou profundamente, tentando recuperar um pouco.

Estou exausta, disse. Vou chamar um táxi para levá-la para casa.

Como num pesadelo, levantei-me, paguei e fui embora. Eu estava aflitíssima. Sentia dores pelo corpo todo e sobretudo a minha alma doía. Fui atraiçoada! Pensei em Kayar, ele vinha nos meus pensamentos, e eu sabia que me amava. E eu o amava também, e isso me dava uma força incrível. Pensei nos meus amigos, invoquei meus guias e pedi apoio.

Esta noite, senti-me pior, tive dores pelo corpo e crises de ansiedade que me davam a impressão de que ia sufocar. Sentia náuseas, meu organismo claramente estava exausto, pronto a jogar a toalha no ringue. Eu estava com frio. No dia seguinte quando me olhei no espelho, me assustei, parecia uma morta viva. Se alguém quisesse saber como era descer nos infernos, aquilo era a melhor indicação que poderia dar. Mas amanhã, voltaria ver Shakti.

Passei o dia na frente da televisão, até que deram notícias sobre o Chade: o país estava novamente atacado por enxames de gafanhotos peregrinos, desta vez, na região do Tibesti! Era infelizmente um fenômeno recorrente no Sahel.

No ano passado, enxames de gafanhotos peregrinos que não puderam ser controlados pelos países vizinhos, atacaram a região de N´Djamena. Só para dar um exemplo do estrago, uma tonelada de gafanhotos peregrinos (uma pequena fração de um enxame médio) come em um único dia o mesmo que dez elefantes ou duas mil e quinhentas pessoas!

Lembrava da experiência insólita que tinha vivenciado quando aquela nuvem sobrevoara N´Djamena, o sol desapareceu e só se ouvia o barulho surdo de insetos voando, precipitando-se na cidade sob forma de turbilhões. Entravam por frestas, portas e janelas. Entravam nos olhos, nas bocas e nas roupas dos transeuntes. Entravam nos motores dos carros. As ruas estavam cobertas por um tapete de gafanhotos atropelados, esmagados contra as paredes das casas ou queimados pelas luzes dos lampadários. Um espetáculo alucinante! E nem se podia mais comê-los (tem um gosto parecido com camarão), pois podiam estar contaminados com produtos tóxicos!

Levantei e apaguei a televisão. Aproveitei para ler de novo as recomendações da xamã: devia chegar em jejum, com banho tomado e roupa de baixo limpa e branca.

O exorcismo até que foi mais rápido do que eu imaginava: cerca de uma hora. Shakti me pediu de não revelar os detalhes e eu mantive minha palavra. Além disso, como ficara quase que o tempo todo com os olhos fechados, eu mesma não sabia muito bem o que acontecera. Lembrava de invocações murmuradas, assobios, assim como do barulho de um objeto que parecia ser um chicote rodopiando sobre minha cabeça e batendo nos meus ombros.

Mais tarde, fui ver Martim — em Montrouge, periferia sul de Paris — que aguardava notícias com impaciência. Continuava a me sentir mal, mas estava, como Shakti avisara, extremamente aliviada.

E agora? Qual o próximo passo?

Todas as noites, até completar vinte e oito dias, tenho de queimar um incenso num pote, onde se encontram misturados sal grosso, vários dentes de alho e limões verdes, respondi. Quando chegar no final do período indicado, devo tampar o pote, colocá-lo junto com todos os presentes que Bintou me deu e amarrar tudo numa trouxa de pano branco com uma pedra grande. Quero ver se jogo no rio Sena, num dia de pouco movimento.

No Sena? Respondeu Martim, chocado. Mas você está completamente louca! É estritamente proibido. E com que cara você vai ficar se naquela hora um guarda passar? Você vai dizer que sofreu magia negra na África e que jogar a trouxa no rio faz parte do tratamento dado por uma xamã?

E Martim me olhava com um ar falsamente escandalizado. Ele me conhecia desde 1977 e não entendia por que diabos, comigo, as coisas eram sempre tão diferentes.

Obrigada pela descrição muito vívida do que poderia acontecer, gozei. Mas isso não vai ocorrer porque você virá comigo e será o meu vigia enquanto jogo a trouxa na água.

Ah, não, de jeito nenhum! Não quero ter nada a ver com essas suas histórias. Me faça o favor de se virar de outra maneira e não conte comigo, ouviu?

Ouvi, sim. Mas você vai me ajudar porque é o meu amigo. Faremos isso num domingo de manhãzinha ou no final da tarde. Martim não respondeu e fungou, ao mesmo tempo bravo e preocupado. Eu tinha o dom de metê-lo em situações impossíveis, e o pior é que sabia que eu sempre conseguia o que queria.

Capítulo 29
A INTERRUPÇÃO DA MAGIA

O DIA SEGUINTE ERA DIA DE ir ver o Dr. Sentiez, na Porte de Versailles. Quando contei sobre o exorcismo, ele sacudiu a cabeça numa mistura de incredulidade, divertimento e decepção.

Sempre me considerara uma mulher brilhante e sensata e eis que agora estava me comportando de maneira muito rebelde e desconcertante: em primeiro lugar fora — contra a sua vontade — consultar um psiquiatra para me certificar que não estava ficando louca. E agora, me submetia a um exorcismo praticado por uma xamã! Ele se sentia humilhado e totalmente impotente.

Doutor, interrompi, não é porque não acredita "em todas essas coisas," como o senhor diz, que é preciso negar os seus efeitos. Saiba que a magia de hoje pode muito bem ser a ciência de amanhã. Tento há meses me tratar pela ciência e a ciência não consegue me curar e sequer sabe o que eu tenho. Estou gastando uma verdadeira fortuna em exames e remédios. É um luxo, que graças à Deus, posso pagar, mas não está levando a nada. Não me leve à mal: não falo do senhor, falo da ciência. Os resultados, desde que cheguei aqui, não param de piorar. O que sugere? Mais exames?

Corajosamente, o Dr. Sentiez respondeu que sim, ele ia pedir novos exames para que pudesse determinar quais seriam os próximos passos.

Separamo-nos amigavelmente como sempre, mas com algum ceticismo de ambos os lados.

Estava cansada e tive muita dificuldade em ir novamente até o laboratório da rue Chardon Lagache para fazer os exames. Vieram todos me perguntar como estava.

Entreguei as receitas e fui me sentar num canto da sala de espera. E lá, fora do meu campo de visão, se encontravam duas atendentes que estavam conversando.

Quem é essa pessoa que todo mundo foi ver quando entrou? Perguntou uma delas.

Ah, é a Sra. Beatriz de Val d'Or. Ela é muito gentil e educada, mas está num estado gravíssimo. Não sabemos o que vai acontecer nos próximos meses e não temos ideia do que ela tem. Apesar do tratamento de choque dado por um profissional que todos sabemos que é muito competente, a pobrezinha está definhando cada vez mais. Seus resultados parecem ficar cada vez piores. Não sabemos se por volta do Natal (estávamos no mês de novembro), ela ainda estará conosco.

Na semana seguinte, voltei ver Dr. Sentiez que parecia estar ainda mais mal-humorado do que das últimas vezes. Acabara de receber os exames e queria que eu voltasse a fazê-los pois devia ter algum engano, os resultados estavam normais.

Como assim um erro? Perguntei.

Pois é, não entendo como isso é possível, respondeu ele. Os seus últimos exames estavam péssimos e estes daqui estão normais. Então, por favor, vá repeti-los para que possamos determinar a nova linha de tratamento.

Voltei então para o laboratório. Ficaram todos surpresos com a notícia de que os exames estavam normais e sem graça, afinal, não ficava nada bem para um laboratório desta categoria trocar resultados de clientes ou cometer erros.

Mas quando saíram os novos resultados, eles confirmaram que estava tudo normal. Do ponto de vista clínico pelo menos, eu estava curada. O Dr. Sentiez, Martim e tia Bia estavam perplexos. Eu me sentia melhor, mas lembrava do que Shakti me dissera: minha recuperação seria longa e ia precisar de muita paciência. Enquanto isso, religiosamente, acendia todos os dias os meus bastões de incenso.

Se continuava ainda bastante cansada, sentia minha saúde e autoconfiança voltarem, assim como meu desejo de enfrentar e ultrapassar desafios. Novos horizontes se descortinavam e começava a acreditar que esta terrível provação na escuridão dos meus infernos pessoais tinha sido necessária para que acessasse um patamar mais elevado de percepção.

O Dr. Sentiez estava desorientado: o meu processo de cura era mais evidente cada dia que passava. E ele não conseguia entender as causas, nem da minha doença e, ainda menos, da recuperação.

Sentia, todavia, que já estava mais do que na hora de voltar ao Chade. Até agora o serviço médico da sede, horrorizado com os meus exames, concordara que ficasse em Paris, por tempo indeterminado para me tratar. Mas agora que os meus resultados estavam normais, não se justificava ficar ociosa na França.

Cheguei a mencionar o fato ao meu amigo doutor, mas ele me pediu para ficar um pouco mais, queria se certificar que o processo de cura tinha vindo para ficar.

Capítulo 30
INICIATIVA FRACASSADA E RECOMENDAÇÕES

M<small>AL CHEGUEI EM CASA</small> e o telefone tocou. Era Annette Jardinier, uma de minhas amigas da divisão do pessoal do PNSQV Nova Iorque. Ela trabalhara comigo anos atrás, tínhamos ficado próximas e continuávamos mantendo contato.

Acabo de descobrir algo, disse-me. Os membros do painel de extensão de contratos se reuniram há cerca de quinze dias e decidiu renovar o seu contrato por dois anos. Mas acabo de saber que há gente graúda aqui que quer anular a decisão. Diz que você está gravemente doente, não poderá mais trabalhar e vai custar um dinheirão à organização.

Vou mandar o seu contrato por fax. Por favor, assine imediatamente e mande-o de volta. Como não sabem que eu a informei, querem se parecer sérios e preparar o golpe com cuidado. Se você está melhor, não mande exame nenhum até que me tenha enviado o contrato assinado, senão poderão querer avançar o encontro. Agora, pelo amor de Deus, Beatriz, tem de jurar que não dirá nada a ninguém a respeito de minha chamada. Se ficarem sabendo, me despedirão.

Jurei e muito agradeci Annette. Corri para assinar o contrato e mandá-lo de volta à Nova Iorque, seguindo ao pé da letra todas as recomendações da amiga.

Uma semana depois Annette me chamou, aparentemente a notícia de que eu já assinara o meu contrato de extensão de dois anos fez o mesmo efeito na sede do que uma bomba! Mas ninguém podia culpar Annette: ela seguira à risca as instruções do primeiro painel.

Na verdade, eu realmente tivera uma sorte extraordinária, a pessoa que queria me prejudicar, que não era nada mais e nada menos do que a diretora adjunta do pessoal, Acácia Summers, não se lembrara de avisar Annette, de que não queria que ela tomasse ação sobre as decisões do comitê até segunda ordem. E era tanto mais surpreendente porque ela era de uma organização impecável e um erro deste tipo de sua parte era incompreensível.

Acácia também ficara muito descontente em saber que os resultados dos exames médicos confirmavam que estava curada. Podia voltar para o Chade com a condição de fazer exames a cada três meses, durante algum tempo, para confirmar minha recuperação.

Estava feliz com as notícias que Annette me dera quando o telefone tocou novamente.

Quando atendi, fiquei pasma, era a própria Acácia Summers. Hoje, vestira a pele de carneiro por cima do lobo e foi muito agradável, queria me felicitar pela minha cura. Também me disse que esperava que tivesse apreciado a magnanimidade da organização que estendera o meu contrato, quando não estava mais trabalhando no meu posto, fazia agora vários meses.

Mas ela também estava ligando para me dizer que gostaria muito de me ver, de falar comigo. Seria possível eu ir à Nova Iorque por alguns dias? Se quisesse saber a verdade, eu tinha todo interesse de ir. Senão, Acácia aos poucos, iria destilar o seu veneno e as pessoas acabariam acreditando no que ela dizia.

Agradeci muito à minha chefe por tudo. Disse-lhe que faria os meus exames finais e iria à Nova Iorque. Acácia estava ficando cada vez mais adorável e, enquanto conversávamos, eu via se desenrolar na minha frente uma sucuri, que abraçava a presa com tanta força, que acabava sufocando-a, não sem antes lhe ter quebrado todos os ossos.

Quando a conversa terminou, pensei em Kayar. E me senti mais forte e pronta a tudo para voltar a vê-lo, até a voar para Nova Iorque para onde não tinha vontade nenhuma de ir, para me encontrar com a chefe, a jararaca mor.

Estava desolada de não poder chamá-lo, esquecera de levar o seu número de telefone profissional reservado e era evidentemente excluído chamá-lo em casa. Decidi, então, avisar Amadou por meio de Hawa, cujo número de telefone profissional estava na minha agenda, esperava que a informação chegasse à Kayar. Tínhamos chegado a um tal nível de entendimento e de confiança que até para mim, uma verdadeira pedra rolante, a separação estava sendo muito difícil.

Decidi ir ver Shakti pela última vez. Falei de Nova Iorque e a xamã fez algumas recomendações.

Vá para lá sim, disse-me. Mostre-se e faça o jogo da sede. É indispensável para salvar a sua carreira.

Falei dos resultados dos exames e Shakti sorriu:

Escute Beatriz, você vai em breve voltar para o Chade, mas terá de se preparar. Agradeça a Deus pelo que Ele fez por você. Esvazie o seu coração de todo sentimento negativo contra Bintou. Se achar que é incapaz de perdoá-lo, então será necessário espaçar as suas relações e sobretudo nunca mais aceitar nada que ele dê, seja uma peça de vestuário, comida ou bebida.

A solução mais eficaz é trabalhar sobre você mesma e perdoá-lo do fundo do coração. Outra coisa, nunca lhe diga que você sabe que foi ele, ou melhor as práticas do seu tio, que foram a causa de todos os seus problemas. Também jamais mencione a ele como foi tratada. É realmente essencial Beatriz que ele nunca venha a saber dessas coisas.

Mas saiba que ele não se interessa mais por você, tem agora outras preocupações e prioridades. Sempre permanecerá ressentido com você, pois não sabe perdoar. Não faça como ele.

E além do mais, você já tem outra pessoa na sua vida. Tem um homem que vejo, que sente muito sua falta. Ele não sabe quando voltará a vê-la e sua ausência lhe mostrou que, mesmo não querendo reconhecer este fato, você entrou na sua vida. Ele é louco por você, mas saiba que vocês não ficarão juntos. Mesmo que tenham afinidades grandes, também têm diferenças irreconciliáveis: a verdadeira paixão dele é a luta armada e você tem como prioridade absoluta a sua carreira.

Vocês serão obrigados a se separar por um motivo alheio às vontades. Ainda se verão algumas vezes e depois, não creio que vossos caminhos voltem a se cruzar, mas nunca podemos ser categóricos nesta vida.

O tempo que passarão juntos será um período maravilhoso, que ambos recordarão com muita emoção. Então, vivam este relacionamento o mais intensamente possível até que chegue ao final. Você não é mais a mesma Beatriz que aqui chegou uns meses atrás. Você cresceu e agora a mudança tem de permear todo o seu ser.

Agora prepare-se para encarar o seu escritório: alguns dos seus colegas internacionais se deram muito bem durante sua ausência e incorporaram os projetos, que estavam sob sua responsabilidade, nas suas carteiras. Eles não vão querer devolver a você suas responsabilidades, assim de mão beijada. Eles também estão convencidos de que você não vai voltar.

Pense um pouco em como eles vão reagir quando a virem de novo no Chade depois de a terem provocado, humilhado, desrespeitado, situação que você aliás geriu com uma extraordinária dignidade. Sabem que não deve ter esquecido nada do que fizeram. E morrem de medo que volte apenas movida por vingança. Controle-se e mostre a todos que é capaz de ultrapassar e de perdoar.

Os locais adoram você, mas não podem mudar a situação no escritório com os colegas internacionais. Você vai precisar ter muita paciência, muita calma e perseverança.

Se a batalha foi dura e vai ter sequelas no seu corpo pelo resto da vida, você adquiriu uma força excepcional que não possuía antes. Isso pode ser muito ameaçador para os outros.

Shakti se calou por um instante.

O que vai fazer agora? Perguntou-me. Muitas coisas, respondi. Vou por alguns dias à Nova Iorque para falar com a chefe, que expressou o desejo de me ver. Depois de ter voltado à Paris, vou jogar a trouxa com os presentes de Bintou em água corrente como me recomendou fazer. Depois, irei marcar a minha passagem de volta para o Chade e finalmente, vou comprar um cachorro. Sim, um cachorro. Não ria! Adoro cães! Quero um *scottish terrier* preto que chamarei de Boudin. O meu médico conhece um bom canil desta raça.

Shakti sorriu. Boudin? Então, assim seja. Boas-vindas a Boudin. Agora, desejo boa-sorte. Contate-me a próxima vez que vier à Paris. Eu estou curiosa em acompanhar o que está acontecendo com você.

Saí do consultório da xamã e comecei a andar rapidamente. Continuava cansada, mas me sentia melhor. Almocei num barzinho pitoresco com um *croque-monsieur* e um Schwepps e voltei para casa de metrô.

Capítulo 31
NOVA IORQUE

Alguns dias mais tarde, comprei a passagem para Nova Iorque. Pretendia ficar três dias e encontrar o máximo de pessoas para mostrar que estava curada. E queria provar que as mentiras que haviam sido divulgadas na sede por pessoas que não gostavam de mim, careciam de fundamento.

Comprei um bom romance policial, que comecei a ler, já na sessão do embarque. Foi só naquele momento, entendi que estaria acima do oceano na hora de queimar o bastão de incenso cotidiano. Shakti me repetira diversas vezes que sob nenhum pretexto deixasse de cumprir a prática.

Decidi então que queimaria o bastão de incenso, escondida no avião, quando todos começassem a dormir e as aeromoças passassem com menos frequência. Eu tinha a sorte do avião estar quase vazio, não ter a menor turbulência e as poucas pessoas que viajavam comigo estavam sentadas longe do meu assento. Acabei conseguindo queimar o bastão sem grande dificuldade.

Sete horas mais tarde chegava à Nova Iorque. O tempo estava magnífico e fui direto para o hotel que Annette me reservara. Sem perder tempo, fui à sede do PNSQV.

Quando entrei no grande prédio espelhado verde-água de vinte e um andares, situado no número 1 da Praça das Nações Solidárias, lembrei-me imediatamente do período em que trabalhara lá: o cheiro do saguão, o guarda — agora mais velhinho — que cumprimentava todo mundo sempre com o mesmo sorriso cansado, os elevadores cheíssimos nas horas de ponta. Tudo era igual, tão familiar.

Fui primeiro ver os colegas do Escritório Regional para África, o ERA. E tive a surpresa de ser bem-recebida por pessoas que pareciam se preocupar comigo. Meus chefes e outros colegas vieram me cumprimentar. Mostrei-me a todos e fingi estar ótima.

Parecia que, pelo menos no ERA, as informações que Rufina dera, não me haviam causado muito dano. Mas de novo na sede, nada era o que parecia.

Desci para o décimo oitavo andar, onde trabalhara na divisão de pessoal. Fui também muito bem-recebida e fui ver Acácia. Fiquei aliviada quando notei que ela não estava na sala e ia me retirar quando senti, mais do que vi, que ela estava chegando.

Ela me deu um abraço com um sorriso de circunstância. Era uma mulher bonita, loura e magra, quarentona e bem-vestida, com olhos predadores e fala mansa. Desempenhava com muita habilidade o papel da chefe preocupada com o bem-estar dos subordinados. Mas nos olhos inteligentes, brilhava essa luz astuta, curiosa, que eu conhecia tão bem. Quando servi em Nova Iorque, entrei diversas vezes em confronto com ela e seus planos maquiavélicos para prejudicar os colegas dos quais não gostava, o que a levou a desenvolver uma forte antipatia por mim.

Acácia estava muito convincente e eu, que também podia ser boa atriz, dei uma excelente réplica. Annette, que escutava escondida o nosso diálogo, elogiou muito a minha atuação quando fomos tomar um café e conversar um pouco.

Acácia me achou em grande forma e me disse o quanto ficara encantada quando informada de minha cura. Queria que soubesse o quanto ela se preocupara comigo.

Informei-a que a causa da minha doença era desconhecida. Mas havia grandes chances de ser um vírus, que contraíra talvez em outro lugar do que no Chade, e que me causara danos nos sistemas hormonal e imunológico. Mas agora os exames claramente mostravam que estava curada e podia voltar para o meu posto. Deveria fazer exames de controle a cada três meses. Acácia me cumprimentou pela coragem e me assegurou seu total apoio.

Fiquei na sala da chefe cerca de meia hora e me levantei para ir embora. Estava contente comigo mesma e achava que respondera bem às perguntas que os colegas me haviam feito. De repente, no corredor, alguém agarrou o meu braço e me abraçou com muito afeto, arrastando-me para uma sala vazia. Era o meu amigo Aboubakar Coumakoye, que viera imediatamente à minha procura, quando soube que estava em Nova Iorque.

Aboubakar era um dos meus antigos colegas do curso de administração de seis meses, que cursei na sede, antes de ser enviada a Madagascar. Ele tivera uma ascensão meteórica no sistema e era atualmente o adjunto de Acácia. Aboubakar era um mestiço franco-nigerino, distinto e elegante. Seu pai era uma pessoa muito influente na liga, que também era o rei de um grupo étnico importante do Níger.

Aboubakar era muito bem apessoado e eu me preocupava com ele, sabendo da reputação de Acácia, que rezava que ela recrutava como amantes tanto homens quanto mulheres e que era uma voraz consumidora de ambos. Aboubakar era suficientemente atraente e sofisticado para chamar a sua atenção e era de uma integridade impressionante. Eu já imaginava Acácia querendo levá-lo para cama — que ele recusaria — e ela quebrando a sua carreira.

Ele me convidou para o almoço e colocamos a conversa em dia.

Beatriz, perguntou ele. O que realmente aconteceu?

Tive de repente a impressão, pela maneira como se movimentava, que ele sabia da verdade. Fingi não ter percebido nada e contei a história nos seus mais ínfimos detalhes. Ele não manifestou surpresa alguma. Sacudiu a cabeça e mudou de assunto.

Falou-me dele próprio e dos seus projetos, mas estava muito reticente em me falar do seu relacionamento com Acácia.

Saí preocupada do almoço. Será que ela já começara a assediá-lo e ele, como bom muçulmano, ficara envergonhado em me dizer que sua chefe estava a fim dele e dando indicações nada sutis a este respeito?

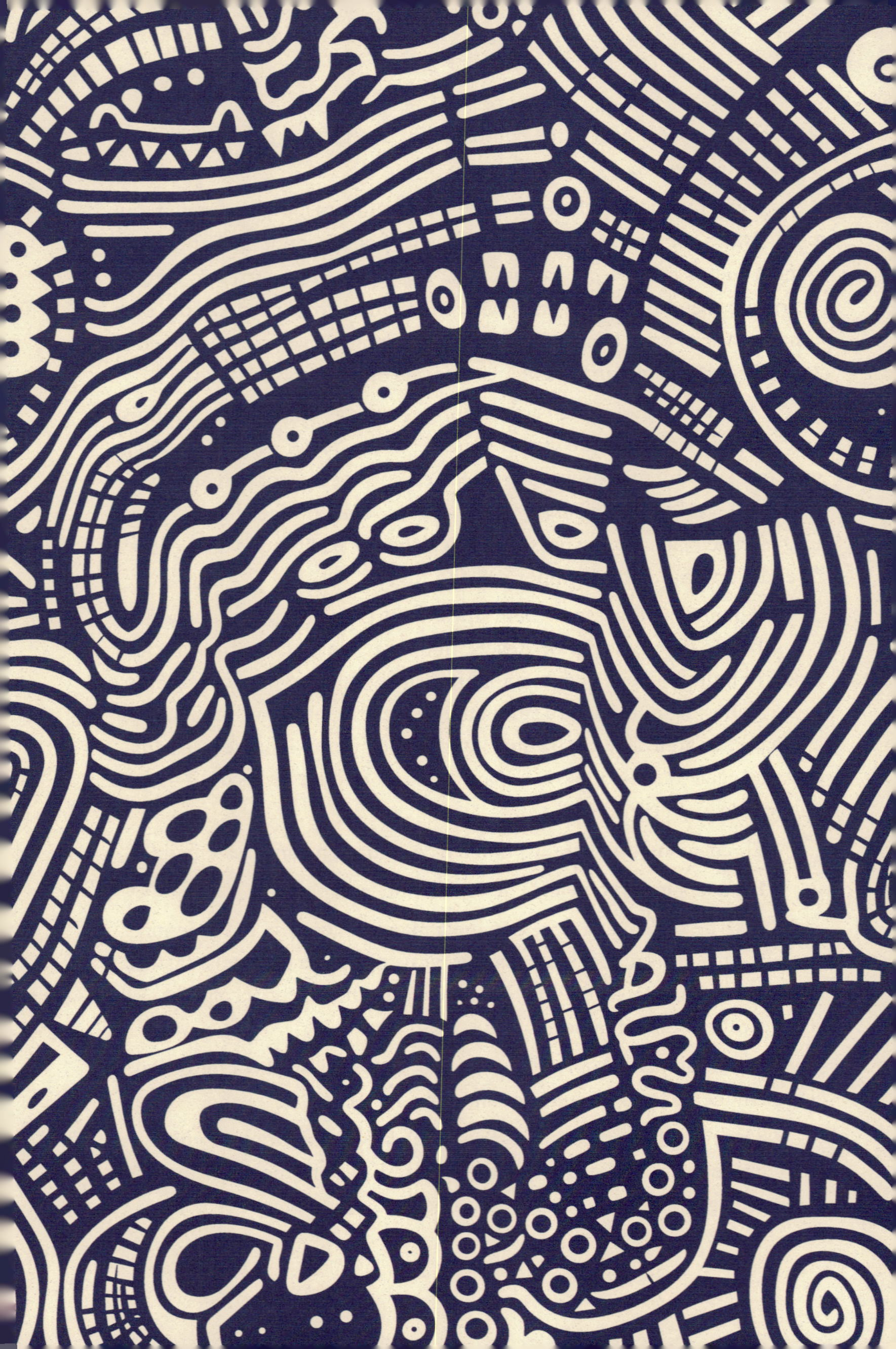

Capítulo 32
O COMEÇO DE UMA NOVA VIDA

E<small>MBARQUEI MEIO CISMADA</small> para Paris e cheguei numa temperatura ainda bem fresca, mas com tempo bom.

Martim e eu, depois de jantar no Quartier Latin, fomos ver as livrarias como de costume e voltamos para casa a pé de madrugada pelo boulevard Saint Germain. No dia seguinte, depois de tomar um café da manhã com *croissants*, fomos ao cais do Sena para levar a cabo a minha "tarefa de purificação".

Minha pele voltara a ficar fina e bonita. Os meus cabelos estavam sedosos e brilhantes. Dormia bem melhor, mas ainda passava por momentos de grande angústia à noite. A única diferença é que depois dessas crises acabava caindo num sono de boa qualidade.

Enquanto Martim vigiava, desci os degraus no cais e joguei na água escura a trouxa com todos os objetos que Bintou me dera. Fiquei alguns momentos, vendo-a afundar todas as mazelas para bem longe. Rezei e voltei para a ponte, onde fui recebida por um Martim irônico. Ele era ateu e todas estas manifestações religiosas ou mágicas não tinham para ele o menor sentido. À noite, ao ver as notícias televisadas, soube que N'Djamena estava em completa ebulição: Abakar Nassour, o Chefe de Estado Maior Geral dos Exércitos, chefe de Kayar, junto com dois de seus primos, Youssouf Brahim Dadjo e Djimet Diar, haviam tentado dar um golpe de estado e falhado. Fugiram, então, para o Sudão pela estrada de Massakory, atacando e destruindo tudo por onde passavam. Muitos militares das cidades que eles atravessavam, estavam se juntando a eles, engrossando o cortejo dos seguidores.

Kayar não se juntara ao movimento, graças a Deus, e fora declarado Chefe do Estado Maior Geral Interino dos Exércitos. Mas o coronel Djiddi Adoum estava no encalço de Nassour, à frente de uma força importante cuja missão era trazer pelo menos o comchefe rebelde de volta à N´Djamena, vivo ou morto.

Senti frio na barriga. Estas não eram boas notícias e uma nova era ia começar. Até agora o regime do presidente Hissein Mahamat, de uma incrível brutalidade, conseguira neutralizar todos os seus oponentes potenciais, suas famílias e seu *entourage* e os oito anos do seu governo tinham sido marcados por sangue, torturas, massacres, ódio e discriminação. A Direção da Documentação e da Segurança — a famosa DDS — e o partido único, União Nacional para a Independência e a Revolução — UNIR — instaurado em 1984, enquadravam as populações e reprimiam com ferocidade toda e qualquer contestação. Mas com a rebelião dos três militares — que eram todos do grupo étnico *zaghawa* — uma frente de oposição ia se formar no Sudão, ameaçando o estado *gorane* que corria o risco de se esfacelar. Na verdade, ninguém podia prever o que podia sair dessa verdadeira caixa de Pandora.

Olhei para a enorme castanheira que se enquadrava nas janelas do salão do apartamento dos meus pais e fazia parte do jardim vizinho da *Maison de la Chimie*. Tentei me lembrar de Abakar Nassour e das suas características mais marcantes: era um homem alto e magro, de cerca de 35 anos, de grande beleza física, tímido, simpático, muito carismático que, no Chade, era considerado um herói nacional. E no plano internacional, Nassour tinha fama de ser um grande líder e um estrategista de areia extraordinário.

Pensei em Kayar. Devia estar feliz no meio desta confusão. Não tinha dúvidas que um dia ele seria morto em ação ou em consequência de algum complô ou intriga que fomentasse. Se estava claro que a motivação na vida de Kayar era a guerra, sentia que de uns tempos para cá, eu fazia cada vez mais parte integrante de sua vida, pelo menos no momento.

Mas eu não queria sonhar, sabia que em breve, o meu amado com-chefe voltaria para a clandestinidade que era onde se sentia verdadeiramente realizado e não teríamos mais condições de nos ver.

Resolvi passar no hotel da tia Bia para me despedir. Ela estava encantada em ver os progressos da minha saúde e, sobretudo, em me ver voltando para o Chade, com o PNSQV.

Então, já está tudo resolvido. Você nem parece que teve todos os problemas de saúde e está muito bonita.

Vim me despedir, e abracei-a com muito carinho. E quero agradecer muito o seu costumeiro apoio. Telefonarei antes de embarcar e aproveitarei também para chamá-la de N´Djamena, como de costume. Não vai ser fácil, mas estou decidida a superar esta má fase. A senhora vai ver.

Estou convencida de que você vai conseguir. Tenho até certeza de que este será um dos seus melhores postos. A propósito, quero lhe dar um presente que, espero, ajudará a vencer todas as dificuldades e a lembrará sempre de mim. E ela retirou do seu dedo o anel com aquele maravilhoso rubi solitário.

Fiquei muda, olhando para minha tia, muito comovida. Com a luz que batia na pedra daquele ângulo, o enorme rubi era ainda mais bonito.

Agradeço de coração o presente, tia, mas vou ter de recusar. Este rubi é caríssimo e tenho certeza de que não se acha mais pedras da qualidade desta. Mas se quiser mesmo doar o anel a alguém, tenho certeza de que o seu neto Melchior, de que gostamos tanto, pode precisar dele mais do que eu. Agradeço do fundo do coração que a primeira pessoa a quem a senhora tenha pensado em oferecê-lo seja eu. Estou muito comovida mesmo.

Tia Bia não insistiu e acabou concordando com o fato de Melchior ser o candidato ideal para receber o rubi: o rapaz estava passando por dificuldades financeiras e seu futuro profissional parecia incerto. Quanto a mim, estava bem de vida e, caso permanecesse no PNSQV, como parecia agora ser o caso, não precisaria de dinheiro adicional.

Ficamos conversando ainda por um bom tempo.

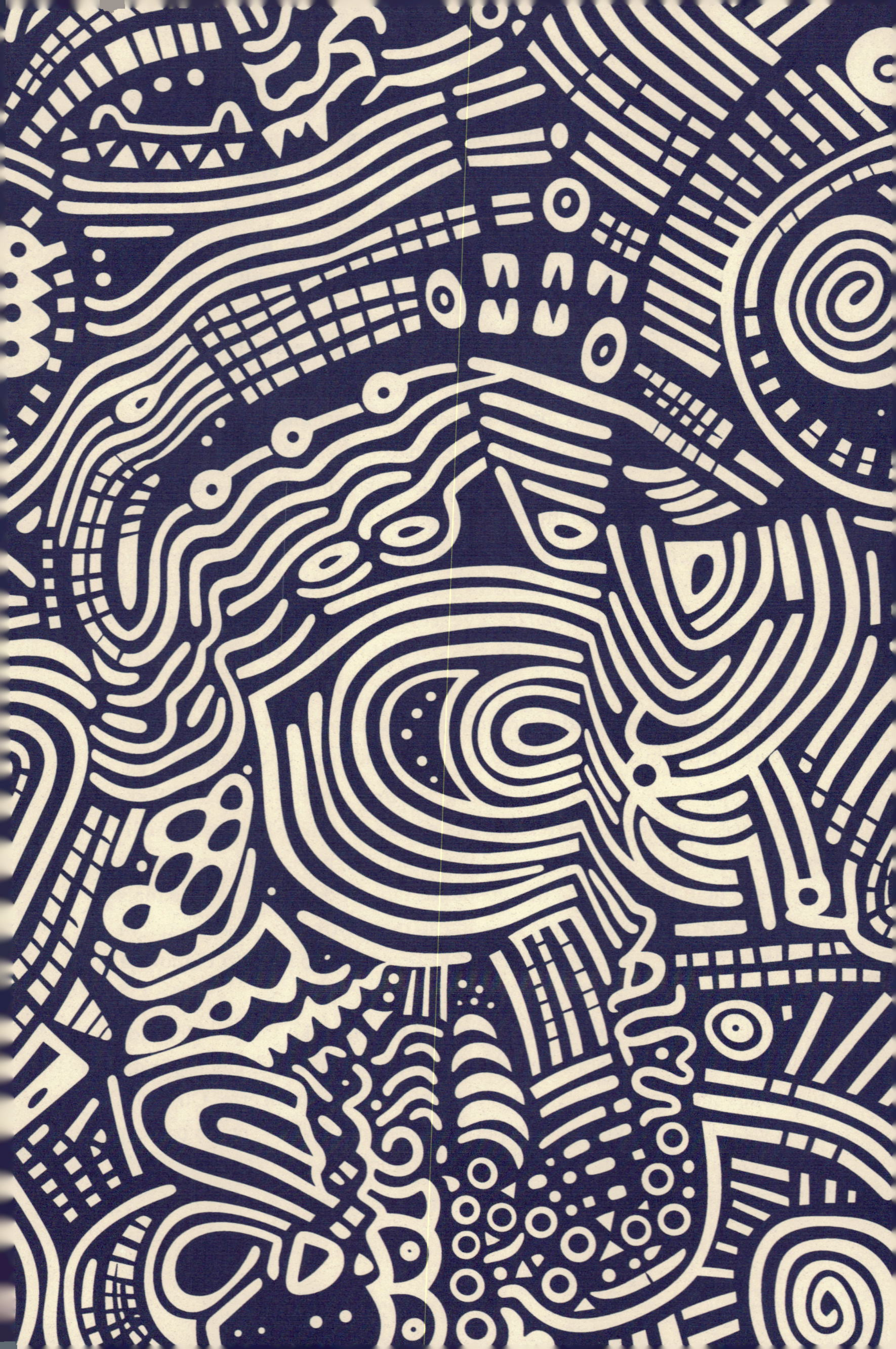

Capítulo 33
RETORNO A N'DJAMENA

No dia seguinte, recebi do Dr. Sentiez o endereço do criador de *scottish terrier*. Era um canil com um nome pomposo — *Chenil des Chardons Saint André* — muito conceituado. Em síntese, lá tinha a aristocracia da raça, na França.

Quando liguei para o criador, ele me avisou que preferia que fosse pessoalmente escolher. Respondi que não dispunha de tempo e pedi para escolher o filhote macho mais robusto e mandá-lo para mim em Paris, pelo correio. O criador ficou consternado com a ideia, mas acabou aceitando.

Ficou ainda mais horrorizado, quando me perguntou o nome e foi informado que seria Boudin. Mas como? Eu queria dar a um dos seus cãezinhos o nome de uma salsicha?

E alguns dias depois, de ter respondido as questões do criador e ter pagado um preço exorbitante pelo filhote, chegou na frente da minha porta a perua amarela do correio francês. Após a assinatura de vários documentos, entregaram-me uma caixinha, onde se encontrava um cãozinho adorável de três quilos, assustado, preto e bem peludo que imediatamente, fez todas as necessidades no tapete. Mas eu estava encantada. Sentia agora que podia voltar ao Chade e ultrapassar todas as dificuldades que apareceriam na minha frente. O afeto que brilhava nos olhos de Boudin esquentava o meu coração.

Mais tarde, liguei radiante ao meu pai: você precisa vê-lo! Ele é adorável e bem pequenininho. Tem três meses.

Ah é? Fico feliz de ver você voltar ao Chade em tão boa companhia. E quantos quilos pesa a pequena maravilha?

Bem, acho que não é muito. Três quilos. Foi isso que o criador me falou.

Três quilos? respondeu meu pai, rindo. Ele tem três quilos com apenas três meses? Mas Beatriz, você foi se arranjar um *scottish terrier* de grande porte. Quando ele chegar a um ano, vai pesar mais de quinze quilos!

Nossa! Tudo isso? Bem, não faz mal ter um cãozinho um pouco maior do que o previsto, respondi. Voltamos a rir e prometi trazer Boudin, numa das minhas próximas férias para ele conhecê-lo em Belvès.

Depois de uns dias de ambientação, Boudin estava em casa. Ele ainda tinha as varetinhas nas orelhas, que acabavam de ser cortadas para que ficassem perfeitamente de pé e não parecia gostar muito delas. No dia da viagem todo mundo no aeroporto encantou-se com o filhote, instalado num cesto. Muitas pessoas paravam para fazer perguntas.

Só foi me sentar na aeronave para que as aeromoças sequestrassem o cachorrinho, que acabou indo parar na cabine dos pilotos, pelo que fiquei sabendo. E lá ficou por quase toda a viagem.

Após algumas horas de voo, Boudin começou a ficar tenso — talvez por causa de alguma dor nos ouvidos. E de tanto coçar as orelhas, acabou arrancando a vareta do lado esquerdo. Apesar dos esforços dos veterinários de N´Djamena, para recolocá-la, nunca mais se firmou e a orelha esquerda ficou com a ponta um pouco caída, o que lhe dava um aspecto malandro, muito enternecedor.

Quando chegamos a N´Djamena, vi com prazer o pequeno aeroporto da cidade, cozendo no calor infernal do mês de abril. Peguei o cesto de Boudin e vi Boucar, um dos motoristas do PNSQV, que me fez muita festa. Ele foi buscar a mala e me cumprimentou muito pelo lindo cãozinho.

Hoje era sexta-feira, queria descansar um pouco, ver meus amigos e usufruir da companhia do cachorrinho. A casa fora bem cuidada pelo meu empregado Jean, e até havia flores na mesa. O motorista subiu minha mala e me entregou a chave do carro para o fim de semana.

O Chade era um país tão imprevisível, que o escritório estava excepcionalmente autorizado a emprestar os carros ao pessoal. A organização preferia este sistema a ter de reembolsar veículos abandonados ou perdidos em caso de evacuação.

Boudin cheirava a casa nova e parecia muito feliz. Pia estava na Etiópia, onde fora visitar sua mãe e me deixara uma gentil carta de boas-vindas na mesa da sala de jantar. Eu estava com pressa de tomar um chuveiro. Queria muito ter notícias de Kayar pelos Traorê e esperava que eles o tivessem avisado de minha chegada. Boudin, cansado, estatelou-se no tapete e dormiu. Fui tomar um chuveiro gostoso, lavei a cabeça, me perfumei no meu braseirinho, queimando a pouca lenha roxa que me restava, coloquei um *bubú* (roupa africana longa de algodão) e chinelos de dedo e resolvi guardar as coisas da mala.

Mal começara minha tarefa, a campainha tocou. Abri e dei de cara com o comchefe, que teve um movimento de surpresa, quando me viu tão bonita e descansada.

Caímos nos braços um do outro e ficamos silenciosos, abraçados, mudos, por um bom tempo. Fazia um enorme esforço para não chorar de alegria e Kayar também estava muito comovido. Sentindo o quanto estava emocionada, apertou-me ainda mais, quase me sufocando. Depois afastou-se um pouco:

Como você é linda, murmurou ele com doçura, enquanto passava o dorso de sua mão no meu rosto. Você está ainda mais bonita do que lembrava.

E esquecendo a habitual reserva, me disse o quanto eu importava a ele, o quanto sentira a minha falta e revelamo-nos os dois todos os sentimentos que tínhamos realmente um pelo outro. Foi muito comovente e passamos a tarde e parte da noite juntos. Essa ausência nos aproximara ainda mais. Só foi quando saiu do quarto para tomar o seu costumeiro café depois do chuveiro, que Kayar notou a minha nova aquisição.

Ora essa, disse-me ele. Mas o que temos aqui?! Trouxe um cão? Ele é feio, todo preto com pelos compridos. Ele agarrou Boudin que começou a se debater e choramingar de medo querendo ir para o meu colo. Tomei-o das mãos do comchefe e acariciei a sua cabeça.

Este é o Boudin, e vem de um canil, onde é criada a aristocracia da raça na França.

Mas que chique! — riu Kayar. Apesar de ser um "aristocão", é parecido com uma salsicha e tem o nome de uma salsicha! Ele se desinteressou rapidamente do cachorrinho e veio se instalar no sofá do meu lado.

Realmente, você está arrumada! Eis que se encontra agora acompanhada por dois negros: você já tem um e teve de arranjar outro. Pelo jeito gosta mesmo deles. Fiz que sim com a cabeça, apoiei-me contra ele e passei meus braços à sua volta, colocando minhas pernas atravessadas em cima das dele. Ele sabia que eu gostava desta posição. E ele também, pois tinha-me ainda mais perto dele.

Diga-me uma coisa, perguntei. Algum sinal de Abakar Nassour? Soube pelo noticiário na França da tentativa de golpe de estado e fuga.

Ele está no Sudão, do lado de El Geneina, na província de Gharb Darfour, respondeu Kayar. Realmente Abakar e seus primos são malucos. Não é assim que se resolve problemas. Mas acho que de qualquer maneira, os seus dias estão contados e por uma razão muito simples, faz tempo, ele e Djiddi se desentenderam por uma história fútil. Abakar o subestimou e ignorou o pedido de explicação que o outro fizera.

Hissein soube desta história não sei bem como e foi logo pedir para perseguir e trazer Nassour de volta. E se tem uma coisa que é impossível, é escapar do Djiddi, ainda mais quando ele está movido por puro ódio. Ele lê pessoas, animais e terrenos como num livro aberto. Se eu tivesse de apostar entre Abakar conseguir fugir e Djiddi encontrá-lo e trazê-lo de volta à N´Djamena, não hesitaria um minuto em apostar no nosso amigo.

E assim continuamos os dois a conversar em voz baixa. Kayar, que só queria saber de ficar comigo, só realizou depois que esquecera por completo uma reunião do alto comando e teve de inventar uma boa razão para justificar sua ausência.

Capítulo 34
UMA GRANDE ENCRENCA

Acabava de chegar para o primeiro dia de trabalho e abri o e-mail, como sempre fazia no começo do dia. Havia uma mensagem de Annette, sobre os problemas que Aboubakar acabava de ter com Acácia Summers, na semana passada.

Ele fora afastado de seu posto e agora trabalharia na seção de auditoria, que não era uma seção prestigiosa do PNSQV, como a divisão do pessoal. Várias razões diplomáticas haviam sido apresentadas, mas na verdade, foi o que suspeitara. Agradeci Annette pela informação e fiquei desolada.

No PNSQV as coisas acontecem tão depressa, e eu me perguntava com aperto no coração sobre o que seria feito dele a longo prazo. Acácia com certeza, faria o possível para bloquear todo e qualquer avanço de sua carreira e era bem provável ele sair da organização (o que de fato aconteceu algum tempo depois).

Recebi uma chamada de Kayar, da presidência, na minha linha direta. Falou-me que não podia conversar comigo no momento, mas queria que hoje, eu não fosse ter com Amadou e Hawa e o esperasse em casa. Precisava falar comigo sobre uma questão urgente. Concordei sem fazer perguntas e desligamos.

À noite, como combinado, ele veio me ver e parecia estar encantado em retomar suas visitas ao prédio das Nações Solidárias. Me beijou com um carinho imenso, me levou para o sofá e colocou minhas pernas em cima das suas.

Boa noite, minha querida. Que bom poder voltar a frequentar esta casa tão hospitaleira e conversar com você. Fico tão feliz, mas hoje, antes de passarmos a coisas mais interessantes, preciso ter uma conversinha sobre um assunto de trabalho.

O caso é o seguinte: com esta história de fuga de Abakar Nassour e seu grupo, o governo está nervoso e cada vez mais interessado em descobrir seus seguidores que ainda estão aqui em N´Djamena. Podem tentar circular armas, fazer atentados ou qualquer outra coisa. Tanto a polícia quanto a DDS/BEIR e o exército reforçaram suas atividades de inteligência, vigilância de suspeitos e controles.

Outro dia, a presidência ficou sabendo que tem pessoas do seu projeto de Gestão da ajuda de urgência, que estão usando os caminhões das Nações Solidárias, para mandar armas ao BET. Sim, sim, eu sei. Não faça esta cara. Deixe-me terminar. Essas pessoas suspeitas, acho que são duas ou três, estão mandando metralhadoras e munição para Faya Largeau. E de lá, as armas são encaminhadas para o Sudão, via Fada, e escondidas nas montanhas para uso dos rebeldes.

A presidência não quer um incidente diplomático com sua organização e como sabe que Ahmed, Djiddi e eu a conhecemos, pediu para falarmos com você para ver se arranjamos uma solução discreta para o problema. Mas se não for resolvido depressa, digamos numa semana, mandará o exército intervir. Como sabe, os militares não têm fama de conversar e fazer coisas sutilmente, podem ir ao seu projeto, fazer perquisições violentas ou montar uma barragem na estrada e, caso encontrem alguma coisa, executar o seu pessoal. Todo mundo anda meio nervoso, entendeu? Você tem de tomar medidas agora. Então, faça alguma coisa com sua costumeira habilidade e evite uma catástrofe.

Agradeci a informação. Ele não ia poder ficar muito tempo e depois do aviso, começou a me beijar.

Depois de eu ter ido embora, você falará com o chefe de projeto, disse, impedindo-me de levantar para telefonar. Mas agora não quero mais ouvir falar de armas, sou todo paz e amor.

Diga-me uma coisa, minha querida, sussurrou no meu ouvido. Você não acha que é melhor ideia irmos agora para o seu quarto? Se alguns dos nossos amigos passarem na frente da casa e virem a luz acesa, virão para cá. E acho que nenhum de nós dois quer que isso aconteça neste momento, não é mesmo?

Eu não podia concordar mais com essa observação. Apagamos a luz da sala e fomos para o quarto.

Algum tempo depois, estávamos os dois sentados no sofá tomando o nosso café, felizes da vida. Estávamos encantados de voltar a nos ver, e Kayar via passar a hora com apreensão, pois logo teria de sair para ir a outro compromisso.

Eu precisava logo resolver esta questão que podia ter implicações muito graves. Ele logo notou minha preocupação.

Eu não quis preocupá-la em demasia, disse. Mas o que poderia acontecer se eu não falasse com você é bem pior. Se tomar ação agora, vai ficar tudo bem. O Ahmed me falou que se ele pudesse ser de alguma ajuda para resolver este caso, estaria à disposição. Poderia, por exemplo, ir buscar as armas discretamente, se é que elas realmente estão escondidas nos seus caminhões. Não vejo muitas soluções para vocês se livrarem delas.

Mas é preciso tomar ação depressa. O prazo é de uma semana, não mais do que isso. Agora minha florzinha, preciso ir. Se o meu compromisso não acabar muito tarde, tentarei voltar. Senão, nos veremos algum outro dia.

Desci com Kayar, ele foi para o seu encontro e eu para o condomínio *Les Rôniers*.

Real Dalphond estava jantando e imediatamente me convidou para partilhar a refeição com ele e sua mulher. Aceitei de bom grado, pois não tinha jantado ainda, e sua esposa era uma cozinheira de mão cheia.

Quando ela desapareceu na cozinha, avisei Real em voz baixa que precisava discutir um assunto com ele a sós, depois do jantar.

Quando contei o caso, ele ficou muito preocupado. Mas a fonte de onde obtivera esta informação era segura? Eu confirmei, a informação viera diretamente da presidência. Real ficou pensando um minuto.

Esta informação é dinamite, disse ele. Todo mundo está uma pilha de nervos com a partida do Nassour para a rebelião. Com quem você discutiu esta informação até agora?

Com ninguém. Quanto menos pessoas souberem, melhor. Real, você tem de arranjar algum pretexto para vistoriar os caminhões logo. O prazo máximo que temos é de apenas uma semana. Quando é que os caminhões devem partir para o BET?

Em princípio, deviam sair daqui a três dias. Deixe estar, posso arranjar uma razão que não vai levantar suspeitas. Serão todos vistoriados em detalhe pelos nossos mecânicos internacionais. Se tem armas escondidas, eles as acharão e saberão lidar com este assunto discretamente. O que me preocupa mais é o que vem depois: o que fazemos com elas? Como vamos justificar sua presença no nosso projeto?

Se achar armas nos veículos, me avise. Já tenho uma solução, respondi.

No dia seguinte, quando Real discutiu com o pessoal chadiano a questão da vistoria, notou o desconforto de alguns dos seus colegas nacionais. Eles não viam o interesse em fazer isso: estava tudo em ordem. Mas o chefe de projeto insistiu e a vistoria dos caminhões começou a ser feita.

Era um processo tedioso que se estenderia por vários dias. A partida do comboio de nove caminhões atrasaria e Real esperava que as informações fossem pertinentes para justificar todo o transtorno. Estava descontente e inquieto, mas reconhecia a série de problemas, se realmente armas fossem encontradas nos veículos.

No dia seguinte, três membros do pessoal chadiano do projeto não apareceram para trabalhar. Os colegas estavam com muito medo: desconfiavam que existia um vínculo entre eles e o comchefe rebelde e temiam represálias. O pessoal estava apavorado com a possibilidade de o exército invadir os locais do projeto e matar todo mundo.

Quando o projeto ligou aos funcionários desaparecidos, seus familiares informaram que haviam viajado à noite para um destino desconhecido.

As buscas nos seis primeiros caminhões não deram em nada e foram liberados para a viagem ao norte. Real suspirou aliviado. Mas quando os três últimos foram inspecionados, os mecânicos internacionais descobriram dentro e debaixo dos veículos, caixas e mais caixas, que em nada se pareciam com a mercadoria a ser transportada.

Quando uma delas foi aberta, lá estavam as armas, assim como quilos e quilos de munição. Ia precisar mais de um caminhão para poder carregar todo o armamento. Real fez um inventário completo e mandou colocar as caixas num entreposto do projeto, do qual só ele tinha a chave.

Liguei então para o comandante Ahmed, que só estava esperando a minha chamada. Convidei-o para almoçar e entreguei-lhe a lista do armamento encontrado.

No final da refeição, Ahmed falou: Depois do expediente hoje, se isso for conveniente ao Real Dalphond, vou mandar os meus homens em trajes civis buscar as armas no sítio do projeto. Aqui está o número da chapa dos dois caminhões para que não haja mal-entendidos. Virão com dois motoristas e seis pessoas do meu grupo. Também, já identificamos o pessoal que fugiu.

Vendo a minha expressão, ele disse: não se meta nisso. São coisas chado-chadianas e temos a nossa própria maneira de resolvê-las. Você e o chefe de projeto já fizeram a sua parte. Então, não se ocupe mais deste assunto, será melhor para todos.

Eu ia dizer alguma coisa, mas me calei. Dei um forte abraço em Ahmed e agradeci muito pela ajuda. Ele sabia que se um dia ele precisasse de mim, eu estaria à disposição.

Eu reconhecia que já tinham feito mais do que a sua obrigação para comigo, não tinha o direito de agora proteger os fugitivos do projeto, invocando direitos humanos.

E, pensando bem, os fujões estavam muito conscientes do risco que corriam usando os caminhões das Nações Solidárias para transportar armas pelo país.

No mesmo dia, depois das 18:00, os caminhões do comandante Ahmed, chegaram ao sítio do projeto. As armas foram transferidas para os veículos e levadas embora, na maior discrição. Real e eu suspiramos aliviados e não procuramos saber do paradeiro das armas nem do destino dos fujões.

Soube bem mais tarde, por Amadou, que os três tinham sido eliminados. Um deles, preso ainda em solo chadiano, denunciou os cúmplices após ter sido submetido à "tortura do cano de escapamento" e veio a óbito logo depois. Os outros comparsas foram presos, torturados e mortos.

Quando perguntei o que era a tortura de nome tão singular, ele respondeu com um arrepio: nossa polícia política pratica torturas horrorosas. Esta consiste em introduzir na boca do infeliz o cano do escapamento de um carro em funcionamento. O motor é acelerado e provoca queimaduras atrozes. Não me espanta que o seu ex-colega de projeto tenha contado na hora tudo o que sabia, e o que não sabia também.

Capítulo 35
CAPTURA DE ABAKAR NASSOUR

No dia seguinte, recebi uma chamada informal do ministro Ibni Adam avisando de que ia pedir à comunidade internacional para retirar os peritos da região do Ouaddaï. As forças armadas governamentais estavam se preparando para um enfrentamento com as forças de Abakar Nassour e dos primos. Ele logo mandaria a carta, mas já queria me avisar para que começasse a agir.

Lembrei da minha conversa com Kayar e senti um aperto no coração, daqui a pouco muitas pessoas iam morrer. Ele me falara que Nassour e suas forças estavam no Sudão, e em momento algum, o presidente Hissein Mahamat se preocupara com a soberania do país: ia invadi-lo para trazer de volta o comchefe rebelde. Aliás, parecia ser uma prática costumeira de ambos os lados, pois o tempo todo, havia incidentes na fronteira leste com incursões — e massacres — de sudaneses em território chadiano e vice-versa. Mas a situação na fronteira era complexa, tudo começara com brigas entre pastores e agricultores de grupos étnicos e clãs rivais por poços de água e pastagens.

Aos poucos, essas brigas foram politizadas, e o fato dos presidentes de ambos os países não se darem bem só agravou os problemas. Agora, financiavam grupos rebeldes para desestabilizar um e outro, em suas próprias fronteiras e nas do país vizinho, para se manterem no poder e estender as suas respectivas zonas de influência. Em suma, a situação ficara tão complicada que eu chegava a me perguntar se o próprio chadiano comum entendia o que realmente se passava naquela região.

Como resultado, a situação na fronteira entre o Chade e o Sudão virara um barril de pólvora. Para tornar as coisas ainda mais difíceis, não havia uma separação nítida entre certos grupos étnicos chadianos e sudaneses. O grupo *zaghawa*, por exemplo, dividia-se em inúmeros clãs e sub-clãs, que viviam ao mesmo tempo no Chade e no Sudão e alternavam momentos de entendimento e desentendimento. O comchefe Nassour, por exemplo, era *zaghawa* e sem dúvida iria pedir o apoio dos seus irmãos sudaneses para enfrentar o presidente Hissein Mahamat.

Fui falar com Sikkri, que pediu para avisar os peritos por rádio, dizendo que teria uma grande reunião em N´Djamena e que precisavam voltar para capital, após ter colocado o equipamento em segurança nos locais da Rede Mundial de Segurança Alimentar (RMSA) em Abêchê, a segunda maior cidade do país. Todos entenderam e começaram a executar as ordens.

Kayar estava invisível, como a maior parte dos meus amigos, e fui preocupada, à noite, falar com os Traorê. Contei do telefonema do ministro e das medidas que tomara.

Você fez muito bem, respondeu Amadou. Estas montanhas vão em breve ser o palco de combates impiedosos. Pelo que ouvi, Abakar Nassour foi atraiçoado e caiu numa emboscada. Então, não deve demorar muito para ser capturado ou morto. Entendo que a ofensiva já começou hoje à tarde.

Youssouf Brahim Dadjo foi morto em combate e o presidente mandou mais tropas para se assegurar que o comchefe rebelde não tenha a menor chance de escapar. Mas acho que deverá ser uma operação rápida, a não ser que Nassour já tenha podido se reabastecer de armas nos seus esconderijos secretos das montanhas.

Depois do jantar voltei para casa, ansiosa. N´Djamena estava tensa, as notícias chegavam aos poucos, junto com os feridos que eram transportados para capital, provenientes do exército do presidente Hissein Mahamat. Mesmo encurralado, Abakar Nassour estava se defendendo bravamente e conseguira fazer muitos estragos nas tropas adversas.

Logo após as notícias dos combatentes, não se ouviu mais falar de nada. No dia seguinte, quando acordei, havia um silêncio profundo na cidade. Parecia até que as galinhas d´angola do vizinho Abderrahmane tão faladeiras, estavam mudas. Saí no terraço, para ver e sentir o que se passava: as ruas estavam vazias, a tensão, muito presente, se espalhava na cidade inteira, carregada pelo *harmattan*, o vento do deserto. Devia ter acontecido alguma coisa de grave. Desci e fui conversar com um dos guardas.

Pois é, me disse Ibrahim, o guarda diurno. Pelo que diz o meu rádio aqui, parece que o comchefe Nassour foi ferido ontem e capturado. Ele está sendo transferido para N´Djamena, agora. Brahim Dadjo morreu lutando, mas o seu primo Djimet Diar conseguiu fugir para o Sudão com uma parte dos homens.

E de fato, soube-se mais tarde, que Nassour fora ferido na coxa, por fogo amigo, em circunstâncias pouco claras, e capturado depois de ficar sem munição. Quando chegou à N´Djamena, foi entregue aos bons cuidados da DDS/BEIR e tratado de tal forma que os militares da Força *Épervier* ficaram revoltados.

Nassour depois de humilhado e torturado, foi jogado numa masmorra e não se ouviu mais falar dele. Ninguém sabia se morrera ou não. Evitavam falar dele ou ficavam em silêncio, como se de repente, ele fosse um pestífero. No Chade, a sorte muda muito rápido de lado.

Algum tempo depois da captura de Abakar Nassour, Djiddi voltou a frequentar minha casa. Emagrecera e exibia enormes olheiras, resultado do grande esforço que envidara durante a perseguição do ex-comchefe. Apesar da dianteira que Nassour e seus primos tinham sobre o exército chadiano, ele recebera ordens de interceptá-los, antes que fugissem para as montanhas ao norte, que conheciam como ninguém, e se reabastecessem de armas. Isso requeria além de muita rapidez, uma excelente leitura do terreno e muita liderança.

Eu gostava muito dele. Mas tinha agora a prova que este homem, que sempre demonstrara um afeto tão sincero por mim, também possuía um lado perturbador: era capaz de rastrear um ser humano como um animal e trazê-lo de volta sem a menor piedade. E todos sabiam, inclusive eu, qual seria o seu destino agora que o ex-comchefe fora entregue ao presidente em exercício.

À noite, quando estava passeando com Boudin no jardim, antes de ir dormir, voltei a pensar em Abakar Nassour. Será que Kayar também era capaz de um comportamento como o de Djiddi? Era melhor não pensar muito. Esses homens eram meus amigos, mesmo eu sabendo muito bem que não eram santos. Mas o que ia acontecer agora com o ex-comchefe? Em que estado se encontrava Abakar? Pensei que o presidente o manteria vivo para negociar mais para frente com Djimet Diar, caso este viesse a representar uma ameaça séria.

Eu teria gostado muito de pedir à Kayar algumas informações a respeito de Nassour, mas me lembrei que havíamos combinado de não falar de trabalho um para o outro. Então, apesar da minha curiosidade, silenciei.

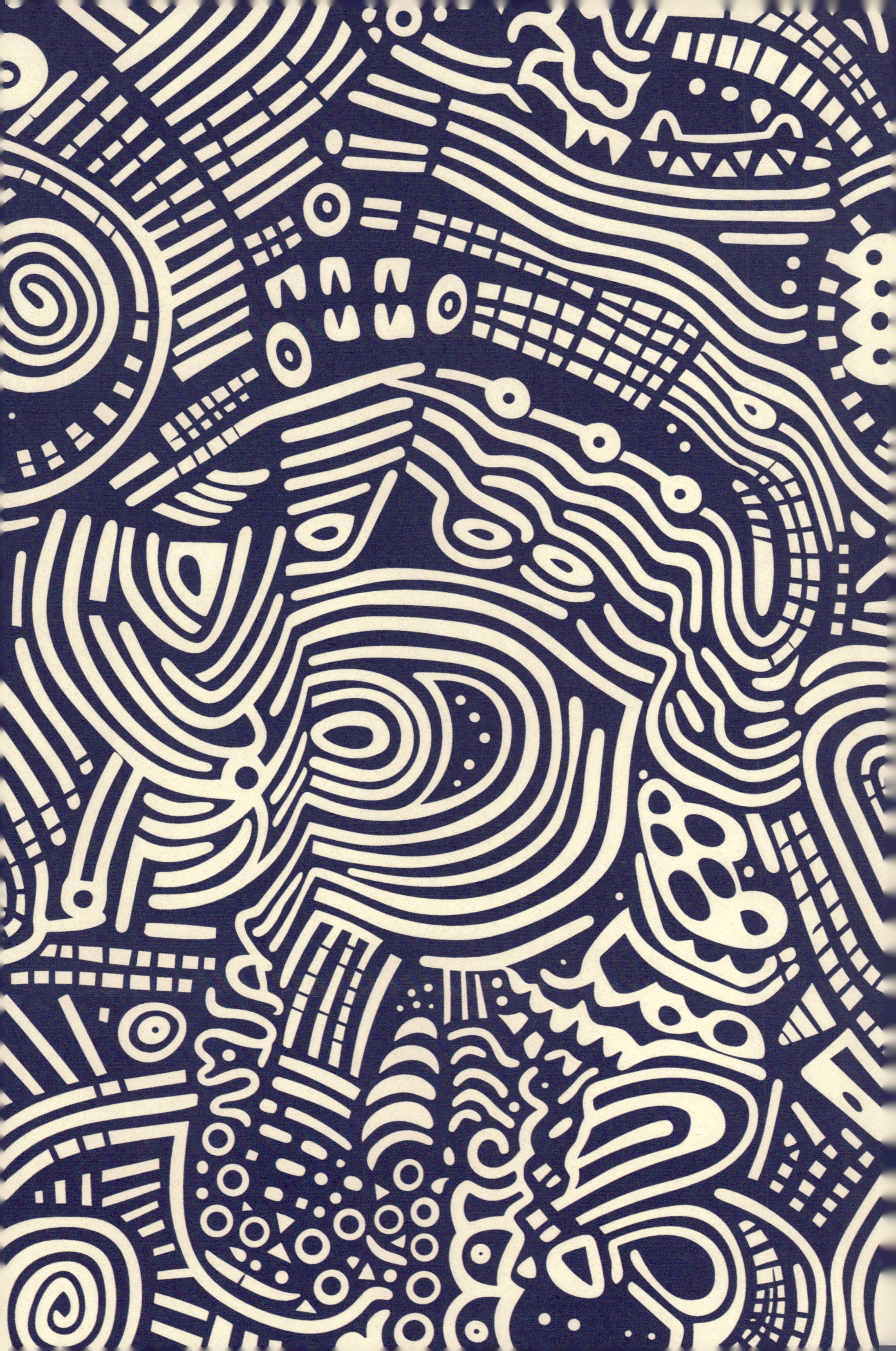

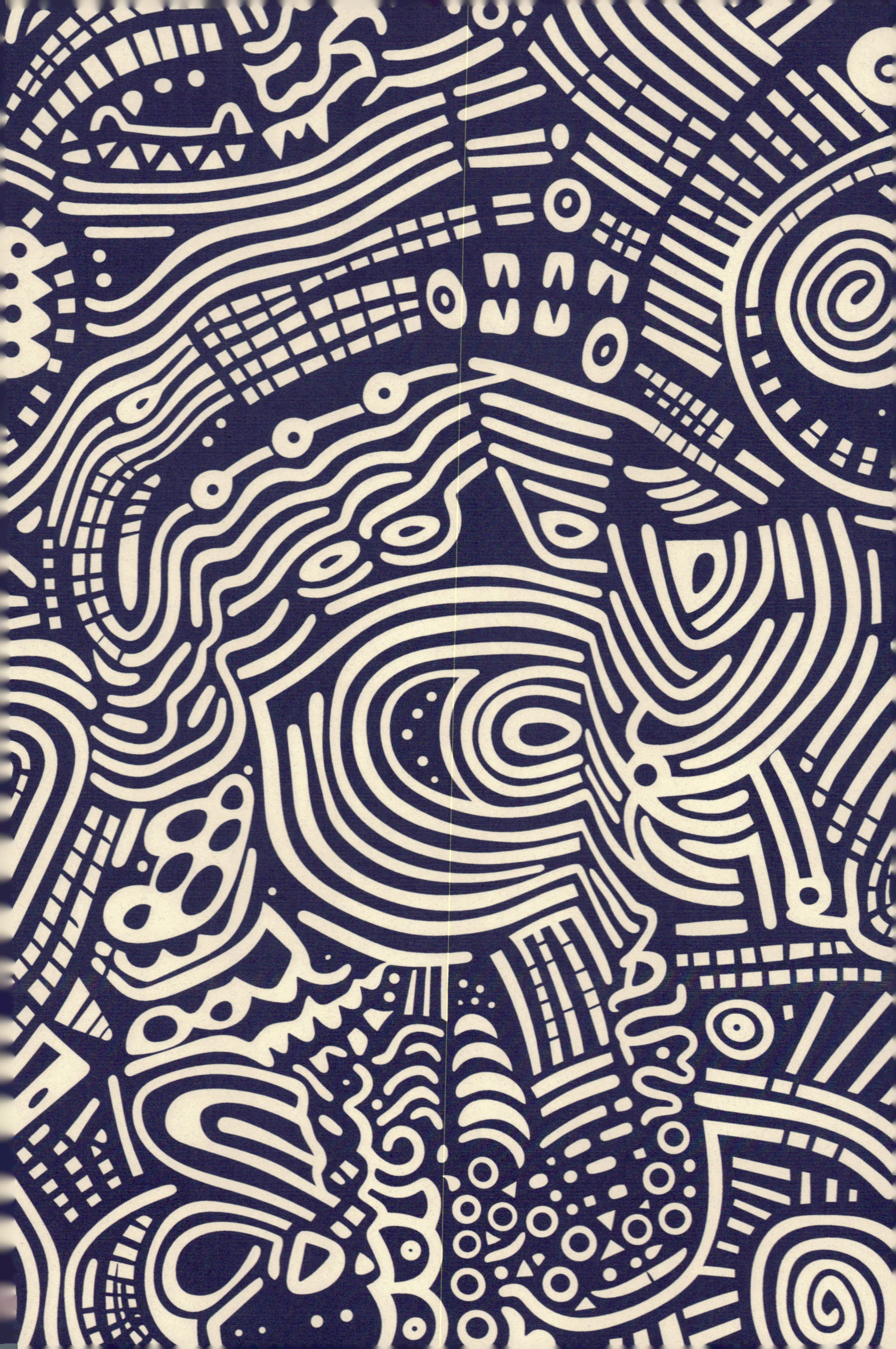

Capítulo 36
A SUPERAÇÃO

Eu retomara à vida normal, mas a volta ao escritório estava sendo muito difícil. Meu colega internacional, Iassine Bah, tinha sido encarregado de todas as minhas tarefas no escritório, além das que já desempenhava. Como ele era brilhante e de uma ambição desmedida, não queria ceder nenhuma parcela de poder, pretendia continuar a gerenciar a totalidade do programa. Parecia que o poder estava subindo à cabeça e ele se portava de maneira arrogante.

Eu não disse nada e esperei Sikkri resolver quais eram as minhas tarefas. Ele avisou que enquanto estivesse me restabelecendo, que me dedicasse exclusivamente à preparação de relatórios que não necessitavam de trabalho em equipe com os encarregados de programa internacionais. Além disso, queria que eu voltasse a ser encarregada de programa e monitorasse os projetos de Olivier Coustau — que estava no momento de férias — e de Pedro Leterme. Os dois haviam deixado bem claro a Sikkri, que só queriam trabalhar com Iassine até meu regresso de Paris.

Pedro me contou que Issa Sougoumi ficara furioso com a mudança de encarregado de programa. Ele gostava de trabalhar comigo, divertia-se muito na minha companhia e não queria outra pessoa a se ocupar do projeto do Lago Chade do lado do PNSQV. Além disso, ele não simpatizara com Iassine, "aquele rapaz tão técnico e ambicioso", como ele mesmo o definiu. Ele só se acalmou quando Pedro garantiu que tão logo eu voltasse da França, trabalharíamos juntos novamente.

Eu não falava nada, devia aproveitar para aprender o máximo do Iassine. Recebia os seus comentários com tranquilidade e ele começou a ficar mais calmo, vendo que eu não pretendia competir ou desafiá-lo.

Um dia, Iassine chegou nervoso de casa, levantou a voz para mim e me desrespeitou em público, numa reunião de programa, na qual Sikkri também estava presente. Fui a primeira a ficar surpresa com a minha própria reação: sem mesmo levantar a voz, dei uma resposta fustigante e o coloquei no seu lugar.

Iassine, completamente desconcertado pela minha reação, ficou vermelho e me evitou os dias seguintes. Voltei, todavia, a ser amável e serena com ele depois.

Não fiquei ressentida. Ele era imaturo e pouco seguro de si, apesar de seu imenso carisma e competência. Algum tempo depois, veio me ver para se explicar. Tivemos uma longa conversa. Eu disse que apreciava suas qualidades profissionais, mas que ele se comportava como um garoto. Tentar me humilhar ou diminuir aos olhos do pessoal não o lisonjeava, muito pelo contrário.

Iassine era suficientemente inteligente para entender que estava errado. Desculpou-se e, a partir deste momento, passou a se comportar de maneira diferente comigo.

Sikkri acompanhava tudo em silêncio. Iassine lhe contou nossa conversa e ele apreciou muito a minha reação. Achava que eu tinha demonstrado muita classe, maturidade e persistência. E admirava o fato de eu desempenhar funções bem abaixo do meu nível, com elegância e boa vontade.

A conversa que tivemos teve um resultado inesperado, Iassine ficou loucamente apaixonado por mim e tive a maior dificuldade em me desvencilhar desta paixão, que mais era um inconveniente do que qualquer outra coisa. Como eu era muito feliz com Kayar, foi fácil. Mas o moço, que não estava acostumado a ser rejeitado, reagiu mal no começo e, aos poucos, vendo que eu não ia ceder, resignou-se e ficamos amigos.

Meus amigos chadianos continuavam a me dar provas de carinho e de amizade, e a relação com o comchefe adjunto se havia aprofundado. Assim, depois de um longo calvário, descobria novamente as alegrias simples que provinham da celebração da vida. Estes aspectos não haviam escapado à Sikkri, que estava feliz em notar os meus grandes progressos, tanto nos campos da saúde quanto do trabalho.

Alguns meses depois, em vista dos excelentes resultados, Sikkri, com o apoio de Iassine, decidiu me dar funções de supervisão de maior responsabilidade no programa. O meu nível de desempenho ficara excelente. Bem que tia Bia me tinha falado que teria um grande desempenho no Chade.

A melhor prova, aliás, me era dada pelo comportamento dos encarregados de programa internacionais. De uns tempos para cá, eles iam ver indiscriminadamente tanto Iassine quanto eu para orientação. Sabiam, que nós não nos importávamos com o fato e éramos igualmente competentes. Parecia nunca ter havido qualquer problema entre nós. De qualquer maneira, havíamos criado um mecanismo de acompanhamento semanal do programa, no qual partilhávamos um com o outro tudo o que acontecia nos projetos e discutíamos soluções sobre todas as questões que surgiam. Sikkri agora se concentrava unicamente na parte política do escritório e nos tinha delegado a totalidade da gestão do programa.

Trabalhar naquele escritório, finalmente, estava ficando muito prazeroso para nós que, além de colegas, também ficamos bons amigos.

"Quem te viu e quem te vê" pensava quando entrava de manhã no escritório. Finalmente, a minha fé prevaleceu. Parece agora que nunca tive problemas aqui. Parece que o meu passado foi esquecido e que as pessoas só se lembram de mim sadia e competente.

Um dia, quando estava voltando de uma reunião com Salif Barry, o economista principal burkinabê, que acabava de chegar a N´Djamena e do qual gostava muito, contei-lhe a minha história no Chade e vi a sua cara de profundo espanto:

Eu não consigo acreditar nisso, disse-me. As pessoas aqui falam de você com o máximo respeito e sempre mencionam a sua competência, além da sua incrível rede de relacionamentos.

Como eu gosto de você, quero dizer do fundo do coração, não fale mais deste assunto com ninguém. Agora é história. Você superou. Aproveite ao máximo o momento atual e deixe todas essas lembranças, que ainda devem ser muito dolorosas. E eu não podia concordar mais!

A partir deste dia, resolvi seguir o conselho de Barry e joguei simbolicamente no fundo do rio Sena uma nova trouxa com todos os sentimentos e fatos que haviam marcado o meu começo profissional tumultuoso no PNSQV N´Djamena. Só guardei as lembranças incríveis daquela época referentes a Kayar, a meus amigos e à vida social. E esta faxina simbólica me fez um bem incrível, pois passei a me sentir mais leve e feliz no escritório.

Hoje, excepcionalmente, teria de ir comer num restaurante, meu funcionário estava doente.

Quando terminei as tarefas da manhã, fui ver um assunto pendente na administração. Descendo a escada, distraída, tropecei e teria me estatelado nos degraus não fossem dois braços sólidos, que me agarraram em boa hora. Levantei a cabeça para agradecer o meu salvador, era Olivier. Literalmente pulei no seu pescoço e abraçamo-nos longamente. Ele colocou as suas mãos nos meus ombros:

Mas veja só quem está aí! — disse com alegria. Acabo de voltar de férias e queria saber de você. Mas que mudança, meu Deus! Você renasceu! Parece ter vinte anos. Ainda está com uma cara um pouco cansada, mas a luz nos seus olhos, sua pele, seus cabelos, tudo mudou. Parabéns! Desta vez o seu médico tratou muito bem de você. Concordei com a cabeça. Ele sorriu:

Podemos ir almoçar qualquer dia destes para que me conte os milagres que aconteceram para você voltar tão bonita e saudável?

Caí na gargalhada. Mas é claro! Você não quer vir almoçar comigo hoje às 13:00, naquele pequeno restaurante que acaba de abrir no começo da avenida Charles De Gaulle? Sim? Que ótimo! Então vemo-nos lá mais tarde.

Ainda estávamos conversando, quando Sikkri desceu.

— Beatriz, preciso pedir um favor. Minha esposa chega à N´Djamena hoje à noite e muito gostaria de recepcioná-la no aeroporto. Será que você poderia representar a organização na recepção que o embaixador da França está dando hoje à noite?

Concordei, mas não disse que, além de já ter recebido o meu próprio convite pessoal, já estava resolvida a ir à recepção, pela grande amizade com o embaixador francês.

Capítulo 37
ENCONTRO COM BINTOU

À NOITE, DEPOIS DE PASSAR rapidamente para ver os Traorê, fui à embaixada da França, com a promessa de voltar se a função não acabasse tarde demais. O belo jardim da embaixada estava cheio de gente. Fui cumprimentar o embaixador. Ele gostava muito de mim e tinha uma verdadeira loucura por cachorros. Ficou encantado com o fato de eu ter trazido Boudin para o Chade e queria conhecê-lo.

Ele próprio era o feliz dono de um bassêzinho — Whisky — que tinha um péssimo gênio, talvez por ter sido mimado em demasia. Podíamos ficar horas conversando sobre os respectivos cães e dando risada com suas histórias.

A propósito, Senhor Embaixador, perguntei, maliciosamente, quando entrei hoje no seu jardim, não vi aquele seu avestruz pet horrível. O senhor seguiu minha recomendação e o comeu em carpaccio com um fio de azeite de oliva e ervas?

Pelo amor de Deus, Beatriz! Fale mais baixo. Não faça gozações sobre este assunto com a minha mulher! Este animal estúpido engoliu um molho de chaves que ficou preso no pescoço interminável e morreu sufocado. O proprietário das chaves ficou encantado de reaver o seu molho, mas a minha mulher que o criou, está inconsolável.

Mais tarde, estava comendo perto do bufê no jardim, quando um jovem chadiano se achegou, distraído, tropeçou numa raiz e derrubou champanhe sobre meu vestido. Vendo a sua cara desolada, assegurei-o de que champanhe não manchava a roupa e começamos a conversar. Tínhamos muitos amigos em comum e nos sentíamos suficientemente à vontade um com o outro para dispensar apresentações.

Descobri que era encarregado de missões da presidência, tinha vinte e oito anos, uma velha mãe em Faya Largeau e uma noiva em N´Djamena. Ele apreciava muito Kayar.

Quando o rapaz se retirou, fui ter com meus amigos da terra. Eles já me tinham visto fazia tempo, mas não queriam interferir.

E aí, a mulher, me disse um deles. Gostou do Abderrahmane?

Olhei-o espantada: quem é Abderrahmane? O grupo caiu na gargalhada e ria de ver a minha cara surpresa. Alguém me explicou que o rapaz com quem conversara por tanto tempo era o Abderrahmane de quem estavam falando.

Na verdade, simpatizamos e não nos apresentamos. Essa história de "o homem" e "a mulher" é muito prático, mas não ajuda para conhecer os nomes e posições que as pessoas ocupam. Passamos um ótimo momento juntos, sem ter ideia de quem éramos. Mas isso realmente importa? N´Djamena não é tão grande assim e acabaríamos, mais cedo ou mais tarde, descobrindo as nossas identidades.

Fiquei um pouco mais com os meus amigos e, algum tempo depois, olhei o relógio e quis ir embora.

Fique um pouco mais conosco, falou Abakar. Daqui à meia hora sairemos todos juntos.

Não vai dar, respondi. Eu prometi à Hawa de voltar à sua casa ainda hoje.

Não se preocupe, a mulher, respondeu Abakar. Vamos todos para lá daqui a pouco. Amadou nos avisou que não se importaria se chegássemos mais tarde na sua casa, amanhã é fim de semana.

Quando o grupo todo saiu, ouvi nas minhas costas uma voz bem conhecida me cumprimentar secamente. Eu já sabia quem era, respirei fundo e virei-me para ver Bintou. Ele não estava sorrindo e me olhava com uma cara de desafio.

Por educação, perguntei-lhe como estava sua esposa e filhos e a resposta nem foi amável. Eu ia embora quando ele me impediu, segurando-me pelo braço. Passara a tarde inteira tentando falar comigo por razões profissionais e não conseguira. Chegara à conclusão de que o PNSQV continuava sendo a mesma bagunça que era do tempo em que ele lá trabalhava.

Perguntei o que queria saber e ele me expôs secamente as questões que tinha. Depois de ter dado as respostas de que precisava, desejei-lhe boa noite e quis me retirar. Novamente Bintou me impediu de seguir o meu caminho.

Meu caro Bintou, disse com uma ponta de irritação na voz. Estou encantada em vê-lo, mas se você continuar tão agressivo comigo, não vejo razão para ficar aqui prolongando esta conversa.

Bintou hesitou e de novo vi a luz maldosa que bem conhecia se acender nos seus olhos.

A propósito, como vai sua saúde? Perguntou num tom fingido. Nós não nos encontramos mais desde sua viagem a Paris.

Estou bem melhor, obrigada. Queria agradecer as chamadas quando estava na França. É uma prova de amizade que me comoveu muito.

Apesar da agressividade, Bintou estava pouco à vontade e não sabia ao certo como se portar. Logo entendi que do jeito que a conversa tinha começado, acabaria num confronto. Lembrei das recomendações de Shakti e imediatamente retifiquei o tiro:

Você está feliz nas suas novas funções de diretor geral da CotonTchad?

Bintou fez sinal que sim com a cabeça. Ele perdera de repente a soberba e parecia que muitas lembranças das quais não queria recordar estavam vindo à tona.

Eu sei que agora seguimos caminhos diferentes. Mas seja lá o que você for trilhar, desejo a você e sua família muitas coisas boas, saúde, sucesso. Seja feliz, Bintou.

Ele apenas teve tempo de responder *Amdelilah* e com tranquilidade, eu me afastei. Lamentava apenas um grande desperdício.

Ele ficou parado, mudo, aparentemente dividido entre sentimentos contraditórios. Senti uma profunda tristeza, este homem, que se tornara agora um inimigo, fora muito próximo num passado recente. Eu entendi que o tinha perdoado.

Obrigada Shakti, murmurei enquanto me afastava. Obrigada mesmo. Sem a sua ajuda, talvez ficasse com o coração cheio de ressentimento com Bintou.

Eu sentira ódio nele no começo da conversa, depois emoção e mal-estar. Segui o meu caminho em paz, devia ser muito difícil viver sentindo tanta raiva de alguém.

Entrando na casa de Amadou, vi Kayar. Tão logo me notou, mergulhou nas palavras cruzadas e conversava comigo como com uma amiga. Fui ajudar Hawa, atarefadíssima

Numa hora, resolvemos tirar do forno uma peça de carneiro, recheada com alho e ervas, e calamo-nos por um minuto. Neste momento, ouvimos a voz de Amadou:

A propósito, não sei se estão sabendo. Parece que a mulher do presidente diretor-geral da CotonTchad está gravemente enferma. Ninguém parece saber o que ela tem. Ela vai de médico em médico e nada de descobrir o mal que a aflige. E um dos seus filhos também sofre de uma doença que ninguém aqui consegue identificar. E todos estes problemas são muito recentes. Não é terrível?

Deixei escapar a molheira das minhas mãos, que foi agarrada *in extremis* por Hawa. Shakti me dissera:

Seu amigo está brincando com fogo. Quando você manda presentes desta natureza, eles podem se voltar contra você. Fiquei me perguntando se a doença da mulher e do filho de Bintou tinha alguma relação com as práticas de xamanismo negro que ele encomendara ao tio.

Não pensei mais no assunto, agora era hora do jantar e depois, às 20:00, tinha as notícias na televisão. Mais tarde, íamos assistir a um bom filme, felizes em estarmos todos juntos.

Capítulo 38
ENTRE POMBOS E SOCOS

Algum tempo depois desses momentos de lazer deliciosos, novos e importantes desenvolvimentos tiveram lugar quase que ao mesmo tempo em duas frentes. O primeiro, que me abalara muito, dizia respeito à partida de Pia, do Chade. Durante o meu período de recesso, Gianni tinha vindo a N´Djamena passar um mês de férias com a namorada, a pediu em casamento e avisou que fora nomeado cônsul da Itália, na Grécia. Queria que se casassem em Roma e, após uma curta lua de mel na Sicília, já fossem para Atenas. Fiquei encantada por ela, mas ia sentir muita falta dela. Pia fora um verdadeiro arrimo desde a minha chegada ao Chade.

O segundo desenvolvimento importante dizia respeito a chegada do novo representante residente do PNSQV, um belga chamado Leopoldo Merckx de Lignières.

Sikkri nos pedira — a Iassine e a mim — para irmos lanchar na sua casa. O representante manifestara o desejo de nos conhecer no dia da sua chegada.

Quando lá cheguei, vi um homem de tez muito branca, de cerca de quarenta e cinco anos, baixo, roliço, com olhos azuis e cabelos já brancos, que imediatamente me impressionou pela pretensão e satisfação dele próprio. Após observá-lo por algum tempo, verifiquei que tinha vários trejeitos femininos, que seriam sem dúvida imediatamente notados pelas suas contrapartes chadianas, pois havia um preconceito muito grande no país contra homossexuais e homens afeminados.

Durante o encontro, Leopoldo foi gentil e agradável e fiquei com a impressão de que era um daqueles carreiristas intrigantes, mestre em alisar pessoas importantes e que nunca seria responsável por nada e ninguém. Também, devia ser inseguro, pois precisava chamar a atenção sobre si. Sua esposa inglesa, Beryl, era o oposto e cativou todos. Até fisicamente, ela destoava dele: além de distinta, era conservadíssima, de altura mediana e muito magra.

Lignières me estudava o tempo todo. Entendi logo que a sede, ou melhor, a Acácia Summers, devia ter feito um péssimo *briefing* a meu respeito. Eu também notei que Iassine não ficara impressionado com o novo chefe, mas todos gostaram muito de Beryl, que devia ser "o homem da casa."

Lignières fazia de tudo para agradar e chegava a ser forçado. Falou o quanto achara a cidade bonita, quando estava claro que a detestara. Também falou o quanto fora seduzido pela gentileza dos chadianos, mas não parava de demonstrar uma ojeriza mal disfarçada em relação aos funcionários negros de Sikkri.

Mas o que um homem destes vem fazer aqui? Perguntava-me, enquanto sorria atrás de uma xícara de café. Só se estiver atrás de uma promoção servindo neste escritório — que é grande para os padrões do PNSQV — e se encontra num país extremamente difícil.

Nos dias seguintes, eu o vi aparecer no escritório de camisa branca, suspensórios cor-de-rosa com estrelinhas azuis e escutando música clássica; sem dúvida Leopoldo queria dar uma de civilizado na "terra dos selvagens," um pouco como Tintim no Congo, do autor, também belga, Hergé.

Nos próximos dias, foi conhecer as autoridades governamentais e os chefes de agência da liga e não o vi mais.

Estava trabalhando, quando minha porta se abriu e entrou um Pedro Leterme furioso:

O meu conterrâneo mal chegou aqui e já vem me deixando muito bravo, disse. Imagine que ele me chamou hoje para falar do projeto e que estaria de pleno acordo se eu quisesse outro encarregado de programa do que você. Segundo ele, o meu projeto é a vitrine do PNSQV, no Chade, e precisa ser gerido convenientemente.

Disse-me que foi avisado na sede que você é incompetente e enquanto resolve o que vai fazer a seu respeito, não quer que as minhas atividades sejam prejudicadas. Me propôs trabalhar com Iassine, que veementemente recusei. Disse a ele que estou encantado com você e não quero mudar. Ele pareceu muito espantado. Acho que tem gente que não gosta muito de você lá em Nova Iorque.

Ri e o acalmei. Eu também estava encantada em trabalhar com ele e Issa Sougoumi. Com certeza, quando conhecesse melhor o meu trabalho, mudaria de opinião. Mas no momento, era só se acalmar, pois não haveria mudanças. E se ele insistisse, com certeza o secretário geral da presidência diria quem desejava que fosse o seu encarregado de programa.

Um pouco mais tarde, foi a vez de Olivier Coustau de vir me ver, furioso também pela mesma razão. Se o acalmei e tratei o assunto como algo sem importância, fiquei preocupada. E se Leopoldo já estivesse convencido de que eu era incompetente, o que poderia fazer para que mudasse de ideia?

Resolvi não dizer, nem fazer nada e deixar passar algum tempo para ver como Leopoldo se posicionava em relação a mim.

No fim de semana, fui de manhã à casa dele para levar receitas de cozinha brasileira a Beryl. Depois de ter sido muito bem-recebida pelo casal Lignières e tomado um café delicioso, saí satisfeita.

Estava indo em direção do carro, quando vi a cara emburrada de Blaise, o jardineiro da residência, de quem gostava muito.

O que foi Blaise para você estar logo de manhã cedo, num dia lindo destes, com a cara assim tão amarrada? Perguntei.

É o nosso novo chefe, respondeu Blaise. Ele não presta.

Nossa! O pobre homem mal chegou e você já o está julgando desta forma definitiva. Dê algum tempo para realmente mostrar quem é.

Não, respondeu Blaise, dando de ombros. Para começo de conversa, ele não gosta de pretos. Quando estava limpando a piscina disse que queria que eu arranjasse pombos para colocar na grande gaiola do jardim. Ele gosta muito de pombos e quer que sejam soltos, depois deles se terem acostumado aqui. Mas insistiu muito que quer só pombos brancos, não quer pombos pretos. Ele acha pombos pretos muito feios.

Blaise, ele está se referindo a pombos, não a pessoas. Não vá agora espalhar rumores por aí a partir do que o Leopoldo falou a respeito dos pombos. Você estaria sendo injusto.

Blaise sacudiu a cabeça. Não senhora, não. Pombos brancos, pretos ou de qualquer outra cor, são muito lindos e gostosos de comer. Este homem é racista. E tem mais: ele não é homem.

Credo, Blaise do céu! Retorqui, começando a ficar preocupada. Mas por que diz isso?

Porque ontem teve um desentendimento com a esposa, ela gritou e lhe deu um soco, que ele evitou. Ela levantou a voz para ele, tentou lhe dar um murro e ele não revidou, não fez nada. Eu vi tudo! No Chade, isso nunca aconteceria. Se uma mulher se comportasse assim com seu esposo levaria uma surra que ficaria doída por dias.

Fui embora divertida, mas pouco à vontade com as alegações de Blaise. N'Djamena era pequena e a história dos pombos e as dúvidas de Blaise quanto à masculinidade de Lignières iam rodar a cidade inteira, tão logo ele tivesse acabado o expediente. E, como não podia deixar de ser, à noite, na casa de Amadou, fui recebida por risadas me perguntando se os dizeres de Blaise tinham algum fundamento.

Mas gente! O homem falou de pombos! Não de pessoas! O Blaise realmente devia levar uns tapas por sair por aí difamando o novo chefe.

Sim, o que você diz é verdade, respondeu Ali. O homem acabou de chegar. Vamos esperar para ver se além de pombos pretos, ele também não gosta de homens negros. Mas ele apanha da mulher, isso você não vai poder negar, o Blaise viu tudo.

Dei de ombros, se fôssemos entrar na intimidade de uns e de outros, iríamos descobrir coisas surpreendentes, portanto é melhor não mexer muito neste assunto, respondi.

Ali, pensando que eu estava me referindo a sua vida extraconjugal mais do que agitada, mudou imediatamente de assunto.

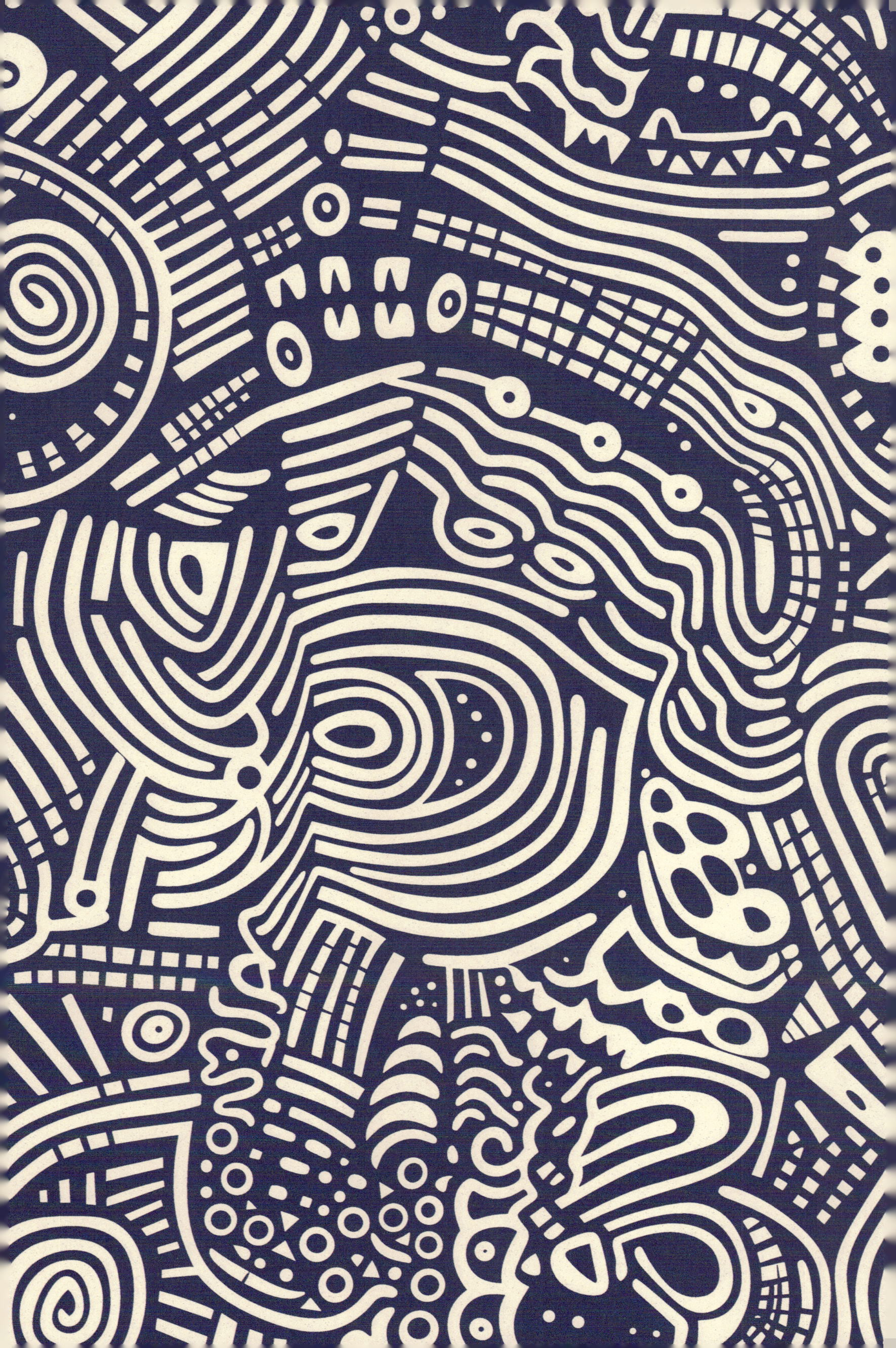

Capítulo 39
O PRIMEIRO CONTATO COM ISSA SOUGOUMI

Leopoldo convidara Pedro Leterme, o chefe do projeto Lago Chade, para vir almoçar na sua casa. No café, o representante pediu para que descrevesse mais uma vez o seu projeto, Era um projeto colossal, financiado pela cooperação italiana de cerca de setenta milhões de dólares e que visava fomentar o desenvolvimento integrado da prefeitura do Kanem, situada a noroeste de N´Djamena. O governo doador tinha exigido para a liberação dos fundos que o projeto subcontratasse duas firmas italianas também — a IMO e a IMCO — (eu só lembrava das siglas), que estavam dando muita dor de cabeça a Pedro e à contraparte chadiana. Eram racistas e desonestas, e pouco podia-se fazer contra elas, pois pareciam se beneficiar do apoio de altas esferas italianas.

Leopoldo, no decurso da conversa, falou que queria que a sua primeira visita no Chade fosse para se encontrar com Issa Sougoumi — a nossa poderosa contraparte — e pediu a Pedro de arranjar um encontro.

Pedro tossiu, um pouco sem graça: — Olha senhor representante, eu posso fazer, é claro, mas como sabe, o senhor me autorizou a sair de férias a semana que vem. Posso marcar o encontro, mas não poderei ir à secretaria geral da presidência.

Sim, claro, mas eu gostaria de ver logo o Sr. Sougoumi e não esperar um mês, respondeu Leopoldo.

Não tem problema, foi a resposta. Beatriz poderá arranjar o encontro — e até bem mais depressa do que eu — e acompanhá-lo. Ela conhece bem o projeto.

Mas o Sr. Sougoumi e Beatriz mantém boas relações? Perguntou Leopoldo. Como lhe disse, as informações que consegui sobre esta moça não são muito boas. E não gostaria de ir ver uma personalidade tão importante com alguém que possa dar uma má impressão da organização.

Pedro, de novo assegurou que eu era a pessoa mais indicada para marcar uma hora com a contraparte.

Quando voltou ao escritório depois do almoço, mandou me chamar e repetiu o pedido que fizera a Pedro. Também me avisou que estava pronto a esperar o tempo que fosse preciso para ver o poderoso homem.

Por que diz isso? Perguntei. Temos ótimas relações com a secretaria geral da presidência. O Sr. Sougoumi nunca nos faz esperar quando lhe pedimos um encontro. Não sei por que seria diferente desta vez. Vamos fazer o agendamento já!

Peguei o seu telefone e disquei um número.

Sr. Sougoumi, boa tarde, como está? Sou eu, Beatriz, do PNSQV. O nosso novo representante chegou na semana passada e queria muito conhecê-lo. O senhor estaria disponível para nos receber? E se este fosse o caso, quando seria possível? Amanhã às 10:00? Um momento por favor. Sim, está confirmado. Como disse? Sim, eu também irei para apresentar o novo chefe. Levarei também as cartas. Então, está bom. Vemo-nos amanhã. Um abraço.

Desliguei o telefone e olhei Leopoldo que estava de boca aberta.

Pois é, disse, a sede deve se ter esquecido de lhe dizer que tenho uma boa rede de relacionamentos. Agora se me der licença, eu tenho de estar no ministério da educação daqui a meia hora. E saí, sentindo a infinita surpresa de Leopoldo nas minhas costas.

No dia seguinte, Leopoldo impecavelmente vestido com terno e gravata, entrou no carro comigo para ir à secretaria geral da presidência.

Lá havia um grupo de militares arruaceiros, que não pareciam minimamente dispostos a nos dar espaço para que pudéssemos passar. Leopoldo, assustado, ficou um pouco para trás enquanto fui falar com eles.

Expliquei que estava trazendo o novo chefe para apresentá-lo à Issa Sougoumi. Quando ouvi um barulho de porta se abrindo, desviei o olhar para ver o comandante Ahmed sair do edifício. Logo entendi que aqueles homens tinham vindo com ele e o estavam esperando.

Ele se aproximou sorrindo, deu-me um forte abraço e pediu para o secretário do Sr. Sougoumi vir nos recepcionar. Cumprimentou Leopoldo com um movimento de cabeça e foi embora com seus homens, que de repente muito respeitosos, se desculparam e nos abriram caminho.

Lignières, meio trêmulo, entrou atrás de mim. Ele estava muito pouco à vontade com a presença de toda essa gente mal-encarada e armada até os dentes.

Esperamos um pouquinho e o secretário logo nos introduziu. Issa Sougoumi veio ao nosso encontro. Era um homem forte, gordo e baixo, com cerca de sessenta anos, tez clara, bigode e olhos inteligentíssimos. Usava um daqueles camisolões, que Kayar também vestia de vez em quando, e um chapeuzinho alto, bem chadiano. Cumprimentei-o e apresentei o novo chefe.

Issa Sougoumi convidou-nos a sentar no salão de visitas e Leopoldo, depois de gaguejar um pouco, acabou ficando mais à vontade. Logo vi a cara divertida de Issa e pensei que ele já devia se ter feito uma opinião sobre o novo representante residente do PNSQV. Educado, deixou Leopoldo falar o que queria e opinava de vez em quando, prestando uma atenção distraída. Depois, o secretário geral da presidência o encarou:

Estou muito bem-disposto em relação ao Programa das Nações Solidárias para a Qualidade de Vida. As duas pessoas com quem lido para a implementação do projeto — que são Beatriz de Val d'Or e Pedro Leterme — são muito competentes. Além do mais, são também muito agradáveis no plano pessoal. É um grande prazer, na realidade, ter contatos com sua organização.

Leopoldo agradecia, sensibilizado. Numa hora, Issa Sougoumi virou-se para mim: E aí minha filhinha, conseguiu trazer as cartas de que me falou ontem? Ah que bom que as trouxe! Deixa ver! — ele as olhou rapidamente. Então pode fazer como combinamos. Mando a carta de oficialização em seguida.

Discutimos mais alguns assuntos e Leopoldo tinha de admitir que o relacionamento de Issa Sougoumi comigo era como o de pai para filha. Também ficou claro que além de nós nos darmos muito bem, parecíamos nos divertir bastante juntos e gozar de grande cumplicidade.

No final da visita, o Sr. Sougoumi se despediu de Leopoldo e deixou-o sair primeiro. Quando passei, ele me tocou levemente o braço e murmurou no meu ouvido: Até logo, minha filhinha. E boa sorte. Você vai precisar dela.

Nem precisava perguntar o que tinha querido me dizer: não gostara de Leopoldo.

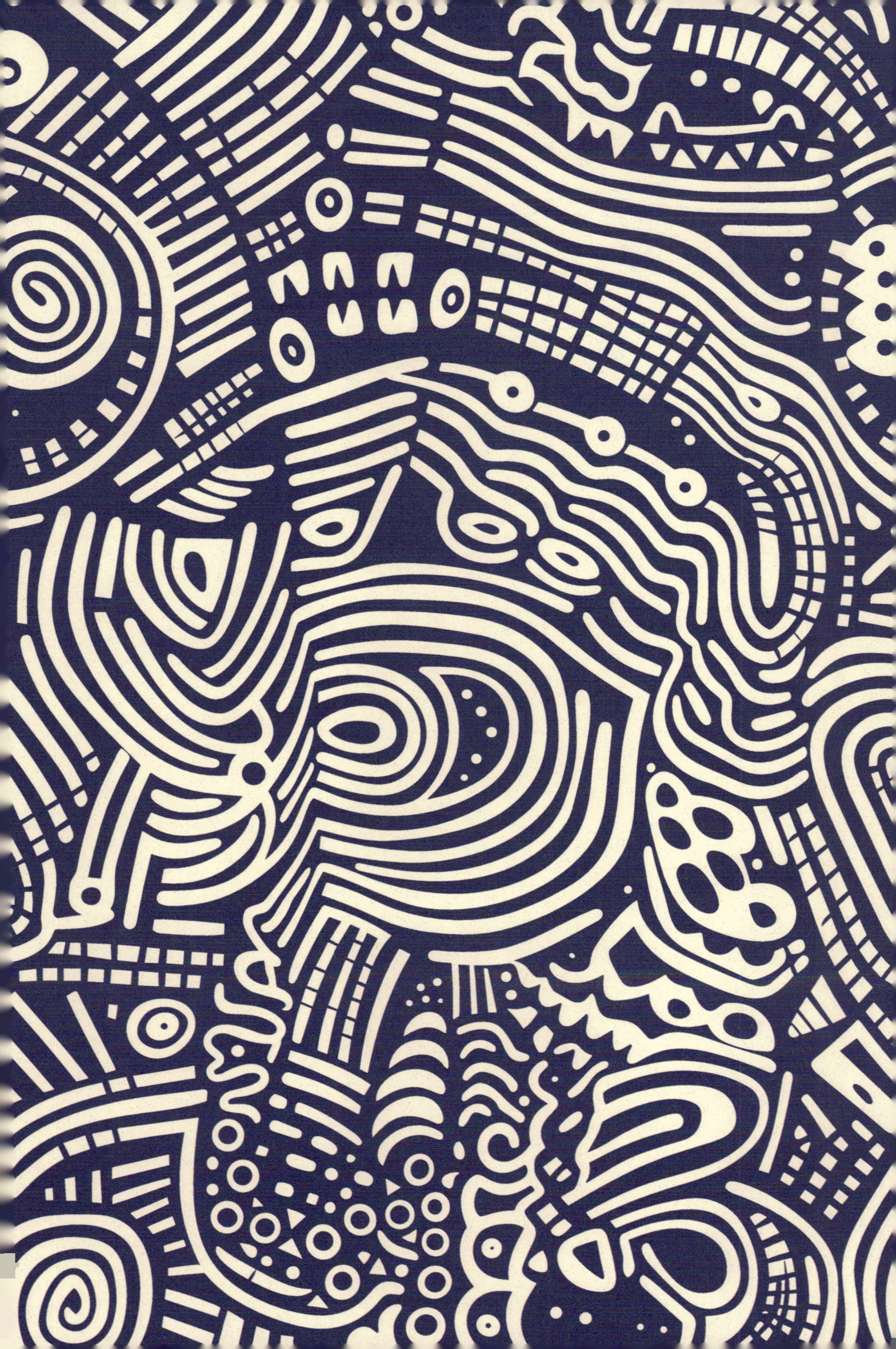

Capítulo 40
O EDEMA

Alguns dias mais tarde, o clima político-militar em N´Djamena estava pesado novamente. Sentia subir a tensão cada dia mais e recomeçara a fumar muito. Era obrigada a reconhecer que exagerara, notava com uma certa contrariedade o número de tocos de cigarro no cinzeiro, assim como o montante crescente de dinheiro que investia no vício.

Deitada no sofá, lia sem estar minimamente incomodada com as rajadas de metralhadora que espocavam à minha volta. Sabia que esses dias, eu não receberia visitas: Kayar tinha saído em missão, Pia fora embora definitivamente e a maior parte dos inquilinos do prédio estava de férias.

Boudin, debaixo do sofá, se sobressaltava a cada rajada e acabou pedindo colo. Acomodei-o contra o meu peito e afaguei, até ficar mais confiante. Numa hora, foi comer e depois, veio se deitar perto de mim. Mas ele não dormia: os olhos estavam muito abertos e de vez em quando olhava para mim, preocupado com o tiroteio.

Devia estar exausto, pois o dia inteiro não parara de infernizar a vida das galinhas d´angola do vizinho, que sistematicamente pulavam do muro de divisão no jardim do condomínio. E elas sempre voltavam para serem rechaçadas por um Boudin zeloso, que as esperava, achatado como uma panqueca debaixo de uma moita.

Senti-me mal, minha garganta doía muito quando engolia e parecia que uma lâmina de gilete me cortava a carne. Devia ter fumado mesmo em demasia. Levantei-me para ir preparar um chá. Os tiros aumentavam. Kayar me avisara, antes de viajar, que tomasse cuidado nas andanças, pois ia ter barulho na cidade. Eram incidentes tão frequentes que já não fazia mais tanta questão em saber exatamente as causas dos desentendimentos.

Lá fora, uma lua cheia maravilhosa no terraço e no quarto. Pensava que tanta luz devia dificultar as manobras dos homens e resolvi ir me deitar. Sabia que quando havia tamanha confusão — e além do mais, tão perto de onde morava — era preferível apagar todas as luzes para não chamar muito a atenção dos combatentes, pois os guardas do prédio não estavam armados.

Por volta de meia noite, acordei sobressaltada, angustiada. Até pensei que era uma sequela do envenenamento, mas não, era outra coisa: eu não conseguia respirar. Meu pescoço estava muito inchado. Entendi, horrorizada, que estava desenvolvendo um edema de glote — e desta vez o inchaço não estava "subindo" para minha boca e parte superior do rosto como das outras vezes, mas "descendo" para meu pescoço e garganta!

Eu tivera um edema, pela primeira vez, em Paris, quando era estudante, mas o inchaço "subira" e ficara cerca de uma semana com a aparência de um extraterrestre, com uma cara enorme de tão inchada e feridas nos cantos da boca e dos olhos. O médico disse que tivera muita sorte do edema ter "subido". Se tivesse "descido", ele não teria conseguido chegar a tempo para me atender e eu teria morrido por asfixia. Se havia maneiras de morrer que me assustavam, a sufocação era uma delas. Como tinha edemas de glote com muita frequência por distúrbios na glândula tireoide, sempre tinha à mão uma injeção que imediatamente resolvia o problema.

Tentei não entrar em pânico e lembrar onde guardara a injeção. Eu costumava guardá-la na bolsa, mas como fazia tempo que não tinha os inchaços, a colocara num "lugar seguro". Onde raios era este lugar?

Enquanto isso, lentamente, o edema se expandia. Até pensei em chamar alguém. Mas quem? Se pedisse ajuda — ao escritório ou aos amigos chadianos — correriam risco de vida e, de qualquer maneira, quando chegassem, eu já teria sufocado.

O prédio estava vazio e as poucas pessoas que lá estavam nunca teriam à mão um remédio tão particular.

Respirando cada vez com mais dificuldade e em pleno desespero, não queria morrer agora. Eu estava apaixonada, conseguira aos poucos afirmar minha autoridade no escritório, que estava abismado com minha superação. Queria mais do que nunca viver, porque amava a vida e queria vivenciar plenamente tudo o que estava acontecendo de maravilhoso. Comecei a correr de um armário para outro, abrindo as portas e jogando tudo no chão. Mas o remédio continuava invisível.

Recuei, escorreguei e caí na cama, que estava bem atrás de mim e não consegui levantar. Comecei a sentir o horror da falta de ar. Me debati numa angústia atroz que pareceu durar uma eternidade. E a circulação do fio de ar foi-se interrompendo. E eu lutei, lutei, fazendo esforço para respirar, sentindo um imenso desespero.

E de repente, senti uma grande serenidade. Abri os olhos e tive à sensação de me acomodar mais confortavelmente na cama. Não sentia mais incômodo nenhum. Senti uma profunda calma invadir todo o meu ser. A luz da lua foi ficando mais forte.

Me espantei de não mais ver o chão ou as paredes: estava flutuando e via as árvores, o céu, o luar, as plantas e os gramados, assim como a rua de terra que passava frente ao meu prédio. Vi as estrelas se aproximarem de mim, eram muito grandes, com reflexos coloridos e começaram a cantar para mim.

Será que eu morrera? E de repente, leve e solta, saí do meu corpo, que vi deitado lá embaixo, na cama, imóvel. Atônita, estava vivenciando a experiência insólita de ser só espírito.

E de repente, passei por uma zona de escuridão e entrei num túnel onde eu e várias outras sombras, que não consegui identificar, estávamos subindo em direção a um ponto de luz. Longe, emitindo uma luz branca dourada maravilhosa e, à medida que nos aproximávamos, parecia ficar maior. Senti naquele momento uma imensa vontade de voltar para casa, mas, onde era a minha casa? Será que era naquele ponto de luz? No Brasil? Na França?

Minha ascensão travou de repente. Vi as sombras me ultrapassarem e uma voz disse que minha hora não chegara ainda e que precisava voltar. Mas eu, encantada e curiosa com o que via, queria a todo custo chegar até o ponto de luz. A voz voltou a repetir sua mensagem: ainda precisava viver muito antes de chegar ao ponto de luz e devia tirar lições da experiência parcial de quase morte. E logo depois, estava novamente na minha cama entre quatro paredes sólidas.

Senti um certo desapontamento em ter voltado. Um raio da lua me indicou o local onde se encontrava a minha injeção salvadora. Injetei o remédio na coxa e voltei a deitar. Segundos depois, a minha respiração estava livre de novo.

Sentia uma abominável dor na garganta, o corpo exausto estava implorando sono e o meu espírito continuava na paz. Tentei lutar contra o desejo de dormir, queria pensar sobre o que acabara de vivenciar. Se não o fizesse agora, não conseguiria mais distinguir no dia seguinte o que realmente acontecera. Mas não resisti e caí num sono profundo.

Se realmente, no dia seguinte, não conseguia mais separar o que pertencia à experiência maravilhosa de quase morte dos meus sonhos, notei que a partir daquele dia, a minha vida nunca mais foi a mesma. Nem sei como explicar. Parecia ter adquirido uma espécie de revelação sobre o sentido e o propósito de viver.

Capítulo 41
QUANDO A CABEÇA TEM PRIMAZIA SOBRE O CORAÇÃO

A FORTE DETERIORAÇÃO DA SITUAÇÃO político-militar que ocorria na fronteira chado-sudanesa tinha reflexos cada vez mais intensos na capital. Além dos distúrbios da véspera, via agora as pessoas andarem depressa na rua, inquietas, olhando para os lados. Só saíam para fazer o indispensável como ir à mesquita, comprar comida, estocar água etc.

Todas as manhãs, quando saía no meu terraço e respirava fundo, sentia predominar a tensão. O vento do deserto - o *harmattan* - era portador de más notícias, com muitos combates e mortes.

A Força *Épervier* avisara Leopoldo que era preciso reatualizar os planos de evacuação e eleger chefes de zona. Os chefes de zona são membros das Nações Solidárias, eleitos por um comitê para vigiar um determinado setor da cidade. Devem saber onde moram os peritos e/ou funcionários da liga e suas famílias, quantos membros estão presentes em N´Djamena e outras informações indispensáveis. Em caso de tiroteio, têm de ficar em contato com as pessoas e ir ter com elas; em caso de problemas mais sérios, imediatamente, avisar os seus superiores. A Força *Épervier* intervinha nos casos mais graves.

Fui nomeada chefe de zona para um setor grande da cidade que abarcava a região de casa — o bairro do Béguinage — mas também parte do bairro de Djambal Bahr e Farchá. Minha nomeação provocara muitos problemas: os responsáveis masculinos achavam que era muito arriscado uma mulher nessa função. O pessoal feminino do sistema, pelo contrário, queria que eu fosse mantida na posição. Quanto a mim, eu achava que devia levar a cabo a nova função e pronto.

Os meus amigos chadianos não gostaram nada da notícia e fizeram o possível para me fazer desistir. Mas tudo foi em vão.

Kayar estava ocupadíssimo e, muito a contragosto, vinha me ver bem menos. E quando vinha, ficava menos tempo e sempre tinha aquela cara de preocupação. Ele me falara que o regime de Hissein Mahamat cairia em breve e que era apenas uma questão de tempo. Quando não podia vir, falava comigo no escritório pelo telefone sob os codinomes de Oumar ou Mahamat e pedira aos seus tenentes, quando possível, ajudar nas minhas funções de chefe de zona, pois morria de medo de algo me acontecer.

Eu continuava a minha rotina: ia com a mesma frequência nos Traorê, e muitas vezes, só estava Hawa, pois Amadou circulava na cidade, à procura de notícias. Escutávamos, então, o noticiário televisado, jantávamos com o que Hawa tinha em casa ou o que eu trazia.

O mês de março era particularmente quente. Estava encarregada do escritório e achava temerário Leopoldo ter saído de férias depois de autorizar Sikkri e Iassine a se ausentarem do país ao mesmo tempo.

Acabara de voltar de um encontro quando ouvi corridas, gente olhando pelos vidros. Parecia um desfile. Desci, saí para a avenida Charles de Gaulle, onde a população, entusiasmada e irrequieta, gritava, fazendo *youyous* — os gritos de comemoração que os chadianos e outras populações muçulmanas fazem com a língua, incentivando as tropas reservas que estavam indo combater na frente leste.

Sobre toda a extensão da avenida, os Toyotas Picapes 4x4, avançavam em fila indiana, com metralhadoras soldadas no capô e canhões antiaéreos na parte traseira. Os homens, imóveis, de pé no meio das armas, passavam nos veículos frente à multidão, formando uma gigantesca centopeia de veículos. Eu não conseguia contá-los de tão numerosos.

Senti uma presença do meu lado e vi que Abbo também saíra da representação, temeroso de me ver sozinha no meio da população que estava bastante agitada.

Muitos dos que estavam agora desfilando altaneiros, iam lutar e morrer como bravos que eram, sem contar as possíveis e terríveis mutilações, que podiam sofrer com os lança-chamas muito utilizados nestes combates.

Que desperdício, meu Deus. Imagine o que gente desta fibra poderia contribuir para o desenvolvimento do país se investisse a mesma energia que nos combates. Mas em vez disso, viram carne de canhão em guerras sem fim e, muitas vezes, sem nexo.

Quando o desfile findou, a população, exaltada, começou a debandar em desordem, gritando, arrumando confusão uns com os outros. Achei melhor voltar para o escritório, pois havia nervosismo demais no ar e eu não sabia o que podiam fazer.

Escutava-se gritarias e vociferações nos arredores do escritório e não sabia qual a origem. Era certamente a este respeito, que Abbo vinha me ver.

A senhora precisa vir comigo, imediatamente, disse. Um ladrão veio se esconder no PNSQV e está lá, se recusando a sair debaixo da mesa da sala de telex. Uma multidão desvairada quer que entreguemos o homem, senão vai arrombar a porta de entrada, entrar na representação, linchar o ladrão e quebrar tudo.

A nossa porta pode aguentar o tranco? Perguntei.

Não. É perigoso ir falar com eles. Quando querem linchar alguém, é melhor não ficar no caminho. Sob o domínio da cólera, as pessoas são capazes de fazer coisas, que não admitem quando estão mais calmas.

Kayar e Djiddi me tinham dito a mesma coisa.

Liguei para os meus aliados habituais, mas não consegui falar com ninguém. Deviam estar ocupados com a progressão das tropas de Djimet Diar, na frente leste do país. Senti medo ao ver que nenhum estava disponível para me ajudar.

Senhora, não podemos esperar muito, insistiu Abbo. Estão furiosos e querem ver sangue. Se entrarem aqui haverá estupros, feridos e material quebrado. O nosso pessoal foi se esconder no primeiro andar nas salas dos encarregados de programa e lá se trancaram. Mas isso não vai protegê-los por muito tempo. Coloquei os motoristas embaixo com paus. Mas são muitos e se tentarmos resistir, poderá até haver mortos.

Tentei pensar qual era o curso de ação mais apropriado. Eu precisava decidir agora!

Fortes batidas na porta. A multidão estava começando a jogar o seu peso na porta para arrombá-la.

Muito bem! — disse. O ladrão está minimamente descansado a esta altura, não está? Então, abra a porta lateral da representação e jogue-o para fora por ali. A multidão vai vê-lo e ele terá uma dianteira. Os perseguidores terão ou de escalar a cerca viva que lá se encontra ou contorná-la. Prefiro correr o risco de ter um ladrão linchado a vários colegas feridos e material quebrado.

Num instante, Boucar e Abbo agarraram o ladrão que, desesperadamente, tentava se segurar em tudo o que via pela frente e Abbo lhe deu um safanão, colocando-o para fora. Alguém o viu e, num instante, todas as caras se viraram para vê-lo correr em direção ao rio Chari.

A multidão esqueceu da representação do PNSQV e começou a perseguir o homem. Segundos depois, não havia mais ninguém no jardim. Voltei a telefonar aos amigos chadianos e só encontrei silêncio.

Meu Deus! Eu matei um homem! Acho que mesmo com a dianteira, será muito difícil ele escapar. Me controlei e fui ter com Abbo. O rapaz conseguiu fugir? Não, foi a resposta. Ele estava conseguindo, mas tropeçou numa raiz nas margens do Chari e caiu e a senhora deve imaginar o resto.

Muito bem, respondi. Vá por favor avisar os colegas que podem sair dos esconderijos. Não tem mais perigo. Agora, quero que remaneje os guardas. Quero a entrada externa fechada com um guarda, para abrir e fechar o portão e outro na porta da representação, até que a situação esteja mais calma.

Fui tentar falar com Oumar Chaib, o recém-nomeado ministro do plano e da cooperação, que também era um dos meus amigos. O telefone pessoal não atendeu. Liguei para o embaixador da França, na sua linha direta: Isso está ficando demais Beatriz, disse ele. Você fez muito bem, mas vai ter de fazer uma nota ao ministério do plano e da cooperação, pedindo medidas de proteção. A situação está muito ruim e a população inquieta. Há espancamentos e prisões por todo lado e os massacres continuam na fronteira chado-sudanesa. Vejo que toda a sua chefia está em missão de novo. É uma verdadeira loucura. Mas ainda bem que você está aí e tem a cabeça no lugar.

Relaxe agora um pouco e venha almoçar comigo logo mais. Um bom almoço vai lhe fazer bem. E quer saber de uma coisa? Você não poderia ter feito nada rápido, para salvar aquele homem. Você lhe deu uma chance. Então, virá almoçar comigo? Sim? Que ótimo! Eu a espero aqui na embaixada por volta das 13:30.

Fui me sentar. Estava tremendo a posteriori. Sentira muito medo, mas era capaz de fazer exatamente a mesma coisa de novo para proteger os meus colegas, a representação e o equipamento. Liguei para o ministro do plano e, desta vez, ele estava.

Oumar! Gaguejei, começando a chorar. Sou responsável pela morte de um homem! Estou me sentindo péssima! Estou muito, mas muito confusa e contei os detalhes.

Mas que situação, minha amiga! Deve ter sido horrível para você, mas diga-se que lhe deu uma chance de escapar. Então era você que estava ligando para cá há pouco.

Eu estava infelizmente fora do ministério numa reunião com a presidência. Lamento tê-la deixado na mão. E você não conseguiu contatar ninguém dos nossos amigos no quartel *Camp des Martyrs*? Não? Também não me espanta. Estão ocupados com outras coisas.

Faça uma carta sobre o ocorrido e verei o que posso fazer para você ter alguma proteção. E seu chefe onde está? E o adjunto? Eles nunca estão aí em horas críticas! É sempre você! Vamos fazer uma reclamação na sede, através da nossa missão permanente. Se é para eles terem todas as vantagens do posto e não as responsabilidades, prefiro que nomeiem você. Pelo menos as nossas relações oficiais seriam bem melhores.

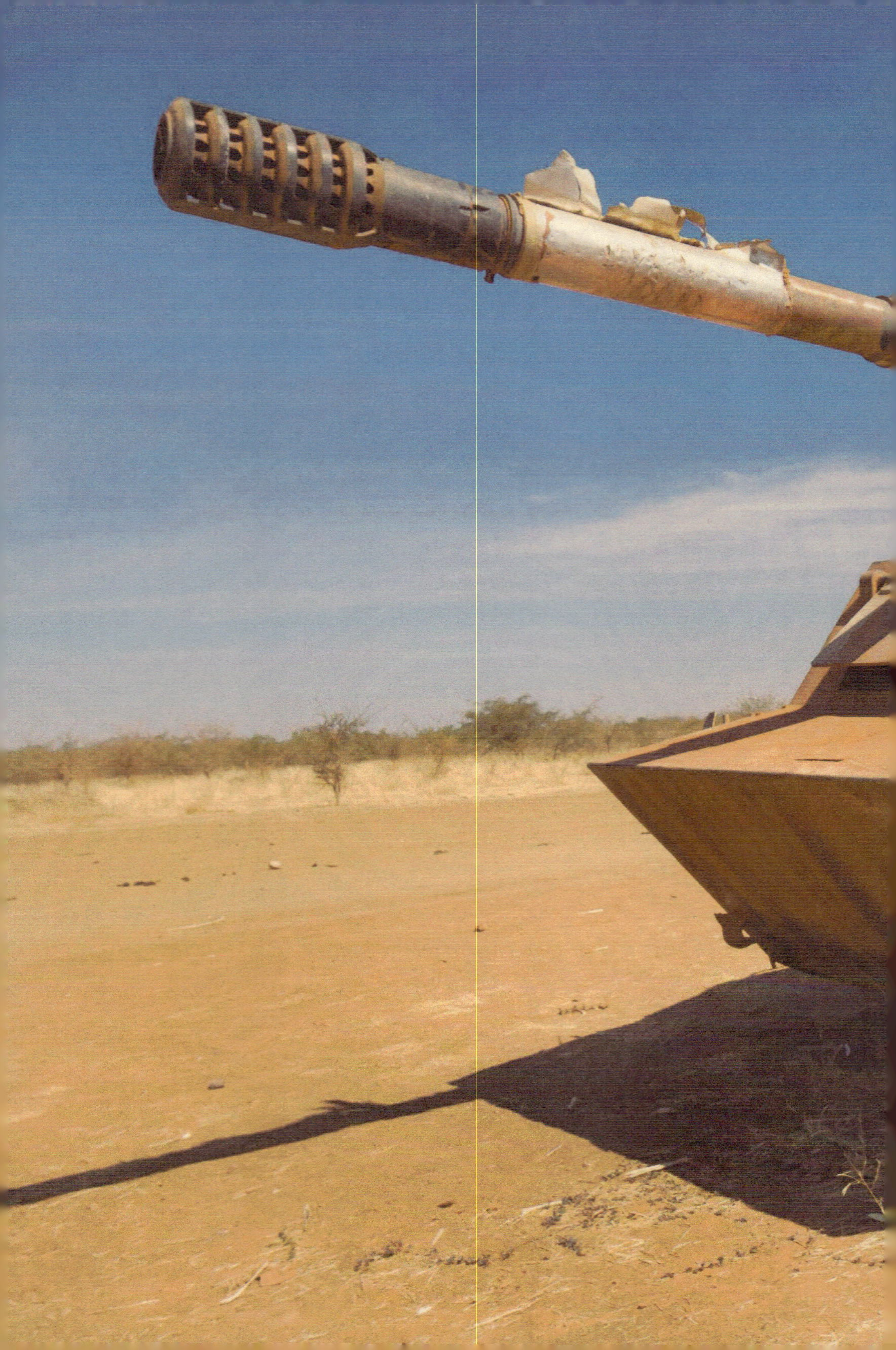

Jovem pastor na zona saheliana e sua lança contra hienas perto de um tanque abandonado.

Capítulo 42
O PRIMEIRO REVÉS DO PRESIDENTE HISSEIN MAHAMAT

À NOITE FUI TER COM AMADOU E HAWA. Ela estremeceu e me falou de violentos combates entre os homens de Hissein Mahamat — as FANT (Forças Armadas Nacionais Chadianas) — e as tropas de Djimet Diar, vindas do Darfour sudanês. Parecia que os rebeldes haviam se apoderado de localidades chadianas fronteiriças. Muita gente morrera, entre as quais muitas pessoas que conhecíamos. No meio dos mortos, estavam o jovem Abderrahmane, o encarregado de missões da presidência e o meu amigo, o comandante Ahmed. Desandei a chorar.

Quando voltei para casa, N´Djamena parecia uma cidade fantasma. Em todas as residências, os portões estavam abertos, as famílias, sentadas, muito sérias, em círculo nos pátios, fazendo vigílias mortuárias, em volta de uma fogueira. Havia pouquíssimas casas onde não falecera alguém.

Mulheres mudas, com todo o desespero do mundo nos olhos, percorriam a cidade à procura de seus homens ou de alguém que pudesse dar notícias dos parentes. Eu as via circular nos seus trajes coloridos, indo dos hospitais, para o necrotério e daí para as prisões.

Mas onde andavam Kayar e Djiddi? A minha casa — que já fora tão alegre — estava erma também e os únicos que apareciam eram Hawa e Amadou que depois de ter dado voltas na cidade, sabia de muito mais coisas do que qualquer noticiário.

Aparentemente, os combates se soldaram com uma vitória do presidente, mas a que custo! Parecia que as tropas de Diar matavam seletivamente os combatentes *gorane* para quebrá-los moralmente e fazê-los abandonar o presidente em exercício. Mas ninguém se iludia: o regime vigente cairia se tivesse de enfrentar novamente um ataque daquela dimensão.

A presença dos combatentes, que cavalgavam orgulhosos os seus "cavalos de aço" motorizados pela cidade, diminuíra radicalmente. E a lista de mortos que Amadou conseguira montar a partir das informações recebidas era literalmente impressionante.

Eu estava de luto, triste e desacorçoada com o incrível número de mortos num lapso de tempo tão curto, assim como com a notícia do falecimento do comandante Ahmed. Estava preparando meu jantar, desanimada com a situação, quando Kayar apareceu.

Dava para ver que ele estava bastante cansado e suado no seu uniforme de combate e logo me avisou que acabava de chegar à N´Djamena e vinha de longe.

Deve ter vindo da frente leste, pensei. Dei-lhe um forte abraço e preparei seu jantar. Ele se desculpou por não ser a boa companhia que era habitualmente. Estava muito sério, sem vontade de falar. Fiquei observando o meu homem: o silêncio nunca pesara de qualquer maneira entre nós.

Depois de ter acabado de comer, ele perguntou se eu me importava de ele ir tomar banho e cair na cama. Estava com muito sono atrasado.

Senti que além disso, precisava de outra coisa: quando ele passou ao meu lado em direção do quarto, puxei-o para junto de mim, acarinhando-o, sem dizer uma palavra. Era um gesto muito terno, que indicava o quanto eu o amava.

Ele fechou os braços ao meu redor, enfiou o rosto no meu pescoço e apertou-me com força. Ficou assim, mudo, abraçado, por vários minutos. Quando ficou mais tranquilo, deu-me o primeiro sorriso da noite, beijou o meu rosto com delicadeza e se afastou.

Algum tempo depois entrei no quarto e vi que Kayar estava dormindo profundamente. Entrei na cama devagar para não o acordar. Mesmo adormecido, ele sentiu minha proximidade, achegou-se, sorriu e me pegou nos braços com um suspiro de satisfação. Encostou o seu rosto no meu ombro e assim ficou pelo resto da noite.

De manhã, acordou mais descansado e feliz. Mas se assustou quando viu a hora: precisava estar imperativamente em meia hora no alto comando do quartel *Camp des Martyrs* para uma reunião.

Se você quiser, posso deixá-lo lá a caminho do escritório, disse-lhe.

Obrigado, minha querida, respondeu, acabando de tomar a xícara de café. Mas isso não seria bom para nossas reputações. Todo mundo conhece esta chapa LNS 05. Como dei folga aos tenentes hoje, vou chamar Djiddi e ver se pode me buscar. Precisamos estar naquela reunião logo de manhã.

Ligou para o amigo comum, que já estava de saída e pediu para esperá-lo na frente do meu prédio.

Eu também precisava sair agora ou chegaria atrasada. Abraçamo-nos, ele agradeceu pela hospitalidade e o afeto com o qual fora tratado na noite passada. Sorri, e dei-lhe um beijo:

Adoro ter você comigo. Nos falamos. Tenha um ótimo dia. Vou sair correndo. Preciso estar presente numa reunião logo cedo e não posso me atrasar de jeito nenhum. Dá um forte abraço ao Djiddi por mim, pois também estou feliz de saber que ele está bem.

Descemos juntos os dois e depois de acenar para ele do meu carro, saí em direção do PNSQV.

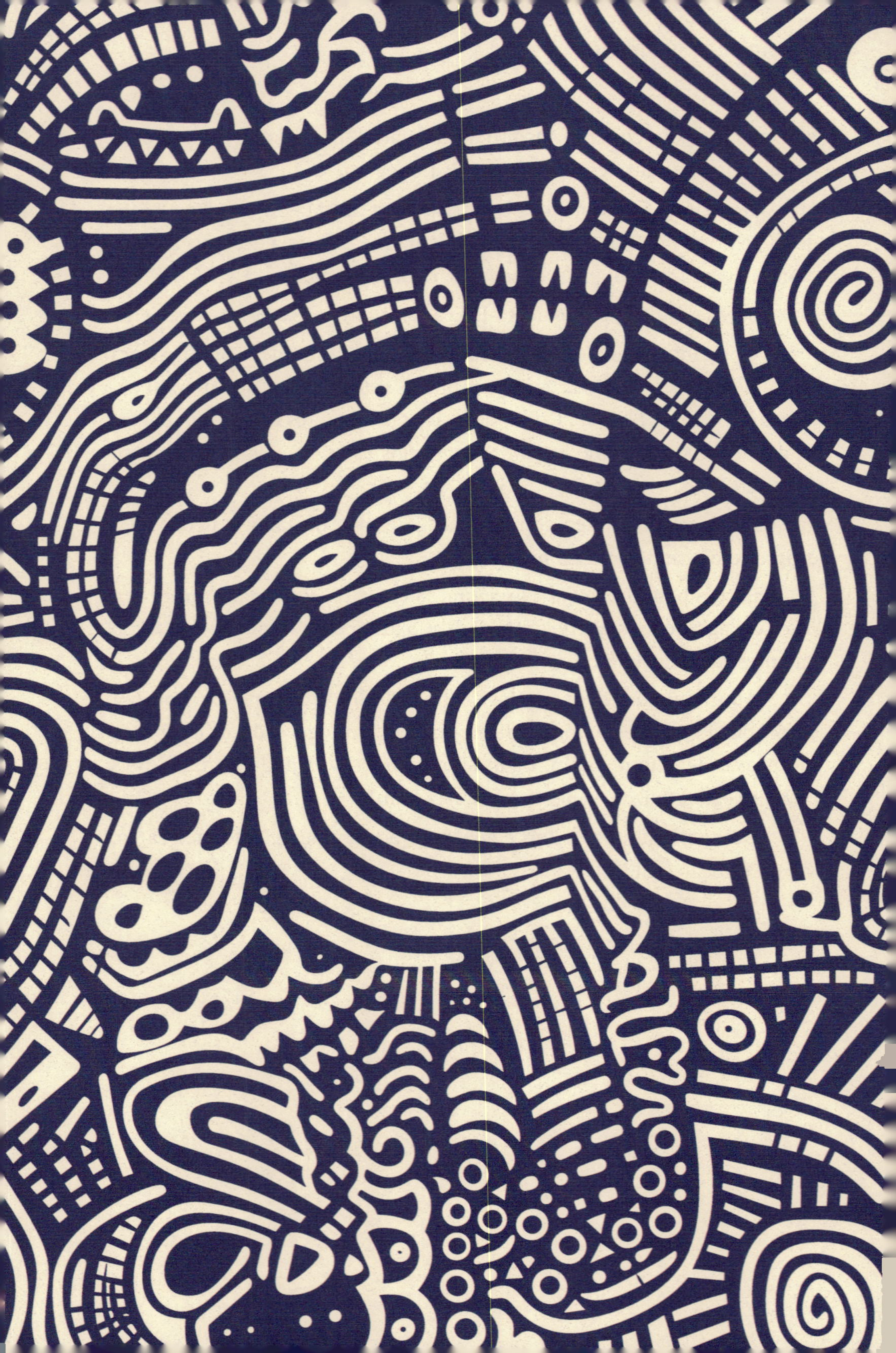

Capítulo 43
A CHEGADA DE CAPUCINE

Tão logo cheguei, Leopoldo me chamou. Ele queria me avisar que Iassine recebera uma promoção da sede e nos deixaria em breve para assumir o posto de adjunto no PNSQV Gâmbia. Era uma bela promoção. No ano seguinte, a partida de Iassine do Chade coincidiria com o fim dos contratos de vários estagiários, entre os quais os de Yrieix Leprêtre e Inge Vogel. Ele pedira a sede currículos para um posto de oficial de programas e mandaram a candidatura de uma moça franco-senegalesa, chamada Capucine Gueye. Ele queria minha opinião a seu respeito.

Disfarcei o desconforto. Eu conhecia a moça e tivera uma desavença com ela quando trabalhara em Nova Iorque, que me deixou a impressão de que era imatura e desequilibrada.

Levei o currículo da moça, sentei e o li com atenção. Era bom e revelava uma experiência de vida interessante. Mas o que me chamou a atenção foi a carta anexada, que recomendava entusiasticamente Capucine, considerada excelente, muito confiável, eficientíssima etc., etc. Quando eu reli o currículo, realmente, havia uma discrepância entre o teor da recomendação e os postos, funções e resultados obtidos por ela até então. Quando olhei quem assinara a carta de recomendação, vi que era uma pessoa de grande projeção no PNSQV.

Eu partia do princípio de que para brigar é preciso ter duas pessoas. Assim sobre o incidente em Nova Iorque com a moça, eu devia certamente ter tido uma parte de responsabilidade. Endossei o currículo e nada mencionei do problema à Lignières. Contei, todavia, o caso à Sikkri e chamei a atenção para a discrepância entre o teor da carta de recomendação e o conteúdo do currículo da moça. Ele elogiou muito o meu comportamento e achou que o escritório devia dar uma chance a Capucine de se destacar no Chade.

A moça chegou numa manhã tórrida e foi acomodada no hotel *La Tchadienne*. Leopoldo foi vê-la e voltou falando maravilhas de sua inteligência, beleza e competência.

Se concordava com meu chefe que Capucine era muito bonita e inteligente, me perguntava baseado em que ele dizia que era tão competente, se nunca trabalhara com ela. Mas enfim!

Capucine era uma mestiça clara, franco-senegalesa, com uma maravilhosa cabeleira africana e traços delicados, alta, bem-feita e simpática. Quando Lignières a apresentou ao escritório, vi que Iassine estava impressionado, assim como todos os homens. Ela vinha com roupas africanas lindas e tentava agradar a todos. Cumprimentamo-nos com sorrisos e aparentemente, o desentendimento parecia ter sido esquecido.

Com o decorrer do tempo, as esquisitices de Capucine começaram a ficar evidentes. Ela gritava, destratava o pessoal para depois vir se desculpar, estava feliz um dia e infeliz o outro. Mas o que a deixava particularmente enleada era o enorme sucesso que estava tendo na cidade: integrou-se logo em rodas de admiradores chadianos, onde falava muito dos problemas internos do escritório e falava mal de seus colegas, particularmente de mim.

Um dia quando eu estava na casa de Amadou, ouvi os primeiros comentários desfavoráveis sobre a moça. Capucine simpatizara muito com a esposa de Kayar, Halima, e vivia agora na casa do comchefe. As más línguas diziam inclusive que a grande amizade entre as duas mulheres era uma estratégia de Capucine para se aproximar de Kayar, que parecia seduzido. Anotei num canto de minha cabeça a informação e desconversei.

Quando o comchefe chegou na casa dos Traorê aquela noite, não foi poupado pelos amigos e as gozações vinham de todos os lados. A situação era muito embaraçosa para ele: como ninguém sabia da relação comigo, ninguém se preocupava em ser minimamente sutil.

E então Kayar, como vai a senhora Gueye? Perguntou Maidê Hisseini, o amigo de Djiddi. Continua sempre indo tanto à sua casa? Olha que a linda moça é uma tentação; Idriss diz que ela provoca, provoca, mas se esquiva na hora do vamos ver. Ela o deixou completamente maluco! Vai ver que está querendo fazer o mesmo com você.

E as gozações continuavam. Eu sorria, fingindo divertimento, mas no fundo, não estava tão espantada assim: o comchefe gostava de novidades e Capucine, se era muito atraente, também não parecia ter no Chade mais juízo e equilíbrio do que em Nova Iorque.

E nós, que pensávamos que não íamos mais ter distrações com a partida dos estagiários aprontões do PNSQV, eis que agora nos chega esta Vênus franco-africana para nos entreter, disse com ironia um dos *habitués* da casa de Amadou. Mas acho que já gozamos muito do Kayar e essa conversa pode acabar incomodando a nossa amiga Beatriz. Afinal, esta Capucine é sua colega. Vamos mudar de assunto?

Passamos a discutir de outras coisas e sentia os olhos de Kayar cravados em mim, que fingi não notar. No final do jantar, sorri e me levantei:

Meus amigos, tenho de sair um pouco mais cedo do que costume hoje, pois tenho de atender uma função. Adorei vê-los como sempre.

Você vai para a embaixada da França? Perguntou Ali com um sorriso irônico. Acabei de passar lá em frente. Está cheio de gente e vi sua colega Capucine, chegando com um vestido curto e grande decote, com o peito todo à mostra. Lindo espetáculo, tenho de dizer.

Bem, não há nada de extraordinário no fato do embaixador convidá-la. — respondi. Capucine é francesa por parte de mãe. Quanto à roupa, não farei comentários a respeito. Além de não a ter visto, não é da minha conta.

Dei boa noite a todos e me retirei.

A caminho da embaixada, senti ciúmes. Será que o que eu ouvira era verdade? Só havia uma maneira de saber e essa era de perguntar ao próprio Kayar, mas eu já sabia que não faria isso.

O coquetel estava muito gostoso e aproveitei para dar uma analisada no comportamento — e na roupa — de Capucine. Ela usava um vestido curto para os padrões chadianos — chegava um pouco acima do joelho — e revelava pernas lindas. O decote era ousado para os padrões locais e sugeria, mais do que mostrava, seios bonitos e fartos. Mas não era o exagero que Ali descrevera. Esses homens e suas fantasias!

Capucine bebia muito, ria alto e adotava comportamentos que não convidavam as pessoas do sexo oposto a ir à missa. O embaixador, que se aproximara de mim para me contar uma das últimas aventuras do bassêzinho Whisky, logo interpretou a olhada que lancei à minha colega.

É, disse-me. Essa moça é linda, mas um pouco, como diria, exuberante demais, não é mesmo? Espero que ela não vá lhe dar trabalho: tem um lado provocante que pode prejudicá-la nas suas relações profissionais com o pessoal daqui. Mas tirando isso, é simpática e agradável. Você, como mulher conhecedora dos costumes daqui, talvez devesse lhe dizer alguma coisa. Concordei e desconversei: também tinha histórias sobre meu cão Boudin para contar.

A exuberância de Capucine no coquetel me irritara. Fiquei aborrecida e não demorei muito em voltar para casa. Todo este falatório sobre ela, as suas atitudes atiradas estavam me cansando. Mas eu era a primeira a saber que as novidades sempre despertam curiosidade, atraem muito, até que sejam conhecidas. Levei Boudin para o jardim e quando estava subindo a escada, topei com o comchefe, que acabava de estacionar seu carro e me olhava divertido.

Fiz um esforço para sorrir e convidei-o a entrar. Quando eu trouxe a bandeja com a cafeteira, o açucareiro e duas xícaras, ele me puxou junto dele.

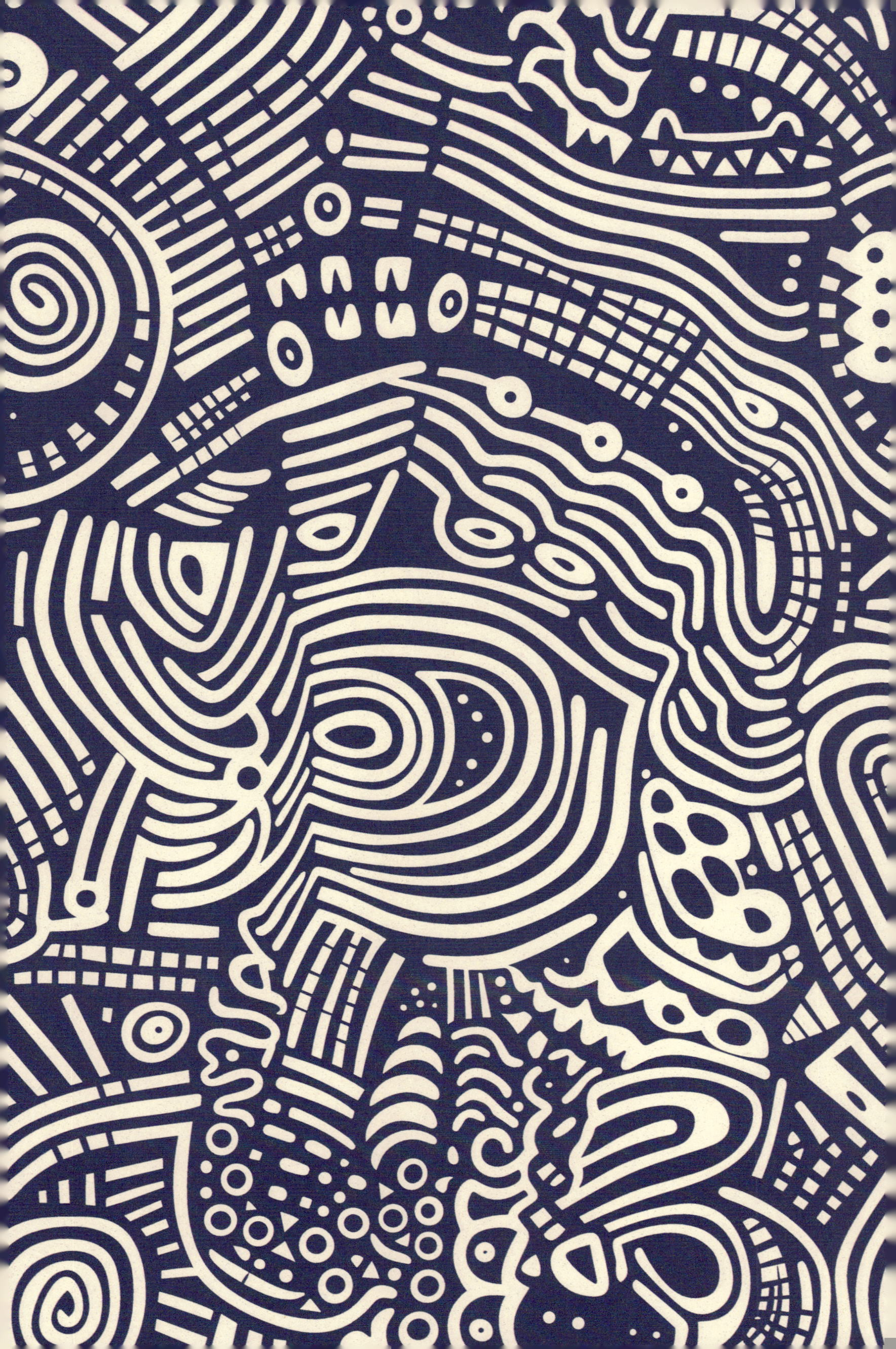

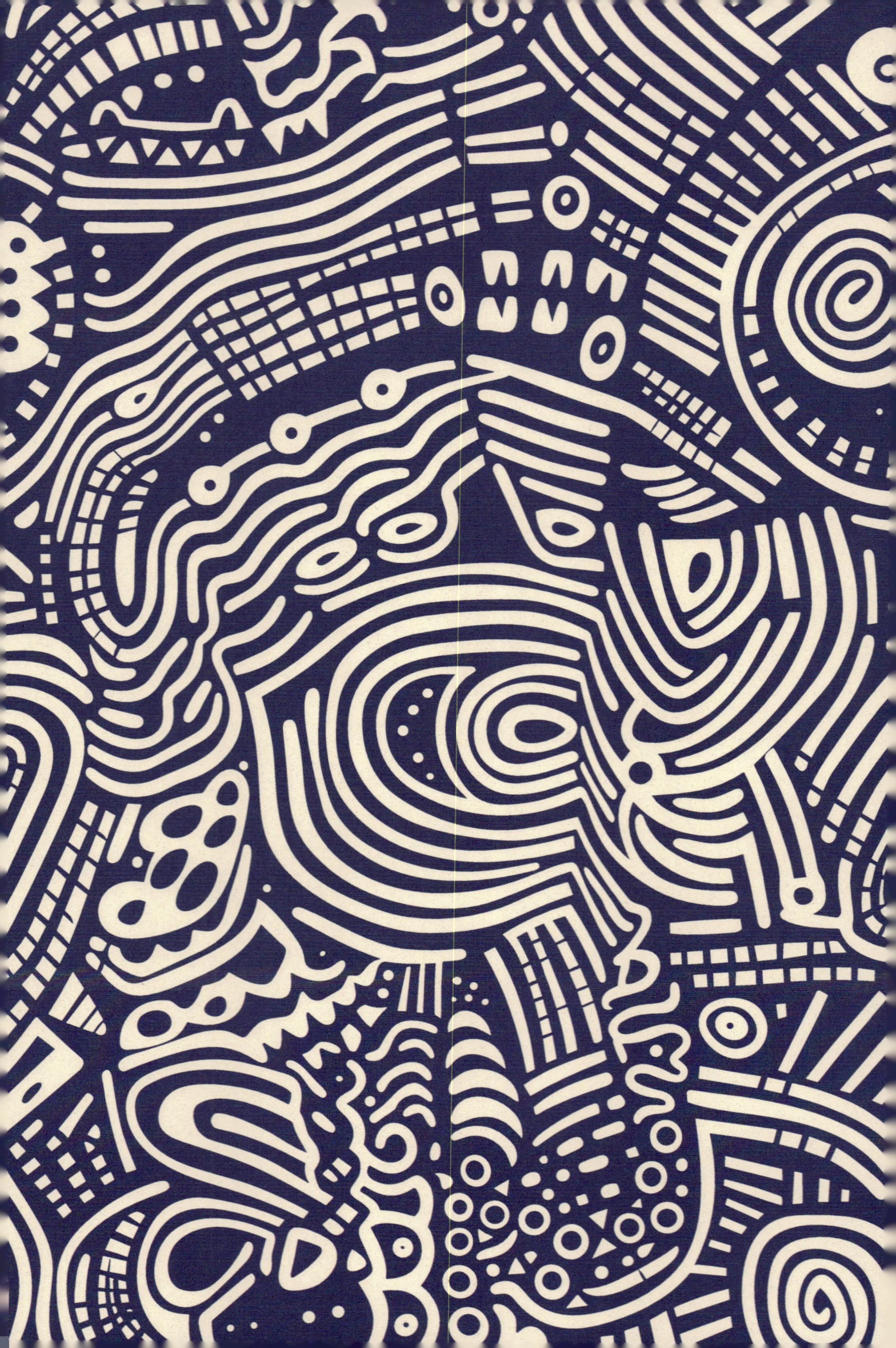

Capítulo 44

CONVERSA ENTRE IRMÃOS DE ALMA

Os amigos mencionaram Capucine de maneira inequívoca hoje à noite e não posso fazer de conta que nada ouvi. Confesso que já dormi com ela algumas vezes. Ela é boa de cama. Mas saiba que ela nunca será sua rival. Eu estou apenas, como diria, me divertindo. E pelo jeito, ela também.

Vendo que eu nada respondia, me pegou nos braços: a não ser que você não se importe mais, o que me deixaria extremamente infeliz.

Respondi séria: É claro que me importo com você e muito e você sabe disso. Sinto ciúmes, mas não espero fidelidade de sua parte. Conversamos antes de começarmos a sair juntos e acho que sempre fomos perfeitamente honestos um com o outro. Só posso agradecer. Então curta seus casos e não se sinta na obrigação de me falar a respeito, a não ser que tenha uma boa razão para fazê-lo.

Ele pegou as minhas pernas e as colocou em cima das suas.

Eu me sinto tão bem com você, murmurou no meu ouvido. Me sinto amado, acolhido e entendido e até hoje, nem uma vez, fez cenas. E sei que, muitas vezes, dei excelentes razões para recriminações. Serei sempre grato por isso. É o melhor relacionamento que vivi até agora na vida. Você é a única pessoa com a qual não tenho receio de me abrir, de revelar minhas alegrias e os meus medos. Amo muito você.

Ficamos um bom tempo assim, felizes, confortáveis e quando foi meia-noite, como Cinderela, Kayar se levantou. Era sempre um esforço fazer isso, mas não havia outro jeito.

Dois dias depois, foi a vez de Djiddi vir me ver. Ele estava fora de N´Djamena nas últimas semanas. Falar com Djiddi nunca fora difícil, pois sempre senti muita amizade por ele e total confiança. Portanto foi com naturalidade que falei de Capucine.

Esta moça é muito bela, mas não tem nada debaixo daquela farta cabeleira. Creio inclusive que ela não regula muito bem, disse-me ele.

Para você ter uma ideia, Capucine ficou num tempo recorde uma das melhores amigas de Halima, só que ontem à noite, as duas tiveram uma briga feia; a esposa de Kayar entendeu que ela se fingira de amiga, só para se aproximar com facilidade do seu marido. N´Djamena inteira está comentando o fato e isso não é bom.

E fala muito em rodas sociais dos seus problemas profissionais e comenta com todos, o quanto desgosta de você mais particularmente. Acho que tomou a decisão acertada em não falar nada dela na casa de Amadou e de não querer escutar o que dizem a seu respeito. Pelo menos Capucine não tem o que rebater, uma vez que, muito inteligente, não entra no seu jogo. Continue agindo assim.

Além disso, sai com muitos homens ao mesmo tempo. Seu comportamento é muito leviano e está sendo muito comentado na cidade.

Você vai ter muitos problemas com ela, minha irmã, mas se até agora soube lidar com todos que apareceram, estou seguro de que vai também saber lidar com este.

E pode ficar tranquila quanto ao Kayar. Vocês têm um relacionamento excepcional — ele é o primeiro a reconhecer — e esta maluca nunca vai conseguir influenciar sua relação. Mas saiba que o seu homem certamente vai dormir com ela, se ela der a chance. A propósito, mudando um pouco de assunto, ele me pediu para avisá-la que virá conosco para jantar logo mais. Ele quer relaxar e se divertir na nossa companhia.

Sorri e disse: meu irmão, agradeço as suas palavras. É verdade que temos uma relação excepcional, mas não tenho ilusões. Se temos afinidades também temos muitas diferenças.

Mesmo assim, sou muito feliz com ele. E você tem razão: Capucine nunca destruirá a relação, seja lá o que acontecer.

Aliás, deixa-me mantê-lo ao par das últimas novidades: Kayar veio me ver outro dia para me avisar que já vem fazendo sexo com a moça faz algum tempo. Eu a tenho observado muito e creio que ele se cansará dela rapidamente. Em certas coisas, ela é muito parecida com Halima: daqui a pouco também vai começar a fazer cobranças e cenas e a tentar utilizá-lo para se promover.

No que me diz respeito, aceito o meu homem do jeito que ele é, com todas as suas qualidades e defeitos e ele faz igual comigo. E quando chegar a hora do adeus, vai ser muito duro para nós dois, mas continuaremos amigos pelo resto de nossas vidas em vista do que passamos juntos aqui. E isso para mim vale muito a pena, Djiddi.

Virei o rosto e ele viu o quanto eu estava comovida. Devagar, espantado pela sua própria reação, puxou-me para junto dele e me deu um abraço carinhoso. E depois, sem dizer nada, pegou a minha mão e a beijou muito respeitosamente.

Sem pressa, afastei-me para não o deixar constrangido:

Como é bom ter um irmão com quem posso falar tudo sem medo ou vergonha, disse-lhe. Você é a única pessoa a quem abri meu coração sobre o Kayar. E me fez muito bem de poder partilhar estes sentimentos muito íntimos com você, que também gosta dele, tal como ele é. A propósito, passando agora de gato para lebre: preciso preparar o jantar. Kayar daqui a pouco também virá ter conosco.

Hoje teremos um cardápio variado: avestruz, panquecas *kissar* com molho verde, peixe, gazela e galinha d´angola.

E fui para cozinha acompanhada por Djiddi, que queria ficar conversando comigo enquanto eu preparava o jantar. Quando Kayar chegou, parecia tranquilo e, sobretudo, feliz em estar conosco.

Djiddi nos observava interagir, surpreso em ver que quando meu namorado vinha em casa, ele deixava aparentemente na soleira da porta todas as suas preocupações.

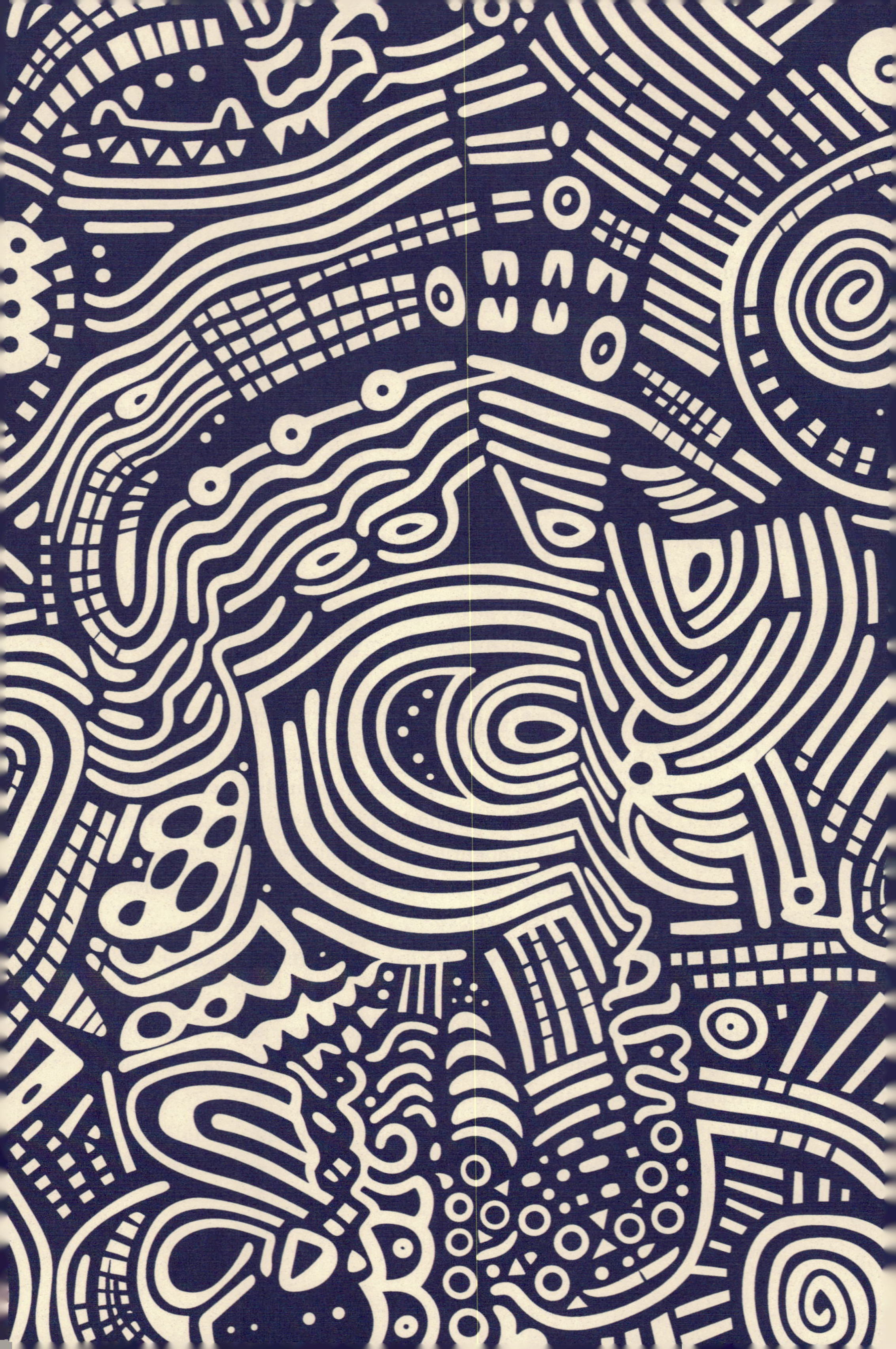

Capítulo 45
FALTA DE DISCERNIMENTO

Sikkri, Iassine e eu estávamos preocupados com a total falta de discernimento de Leopoldo a respeito de Capucine. Ele louvava a cada instante a sua beleza e competência e lhe dava cada vez mais responsabilidades, que até agora, ela desempenhara bem. Ele não parecia ver os desequilíbrios da moça, notados por todos, nem a sua propensão a fazer fofocas, tanto no escritório quanto na cidade.

Um dia avisou o pessoal que ele ia reorganizar o programa e dividi-lo em três unidades, cada uma encabeçada por um assistente. Iassine e eu já tínhamos estes títulos e funções, mas para Capucine, era uma grande promoção. Ninguém gostou muito da ideia, mas Leopoldo decidia o que queria no escritório.

Capucine usava e abusava dos seus novos privilégios e agora não consultava Sikkri quando precisava de orientação; ia diretamente ver Leopoldo e fazia o possível para que todos notassem a grande liberdade de que gozava com ele.

Iassine não aprovava, mas não dava importância: ia embora em três meses. No que me dizia respeito, cheguei à conclusão de que não valia a pena me preocupar tampouco com essa situação. Tinha tudo o que precisava no país para ser feliz: estava saudável, mantinha um ótimo relacionamento com o pessoal do escritório, dos projetos e contrapartes, possuía amigos excelentes e amava profundamente um homem que também estava muito apaixonado por mim.

Então o que mais podia desejar?

Um dia Leopoldo me chamou. Ele estava ao mesmo tempo contente e apreensivo e parecia não saber muito bem como começar o assunto que queria discutir.

Recrutei uma boa pessoa para ser a nossa arquivista, começou ele. Ela tem presença, é bonita. Foi Capucine que a identificou e me falou muito bem dela.

Mas este recrutamento não seguiu os trâmites usuais e notei que se você descreveu seus atributos, não mencionou se ela é competente na sua área de atuação, respondi.

Leopoldo logo se atrapalhou. Bem, é o que eu chamaria de um recrutamento político. É a mulher de uma personalidade de destaque. Eu a entrevistei e ela está disposta a envidar todos os esforços para dar satisfação. O seu nome é Halima.

Gelei, mas me contive: e como é o sobrenome desta pequena maravilha?

Leopoldo se remexeu na cadeira: é a esposa de Kayar Saleh Yacoub, o Chefe do Estado Maior Geral Adjunto dos Exércitos. Você deve ter ouvido falar dele. Deve certamente conhecê-lo. Capucine me falou muito bem dos dois, acho que frequenta a sua casa. Então o que acha? A moça começa a trabalhar na semana que vem.

Eu espero que esta ideia funcione, limitei-me a responder. Porque se não funcionar, nunca poderá despedi-la sem ter grandes problemas com o marido. E esta é uma situação na qual não gostaria de me encontrar. Pelo que sei dele, Kayar Yacoub é tudo, menos fácil.

Capucine me disse que se tivesse qualquer problema, ela tem suficiente liberdade com o comchefe. E me garantiu que Halima é humilde e aberta para aprender. Estava claro que Capucine estava se valendo do seu caso com Kayar para impressionar Leopoldo e ver se conseguia algumas vantagens. Quanto à Halima, ela nada tinha de humilde e não estava interessada em aprender coisa alguma.

Pelo pouco que sabia, era uma mulher de gênio difícil, convencida e orgulhosa, que destratava as pessoas apenas por ser a primeira e única esposa do comandante Chefe do Estado Maior Geral Adjunto dos Exércitos.

Retirei-me e fui falar com Iassine, que também estava preocupadíssimo com esta iniciativa. Mas agora nada mais havia a fazer. Sabia que só se falava de Capucine na cidade e que muita gente começara a fazer comparações entre nós.

Então, não era por acaso que Djiddi passara na minha casa aquela noite. Lembrei-me do seu ar preocupado e dos conselhos que eu pretendia seguir.

Havia gente mal-intencionada que até torcia para que partíssemos para uma briga que, quanto mais feia fosse, melhor.

Mas Capucine já começara a dar alguns tropeços: mesmo que não falasse sobre sua relação pessoal com Kayar, dava a entender que não era platônica.

Resolvi deixar as coisas andarem, analisando tudo, cada vez mais convencida que a colega logo ia começar a dar passos em falso. Na semana seguinte, Halima começou a trabalhar. Uma consultora francesa fora recrutada para colocar ordem nos arquivos e aproveitou para formá-la nas tarefas. Clémentine era uma senhora de mais de sessenta anos, competentíssima e fez um trabalho excelente. Logo notou que se a pupila respeitava a sua idade e competência, não parecia minimamente interessada em aprender.

Como simpatizara muito comigo, fomos um belo dia almoçar e depois de discutir diferentes assuntos, Clémentine começou a falar de Halima.

O comportamento do PNSQV/N´Djamena no que diz respeito à organização dos arquivos é paradoxal, me disse ela. De um lado, paga a minha viagem, estadia e salário, o que não é nada barato. E de outro, recruta uma moça que não tem o mínimo interesse pela área para continuar o meu trabalho. Acho que vocês vão se arrepender dessa escolha, pois daqui a pouco, todo o trabalho que investi aqui será perdido.

Eu sabia. Dei uma resposta evasiva e mudei de assunto. Clémentine logo entendeu o recado e desconversou.

Algum tempo depois, Kayar veio me ver e após me pedir desculpas de levantar comigo o assunto, começou a falar da esposa no PNSQV e pediu a minha opinião.

Olha, não quero falar muito tempo sobre isso, disse. Envolve ao mesmo tempo dois assuntos que combinamos não falar: o meu trabalho e sua mulher. Mas se quer saber minha opinião, não acho que tenha sido uma boa ideia ela vir trabalhar no PNSQV. Halima não tem as qualidades requeridas para a posição como paciência, amor aos detalhes, organização e, sobretudo — vontade de aprender.

E acho sempre muito perigoso empregar parentes de altos dirigentes no escritório.

Então, você acha que ela não tem o perfil para o posto? — perguntou Kayar. Não, acho que não. É um trabalho muito chato, muito meticuloso e sistemático. Mas não vamos pré-julgar; vamos ver no que vai dar, Kayar. Talvez Halima até passe a gostar das tarefas de arquivista. E, pelo menos agora, estará mais ocupada e terá o seu próprio dinheiro. Mais perguntas? Gostaria muito de encerrar este assunto.

Kayar se calou e vi que minhas respostas o tinham preocupado. Mas ele também notou que eu estava incomodada com este recrutamento. A minha situação se complicava muito em trabalhar junto com a mulher do meu amante. Ele não pensara nisso, mas concordara com o pedido da esposa pelas razões que mencionei. Agora ele se arrependia da decisão à luz dessas outras implicações.

Se nada de sério ainda tinha acontecido entre Halima e o pessoal do escritório, todos desconfiavam que o recrutamento da esposa do comchefe ainda ia dar o que falar.

Eu sabia, por exemplo, que além de não fazer o seu trabalho, humilhava e destratava de mil maneiras os colegas nacionais, o que já criava um ambiente desagradável. Ninguém dizia nada; todos temiam uma eventual reação negativa de Kayar. Tinha mais: o carro que vinha buscar

Halima na hora do almoço e no final do expediente, dirigido pelos homens do comchefe, já quase atropelara diversas vezes funcionários do sistema. O veículo entrava e saía da representação em alta velocidade e os seus ocupantes não davam ouvidos a nada e ninguém.

Leopoldo ouvia falar de tudo isso, mas morria de medo em tomar uma atitude. Até que um dia, chamou Capucine e pediu para tomar as medidas apropriadas. Ela falou com Kayar e nada aconteceu. Falou então com o seu braço direito, Maidê Wodji sem sucesso. Quando voltou a conversar com o homem de confiança do comchefe, ele a lembrou de que não era garoto de recados e que o chefe dos homens era Kayar. Então, o melhor que ela tinha a fazer era ir falar novamente com ele.

Na verdade, Kayar já estava cansado de Capucine, das suas crises de ciúme, dos seus pedidos contínuos, dos seus desequilíbrios. Parecia agora que até fisicamente, estava perdendo o interesse e começou a se distanciar. Em síntese, não via a menor razão para agradá-la.

Capucine, desesperada, notara este distanciamento. Então, se agarrava cada vez mais ao comchefe e começara a fazer cenas, a ter crises de choro. Ela se sentia lisonjeada em ter uma pessoa importante como amante. Então, estava disposta a fazer o que fosse preciso para mantê-lo preso nas suas redes.

No PNSQV também, a situação com os homens de Kayar estava piorando. Um dia, entraram com tamanha rapidez na representação que se chocaram com o carro de Leopoldo, que manobrava na entrada, e amassaram a lataria. Halima saiu correndo do edifício, se desculpou e pagou os estragos. Mas as maneiras dos militares continuavam tão desrespeitosas quanto antes, talvez até mais, e chegou o momento em que não dava mais para ignorar o assunto.

Além dos funcionários cuja segurança estava ameaçada, vinham ao PNSQV altos representantes do governo e das embaixadas. E podiam a qualquer momento se deparar com problemas se suas vindas coincidissem com a chegada intempestiva dos combatentes, que não prestavam a mínima atenção a tudo o que os rodeava.

Dabzac, Sikkri e Iassine já haviam ido falar diversas vezes com Leopoldo.

Mesmo sabendo de todos esses problemas, continuávamos Kayar e eu a nos ver e não tínhamos voltado a falar sobre Halima ou a confusão no PNSQV. Sabíamos que, mais cedo ou mais tarde, precisaríamos ter uma nova conversa sobre o assunto. Ele se sentia culpado por me ter posto numa saia justa autorizando a mulher a trabalhar na mesma organização. Do meu lado, estava incomodada com as queixas que recebia do pessoal sobre o tratamento que Halima lhe dispensava e a folga dos homens de Kayar dentro do perímetro da representação.

Um belo dia, estava trabalhando quando ouvi uma grande gritaria. Parecia mais uma briga e quando fui averiguar, tive a surpresa de ver o pessoal rodeando Capucine e Halima, rolando no chão, atracadas uma à outra, aos socos e pontapés. A cena era muito deprimente.

Leopoldo pediu a Abbo para separar as duas tão fora de si que foi preciso dois homens fortes para levar a cabo a ordem. As duas mulheres, cheias de arranhões e de machucados, foram finalmente apartadas e continuavam se insultando e tentando avançar uma na outra.

Vi que a testa de Capucine estava com um grande corte, sangrava muito e ia precisar de pontos. Depois soube que, no início da briga, Halima lhe atirara no rosto com toda força um molho de chaves, antes de se jogar sobre ela. As causas da briga não eram muito claras.

Neste dia, não fui à casa dos Traorê. Sabia que a briga de Capucine com Halima já devia ter dado a volta da cidade e não queria ser questionada a este respeito.

Tomei o banho costumeiro, fui passear com Boudin no jardim e preparar o meu jantar. Estava chocada com o palavreado de baixo calão das duas colegas, com sua violência.

Agora, era a hora das sanções: o contrato de Halima não ia ser renovado e Capucine ia receber uma reprimenda forte, por escrito. O pessoal aproveitou para ir se queixar dela a Leopoldo, dizendo que queria ser realocado ou na minha unidade ou na de Iassine.

Capítulo 46
KAYAR E SUAS MULHERES

Nos PRÓXIMOS DIAS, conversei rapidamente com Hawa pelo telefone. Expliquei que preferira não ir à sua casa para evitar embaraçá-los. Imaginava que todos viriam pedir detalhes da briga, pois presenciara a cena.

Hawa confirmou que muita gente viera com esta finalidade e que tive uma atitude sábia em não aparecer. Convidei-a e o marido, para jantar comigo no fim de semana. Poderíamos conversar talvez sobre isso — se tivessem a curiosidade de saber os detalhes verídicos — e sobre muitas outras coisas.

À noite, recebi a visita do comchefe. Ele estava sério e parecia preocupado. Depois de ficar em silêncio algum tempo, murmurou nos meus cabelos, que queria se desculpar.

Eu o olhei com muito carinho, dei-lhe um beijo e falei que não precisava se desculpar.

Preciso sim, respondeu, fui me meter numa relação unicamente baseada em sexo com aquela maluca da Capucine, que agora se expõe daquela maneira grotesca. Fiquei extremamente contrariado quando descobri que ela anda dizendo coisas negativas sobre você. Na verdade, não suporto isso. Como se não fosse o suficiente, agora virou uma "Halima bis". Ela vem fazendo cenas cada vez mais violentas, então vou ter de cortar o mal pela raiz.

Quanto à minha mulher, ela foi uma "barraqueira" de baixo nível e já causei a você muito constrangimento e chateação. Você, que tem mais juízo do que eu, o que me aconselha a fazer agora?

O que fazer? Respondi. O contrato de Halima não vai ser renovado depois dessa história e não só por isso, mas também porque ela não se interessa pelo trabalho. Recomendo que não reaja. Não vá questionar a decisão de Leopoldo e agredi-lo de alguma forma. Ele foi muito humilhado nessa história toda e sabe que N´Djamena inteira está rindo dele. Sua reputação, que já não era boa, ficou ainda mais prejudicada.

Você tem de tomar muito cuidado com Capucine. Eu sei que vai me repetir que ela é boa de cama e que vocês dois estão se divertindo muito. Mas precisa ver se isso é mais importante para você do que os problemas que ela pode trazer. Você não pode correr esses riscos na posição que ocupa, Kayar. E, caso venha a terminar com ela, acho que ela vai querer se vingar de você.

Eu queria conhecê-la e agora já a conheço, murmurou Kayar com uma cara pensativa. Mas nem mais atração sinto por ela. E o fato de ela andar por aí falando horrores a seu respeito é inadmissível. Isso definitivamente contou muito para que me afastasse dela. Quem ela pensa que é? Acho que já aprendi a minha lição. Quero sair dessa encrenca na qual aliás, nunca deveria me ter metido. E se ela quiser se vingar de mim, muito que bem, que tente!

Agora, quanto a Halima, essa foi a gota d'água. O nosso relacionamento tem ido de mal a pior. Tomei a decisão de me divorciar e já fui falar com a sua família.

E as crianças? Perguntei. Ficarão com quem?

As crianças ficarão comigo e serão cuidadas pela esposa do meu irmão, que as ama. Ainda bem que tenho a Zara em casa e os meus filhos gostam muito dela. No Chade, quando tem um divórcio, os filhos ficam com o pai, nunca com a mãe, como é costume no ocidente.

Não respondi nada. Como já era hora do jantar, fui prepará-lo, mas o meu desconforto não passou despercebido de Kayar. Ele veio atrás de mim na cozinha e puxou-me junto dele:

O que você tem? Eu fui muito honesto com você e acho que não escondi nada. Espero o mesmo de você.

Eu estou me perguntando se a nossa relação teve um papel na sua separação de Halima. E estou me culpando por isso, respondi, olhando para ele.

Não, ou melhor, teve sim, me respondeu ele. Foi a nossa relação que me mostrou que para que um compromisso entre duas pessoas dure, precisa estar baseado na confiança, no respeito, na aceitação do outro tal como é. E nada disso existe entre Halima e eu. Então não tem como, nem porque continuarmos juntos. Ela com certeza me ama à sua moda imagino, mas acho que, mais do que a mim, ela ama o meu status. Eu a avisei antes de legalizarmos nossa união que eu não seria um marido fiel e ela aceitou minhas condições. Mas logo depois do casamento, começou a exigir fidelidade. Isso é só um exemplo. O mesmo aconteceu com Capucine.

Eu escutava tudo com a maior atenção enquanto preparava a comida. Numa hora, me virei para Kayar e dei-lhe um beijo: Bom! Agora se não tem mais nada que acrescentar sobre Capucine, sua mulher e o meu trabalho, sugiro que passemos a falar de assuntos mais prazerosos. Sim? Que ótimo!

Kayar me devolveu o beijo. Hoje ia ter espetos de avestruz com pedaços intercalados de cebola, tomate, beringela e pimentão picante assados, purê de mandioca e molho.

O que tem dentro deste recipiente? Perguntou Kayar, que estava agora novamente sereno e bem-humorado. Lembra um pouco folhas de espinafre. Parece gostoso.

Dei risada: É *mulukhiyê*, uma plantinha selvagem muito utilizada para confeccionar molhos assim como o pó de folhas de baobá. Sempre tenho um pouco em casa para temperar, notei que você gosta do sabor.

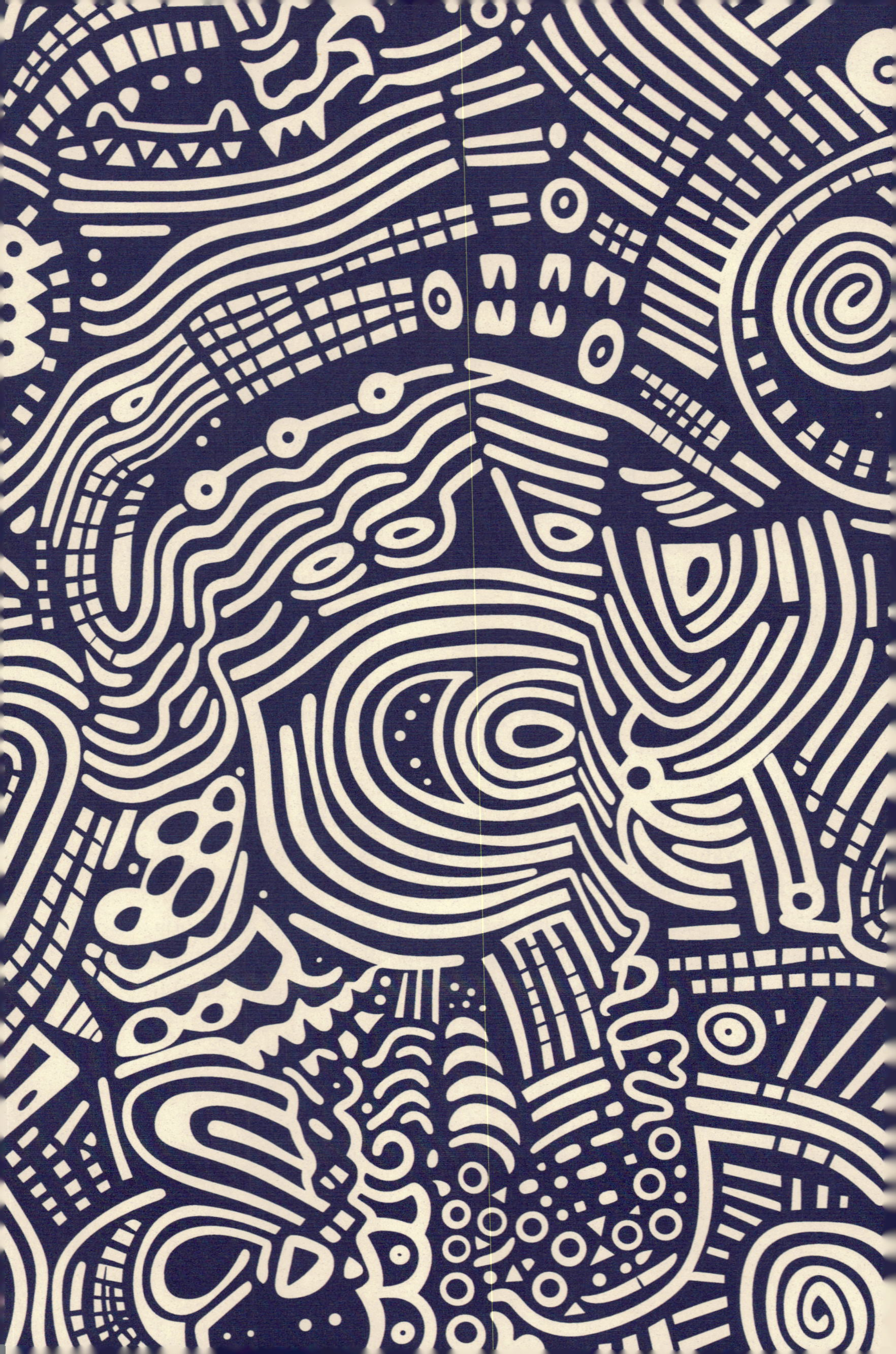

Capítulo 47
A DERROCADA

CAPUCINE ESTAVA MUITO FRAGILIZADA psicologicamente, odiando tudo e todos. A razão era que Kayar a tinha abandonado de vez após ela ter feito uma cena violentíssima, digna da melhor novela brasileira. Depois disso, foi se isolando cada vez mais até passar a conviver exclusivamente com seus vizinhos do condomínio *Les Rôniers*.

Profissionalmente, sua unidade tinha sido abolida e ela trabalhava agora sozinha — como eu fizera na volta da licença médica — e lidava com assuntos específicos, sob a supervisão de Sikkri.

Um dia, veio pedir um visto para o seu namorado, senegalês também, que vivia nos Estados Unidos e vinha ficar com ela quinze dias. Todo mundo ficou surpreso; nunca mencionara que existia alguém na sua vida. Duas semanas depois, chegou o rapaz atraente, mestiço também, que passou todo o seu tempo na casa da namorada. Pensei que, talvez, ajudasse Capucine a se reerguer. Mas logo depois, voltou a ter comportamentos erráticos e Leopoldo começou a pensar seriamente em retirá-la do Chade.

Ela agora chegava ao escritório o mais cedo possível — por volta das 06:00 (o trabalho começava às 07:00, por causa do calor e encerrava suas atividades oficialmente às 15:00) para não ver ninguém. Trancava-se e só saía para almoçar por volta das 13:00. Depois, voltava ao escritório e ia embora às 15:30.

Hoje, chegamos ao escritório ao mesmo tempo. Cumprimentei-a e comecei a subir as escadas com pressa. Precisava dar um telefonema no começo do expediente. Mas algo na movimentação da moça me chamou a atenção: ela parecia se mover, pesada, lentamente. Será que agora, além de estar deprimida, também estava doente?

E a surpresa não se fez esperar: Capucine estava grávida e passando por momentos difíceis, com muito enjoo.

E novamente, rumores começaram a circular na cidade, tal como acontecera com Rufina, as pessoas faziam as contas e se perguntavam se o pai do bebê era mesmo o namorado senegalês ou um chadiano.

Capucine parecia alheia aos comentários maldosos e feliz com a gravidez. Mas o comportamento estranho persistia e até se agravava. Um dia, Leopoldo me chamou, e vi que já estavam no salão, Sikkri e Iassine.

Meus amigos — começou ele — preciso da sua opinião. É sobre Capucine. Infelizmente, ela não manteve os excelentes resultados do começo da estadia aqui, que me levaram a dar a ela mais responsabilidades.

Acho que de uns tempos para cá, ela está tendo um comportamento cada vez mais esquisito e tenho medo que piore, agora que a situação de segurança está ficando cada vez mais difícil. E como se não bastasse, ela está grávida. Falei ontem com a sede que me sugeriu removê-la. O que vocês acham?

Todos nós apoiamos a posição de Leopoldo, pois estávamos genuinamente preocupados com o estado físico e psicológico da moça. Lignières escreveu então uma longa mensagem à sede e decidiu-se que Capucine voltaria para Nova Iorque em um mês.

À noite, fui visitar os Traorê, que morriam de pena dela.

É realmente muito triste, disse Amadou, enquanto Hawa preparava o jantar. Lembro de como era quando chegou: soberba com aquela juba preta, sua pele clara e seu corpão. Deixou-nos loucos com suas roupas insinuantes, o seu jeito provocador.

Mas aí, cometeu uma série de erros e foi cair loucamente apaixonada por Kayar. Ele foi cruel com ela, mas ele é assim. Creio que é incapaz de amar uma única mulher. Precisa variar o tempo todo. Agora todos estão se perguntando quem é o pai do seu filho. Dizem que ela teve muitos amantes no Chade antes da chegada do namorado senegalês e também depois.

Como eu não dizia nada, Amadou continuou baixando a voz:

A propósito, vá se preparando, que Kayar vai ficar ainda mais mulherengo do que já é, pois parece que na semana passada foi oficialmente declarado divorciado. Halima pegou as suas coisas e voltou para a casa dos pais em Ati. Os filhos ficarão na casa de Kayar e serão cuidados pela cunhada Zara, que mora com o marido na casa do comchefe. As mulheres de N´Djamena que se cuidem!

Amadou se calou quando Hawa chegou, mudou de assunto como costumava fazer quando não queria que a mulher escutasse certas conversas.

Fiquei pensando: não sabia se era, ou não, uma boa notícia. Mas estava certa de que não mudaria em nada o relacionamento que mantinha com meu namorado. Talvez agora o comchefe tivesse mais possibilidades de passar noites inteiras na minha casa.

Quanto à Capucine, ela não parecia muito preocupada em saber quem era o pai do seu bebê. E eu a entendia perfeitamente: ela queria um filho, agora ia ter um, e quem era o pai não era da conta de ninguém.

E como planejado, quando terminou as tarefas, ela foi embora numa bela manhã sem se despedir de ninguém.

Algum tempo mais tarde, soube-se que deu à luz, em Nova Iorque, um menino, chamado Rami e estava encantada com o filho.

Capítulo 48
PREPARAÇÃO DA VIAGEM DO PNSQV AO BET

Já fazia algum tempo que Leopoldo expressara a vontade de ir passear pelo país. Ouvira que o norte do Chade era de grande beleza. Queria ver outra coisa do que a paisagem da capital e arredores, com aquela savana arbórea que achava monótona e que, segundo ele, se estendia infinitamente sobre um terreno plano como uma lâmina.

Ele precisava justificar uma viagem deste porte e pretendia usar como pretexto a necessidade de conhecer melhor a região e identificar projetos, que apoiariam os programas submetidos aos doadores no quadro da conferência para o BET (prefeituras do Borkou, Ennedi e Tibesti), organizada pelo PNSQV e que teria lugar brevemente. Evidentemente, usaria parte da verba do projeto sem consultar o governo, o que não era muito ético.

Resolveu me chamar para organizar uma missão de quinze dias na região norte. Avisou de que convidaria Mohamed Tahar, o delegado do BET (presença obrigatória em qualquer viagem para a região), mas também outras agências das Nações Solidárias para identificar projetos integrados.

Mohamed ficou encantado com a ideia. Mas eu ficava com um gosto amargo na boca cada vez que se falava em viagem para o BET, depois daquele acidente trágico com os jornalistas suíços.

Organizei tudo com o maior cuidado. Mohamed se revelara imprudente na fatídica viagem e, pelo pouco que me falara da nova expedição, estava claro que não conhecia bem as outras prefeituras do BET.

Que delegado estranho, pensei. Eu o adoro, mas como é possível conhecer tão pouco a região que representa?

Pedi o apoio de Kayar em primeiro lugar, pois lutara por um tempo longo na região. Cerca de uma semana depois, o comchefe veio muito satisfeito com o itinerário que sugeria e dava uma boa ideia da diversidade do país. A missão visitaria apenas as prefeituras do Borkou e Ennedi, respectivamente, no norte e nordeste do Chade, que eram mais acessíveis para uma viagem de quinze dias.

Assim, propunha que a missão começasse sua viagem indo para Faya Largeau, a capital do BET ocidental, Ouadi Doum (um *ouadi* é um rio temporário, em cujo leito cresce vegetação) e os lagos de Ounianga mais ao norte. Ouadi-Doum é uma localidade muito importante no Chade, é lá que teve lugar uma das batalhas mais ferozes dos chadianos contra os líbios. Foi lá também que conquistaram uma de suas vitórias mais espetaculares, considerada internacionalmente como uma obra-prima de estratégia. Depois, a missão seguiria para sítios mais inacessíveis tais como Demi, mais a nordeste, que é o sítio de extração de sal vermelho da região norte. Ele propunha depois que a missão viajasse para Fada, a capital do BET oriental, e a *guelta* d´Archeï, que tem a reputação de ser um dos locais mais bonitos, não só do Chade, mas de toda a África subsaariana. *Guelta* é uma bacia ou uma depressão, onde a água se acumula por causa de uma enchente ou pela presença de nascentes. Animais variados podem viver lá, como peixes e rãs.

Depois, sugeria o sul, via Kalaït (antiga Oum Chalouba), Arada e Biltine, perto da fronteira com o Sudão, passando pelas montanhas do Ouaddaï. Recomendava uma parada para visitar as ruínas de Ouara, a antiga capital do sultanato do Ouaddaï, onde ainda dava para ver vestígios da grandiosidade passada. Em seguida, iríamos para as cidades de Abêchê e viajaríamos a oeste para Ati, a capital da prefeitura do Batha e, finalmente, N´Djamena.

Eu estava muito feliz pois Kayar sugerira este itinerário por uma razão muito simples: ia receber uma missão chinesa e pretendia levá-la exatamente a esses lugares quando o PNSQV estivesse lá. E daria para nos encontrar em algum ponto do itinerário.

Ele insistira muito para que Mohamed recrutasse um guia experimentado; não havia muitos que conheciam a região oriental da prefeitura do Ennedi. Quando chegássemos à base militar de Ounianga, era melhor voltarmos à Ouadi Doum pela região dos lagos. Viajaríamos assim pelo sul numa pista mais frequentada até um entroncamento, onde uma trilha em relativo bom estado nos levaria em toda segurança à Fada. O único problema que encontraríamos neste caminho era a paisagem um pouco monótona.

Desaconselhava formalmente que seguíssemos diretamente para Fada a partir da base de Ounianga. Se a paisagem era sem dúvida mais interessante, encontraríamos muitos perigos: as zonas planas não haviam sido ainda totalmente desminadas e ninguém, a esta altura, sabia exatamente onde se encontravam aqueles artefatos. Assim, os militares que serviam na região inóspita, várias vezes mencionavam terem ouvido explosões. E quando iam verificar encontravam um viajante com seu camelo mortos.

Kayar também mencionara dois outros inconvenientes: em primeiro lugar, atravessaríamos uma região extremamente hostil, com placas extensas de "areia morta" e total ausência de gente, pois lá havia falta de água. O termo de "areia morta" refere-se a uma areia fina e funda que, um pouco como uma areia movediça, suga tudo o que passa na sua superfície. Só os homens do deserto e os dromedários a reconhecem de longe, pela familiaridade com este tipo de terreno.

Em segundo lugar, teríamos de ultrapassar a cadeia das chamadas Montanhas Negras Vulcânicas, que se distingue das demais por ser relativamente alta e apresentar uma temperatura noturna gélida. Também era conhecida por suas pistas estreitas, permeadas de pedregulhos afiados e de difícil ultrapassagem. Aliás, nem se deveria falar de pistas, mas de picadas, que eram às vezes tão íngremes e perigosas que mais convinham a cabritos monteses.

O comchefe repetiu muitas vezes que não queria que eu me arriscasse indo diretamente da base de Ounianga a Fada. Preocupada com sua insistência, pedi para frisar com Mohamed, que parecia ser imprudente e teimoso e seria, em princípio, o chefe da expedição.

Ninguém mais passou por lá desde os combates de 1968/72, continuou Kayar. Isso quer dizer que ninguém sabe do estado atual das pistas, se ainda tem alguma água nos lugares onde havia quando eu lá combatia. Vocês podem chegar no meio do caminho e ter de voltar por causa de desmoronamentos, por exemplo.

E isso teria implicações muito sérias, caso não dimensionem adequadamente as reservas de água. Leve muita água, Beatriz. Eu sei que vocês sempre levam rádios, mas há lugares ali onde os rádios não funcionam. Se quiser, posso fazer uma estimativa da quantidade de água, com uma boa margem.

Enquanto estava preparando a viagem, Leopoldo me avisou que convidara Bernardo Dabzac, o representante da Organização das Nações Solidárias Mundo Sem Fome (MSF), que achara a oportunidade excelente para também identificar novos projetos.

Fiquei feliz com a notícia; queria mesmo ter no grupo um homem de terreno experiente como ele. Além disso, ele possuía um Toyota Picape com um guindaste. O único problema com este equipamento era o peso: o motorista precisaria redobrar de cuidados em zonas de areia funda como o *erg* do Djourab, pois caso atolasse, seria uma grande dor de cabeça.

Dabzac não aceitava a liderança de Leopoldo como coordenador residente da liga das Nações Solidárias, o que ocasionava brigas entre eles. E eu imaginava o inferno em que poderia se tornar a viagem, caso os dois começassem a discordar sobre a ação a tomar na primeira dificuldade.

Por último, também envolvi no projeto, Maka Tagnê Fokko, o responsável camaronês da logística da Rede Mundial de Segurança Alimentar (RMSA) que trabalhava havia anos no Chade. Ele seria de grande ajuda para resolver eventuais dificuldades com os carros. Sabia que

Maka conhecia bem o BET, com exceção do triângulo entre Faya Largeau, Ounianga e Fada. O comchefe era um dos poucos — senão o único — a conhecer bem a região.

Eu não deixava escapar nada, verificava tudo, conferia com Kayar. Resolvi com Maka levar um cozinheiro, muita água para beber e para tomar banho. Eu também queria motoristas especializados em areia, camas de acampamento e uma farmácia completa; havia escorpiões e outras possibilidades desagradáveis.

Meu namorado supervisava pessoalmente os preparativos comigo, assegurando-se que todos os aspectos tivessem sido considerados.

No fundo, ele conseguira o que queria: saber de todos os detalhes para poder intervir, caso fosse necessário, mais à frente. Não tinha a menor confiança, nem no pessoal das Nações Solidárias e nem em Mohamed.

A viagem ia ser em setembro. Cinco Toyotas, entre as quais três Land Cruisers e duas Picapes, num total de quatorze pessoas: Leopoldo, sua esposa, um dos seus filhos, Bernardo Dabzac, Maka Tagnê Fokko, Mohamed Tahar e Mahamat Saleh, um cozinheiro e cinco motoristas, sendo três deles especialistas em dirigir na areia e eu.

Pedi uma reunião com todos para falar sobre os preparativos e apresentar o itinerário.

Ficaram encantados, mas também curiosos em saber quem estava me ajudando, inclusive Mohamed, para eu preparar tão bem uma viagem tão complexa, com um itinerário tão interessante.

Capítulo 49
O TRECHO N'DJAMENA/FAYA LARGEAU

No dia da viagem, os problemas começaram entre Bernardo e Leopoldo, antes mesmo da partida. O ponto de encontro era a casa do representante residente do PNSQV, às 10:00, mas Bernardo não se dignou a aparecer. Bem que Leopoldo teria gostado de iniciar a viagem sem ele, mas era impossível: só podíamos acessar a estrada de Massakory da estrada de Farchá, que passava bem na frente de sua casa, um pouco mais acima da residência de Lignières, na mesma avenida indo do centro para os bairros.

Bernardo ainda estava tomando o seu café da manhã no terraço e não demonstrava a menor pressa. Fez todo mundo esperar por uns bons vinte minutos antes de ficar pronto. Era dia 19 de setembro de 1990 e o tempo estava magnífico.

Eu viajava no carro de frente dirigido por Mohamed, ao lado de Mahamat. O clã Lignières seguia no segundo veículo e Bernardo estava no terceiro Toyota Land Cruiser, conduzido por Idriss. O rapaz, um jovem *gorane*, antigo motorista de caminhão, que atravessava o BET com suas cargas, era considerado por unanimidade um dos melhores especialistas civis de areia de N´Djamena. Maka Tagnê Fokko preferiu viajar numa das Picapes, de onde podia controlar melhor a logística.

Aos poucos, a beleza da paisagem trouxe um pouco de serenidade às relações tensas entre Leopoldo e Bernardo e todos estavam muito animados.

Mohamed dirigia como um louco e tomava riscos enormes. Subia as dunas em grande velocidade e não diminuía o ritmo na estrada esburacada, que além de estragar o carro, era muito desconfortável para os passageiros: nem eu, nem Mahamat tínhamos onde nos agarrar, nem cintos de segurança, que foram removidos.

A paisagem ficava cada vez mais seca e a vegetação mirrava à medida que chegávamos perto do leito seco do rio Bahr-el-Ghazal, ao longo do qual íamos viajar até chegar à Salal, uma aldeiazinha, a meio caminho de N´Djamena e Faya Largeau. Aqui e ali, algumas árvores e aqueles tufos de *cram-cram*, uma gramínea de cerca de oitenta centímetros de altura, que se espraia no chão e possui pequenos espinhos.

Retirei um limão da sacola abaixo dos meus pés, cortei-o com canivete e comecei a chupá-lo. Mohamed e Mahamat, intrigados, também queriam e, dei limões a eles, sem maiores explicações. Começaram logo a sentir um grande bem-estar ingerindo o suco da fruta.

Na primeira parada para descanso de homens e máquinas num pequeno oásis, o resto do grupo vendo o quanto estávamos os três bem-dispostos, começou também a chupar limões — ou a acrescentar limão à água — para manter a boa forma.

A paisagem ficara desértica e a areia começava a bater nos carros com a força do vento. Cada um amarrou o seu turbante, menos Dabzac, que usava boné e óculos escuros. A areia ainda era rala e rija e permitia aos carros progredirem em alta velocidade.

No final da tarde, o dia ainda estava muito claro e Dabzac desapareceu entre as dunas, querendo um pouco de privacidade. Beryl, que trouxera um par de binóculos, tentou localizar Bernardo, que vira por último subindo numas dunas mais altas, um pouco afastadas. Procurou, procurou e acabou achando o representante do MSF, agachado atrás de uns rochedos, em plena ação, satisfazendo uma necessidade natural. Um raio de sol bateu no binóculo e ele, percebeu que estava sendo observado, com a maior desenvoltura, levantou-se, localizou o binóculo e se abaixou, mostrando o seu traseiro a uma Beryl, primeiro escandalizada e depois divertida.

My God, exclamou, *he is mooning us!* (Meu Deus! Ele está nos mostrando o seu traseiro!).

Todos começamos a dar risada e queríamos dar uma espiada naquele espetáculo cômico, mas para nossa tristeza, Bernardo achou que a brincadeira já tinha durado tempo suficiente e acabou se mudando para um lugar mais protegido, inacessível ao binóculo indiscreto de Beryl. Quando, impassível, voltou se juntar ao grupo para tomar banho e jantar, achou todo mundo no maior bom-humor, e ninguém tocou no assunto.

Horas mais tarde, deitada na minha cama de *camping*, olhava para as estrelas. Eram enormes e havia tantas, mas tantas, que parecia que era outro céu. A explicação, sem dúvida, era que aqui não havia luz de cidade, apenas a fraca claridade das lanternas do acampamento. Lembrava do céu do deserto em outras áreas da África ou no interior brasileiro. Mas aqui, se havia a mesma profusão de estrelas, havia uma paz profunda, um silêncio absoluto que só dava para ouvir quando todos dormiam.

Teria gostado muito de ter Kayar ao meu lado, mas devia me contentar com a proximidade de Mohamed, que dormia na cama ao lado.

Ia pegar no sono quando meu vizinho me tocou levemente o braço: a mulher, disse baixinho, durma com turbante na cabeça ou debaixo do lençol. A diferença de temperatura no deserto entre o dia e a noite é muito grande e, se não tomar cuidado, amanhecerá com dor de garganta. Olha, faça como eu, puxe um pouco assim o lençol e amarre-o nos barrotes da cama. E lembre-se amanhã de sacudir bem os sapatos antes de calçá-los, um escorpião pode ter entrado para se proteger do frio. Vai se lembrar? Sim? Então, está certo. Boa noite.

O dia seguinte transcorreu sem incidentes apesar das tempestades de areia e chegamos a Salal por volta do meio-dia. O vento estava muito forte e levantava tantos turbilhões de areia que não dava para ver grande coisa.

Dromedários deitados perto de um poço, não pareciam minimamente incomodados pelos torvelinhos. Mohamed avisou o grupo para não ficar parado por muito tempo: os nômades não gostavam que estranhos os fitassem enquanto davam de beber aos animais. Além do poço, havia algumas poucas casinhas de barro socado com erva, e já tínhamos dado a volta de Salal.

Cerca de quinze minutos mais tarde, o comboio retomou a viagem, em direção ao *erg* do Djourab. O *erg* é um deserto de areia com muitas dunas, muito temido pela areia grossa e funda e todos já previam uma série de atolamentos. Era justamente no intuito de facilitar a passagem dos seus caminhões por esta região difícil, que Real Dalphond, o chefe do projeto de Gestão da ajuda de urgência, os adaptara a este terreno, com muita inteligência.

A tempestade amainou e vimos de repente um grupo de gazelas, que saltava graciosamente pelas dunas. Esquecendo-se de que era uma reserva protegida, Bernardo decidiu caçar e foi buscar seu rifle, acompanhado por Mohamed, que queria ver se acertava uma delas, com sua metralhadora.

Se Mohamed errou a mira, Bernardo conseguiu matar uma das gazelas que foi logo limpa e servida para o almoço.

Quando o sol começou a rodar, indicando que deviam ser 15:00, vimos um caminhão, parado, com superlotação de viajantes com seus bens e animais engaiolados, uma espécie de "pau de arara" chadiano. Estava atolado de tal maneira, que nem dava para ver os eixos das rodas. Mohamed e eu queríamos parar para ajudá-los, mas ninguém do grupo parecia querer perder tempo. Mohamed não se atrevia a insistir, mas no fundo estava chocado com a falta de solidariedade.

Comecei então a dizer que era um escândalo trabalhar nas Nações Solidárias e negar ajuda às pessoas, com muitas mulheres, velhos e crianças, debaixo daquele sol escaldante sem ter muito o que comer e beber. Os viajantes tinham apeado e os homens válidos tentavam sem sucesso desatolar o veículo no braço, o que podia levar horas e até dias.

No final, Beryl juntou forças comigo e exigiu que ajudássemos os viajantes a seguir para Faya. Bernardo não perdeu a oportunidade de enfurecer o colega: pediu ao motorista da Picape guindaste para rebocar o caminhão.

Mesmo com a ajuda, foi difícil: quando a parte de trás emergia, era a parte da frente do caminhão que afundava, mas, aos poucos, o caminhão conseguiu sair.

O grupo continuou a viagem e Leopoldo de mau-humor com a atitude do colega.

Estava anoitecendo e Lignières voltara a ficar sorridente quando nos deparamos com um grupo de combatentes, cujo Toyota também estava encravado na areia. Não trouxeram nenhum equipamento e estavam esgotados com os esforços.

Desta vez, sem esperar pela autorização de Leopoldo, os motoristas foram socorrer os militares, que resolveram passar a noite perto do nosso acampamento e Lignières ficou muito assustado.

Mohamed foi conversar com eles e voltou para falar que os homens estavam sem água, só dispunham de algumas poucas tâmaras e nem tinham velas ou lampiões. Quando o cozinheiro preparou o jantar e propus que fosse partilhado com os combatentes, Leopoldo negou com veemência: era melhor manter os homens afastados; não se sabia do que eram capazes.

Nesse momento, Mohamed zangou-se e interveio secamente, dizendo que eram combatentes do exército chadiano e não criminosos comuns, e ele não via como podiam representar qualquer perigo. Mas Leopoldo, teimosamente, mantinha a posição.

Enquanto os dois discutiam, levantei-me discretamente e fui falar com o cozinheiro. Pedi para avisar os militares para irem atrás das Picapes. Lá, ninguém os veria e poderiam comer e beber à vontade. Também dei o meu lampião para que o entregasse aos combatentes.

Por último, pedi que recolhesse amanhã o lampião e a bandeja quando o povo da terra já estivesse acordado para rezar e os estrangeiros dormindo.

Como brasileira acostumada a trabalhar no interior, estava escandalizada pela falta de solidariedade de Leopoldo: era inadmissível. E, também estava contrariada com Mohamed, que devia se ter imposto e obrigado Leopoldo a ser mais cooperativo. Afinal o chefe de missão era ele, que tinha nível de ministro.

Lignières nada percebeu das manobras e foi dormir, feliz da vida com a aventura extraordinária que estava vivendo com parte da família.

A viagem seguiu sem incidentes até Faya Largeau, uma cidadezinha bonita, toda branca, perdida no meio de um palmeiral e fomos extremamente bem-recebidos pelas autoridades locais com um banquete. Depois nos levaram para uma visita aos pomares e hortas.

As autoridades pediram uma reunião para apresentar seus projetos e problemas. Foi muito interessante e tomei notas sobre o conteúdo do encontro. Aliás, todos os dias, eu reservava um tempinho para escrever um diário com ideias de projeto.

Em seguida, Mohamed me levou para um lugar não muito distante, que estava inteiramente coberto por uma espessa camada de sal, chamado localmente de *natron* (trona, em português). Parecia haver, no meio daquele deserto estorricado pela seca, um local coberto de neve. Fomos a outros lugares bonitos dos arredores e estávamos de volta na hora do jantar, para comer com o resto dos colegas.

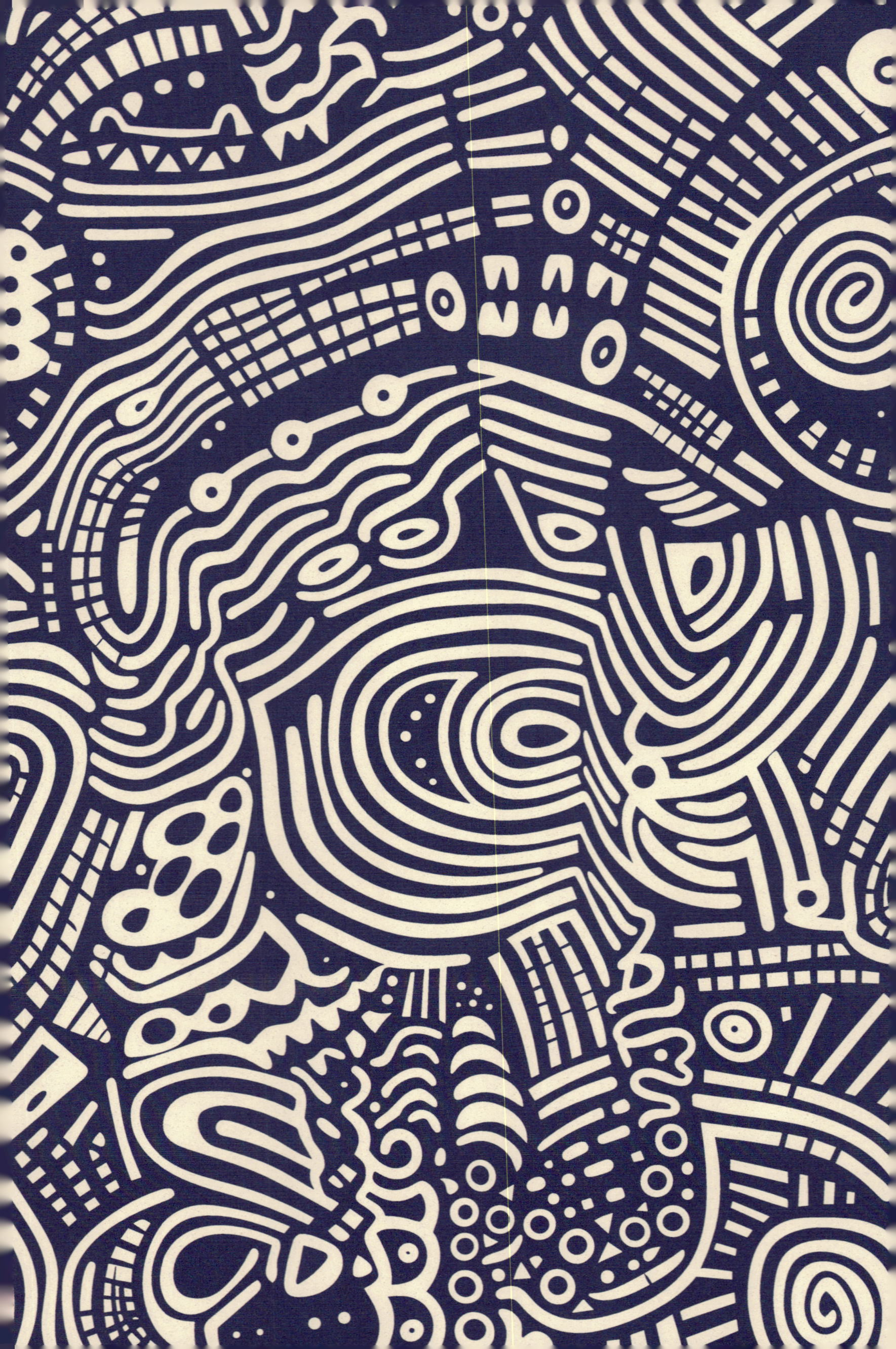

Capítulo 50
OS LAGOS DE OUNIANGA E AS SALINAS DE DEMI

No dia seguinte, dirigimo-nos para os lagos de Ounianga via Ouadi Doum, como Kayar recomendara. As autoridades de Faya Largeau nos deram frangos presos em gaiolas de fibra vegetal, amarradas numa grade em cima dos carros. Fomos avisados para não esquecer, de vez em quando, de molhar os pobres galináceos e lhes dar de beber, para que não morressem de insolação.

Nesta região, a areia era pouco funda e muito dura, com bastante cascalho e a paisagem era monótona, plana, sem nenhuma árvore ou erva. Fomos pegando no sono. Chegando perto da base de Ouadi Doum, começamos a ver carcaças de equipamentos militares espalhadas pelo chão: tanques, obuses, bazukas, caminhões com para-brisas despedaçados na altura da cabeça dos motoristas, ferro velho retorcido e queimado aos montes.

Palco de uma das batalhas mais duras da história do Chade, muitos homens haviam morrido ali. O Chefe do Estado Maior Geral dos Exércitos, Abakar Nassour, combatera um exército líbio superequipado (com blindados, aviões de caça e helicópteros de combate), com três mil homens com Toyotas Picapes 4x4, 20 blindados leves e alguns mísseis anti-tanque Milan. Essas informações tinham sido dadas pelo próprio Kayar, num dos raros momentos em que me falara dos combates nos quais participara. Ele me contara em detalhe a batalha de Ouadi Doum, onde tivera um papel de destaque. Tinha muito orgulho de ter sido um assessor determinante de Abakar Nassour na invenção e implementação de uma estratégia de ataques rápidos, que envolviam as posições líbias de diferentes pontos, antes de atacá-las com mais determinação tão logo ficassem atordoadas com as manobras desconcertantes. Assim, por sua participação na vitória, ele foi promovido de simples miliciano rebelde a Chefe do Estado Maior Geral Adjunto dos Exércitos.

Rodamos o dia todo sem achar um lugar com alguma sombra onde pudéssemos almoçar. Acabamos comendo nos carros e após uma breve pausa, continuamos a viagem.

Chegamos à noitinha na base de Ouadi Doum e fomos recebidos debaixo da tenda pelo comandante, que devia ter feito um grande esforço para encontrar o dromedário e o arroz, agora na nossa frente, numa grande bandeja.

Todo mundo estava cansado. Leopoldo olhava a comida com uma expressão de nojo. Mohamed, sem graça com o comportamento de Lignières, não dizia nada e foi finalmente Bernardo que salvou a situação, agradecendo pela hospitalidade.

Senti que o homem nunca entenderia se nós não comêssemos o banquete. Estiquei então o braço, agarrei um pedaço de camelo, rolei-o no arroz como meus amigos *gorane* me haviam ensinado e comecei a comer, acompanhada por Mohamed. Bernardo, depois, começou a fazer igual. O animal não era mais tão novo e a carne era dura. Areia entrava pelas frestas da tenda e se depositava sobre a carne e o arroz, e ambos estalavam debaixo dos dentes. O militar começou a sorrir, se descontraiu e a noitada foi relativamente agradável. Leopoldo queixou-se de problemas gástricos e tentou dissimular o quanto estava pouco à vontade: de um lado, não conseguia ficar sentado muito tempo com as pernas cruzadas como os chadianos ficavam horas. De outro lado, não gostava da comida.

Eu estava cada vez mais surpresa em ver a total incapacidade do chefe em achar alguma coisa para dizer a pessoas que não fossem ocidentais e do mesmo nível do que ele. Depois do jantar, o comandante percebendo sem dúvida o mal-estar de Leopoldo, abreviou o convívio dizendo que entendia que vínhamos de longe e que devíamos estar cansados.

No dia seguinte teríamos de rodar muita pista antes de chegar à Ounianga Kebir, o grande lago azul. Eu tinha descoberto que ele pertencia a um conjunto de cerca de cinquenta lagos, perdidos no meio do deserto, cujas águas são muito salinas e ocupam uma bacia entre os maciços do Tibesti a oeste e o maciço do Ennedi a leste.

O militar nos indicou um local, na saída de Ouadi Doum, onde ficava um pequeno palmeiral *doum* (uma palmeira de grande porte cujo tronco se subdivide naturalmente em outros ramos), onde poderíamos dormir, relativamente protegidos do vento.

Esses lugares maravilhosos eram tão inacessíveis que seria impossível visitá-los novamente, em vista da logística indispensável para acessá-los em segurança.

Pensei em Kayar, ele queria se encontrar comigo em Ounianga Serir, que para ele era o lago mais bonito — e mais romântico — da região. Ele me fizera uma descrição tão entusiasta que esperava ver alguma coisa de paradisíaca.

No momento, a paisagem continuava plana, monótona com aquele mar de cascalho escuro misturado com areia rasa. Não havia montanhas, apenas a imensidão plana que se perdia na linha do horizonte. Voltei a pensar na batalha de Ouadi Doum: realmente, este relevo tão plano devia ter dificultado bastante as manobras chadianas. Leopoldo começou a se queixar: não via nada de interessante à volta e estava começando a ficar cansado e rabugento.

E de repente, o deserto começou a se animar numa sucessão de dunas suaves e depois de ter escalado uma verdadeira muralha delas, de repente, surgiu o lago Ounianga Kebir (Ounianga Grande), localizado num vale extenso, mais abaixo com água de um incrível azul safira, cercado por um palmeiral verde, que realçava o contraste entre a água, as palmas e a areia.

Ficamos impressionados com a beleza. Só isso justificava plenamente a viagem.

Mahamat decidiu ir nadar. Coloquei a mão na água e levei-a à boca: era gelada e fortemente salina. Mahamat nadava já havia alguns minutos batendo os dentes de frio e me dizendo que o lago além de ser glacial também parecia ser muito fundo. Fui com Mohamed falar com os militares, que estavam chegando para nos cumprimentar e ter notícias de N´Djamena. A tribo Lignières foi tirar fotos do lago sob todos os ângulos. O comboio devia ficar aí um bom tempo e só voltaria a viajar à tarde.

Depois de uma pequena sesta e um último passeio nos arredores do lago azul, decidimos ir à Ounianga Serir (Ounianga Pequeno). Sorri comigo mesma: chegaríamos à tarde, na hora mais bonita do dia, segundo Kayar. Será que o meu namorado ia conseguir me encontrar no lugar onde sempre me dizia que sonhava em estar sozinho comigo?

Ounianga Serir não era muito distante de Ounianga Kebir — cerca de três horas de viagem — e logo chegamos à paisagem de sonho: as margens e as águas rasas eram vermelhas/alaranjadas, e a cor do lago ia ficando de um azul cada vez mais escuro à medida que se chegava a maiores profundidades. Além disso, estava encaixado numa série de pequenos montes, parecidos com vulcõezinhos com cores suaves que iam do branco, passando pelo cor-de-rosa até chegar ao violeta. Havia também ali um palmeiral *doum* bonito e uma areia clara, muito fina. O sítio era de uma beleza extraordinária.

Fui andar um pouco. Pensei que Kayar não conseguiria chegar a tempo para se encontrar comigo. Então fechei os olhos e me imaginei com ele: as voltas que daríamos, a comunhão que sentiríamos entre nós e a paisagem, a felicidade profunda de estarmos os dois sozinhos neste lugar de sonho.

A chegada de Dabzac me tirou das reflexões. Ele também estava entusiasmado com o que estava vendo e queria me cumprimentar pelo itinerário. O local era mágico: além de sua beleza, existia um silêncio e uma calma e só se ouvia o barulho do vento, onipresente no BET.

Alguns soldados se aproximaram de nós. Eram pobres tipos do sul do país que haviam sido aquartelados à força neste lugar perdido. Fazia mais de dois anos que não recebiam notícias das famílias e não sabiam quando iam poder voltar a vê-las. Eu ouvira falar destes abusos e agora tinha uma prova concreta de sua existência.

Vendo as discussões de seus homens com estrangeiros, imediatamente, um militar nortista veio mandá-los de volta às barracas. E entendi pelos olhares assustados que eles seriam castigados se desobedecessem; foram embora, docilmente, sem mais uma palavra.

Um pouco mais longe, havia um lago verde, totalmente tomado por uma vegetação densa e alta que parecia composta de longas varas entremeadas de folhas. Nem dava para ver a água! Também era muito bonito, mas estávamos seduzidos por Ounianga Serir.

Ninguém queria ir embora, mas era hora de ir; com o entardecer, hordas de mosquitos logo começariam a alçar voo e nos picar. Fomos dormir no deserto.

Partimos no dia seguinte de manhãzinha para visitar as salinas vermelhas de Demi. A paisagem era grandiosa com imensas planícies de areia, totalmente desabitadas, montanhas isoladas e pitões rochosos, bem típicos da depressão do Mourdi.

O guia informou que Demi era um famoso local de coleta de sal vermelho destinado essencialmente ao consumo animal, hoje, aparentemente, abandonado.

Explicou que as minas eram muito superficiais por ser o solo carregado em sal com as chuvas, que são muito raras na região. A água penetra no solo, carrega-se de minerais nas camadas mais profundas e volta à superfície por capilaridade, onde evapora, criando sal novo.

Um pouco mais longe, uma única palmeira *doum*, muito alta, que dominava um poço de água suja, onde flutuavam dejetos de dromedário. Ao redor do poço, um gramado bem verde vicejava na sombra perto da água. Era muito insólito achar, no meio do deserto, estorricado pela seca, um gramado daqueles, com grama tenra bem verdinha.

Os carros pararam e desci correndo para ir pegar uma amostra de sal vermelho. Pelo pouco que podia ver, tratava-se do mesmo sal das margens do lago de Ounianga Serir, de coloração vermelha/alaranjada.

Enquanto parte do grupo descansava, outros comiam um lanche ou simplesmente passeavam nos arredores. Foi aí que vimos sair de trás das dunas, vindos ninguém sabia de onde, uma velha e uma criança. Ela explicou à Mohamed que se assustara pensando que éramos combatentes que esquadrinhavam o BET à procura de homens para o serviço militar. Como viu que não era o caso, saiu do esconderijo com o neto e vinha nos pedir socorro: a criança estava com uma diarreia, que nada conseguia estancar. Maka desapareceu numa das picapes e logo voltou com remédios e comida para os dois.

Perguntamos se ela queria ir para algum lugar e ela recusou: um parente ia buscá-los com três dromedários, e ela precisava esperá-lo. Quando nos afastamos de Demi, olhei uma última vez as casinhas, a única palmeira *doum*, as minas de sal abandonadas e rezei para que os dois seres tão indefesos fossem protegidos naquela imensidão desértica, desprovida de tudo. As condições de vida daquela população eram desumanas e o meio ambiente muito hostil, talvez um dos mais hostis com que eu me deparei em toda a vida.

Amanhã iríamos para a base militar de Ounianga. Depois passaríamos de novo por Ouadi Doum e viajaríamos para o sul até a encruzilhada com a outra pista que nos levaria a Fada, numa rota segura e relativamente frequentada. Até aí, tudo correra muito bem e o itinerário recomendado por Kayar, fora cumprido ao pé da letra.

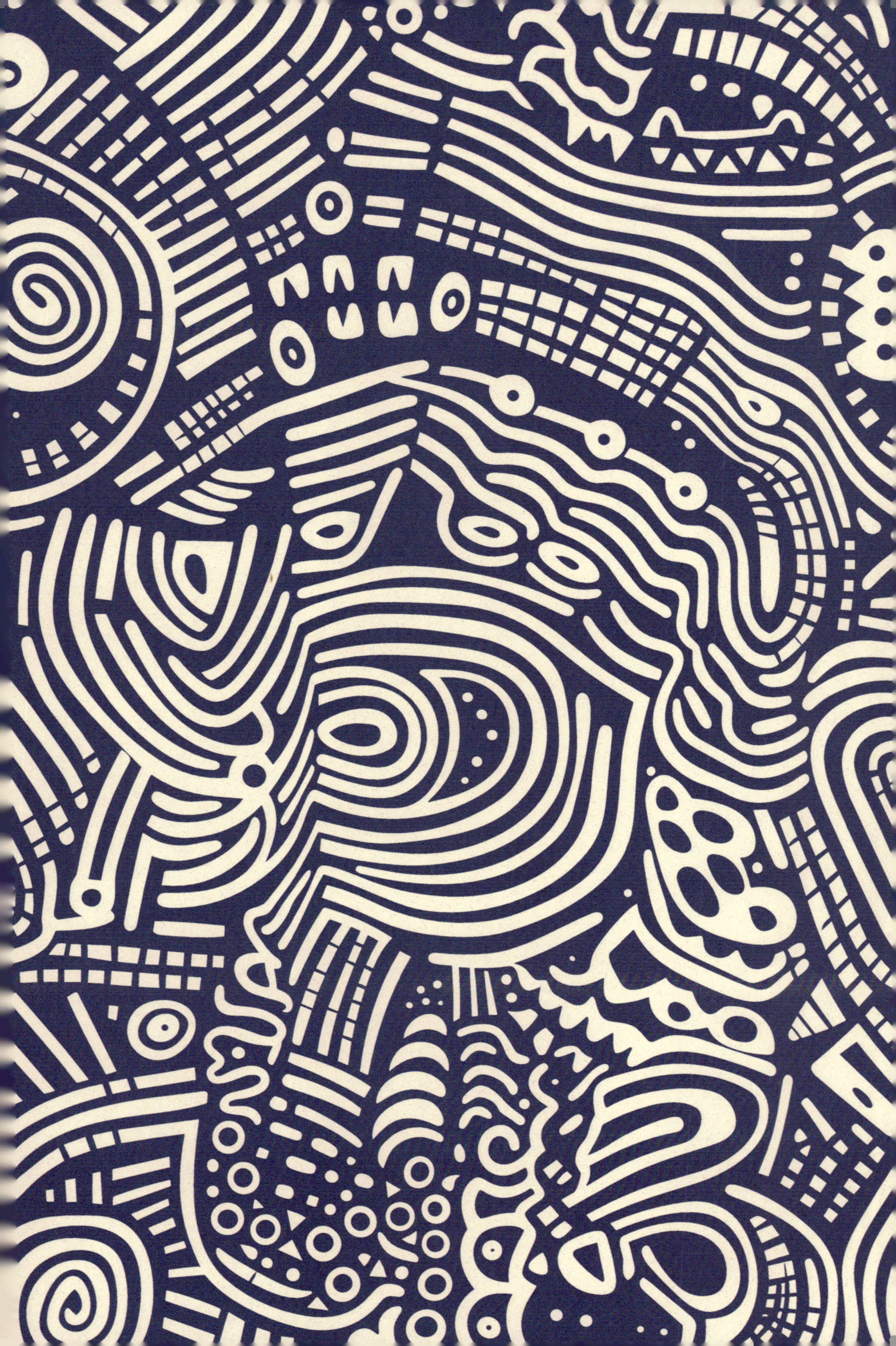

Capítulo 51
OS PRIMEIROS PROBLEMAS

No dia seguinte, Mohamed me disse que mudara de opinião: íamos seguir da base diretamente para Fada. O caminho era mais curto, a paisagem muito mais bela e os combatentes dos lagos de Ounianga tinham falado que, se havia trechos difíceis no percurso, dava para passar.

Mas o nosso guia conhece realmente o caminho? Respondi. Tem pouca gente que conhece bem o BET oriental, sobretudo no triângulo Faya Largeau, Ounianga e Fada. Você mesmo me falou que essa alternativa é arriscada, tem placas de "areia morta" em todo canto, minas, cascalho cortante e pistas em péssimo estado.

Mohamed, cujo ego crescera durante a viagem com os cumprimentos de Leopoldo e de Bernardo, estava pronto a assumir todos os riscos para agradá-los e — sobretudo — impressioná-los.

E pensando bem, era o delegado do BET. Se recomendava um itinerário, não via com que base eu questionava sua decisão. Mohamed estava ficando a cada momento mais nervoso. Não disse mais nada e me afastei, chateada. Se Kayar fora tão insistente era porque tinha boas razões. Dabzac, que acompanhava com atenção tudo, viu o desentendimento entre nós dois e se achegou para saber porque estávamos discutindo. Ele tinha visto que eu sabia o que estava fazendo e tinha experiência de terreno. Ele também notara que, curiosamente, eu parecia ter muito mais informações sobre o BET oriental do que o próprio Mohamed.

Eu relatei a razão das minhas reticências. Não achava prudente nos embrenharmos numa região hostil daquelas só para ver uma paisagem mais variada. As últimas informações disponíveis sobre a área, datavam de 1968/1972 e já indicavam condições precárias e muitos perigos: íamos para um completo desconhecido e muitos desafios.

Realmente, o que eu dizia fazia sentido. Mas Dabzac estava disposto a correr alguns riscos para ver coisas diferentes que nunca mais teria a oportunidade de ver na vida.

Mais tarde, Mohamed consultou o grupo para a escolha do itinerário. Ele apresentou a proposta de Kayar, minimizando as vantagens e aumentando os inconvenientes. Fez exatamente o inverso com a sua proposta que, evidentemente, foi a escolhida. Senti o coração se apertar; alguma coisa me dizia que seguir este itinerário era imprudente, mas que não haveria consequências nefastas.

Mohamed, depois de ter obtido o consenso do grupo acalmou-se e veio se desculpar: tinha sido desagradável comigo. Eu estava, sem dúvida, lembrando do fracasso da expedição ao Tibesti e ele deveria ter mantido a calma e falado educadamente.

Eu disse que estava tudo bem e fiquei calada o resto da noite. Estava preocupada.

Dirigimo-nos para a base de Ounianga. Rodávamos em alta velocidade num terreno plano com pouca areia e gravetos pretos onde apareciam, aqui e acolá, restos de ferro velho de combates antigos. Todos estávamos dormitando nos carros.

Eu mudara do veículo de Mohamed para o de Dabzac, pois a maneira de dirigir do chadiano me provocou hemorragias terríveis. Invocando dores fortes na coluna, consegui fazer a troca sem ofender ninguém. E só foi eu estar num carro conduzido com cuidado por Idriss que os sangramentos pararam como num passe de mágica.

Passamos por paisagens exóticas, com florestas de agulhas de arenito plantadas nas dunas, labirintos de erosão ruiniforme e cores magníficas. Aqui e ali, também apareciam rochas com desenhos pré-históricos pintados com tinta branca que estavam em invejável estado de conservação.

O rosto abrigado sob um *chech* civil que Kayar me dera, olhava a paisagem e pensava nele. De repente, me pareceu que estava sonhando:

um homem saiu, tropeçando, detrás de uma duna, agitando os braços desesperadamente e se estatelou na areia, desmaiado.

Vi claramente que Dabzac teria preferido seguir viagem. Mas quando verificou que todos os veículos estavam dando meia volta, não ousou pedir ao motorista para seguir em frente. Idriss também entendeu na hora as reticências do chefe e olhou para mim pelo retrovisor, chocado, sem dizer nada. Fomos ao encontro do homem caído.

Depois de um rápido exame, os motoristas declararam que ele sofria de insolação e esvaziaram vários litros de água sobre ele. Depois de alguns momentos, o homem começou a se mexer fracamente. Mohamed o revistou. Achou um documento de identidade e seu rosto ficou sério.

É o que eu imaginava, disse ele. Este indivíduo fugiu da base militar de Ounianga para a qual estamos indo.

O grupo entendeu que esta pobre criatura devia ter andado dias e dias debaixo daquele sol coruscante. Daqui onde se encontrava caído, estava a apenas alguns dias de caminhada de Faya Largeau: era uma façanha ter chegado até este ponto. E eis que, tão perto da liberdade, fracassara por falta de apenas mais um pouquinho de água e comida.

Beryl e eu pedimos com insistência a Mohamed deixar o homem descansar e deixá-lo ir. Mas, ele recusou: levaria o militar de volta para a base de Ounianga e não queria mais conversa.

Leopoldo, como de costume, quando encontrava forte resistência, calou-se. Dabzac também não insistiu — no fundo não se importava — e o fugitivo foi colocado numa Picape, com Maka Tagnê Fokko de vigia.

O comboio ia retomar a viagem quando o homem abriu os olhos para dizer que seus dois companheiros deviam ter caído um pouco atrás dele.

Apesar do descontentamento crescente de Dabzac com todos estes atrasos e imprevistos, voltamos para procurar os dois outros homens.

Localizamos logo o segundo militar que foi, como o primeiro, encharcado de água. Quando voltou a si, os motoristas deram-lhe um pouco de papa de milho painço e água.

Logo os motoristas retomaram a busca do terceiro indivíduo e o encontraram, mas o seu estado parecia ser muito mais grave; apesar de ter recebido o mesmo tratamento, ele não reagia. Notei que lhe faltava um dente no meio da mandíbula inferior e que o dente logo acima, bastante longo, se encaixava perfeitamente naquele buraco. Ele abria e fechava a boca sem interrupção e eu só via este dente longo, se encaixar e se desencaixar do buraco. E de repente, o movimento parou: o militar morrera.

Mohamed pediu que o corpo fosse enrolado numa esteira e colocado com as bagagens. Precisávamos, urgentemente, achar logo uma aldeia onde aquele infeliz pudesse ser enterrado, pois com este calor, começaria logo a exalar um cheiro insuportável.

Cerca de quinze minutos mais tarde, chegamos num pequeno *ouadi*, com alguns casebres de barro socado com ervas.

Mohamed desceu, conversou com as pessoas e logo o cadáver foi removido do carro e levado para ser enterrado. Pensei que a comunicação oral, que era muito efetiva na região, se encarregaria de avisar a família do seu falecimento, mas se ele fosse oriundo de localidades mais distantes, ninguém saberia o que tinha acontecido.

Os dois companheiros estavam ficando cada vez mais nervosos à medida que nós nos aproximávamos da base de Ounianga.

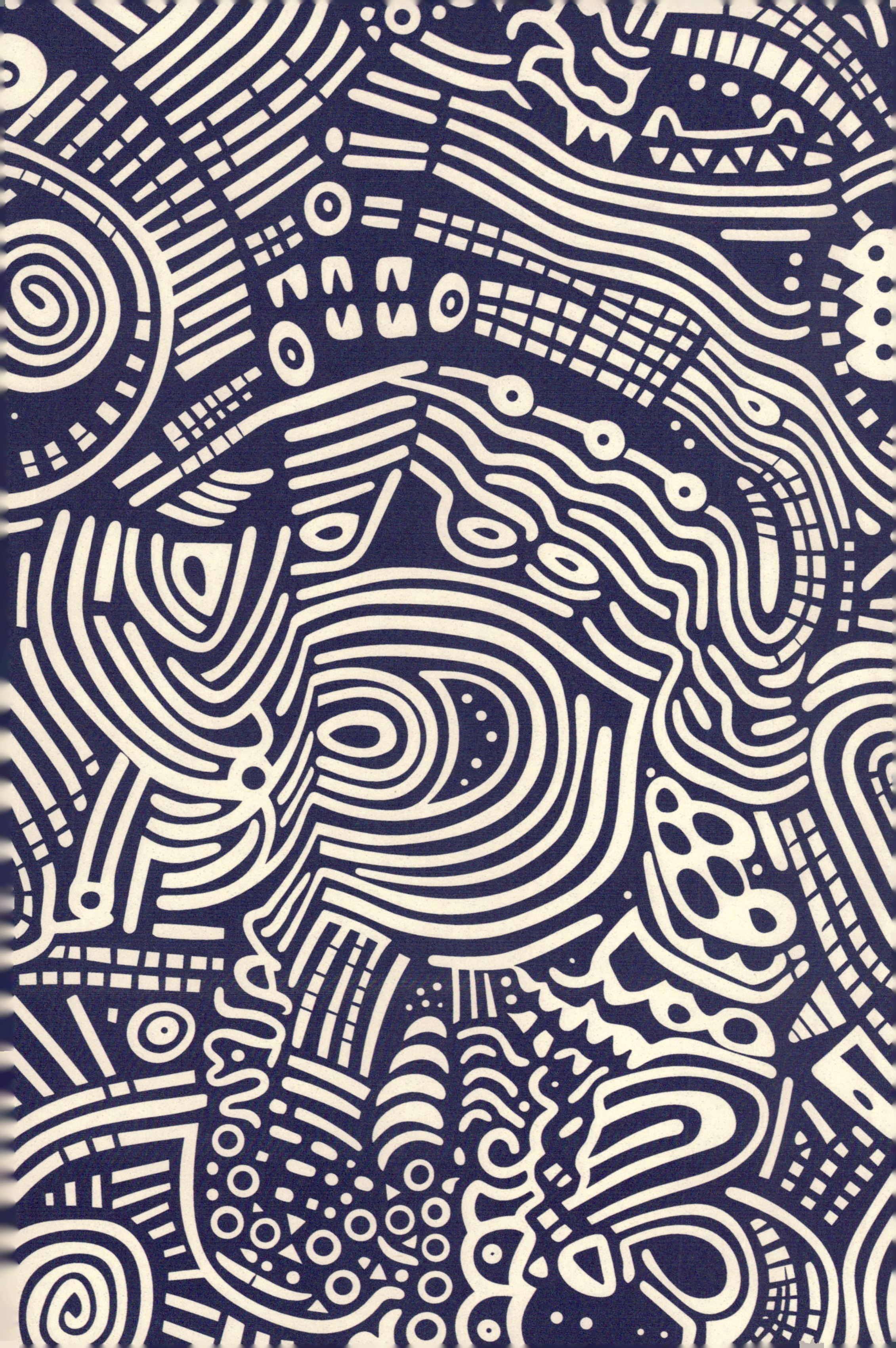

Capítulo 52
A BASE DE OUNIANGA

Depois de contornar uma duna alta, vi uma vasta planície. Eu me tinha mudado, novamente, para o carro de Mohamed que dirigia, agora, com maior cuidado.

E lá longe, vislumbramos formas que começaram a se agitar quando nos viram. Ouvimos o espocar de tiros e entendemos que eram militares, achando que éramos líbios.

Mohamed mandou o comboio parar. Leopoldo saiu correndo do veículo lá de trás — o que era perigoso fazer em tal circunstância — para vir falar com Mohamed.

Suplicou para que fugíssemos. O seu *chech* — que ele não sabia amarrar — se havia desfeito e ele parecia estar com um rolo de papel higiênico mal dobrado na cabeça. Além de um semblante distorcido pelo medo, estava branco como uma folha de papel e tremia muito.

Frente a um espetáculo tão lamentável, Mohamed e eu nos entreolhamos em silêncio e ele viu o desprezo no nosso olhar.

Volte imediatamente para o seu veículo, senhor Lignières, falou Mohamed secamente. E deixe eu me ocupar desta situação.

Um pouco envergonhado, Leopoldo voltou mais calmo para o seu carro e ficamos imóveis até os combatentes chegarem. Eu removi o turbante e estava, aparentemente, muito calma, limpando os óculos escuros na camisa.

Mohamed, sem dizer uma palavra, saiu do carro devagar, com as mãos bem à vista, quando os combatentes rodearam os veículos, com as armas apontadas. Mas eles já tinham entendido que não éramos líbios.

Mohamed conversou com os homens por algum tempo e o chefe do grupo se desculpou muito pela recepção e nos escoltou até a base de Ounianga, muito próxima.

Quando chegamos, o comandante, com dentes muito amarelos e olhos astutos, também veio se desculpar. N´Djamena não o avisara de uma visita tão ilustre e ele estava desolado com o susto que a recepção de sua tropa devia nos ter causado.

Mohamed foi falar com o comandante ao pé do ouvido. Ele se levantou e mandou retirar os dois fugitivos assegurando-nos de que não seriam castigados. Mas do jeito que olhava para os dois militares, era fácil de entender que suas intenções nada tinham a ver com as suas palavras.

Fui falar dos meus receios com Mohamed que não reagiu bem: este assunto não me dizia respeito. Era um assunto entre chadianos e de qualquer maneira o comandante prometera não lhes fazer mal. Eu sabia, por Kayar, que as punições físicas eram correntes e que a sua frequência e severidade dependiam, em grande medida, dos comandantes das bases.

Tentei conversar com os outros membros do grupo, mas ninguém queria levar o assunto adiante. Queriam logo acabar de vivenciar experiências desagradáveis e voltar a se encantar com as belezas da natureza chadiana.

Ninguém gostou do comandante da base e, depois de uma breve visita de cortesia, queríamos ir embora. Ele nos ofereceu, mais por obrigação do que por real vontade, jantar e pernoite na base, mas Mohamed, muito educadamente, recusou e agradeceu muito.

Antes de irmos embora, tive o desprazer de ouvir Mohamed confirmar que íamos seguir pela rota mais direta à Fada e não pelo itinerário recomendado por Kayar.

Segundo ele, os homens da base asseguraram que os veículos poderiam passar nas cristas das montanhas vizinhas. Poderíamos de qualquer maneira obter indicações mais precisas no vilarejo de Ouadi Tebi. Devíamos evitar a qualquer custo as planícies até as montanhas negras, que estavam todas ainda minadas. A partir daí, não teríamos mais problemas. Sacudi a cabeça. Kayar enfatizara repetidas vezes que a missão não devia enveredar por este caminho.

Mohamed não mudaria de ideia e o grupo sempre lhe daria razão. Além de ocupar uma posição de destaque no governo, ninguém podia imaginar que ele desconhecesse por completo a região. Consequentemente, calei-me. Fatalista, entreguei a Deus o destino da missão liderada por um chefe tão imprudente.

Na primeira pausa do dia, fui me sentar no capô de um dos carros para poder fumar um cigarro. Idriss, o motorista de Dabzac, veio conversar comigo.

Ele gostava muito das nossas conversas e ficava feliz com o meu interesse pelas coisas do deserto.

Vi por sua expressão que ele não vinha conversar sobre paisagens ou costumes locais.

Mas que cara é essa, Idriss? brinquei. O que está acontecendo com você? Ofereci um cigarro, que ele aceitou.

Ontem antes de nossa partida, os dois fugitivos apanharam com tamanha selvageria que foram levados desmaiados e jogados numa cela, me disse ele em voz baixa.

Sabe Idriss, não me espanta o que você diz. Este comandante me pareceu ser um verdadeiro animal. Não parei de pensar naqueles homens desde que foram entregues à base. Deveria ter feito um escândalo bem maior do que fiz para protegê-los. Não sei por que Mohamed não permitiu que continuassem o seu caminho. Faltava realmente pouco para chegarem ao seu destino.

Por que diabos ele fez tanta questão de trazer de volta aqueles dois infelizes para um destino tão cruel? O que teve mais sorte dos três foi o que veio à óbito.

Idriss sacudiu a cabeça: A senhora fez muito, mas era preciso o endosso dos homens para que os fugitivos não fossem tratados do jeito que foram. E a senhora viu perfeitamente que desde o começo havia pessoas que não queriam realmente se envolver com eles.

Concordei. Não havia muito mais a dizer sobre o caso dos fugitivos e ficamos fumando um do lado do outro em silêncio. Idriss me perguntou se eu podia arranjar um limão para espremer na sua água. Sorri e dei-lhe dois.

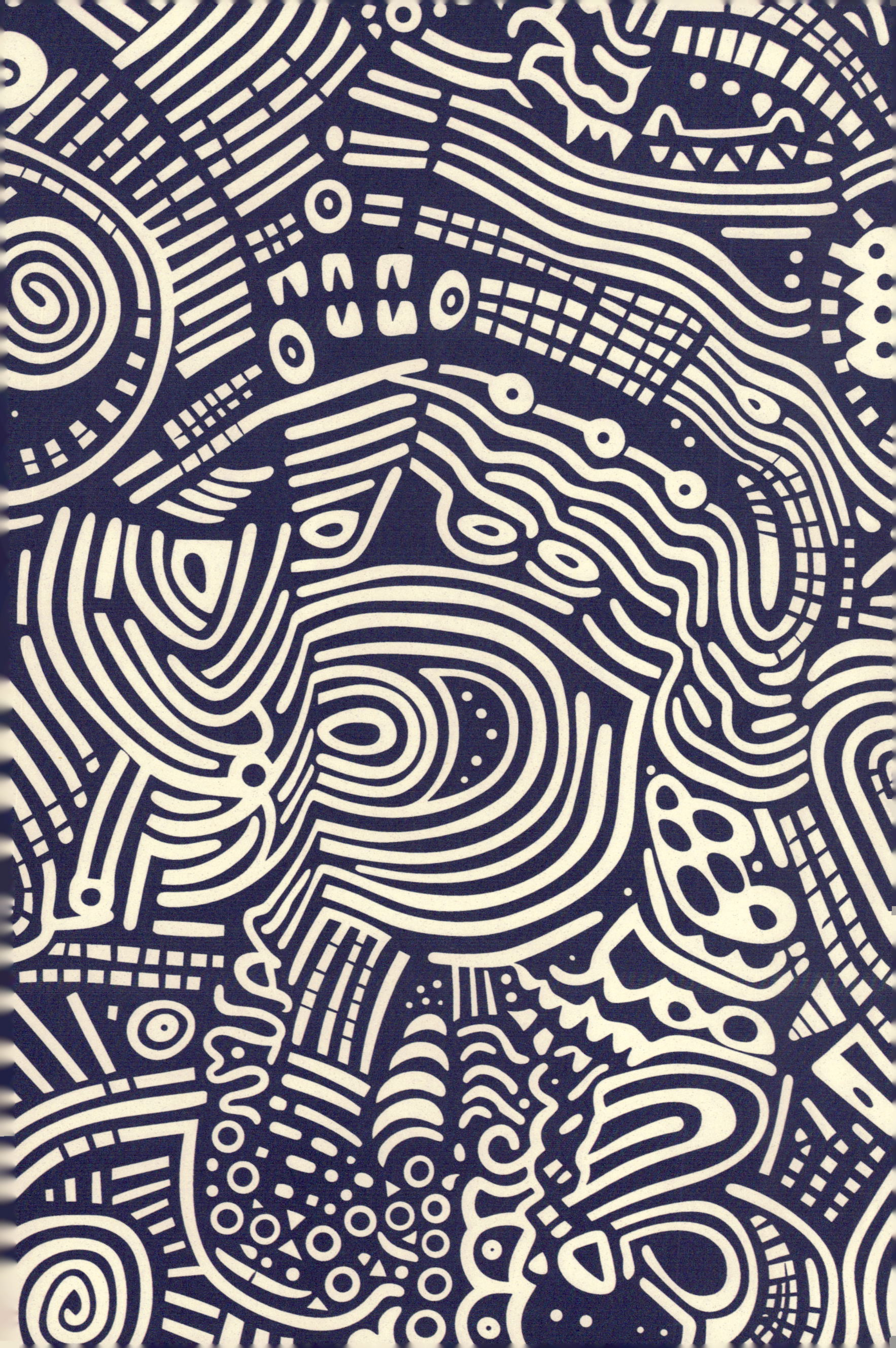

Capítulo 53
A IMPRUDÊNCIA DE MOHAMED

A VERDADE TINHA QUE SER DITA. Se o caminho de Kayar talvez fosse mais seguro, a rota para Fada escolhida por Mohamed era estupenda: eu nunca vira este tipo de paisagem com as montanhas imponentes, soberbas, com dunas aos seus pés, aqueles emaranhados de rochas tortuosas, sofridas, esculpidas pelo vento e pela areia com formas estranhas. Parecíamos estar em algum outro planeta, secreto, único, espetacular, mas também selvagem. Não havia na região pessoas ou habitações, apenas aqui e ali apareciam e desapareciam cabras selvagens nos topos das montanhas, desafiando todas as leis da gravidade.

Podia-se experimentar sensações opostas: de um lado, uma comunhão profunda com a natureza tão intocada quanto nos tempos pré-históricos. De outro, um grande medo por estar tão longe da chamada "civilização", num lugar onde tudo podia acontecer e nenhum tipo de ajuda imediata podia ser esperado.

Estávamos extasiados com o que víamos quando, de repente, caímos numa zona de "areia morta", muito funda e contínua.

Os veículos afundavam na areia até bem acima dos eixos. E era só serem rebocados pelo Toyota-guindaste de Dabzac, para atolarem de novo nos minutos seguintes, ainda mais fundo. Até que foi a vez do próprio guindaste se enterrar e os motoristas tiveram um imenso trabalho para tirá-lo. Não havia como passar e já estava anoitecendo. Estávamos esgotados e as máquinas começavam a esquentar.

Mohamed estava cada vez mais nervoso. Não conseguíamos sair da zona de "areia morta" e ninguém sabia da sua extensão. Era melhor descansar e ver com calma no dia seguinte qual era o melhor curso de ação.

Tivemos de acampar neste terreno hostil e ainda agradecer a Deus de não ter vento. Senão, com aquela areia tão fina que parecia pó, teríamos sido obrigados a dormir nos carros.

Afastei-me um pouco do grupo para pensar e fumar um cigarro. Idriss se aproximou de mim e disse baixinho:

Mohamed fez prova de imprudência em nos trazer aqui com sua teimosia de que sabe tudo sobre o BET. Tanto ele quanto seu guia estão perdidos. Eu mesmo, nunca vim para cá. Não deveríamos ter vindo por aqui. Não tem um pingo de água nos arredores e não há alma viva. É hostil demais. Só tem pedras, areia e essa neblina seca.

Encorajei-o e fingi indiferença. Se realmente as coisas ficassem feias, sempre podíamos pedir ajuda pelo rádio. Não lhe disse que esperava não estarmos numa dessas zonas que Kayar mencionara, onde o rádio não funcionava. Ele, à estas alturas, já devia estar sabendo que Mohamed não acatara sua recomendação.

Mas o que me preocupava, no momento, era a informação de que Lignières, com sua costumeira leviandade, ter decidido sair da base de Ounianga antes do reabastecimento de água ter sido inteiramente completado. Maka se desculpou: de fato, errara em não me avisar deste fato, mas havia água suficiente para viajar vários dias.

O dia maravilhoso deu um novo ânimo aos viajantes. Todo o grupo *gorane* foi correr em círculos sobre as dunas. Parece que é assim que o povo da terra consegue encontrar o seu caminho. A rota indicada pelo comandante de Ounianga desaparecera: fortes tempestades de areia haviam provocado modificações de tal monta na paisagem que o guia não conseguiu localizar o aglomerado de Ouadi Tebi, do qual os militares nos tinham falado. Todos sabíamos que devíamos evitar as zonas baixas, todas minadas, mas precisávamos encontrar um caminho alto sem a areia fina e profunda.

O guia de Mohamed era experimentado. Ele estudou todos os parâmetros e finalmente indicou um novo itinerário. Para evitar os areões, seria preciso subir nos contrafortes das montanhas, mas antes de lá chegar, teríamos de passar por zonas de *reg* (planícies de cascalho afiado como navalha). E este problema continuaria quando galgássemos as montanhas nas pistas estreitas, cheias de rochas de todos os tamanhos.

Avisou que era tão lindo quanto perigoso e que fazia tempo que não passara por ali. Não era, portanto, excluído que tivesse ficado impraticável. Se este fosse o caso, deveríamos voltar ou procurar uma nova pista na montanha. Era exatamente disso que Kayar tinha medo.

Mohamed, o guia e eu discutimos a melhor solução. Era melhor seguir em frente e chamamos Bernardo para ver se ele tinha uma opinião diferente, mas ele concordou.

Ninguém se preocupou em consultar Leopoldo que estava insuportável e não parava de se queixar.

Aos poucos, habituamo-nos a consultar a tribo Lignières sobre assuntos irrelevantes. Todas as decisões importantes passaram a ser tomadas por Mohamed, o guia, Dabzac e eu. E isso acarretou a diminuição das brigas entre os dois chefes de agência, uma benção neste momento de tensão e dificuldade. Bernardo entendera que o chefe do comboio era ele, não se incomodava mais em dar a Leopoldo a impressão de que era ele quem liderava o grupo.

Passamos sem grandes problemas pela primeira cadeia de montanhas e estávamos agora de novo no plano. No final da tarde, avistamos uma aldeia, perdida num palmeiral, chamada Deguidey, que em *gorane*, quer dizer "buraco de mosquitos". O lugar era bonito, mas ninguém da expedição queria pernoitar ali e ser devorado pelos pernilongos. Decidimos, novamente, dormir no deserto.

Estávamos todos esgotados, mas felizes: a viagem estava correndo bem. O único ponto negro era Mohamed. Dabzac trouxera com ele uma grande geladeira com cervejas geladíssimas e ele bebera várias latinhas numa temperatura ambiente escaldante. Com o choque de temperatura ao qual não estava acostumado, ele se resfriara e estava agora com febre.

Quando paramos para o rancho, estávamos cansados e nos apressamos em ir tomar banho, comer e dormir cedo. Antes, afastei-me um pouco do grupo. Precisava desesperadamente de alguns momentos de solidão, pois o convívio forçado com colegas barulhentos e queixosos começava a me estressar. Ainda tinha alguns raios de sol atrás das dunas. Sentei-me numas rochas e "escutei" o silêncio do deserto: era tão profundo que mexia no corpo e na alma e dava um profundo bem-estar.

Depois de cerca de quinze minutos de recolhimento, fui ter com os outros que já estavam sentados, começando a jantar.

No dia seguinte, a manhã estava linda e logo começaram a aparecer os primeiros sinais de um segundo segmento das montanhas negras, que ainda precisávamos atravessar antes de chegar à Fada. O chão ficou pedregoso, pequenos pitões encobertos na areia, e logo tivemos de atravessar novos *regs*. E lá longe já dava para ver o relevo ficar cada vez mais acidentado.

Kayar me contara que durante a guerra contra a Líbia, ele e seus homens tinham vindo se esconder nessas montanhas, depois de um combate, em que havia perdido pessoal e material. Foram obrigados a andar tanto antes de serem resgatados que seus pés sangravam.

A caminhada forçada lhe dera uma boa oportunidade para conhecer a região que ele descrevia como sendo de grande beleza. Mas também era extremamente inóspita e com fama de ser assombrada, o que para ele, evidentemente, era folclore.

Muitos chadianos realmente acreditavam que a região fosse habitada por espíritos maléficos e a maior parte dos nossos motoristas já estava tensa: sabiam que daqui a pouco ouviríamos o "canto das almas", prenunciador de catástrofes.

Eu tinha me formado em geografia e olhava encantada para as formações, muitas das quais só vira nos manuais na faculdade. Entre outras formações vulcânicas, pude admirar de perto colunas regulares de composição basáltica e bombas de lava. Os próprios arquivos da história da terra podiam ser lidos naquelas rochas.

A progressão dos veículos ficava cada vez mais difícil e a visibilidade muito ruim com o nevoeiro seco de areia: os motoristas dirigiam lentamente, temerosos de furar os pneus no cascalho e a tensão os obrigava a parar com frequência.

Numa destas paradas mais prolongadas, pude verificar que o "canto das almas" — se é que realmente existia — nada mais era do que o som do vento se engolfando em buracos na montanha.

No dia seguinte a situação não melhorara em nada: em alguns dos trechos, a montanha parecia se fechar em cima de nós e estávamos numa espécie de desfiladeiro, estreito, pedregoso. Os carros mal conseguiam progredir. Todo mundo estava sério. Mohamed cada vez mais explosivo no trato com os integrantes chadianos da expedição. Mesmo os mais desavisados entendiam que algo estava errado, muito errado.

À noitinha, uma tempestade de areia violentíssima se abateu sobre a região e agradecemos aos céus estarmos abrigados no desfiladeiro. Durante uma hora, fizemos uma pausa para descansar e esperar a tempestade se acalmar. Mesmo abrigados, a areia batia nos vidros dos veículos com força e encobriu o canto das almas. Depois de uma hora, o vento amainou e começamos a nos preparar para acampar.

O guia sabia onde estávamos, mas ignorava em que estado estava a pista mais à frente. Precisámos sair da montanha a todo custo. Não perguntei a razão da pressa e fui controlar com Maka como estava o nível da água. Se ainda não chegava a ficar preocupante, baixara bastante. Aproveitei para lhe pedir um cobertor adicional à cada membro da expedição pois a noite ia ser gélida.

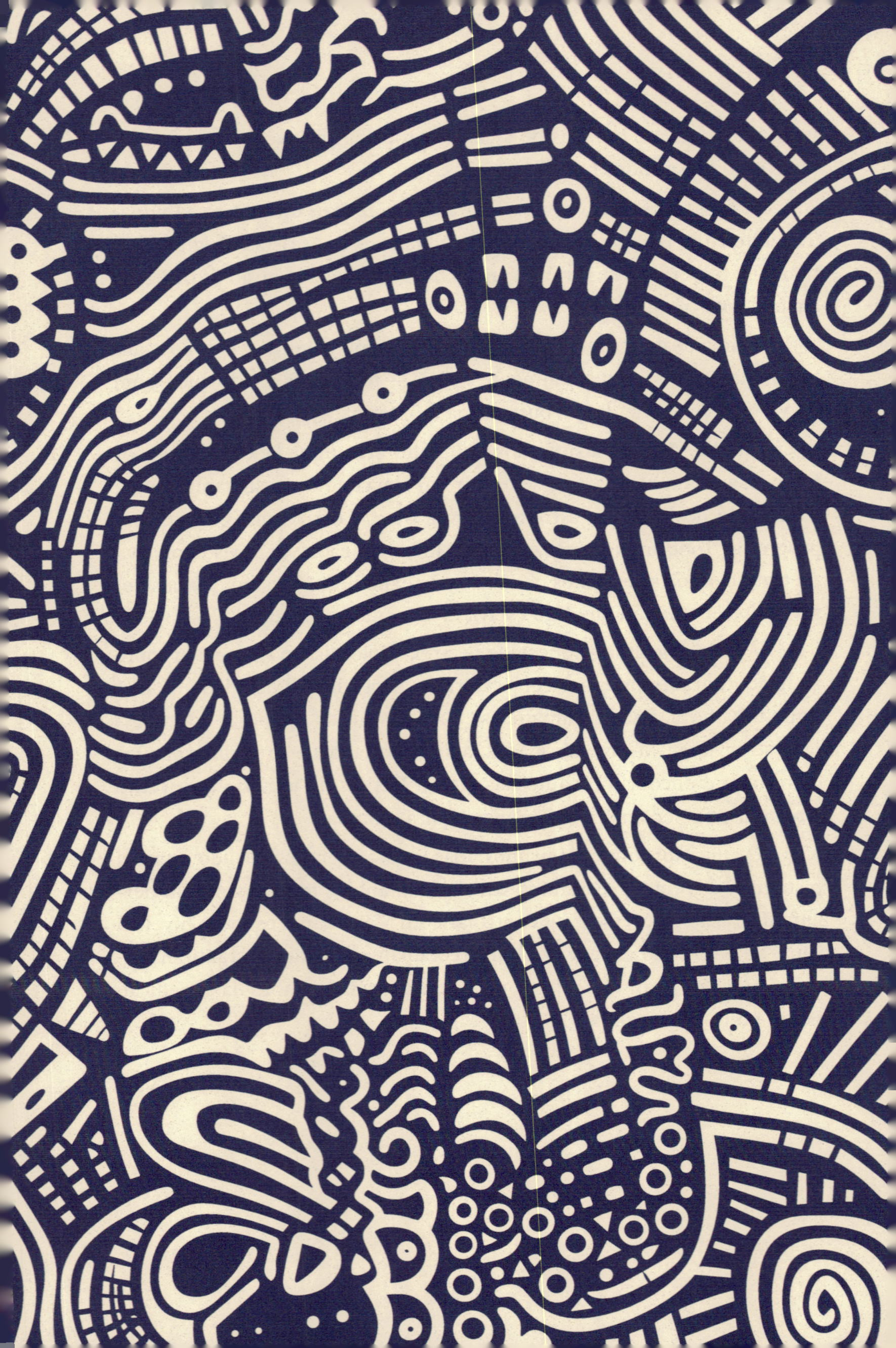

Capítulo 54
A UM PASSO DE UM NOVO ACIDENTE

Antes do jantar, fui tomar banho entre as portas escancaradas de um dos Toyotas com uma bacia, um sabonete, uma toalha e duas garrafas de água. Depois de alguma prática, até que dava para se lavar com um certo conforto daquela maneira.

Os banhos femininos eram tomados durante as horas em que os homens — ou iam tomar o seu banho ou rezar — na extremidade oposta do acampamento. Eu notara que a melhor hora para fazer essas abluções era antes das 18:00. Depois, começava a soprar um ventinho frio e o banho não era mais prazeroso.

As pessoas estavam animadas com a perspectiva de passar apenas mais uma noite na montanha. Amanhã, deveríamos chegar num grande vale e depois de ter ultrapassado um outro passo, chegaríamos finalmente à Fada, capital da prefeitura do Ennedi, no BET oriental.

O guia estava preocupado: o segundo passo era muito mais perigoso do que este. Mas ele ficara com medo de nos levar pela planície, pois não sabia se estava desminada.

No dia seguinte, o dia continuava cinzento e o nevoeiro seco estava ainda mais espesso do que na véspera, o que tornava a visibilidade muito precária. O guia, temendo um acidente, recomendou que progredíssemos lentamente, tão lentamente que dava para acompanhar os carros a pé. Depois de meia hora, o pneu de um dos Toyota furou. Quinze minutos mais tarde, o mesmo incidente se repetiu com outro Toyota. O guia aconselhou os motoristas a rodar, metade na pista e metade no acostamento.

Esta era uma manobra arriscada. Buracos muito fundos e gretas se tinham aberto na pista e não se podia chegar perto da borda do caminho do lado do precipício; era friável e os carros corriam o risco de desbarrancar, caso se apoiassem muito nela. Os motoristas tensos, progrediam com uma incrível lentidão.

Comecei a ficar enjoada com as brecadas e acelerações e desci do carro para andar um pouco a pé. Todo mundo resolveu imitar.

Mohamed e eu andávamos do lado do guia, que continuava com a testa franzida, preocupado. Se este passo, que era considerado o mais fácil de atravessar, já se encontrava neste estado, em que condições devia estar o próximo que tinha fama de ser ainda mais difícil?

Leopoldo, choroso, queria parar um pouco para descansar.

Agora não, respondeu o guia, se continuarmos a perder tempo, só chegaremos ao próximo passo de noite e não poderemos ultrapassá-lo na escuridão. Podemos parar um pouco se não se importarem em passar outra noite nas montanhas negras. Mas posso garantir a vocês que as noites neste setor, que é mais alto, são ainda mais frias do que as que já passamos.

Leopoldo se calou. Não, não queria passar ali outra noite e continuou a andar com a expressão de uma criança mal-humorada.

Chegamos em plena luz do dia no segundo passo e começamos a galgá-lo valentemente. Se a neblina estava menos densa, em compensação o caminho voltara a ficar péssimo e os veículos começaram a progredir como caracóis, com pneus furados e motores esquentando. Quando chegamos no topo da montanha, o guia fez uma careta: a estrada havia desmoronado e não dava para passar.

Mesmo assim, ele desceu a pé uma parte do que sobrava da pista e começou a estudá-la. Voltou dizendo que havia sim um meio de passar, mas supunha levar a cabo uma manobra ainda mais arriscada do que as que tínhamos feito até então. Consistia em descer os carros, uma roda na borda da montanha, cuja largura era do tamanho de uma mão do lado do precipício e a outra roda, apoiada na estradinha logo antes das saliências e fendas centrais muito fundas.

Para complicar mais, o carro devia respeitar uma certa velocidade: se ele descesse devagar demais, podia morrer no meio da descida. Se ele descesse rápido demais, corria o risco de capotar e de cair no precipício ou nas fendas profundas do que sobrava da parte central da pista. Todos concordaram que descer um carro por ali seria uma verdadeira façanha.

Idriss foi olhar o trecho. Ele desceu e subiu, analisando cada centímetro de terreno. Boucar, o motorista do PNSQV estava lívido e me confessou em voz baixa o quanto estava assustado em descer a pista desmoronada daquele jeito.

Olha Boucar, disse-lhe, não sabemos ainda como vamos descer, mas acharemos um meio. Se os motoristas decidirem que podem fazê-lo, você também poderá: é tão bom motorista quanto eles.

Idriss continuava a inspeção em silêncio e todos esperavam seu veredito. Voltar atrás, não era realmente uma hipótese: perderíamos muitos dias. Mas graças aos cálculos de Kayar, ainda tínhamos muita água caso não houvesse outro jeito.

Depois de cerca de quinze minutos, ele foi ter com Dabzac:

Não é fácil, mas é possível. Os motoristas vão precisar se ajudar uns aos outros. Os carros têm de descer sem os passageiros. A carga pode ficar onde está. Eu posso ser o primeiro a descer, mas quero ser auxiliado pelo Mahamat.

Ele discutiu brevemente com o guia em *gorane* e entrou no primeiro Toyota. Começou a descida bem devagar seguindo as indicações do guia. Quando sentiu que a roda do lado direito estava encontrando apoio na borda rochosa, acelerou e deu uma guinada para esquerda, o tempo suficiente para que o carro se inclinasse para este lado. Depois, deu uma freada e nova guinada para direita, para impedir o veículo de capotar, e o fez derrapar do lado esquerdo, acelerando de novo. O Toyota aterrissou suavemente na parte plana da pista mais abaixo. Um desempenho calculado com exatidão milimétrica.

Um a um os veículos começaram a descer, Boucar era o último a passar depois de ter visto como faziam os colegas. Senti um arrepio pelo corpo quando vi o rapaz ter um momento de hesitação no trecho mais perigoso e por um triz não sofrer um acidente gravíssimo.

Idriss olhou para mim, e lhe fiz um sinal de aprovação com a cabeça. Sabia que ele era um dos melhores motoristas civis de areia de N´Djamena — e talvez até do país — e se alguém duvidava do seu talento, tinha neste momento a confirmação.

Agora que havíamos saído da montanha, estávamos numa planície salpicada de ervas duras e de moitas espinhosas. Aqui e ali, dava para ver acácias com os galhos retorcidos. Fiquei espantada em ver o grande número dessas árvores.

Mohamed me explicou que a erva era usada para muitas finalidades diferentes: alimento para o gado, misturada com barro para fazer tijolos e tratava toda uma série de males humanos e animais. As montanhas negras desapareciam no horizonte. Vinte minutos depois, vimos as primeiras casas de Fada.

As autoridades da cidade ficaram surpresas em saber que tínhamos vindo por essa direção. Achavam que o grupo fora muito imprudente e nem imaginavam sequer que ainda desse para vir à Fada via as montanhas negras. O caminho que eles recomendavam aos visitantes era o mesmo que Kayar havia recomendado.

Como Leopoldo estava bastante cansado, não exigiu que partíssemos logo e passou dois dias descansando no hotel com sua família e até os carros tinham sofrido bastante e necessitavam de alguns reparos.

Kayar já devia ter sido informado que havíamos chegado sãos e salvos à Fada. Mas novamente, a teimosia de Mohamed colocara a segurança do grupo em risco inutilmente: por pouco, Boucar não se envolveu num acidente grave e o PNSQV perdia outro veículo.

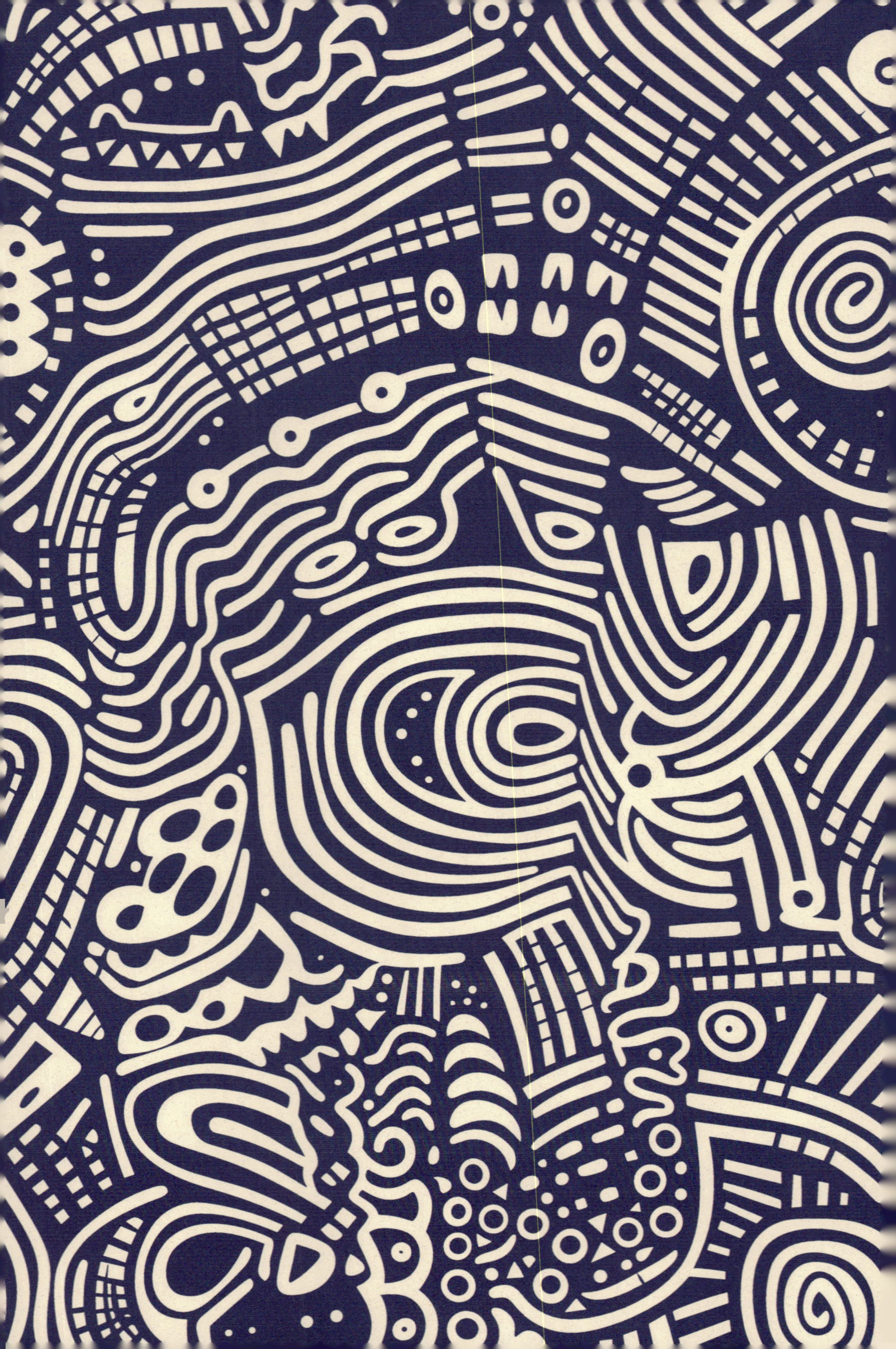

Capítulo 55
GUELTA D'ARCHEÏ E FIM DA MAGIA

Depois de dois dias, a tribo Lignières queria ir à *guelta* d´Archeï. Uma *guelta*, como já foi dito anteriormente, é uma depressão — ou uma bacia — onde a água se acumula graças a uma enchente ou nascentes, onde podem viver peixes e rãs. Eu estava tristonha, a viagem estava chegando ao fim e Kayar e eu havíamos nos desencontrado. Ou então, ouvira falar tantos horrores sobre o comportamento de Lignières, que não quis ter nada a ver com a missão. Resolvi não pensar mais no assunto e aproveitar plenamente a experiência única que estava vivendo. Sabia que de qualquer maneira, eu o veria em N´Djamena.

Saímos cedo de Fada e rodávamos numa grande planície desértica com muitas moitas e ervas. A paisagem era bonita com muitas acácias e alguns pequenos desnivelamentos. E ao longe, os contrafortes das montanhas negras ainda nos acompanhavam. Passamos frente às grutas e rochedos cobertos de pinturas pré-históricas, pintadas com tinta branca e vermelha, representando adaxes, girafas, cavalos, dromedários e até rinocerontes. Tinham uma vida e um movimento impressionantes.

Depois de várias horas, chegamos a uma encruzilhada. Havia estacionado bem no meio do cruzamento, sob uma grande acácia, um tanque soviético que os líbios tinham abandonado.

Querendo ver o interior do veículo, aproximei-me enquanto Mohamed me informava de que fora preciso treze horas de combate ininterrupto para a parte chadiana vencer os oponentes. O tanque apresentava um grande rombo redondo — que o atravessava de cabo a rabo — feito pelo míssil francês Milan.

Mohamed falava, falava e eu o escutava distraída. E de repente, ele me convidou a chegar ainda mais perto do tanque e levantar a cabeça.

Dei de cara com o rosto de um combatente líbio morto e completamente ressecado, deitado de bruços em cima do tanque, com a cabeça levemente inclinada para baixo. Os nossos rostos praticamente se tocavam.

Contive o horror para não dar esta alegria a Mohamed e entendi que devia ser a brincadeira clássica que os chadianos deviam fazer com todas as pessoas que lá chegavam pela primeira vez.

Comecei a detalhar as feições do homem: o rosto estava intacto, com traços finos. Via-se perfeitamente a pele ressecada, estorricada, o bigode, as sobrancelhas, os olhos fechados e os lábios repuxados pela seca sobre os dentes. Ele estava de uniforme, turbante e meias, alguém lhe roubara as botas.

Mohamed também aproveitou para me mostrar um segundo combatente líbio, que eu não vira, em cima da acácia, preso nos galhos; fora arremessado no ar pela força da explosão.

Parecia que os chadianos queriam manter, tanto o tanque quanto os dois corpos onde estavam, como lembrança dos combates. E era um aviso aos líbios para que soubessem o que os esperava, caso quisessem novamente invadir o seu território.

Retomamos a viagem e passamos ao lado de maciços isolados, que mais pareciam ruínas de fortalezas medievais erguidas em cima das dunas que emergiam num oceano de areia e, após duas horas de viagem, chegamos a um desfiladeiro magnífico.

As paredes, imensas, eram marrons, vermelhas e violetas: deviam ter mais de cento e cinquenta metros de altura com toda certeza!

A vegetação, mirrada com algumas árvores de maior porte e uma lagoa de água preta estagnada, onde flutuavam dejetos de dromedários. De cada lado, havia grutas com pinturas pré-históricas brancas e avermelhadas.

Dentro de uma das maiores grutas, uma fonte — uma *guelta* — alimentava o lago. O sítio era de extraordinária beleza e Mohamed avisou que havia aqui uma particularidade interessante: dentro daquele lago existia uma população residual pequena, totalmente isolada, de crocodilos do deserto! Sim, esses crocodilos — cerca de uma dezena — eram oriundos do rio Nilo, que havia no passado percorrido a região. Numa certa altura, o grande rio mudara seu traçado e a *guelta*, hoje, era essencialmente reabastecida por água subterrânea. Com o passar do tempo, os gigantescos crocodilos nilóticos se tinham transformado em crocodilos anões, mesmo assim chegavam a dois metros de comprimento.

Resolvemos almoçar neste cenário soberbo e visitar as grutas com mais atenção. Foi um momento único. Eu levara Bernardo comigo para distraí-lo. Ele estava novamente irritado com os modos de criança mimada de Leopoldo e queria torcer-lhe o pescoço.

Vimos pinturas diferentes, feitas com muitas cores e foi um verdadeiro encanto visitar o maior número delas. As formas e o movimento dos homens e animais das pinturas rupestres eram aqui também impressionantes.

E depois de termos almoçado e descansado, fomos na direção sul em direção de Biltine, via Kalaït (antiga Oum Chalouba) e Arada. Paramos na cidade de Kalaït onde Leopoldo, querendo exibir os seus conhecimentos da história do Chade, pediu para ir até o sítio onde havia sido travada a batalha de Oum Chalouba, uma das mais famosas do país com Ouadi Doum.

Kalaït fora o palco de um combate sangrento, que durou três dias e três noites e opôs as forças do novo presidente Hissein Mahamat às tropas de Mahamat Gouro, antigo presidente *toubou* (outra comunidade que vive essencialmente no Chade do norte e países vizinhos). Kalaït também se destacava por duas outras características: fora o palco de bombardeios durante três meses, opondo forças francesas e líbias. E, por último, era famosa pelas temidas tempestades de areia.

Enquanto isso, as discussões entre um Leopoldo cada vez mais zangado e militares cada vez mais decididos em recusar a autorização de visita ao sítio, continuavam. Ele acabou sendo obrigado a desistir do capricho e seguiu viagem muito bravo.

Ainda tínhamos um sítio interessante a visitar — Ouara — a antiga capital do sultanato do Ouaddaï. Kayar acertou em cheio em incluí-la no itinerário. Descemos dos carros para andar na antiga capital que, mesmo em ruínas, ainda era muito bela e imponente. A cidade havia sido, aparentemente, abandonada pelos soberanos por causa da seca. Ainda dava para distinguir o palácio do sultão Abdel Kerim Ibn Djamê, construído com tijolos de barro cozido e cercado por uma muralha de cerca de trezentos e vinte cinco metros de diâmetro, que continuava de pé, apesar de algumas degradações provocadas pelas intempéries. Ainda existiam muitas edificações que compreendiam uma sala de conselho e audiências, os aposentos das esposas e concubinas e uma torre de ronda bastante alta. Uma mesquita e poços circulares urbanos ainda podiam ser vistos muito claramente.

O resto da viagem decorreu sem maiores novidades, mas a magia do deserto já estava nos fazendo falta. Chegamos em Abêchê e, pouco depois, atravessamos Ati, a capital da prefeitura do Batha. As preocupações de trabalho estavam voltando a galope, queríamos voltar ao BET. Já estávamos falando em organizar uma nova expedição, que iria desta vez para o Tibesti, a última prefeitura do BET que faltava conhecer para termos uma ideia global da região norte.

Chegamos a N´Djamena no começo da tarde. Estava feliz em estar de volta e ainda mais feliz de ter mudado de casa. Malvina teve a grande gentileza de fazer a mudança para evitar que perdesse tempo com isso depois de ter voltado à capital.

A nova residência era confortável e mais bonita do que o meu antigo apartamento no prédio das Nações Solidárias. Tratava-se de uma grande casa com um enorme jardim, dividida em duas partes. Cada uma possuía dois apartamentos: um no térreo e outro no primeiro andar, que eram alugados separadamente pelo mesmo dono.

Eu me instalara no primeiro andar e dispunha de um belo pedaço de jardim para Boudin e de uma grande garagem que partilhava com o meu vizinho do térreo. Perto da escada que levava para minha nova casa, uma enorme primavera centenária cobria uma boa parte do terraço com flores rosa alaranjadas. Janelões de vidro permitiam ver a sala de dois ângulos diferentes a partir do terraço. Era lindo, mas não muito seguro.

O apartamento, muito claro, tinha uma grande sala, uma boa cozinha, um banheiro e dois quartos. A superfície aproximada era de noventa metros quadrados, o mesmo tamanho do anterior, mas parecia ser maior.

Fiquei muito feliz com minha escolha. A residência era menos central do que a anterior e se localizava na avenida Mocktar Ould Dada, bem perto do hotel *La Tchadienne*.

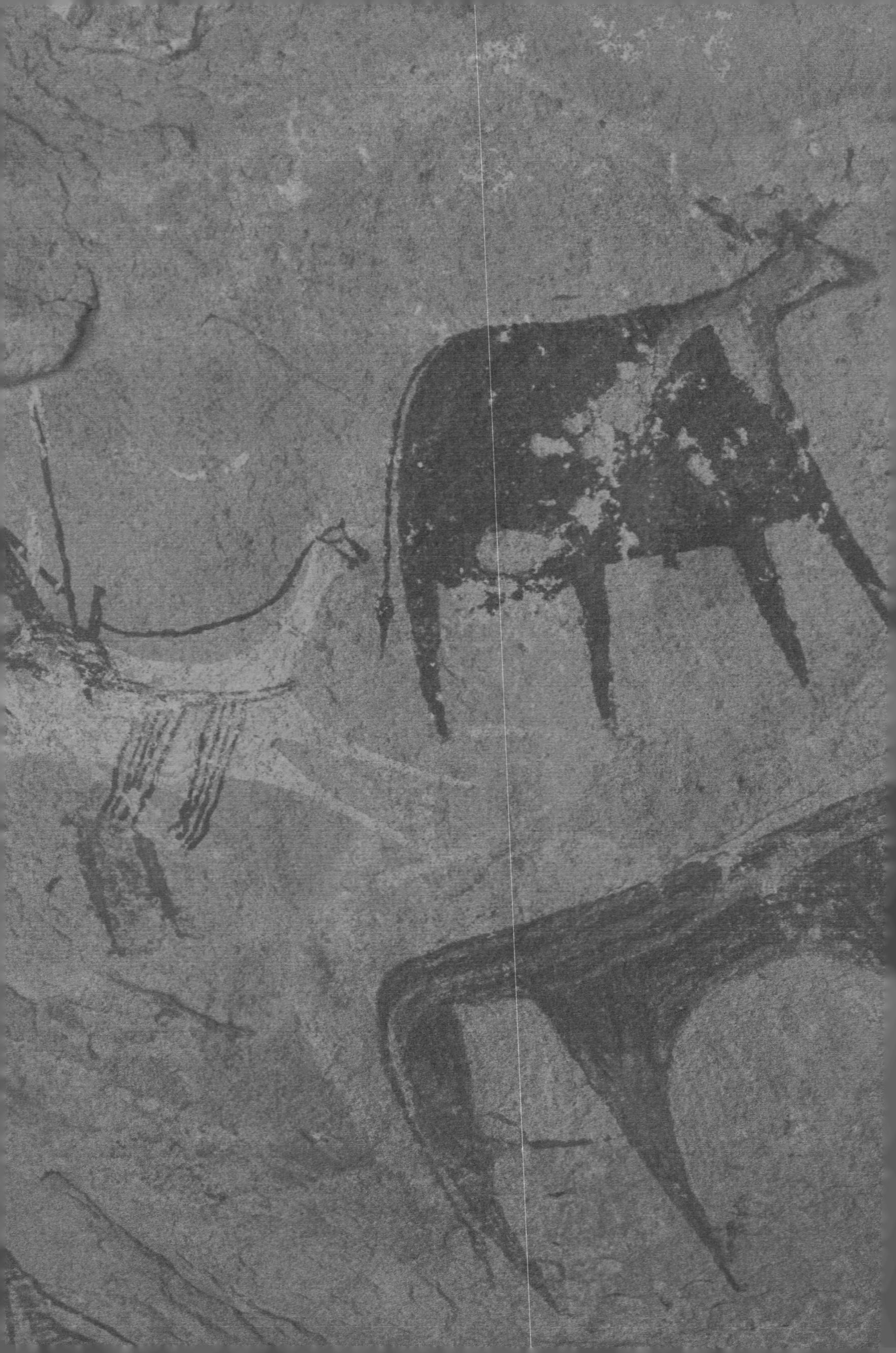

Pintura rupestre em caverna da localidade de Manda Gueli, na prefeitura do Ennedi.

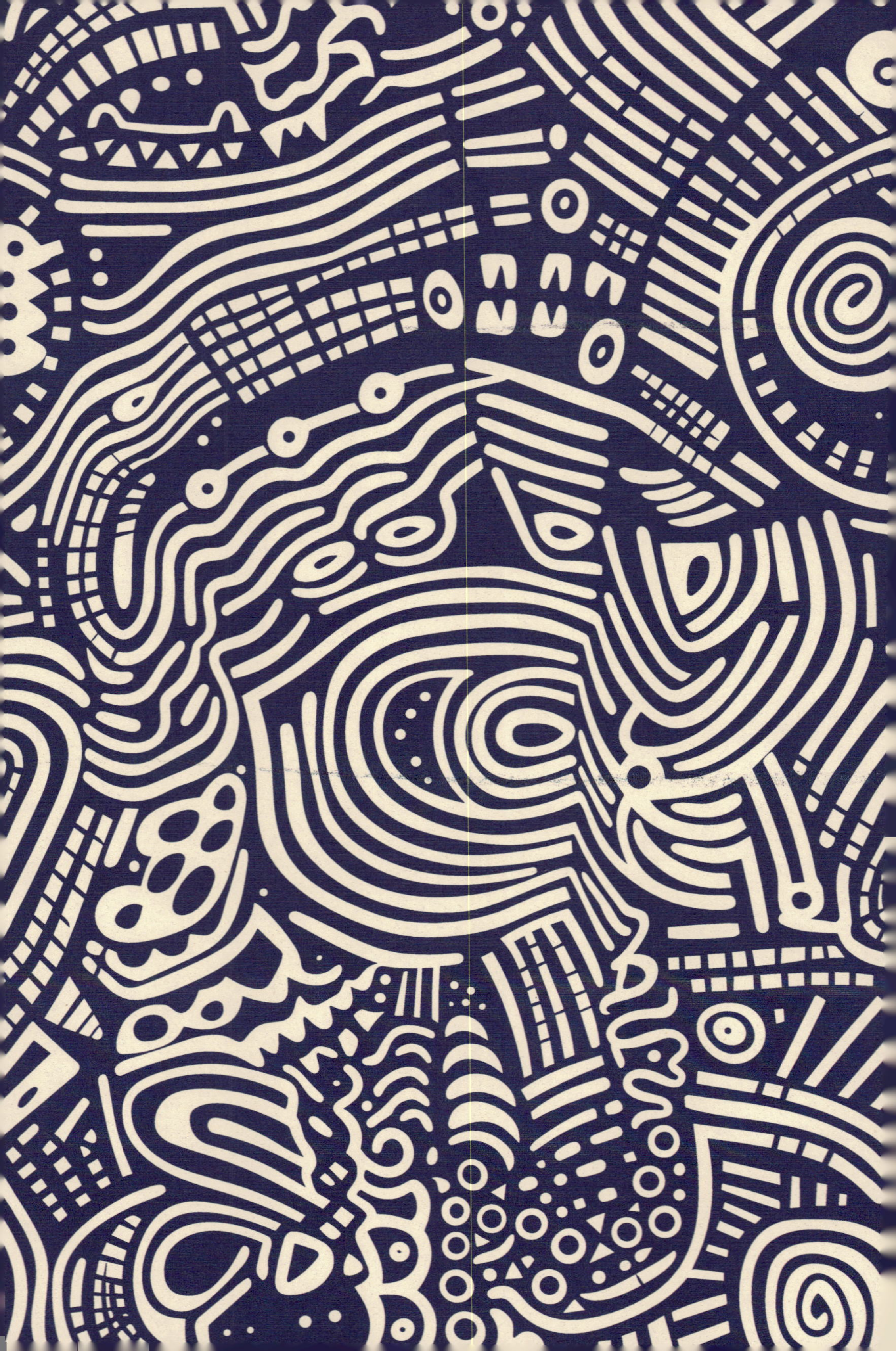

Capítulo 56
O NOVO APARTAMENTO E OS ECOS DA VIAGEM

No PRIMEIRO DIA, quando o sol se pôs, ouvi assobios, cuja origem não consegui identificar. Como Calisto Delpech, meu vizinho do térreo, me convidara para tomar um drinque de boas-vindas, aproveitei a ocasião para perguntar o que era aquele barulho estranho.

Calisto começou a rir: é o som que emitem as "cobras assobiadoras." Elas silvam quando deixam no anoitecer a zona úmida do rio onde passam o dia, para dormir num terreno mais seco. Fazem essas migrações cotidianamente, mas não podem entrar no jardim, que protegi com uma rede de malha bem fina, muito resistente. São muito venenosas, mas também assustadiças.

Falamos de outras coisas e entendi que se ele gostava do Chade, gostava muito menos dos chadianos. Despedi-me dele com muitos agradecimentos.

Quando amigos vieram comemorar a mudança de casa, Calisto, tinha saído de férias e todos estavam percorrendo o jardim e se encantando com a boa escolha que fizera. Eu organizei um grande churrasco, mas senti em todos uma ponta de saudade. Era evidente que ia ganhar em qualidade de vida, mas de certa forma, eles sentiam que eu tivesse deixado o modesto apartamento onde vivera três anos e do qual todos tinham ótimas lembranças. Nada disso evidentemente foi dito explicitamente.

Esta impressão foi mais tarde, confirmada por Amadou:

Mas o que você quer? Disse-me ele. Somos pessoas nostálgicas e sua mudança marca o fim de um quadro, que nos era familiar e onde passamos momentos extraordinários. Não quer dizer que não vamos passar na sua nova casa momentos tão bons, ou quem sabe, até melhores do que os que passamos na sua antiga residência.

Sem o saber, a minha mudança ia coincidir com o fim de uma época, mas isso eu ainda não sabia. No momento, estava curtindo plenamente a felicidade de escapar da barulheira infernal dos novos inquilinos do meu antigo prédio e das faturas escorchantes de eletricidade que o PNSQV começara cobrar pelo uso do recém-instalado gerador. Alguns dias mais tarde, Kayar voltou de viagem e veio direto para a nova casa depois do jantar, encantado em me rever. Explicou que a visita dos chineses atrasara e que depois nunca mais conseguira nos alcançar, pois o material de que dispunha não era tão novo quanto o nosso. No começo, ficou muito aborrecido em não poder me encontrar e estar impossibilitado de entrar em contato comigo para me explicar o que acontecera.

Mas depois, quando começou a ouvir os comentários das autoridades sobre a maneira como Leopoldo se portava, ele até achou bom este desencontro ter acontecido. E Kayar sabia de tudo. Também me falou que censurara muito Mohamed por nos ter levado para as montanhas negras, apesar dos seus avisos em contrário.

Eu falei para este idiota que era perigoso, disse Kayar com irritação. Mas ele me disse que tudo correu bem. Ele dispunha de um excelente guia e graças à ajuda do meu homem aqui, estava tudo super bem-organizado e tínhamos água de sobra. Do nosso lado, os motoristas e equipamento eram muito bons, mas não é verdade que tudo tenha corrido sem problemas.

Não aconteceu nada porque Deus não quis. Um dos nossos motoristas teve uma hesitação num trecho problemático do caminho e poderia ter sofrido um acidente muito sério. Mas acho que a vaidade de Mohamed é tamanha que não tira lições de eventos anteriores que não deram certo.

Demos a volta do apartamento e Kayar parou no meu quarto e olhou pela janela: Bonita vista, murmurou ele. Os crepúsculos devem ser fantásticos vistos daqui. É pena ter esta casa em ruínas na frente do rio.

Você vê boa parte dele, mas ficaria ainda melhor sem nada para atrapalhar a sua visão do Chari e das palmeiras *doum*.

Você tem razão. Mas para fazer isso, eu precisaria tomar toda uma série de medidas com o proprietário, que não sei nem quem é. É muito complicado e achei mais simples acostumar-me com ela.

Kayar sorriu: Bem, se quiser, não é muito difícil satisfazer este seu desejo. Posso mandar meus tenentes irem jogar uma granada ou duas naquela tapera, qualquer noite dessas. Há "tantos elementos descontrolados" atuando na cidade que ninguém ia se abalar muito com o fato. E seria muito divertido.

Eu olhei para a cara dele e rapidamente entendi que estava falando sério. Kayar não era mesmo maluco?

Eu agradeço muito. Tinha esquecido que os chadianos gostam de resolver as coisas pela via rápida. Mas pensando melhor, a casa não me incomoda mais. Deixe estar que o que vejo já é muito bonito.

Mesmo? Não me custa nada fazer isso. Garanti que estava tudo muito bem do jeito que estava e corri mostrar o resto do apartamento para que ele não pensasse mais no assunto.

Após a visita, me disse que, em síntese, tinha gostado muito da casa nova, mas o muro que separava o jardim da rua era muito baixinho e desprotegido, mesmo com a cerca viva que tinha atrás. E havia mais: os janelões não tinham barras de ferro e minha porta de entrada era muito frágil; um forte empurrão ou pontapé devia deitá-la abaixo.

Depois da inspeção do apartamento e como Kayar já tinha jantado, fui para cozinha preparar café e fomos para a sala. Contei a viagem em detalhes, bem junto dele, na minha posição favorita e ele me olhava enleado, seduzido, como se fosse a primeira vez que me via. Ele sentiu que algo estava me deixando desconfortável.

O que você tem, minha linda? Conte-me. Quero saber de tudo o que viu, fez e sentiu durante esta viagem. Eu peguei a sua mão, enfiei o rosto no seu ombro e comecei a contar em voz baixa o episódio dos três fugitivos da base de Ounianga, da morte de um deles, a volta dos dois fugitivos sobreviventes atemorizados à base, a incompreensível intransigência de Mohamed em não lhes dar condições para que chegassem a Faya e a surra selvagem que receberam.

Kayar escutava em silêncio ninando-me. Quando parei de falar, ele me deu um beijo.

Sei que tudo isso deve ter sido duro para você, mas o que viu é infelizmente a realidade deste país e vai levar o seu tempo para mudar.

Mas deixe-me dizer uma coisa: estou muito orgulhoso de você. Mohamed ficou muito impressionado por várias atitudes que você tomou, assim como pela sua resistência física e coragem tranquila.

Contou-me a respeito do episódio de Ounianga, quando os combatentes não sabiam quem vocês eram. Ele também riu muito quando falou do seu chefe, que literalmente "cagou nas calças" e veio, tremendo, lhe pedir para fugir. Mas que papelão o coordenador do sistema das Nações Solidárias protagonizou! Vocês realmente estão mal representados!

Vamos dormir, disse-me. Você precisa descansar que a viagem deve tê-la esgotado. Recomendo que vá se deitar mais cedo nos próximos dias para se recuperar mais depressa.

Antes de irmos para cama, quero felicitá-lo pelo itinerário que nos propôs, disse-lhe. Todo mundo ficou encantado e estou feliz em ter visto todas essas maravilhas chadianas. Sei que será bem difícil revê-las, pois para isso, precisaria dispor outra vez de uma logística impressionante.

E fomos dormir.

No dia seguinte, estava no escritório, de volta à rotina, quando a porta se abriu e entrou Salif Barry. Gostava muito dele e nos divertíamos muito juntos por termos o mesmo tipo de humor.

Hoje, ele parecia estar bastante zangado e fechou a porta. Estou furioso. Este Leopoldo, que idiota! Deixou-se cair numa cadeira na frente da minha mesa e me disse:

Eu não deveria falar isso a você, mas estou tão bravo que se não converso com alguém, vou agora mesmo dar um murro na cara dele!

Muitas vezes eu mesma tinha morrido de vontade de fazer isso.

Além de ter ido ao BET se cobrir de ridículo com comportamentos imbecis e passar o seu tempo desrespeitando pessoas que o receberam com a maior hospitalidade, ainda demonstrou ser um covarde.

Suponho que você não saiba do último pedido que fez ao nosso amigo piloto Jean Marie Laval, antes de começar a viagem ao BET. Não? Então escute só: ele pediu ao Jean Marie que ficasse de prontidão durante toda a viagem para vir resgatá-los, ele, sua mulher e filho, caso vocês encontrassem problemas. Ele não teria hesitado um segundo em abandonar vocês no deserto e fugir de avião, salvando apenas sua vida e a de sua tribo.

Sacudi a cabeça: não sabia disso, mas não me espanta. Meus amigos chadianos têm o maior desprezo por ele. Conhecendo o chefe que temos, pedi o apoio dos amigos militares antes da viagem e entreguei-lhes o itinerário para que pudessem intervir a qualquer momento, caso precisássemos de ajuda.

Mudando um pouco de assunto, fizeram bem de fazer esta viagem agora, continuou Barry. Daqui a pouco creio que não será mais possível viajar daqueles lados. O Ennedi em geral e o Ouaddaï em particular estão se transformando aos poucos em verdadeiras panelas de pressão. E o recém-descoberto petróleo chadiano, e a guerra de influência que estão travando americanos e franceses na África subsaariana, também não são estranhos aos sobressaltos do país. Imagino que alguém já lhe tenha falado a respeito.

É, respondi. O embaixador francês me falou. O fato é que está dando agora para ouvir um barulho de botas cada vez mais forte, não é mesmo? Talvez tenhamos mais para frente de pensar na possibilidade de uma evacuação com um presidente cada vez mais fraco e um opositor cada vez mais forte.

Tentei distraí-lo um pouco contando algumas das histórias de Leopoldo. Barry riu tanto que quase caiu da cadeira e saiu num humor bem melhor.

Capítulo 57
A PARTIDA DE KAYAR

Kayar veio mais cedo do que costume e sua cara séria não indicava boas notícias. Partilhou as preocupações a respeito da situação política. Esta calmaria prenunciava grandes tempestades e o presidente Hissein Mahamat não tardaria a cair. Os acontecimentos do primeiro semestre haviam-no fragilizado.

Você verá, disse-me. Mais um golpe daqueles e será o fim. Diar sabe muito bem disso e voltará ao ataque tão logo esteja pronto. Não gosto de Diar. Parece muito com Hissein do ponto de vista da crueldade e manipulação, mas não tem nem a sua capacidade e nem o seu carisma.

Além do mais, toda aquela história da captura de Abakar Nassour foi muito mal contada e — se os rumores forem verdadeiros — dão um retrato bem pouco lisonjeiro dele.

Contam por aí que a guarda presidencial só conseguiu se apoderar de Nassour porque Diar, enquanto dava garantias a seu primo que atacava os oponentes pela retaguarda, estava na realidade, fugindo com o resto dos homens para bem longe dali. E deixou Abakar sozinho, lutando como um leão apesar do ferimento com setenta homens, até ficar sem munição e ser capturado.

De qualquer maneira, já tomei providências para que minha família fique abrigada num local seguro e sei que não preciso me preocupar com você pois será evacuada pelos franceses e pela LNS. Dizem os rumores que Diar vai fazer um novo ataque no final do ano, então, tente estar de férias na França ou no Brasil neste período.

E você? Perguntei, tendo um mau pressentimento. O que vai acontecer com você? Kayar desviou o olhar.

Bom, como dizer? Isso se decidiu ontem, depois de um encontro muito difícil que tive com Hissein. Ele me manda três anos na academia militar inglesa de *Sandhurst*, em agradecimento pelos "meus bons e leais serviços". Se insistir em ficar em N´Djamena, "posso vir a sofrer um acidente", se é que entende o que isso quer dizer. Assim, embarco amanhã para Londres.

Vacilei, o golpe era bastante duro.

Eu imaginei desde sua chegada à minha casa que ia me contar alguma coisa que me desagradaria profundamente a julgar pela sua linguagem corporal desajeitada. Também, falava sem olhar para mim, como se estivesse mentindo ou certamente, ocultando alguma coisa. Mas por essa, não esperava. Vacilei.

Então, me parece que a hora das despedidas chegou, disse-lhe, fingindo uma tranquilidade que estava longe de sentir. Desejo a você uma ótima viagem e uma estada ainda melhor em *Sandhurst*.

Kayar ficou mudo. Mais uma vez, a minha reação o desnorteava. Ele começou a gaguejar, a me explicar que não podia mais ficar em N´Djamena, que o presidente Hissein Mahamat mandaria assassiná-lo. Ele se enterrava em explicações que eu não pedira e se sentia cada vez mais ridículo. E eu estava aí de pé à sua frente, muda, olhando para ele no mais completo silêncio. Sem saber o que fazer ou como se portar numa situação tão inusitada, Kayar resolveu abreviar a despedida tão surpreendente.

Beijou-me meio sem jeito murmurando: obrigado pela sua amizade, obrigado por tudo. E começou a olhar em direção da porta para bater em retirada.

Ele não conseguia olhar para os meus olhos, que mais eloquentes do que palavras, claramente diziam o quanto estava decepcionada com seu comportamento.

Eu voltarei a ver você, acrescentou ele. Voltarei à N´Djamena por períodos curtos, você verá. E depois, hei de vê-la nas férias em Paris. E três anos passam depressa. Nem ouvia mais o que ele falava. Muda, sentindo o meu ser desmoronar atrás da aparência de indiferença. Dentro de três anos, já teria sido transferida para outro país e não acreditava um segundo que ele fosse voltar a N´Djamena, mesmo se o presidente em exercício viesse a ser derrubado.

Repetia mentalmente: *don't let him see you cry* (Não o deixe ver você chorando). Eu queria agora que ele partisse o mais rápido possível. Completamente desconcertado, Kayar abriu a porta.

Vendo que eu não fazia um movimento, sacudiu a cabeça e saiu. Ouvi o ronco do motor do carro que se afastava. Eu sabia que estava tudo terminado. Peguei Boudin no colo e desandei a chorar por um bom tempo. Kayar foi embora.

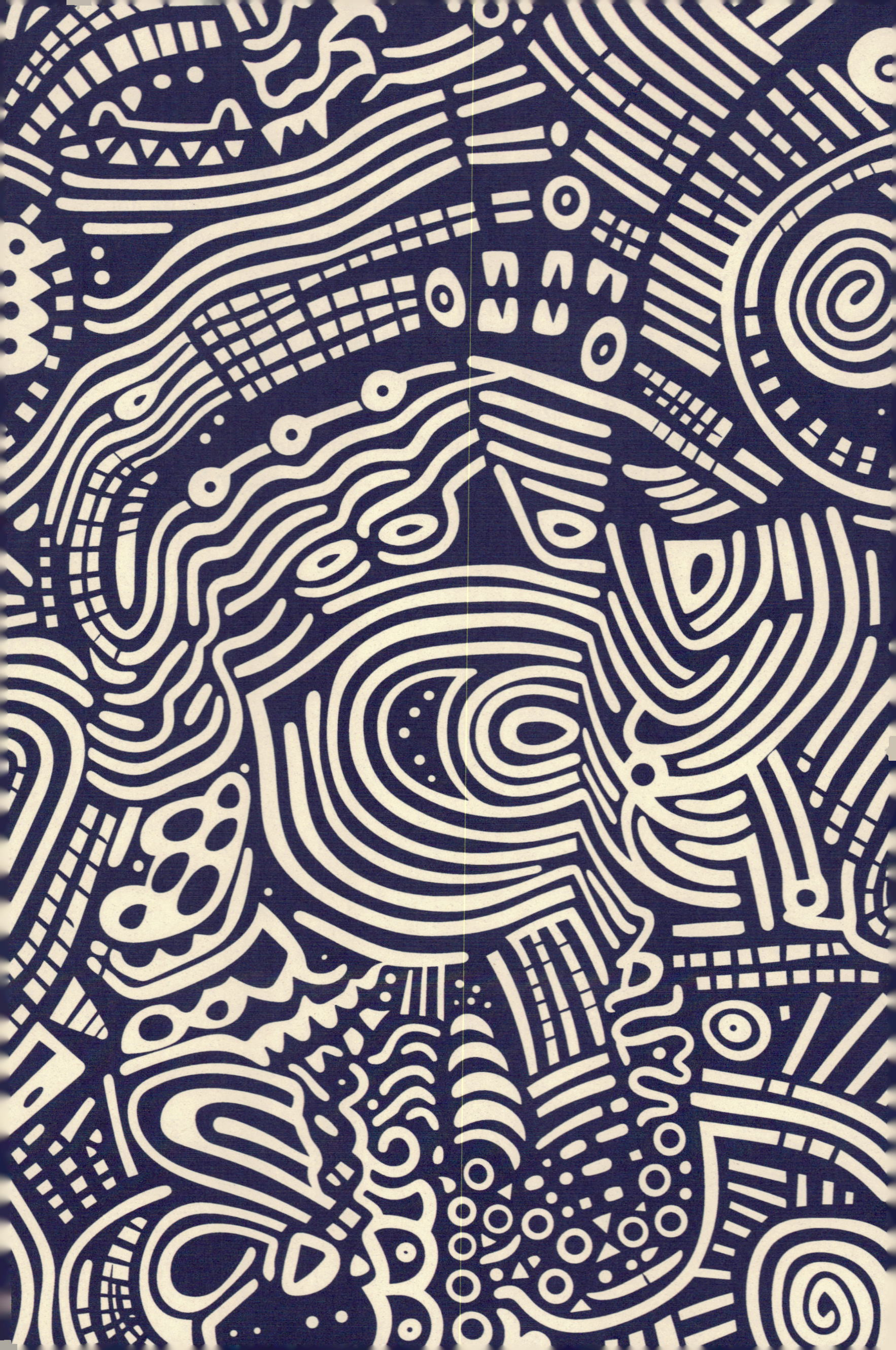

Capítulo 58
O COMEÇO DO FIM

SOFRI MUITO COM A PARTIDA DO MEU NAMORADO. Eu me afinava profundamente com ele e nós dois tínhamos uma comunhão espiritual muito forte. Mas a separação era uma ferida que ia levar tempo para cicatrizar. E o meu mundo, a partir deste momento, ficou pintado de preto, como aquela porta da música *Paint it Black*, dos Rolling Stones, meu grupo favorito de rock.

Não tive tempo para pensar em coisas tristes. A situação político-militar não parava de piorar. As pessoas voltaram a ficar nervosas quando os combates na fronteira com o Sudão começaram a ficar mais frequentes e mortíferos.

Eu, que normalmente era muito alegre, fiquei séria, preocupada. Sabia que havia problemas graves dentro do próprio governo com dissensões sobre como gerir a crise.

Ninguém, no fundo, sabia como brecar a lenta, mas inexorável progressão de Djimet Diar rumo ao poder. O presidente, cada vez mais exasperado, eliminava tudo e todos que não pensavam como ele. Dei graças a Deus de Kayar já ter ido embora; caso contrário, já teria sido assassinado por causa do seu comportamento e dizeres muito críticos a respeito do governo atual. Os meus amigos Traorê também estavam assustados, toda a família de Hawa era *gorane* — e *gorane* militante.

Os membros da comunidade internacional de N´Djamena sentiam o quanto a situação estava ficando perigosa e numa espécie de tentativa de autoengano, faziam festas e mais festas, e bebiam e dançavam como loucos, tentando esquecer os medos reais e imaginários.

Tentei lhes explicar o quanto este comportamento era inoportuno neste momento, mas logo realizei que as culturas e sensibilidades eram demasiadamente diferentes. Os chadianos, no fundo, achavam que os expatriados eram racistas e perfeitamente insensíveis aos seus problemas, o que não deixava de ser verdade. Quanto aos estrangeiros, eles sentiam uma certa raiva dos chadianos não se entenderem e passavam o seu tempo lutando uns com os outros e atrapalhando as suas vidas, o que também fazia sentido.

Quanto a mim, sentia que estávamos todos dançando sobre um vulcão, prestes a entrar em erupção a qualquer momento. A caixa de Pandora estava se abrindo, pensei, e não sei que outros males, além da guerra, vão se abater neste país, que não conhece a paz desde a independência nos anos 1960.

E novamente, em novembro, começaram os combates e os massacres. Mais mortes, mais covas, mais luto, menos Toyotas, menos combatentes, menos segurança na cidade. E as revoadas de mulheres em trajes coloridos voltaram a percorrer a cidade, procurando pelos seus homens — ou informações sobre eles — em hospitais, cadeias, necrotérios. As vigílias mortuárias também voltaram a aparecer. E estas últimas eram ainda mais numerosas do que as do mês de março.

Na verdade, havia tantas vigílias, que o presidente as proibiu para que sua vista não afetasse mais do que já estava a população e as tropas reservas.

Foi quando um novo combate extremamente sangrento acabava de ter lugar na fronteira chado-sudanesa, que Leopoldo decidiu fazer um baile fantasiado na sua casa. O tema: As Mil e Uma Noites e até dromedários seriam trazidos ao jardim da residência. Era sem dúvida, uma bela festa sobre um lindo tema, mas totalmente inoportuna. Eu tinha sido convidada, mas declinei o convite; faltava-me ânimo.

No dia da festa, fui para a casa dos Traorê. Muitos dos meus amigos estavam lá, assim como outras pessoas — da família de Hawa — que eu não conhecia.

A atmosfera era grave e todos conversavam em voz baixa. Vendo que os homens queriam falar entre si, fui ajudar Hawa com o jantar e aproveitar para também pedir notícias sobre os combates.

Avisei Hawa que não ia demorar, mas ela deu de ombros e me falou que devia ficar. Depois da refeição, me despedi discretamente dos donos da casa e me preparei para sair. Neste momento, ouviu-se no silêncio a voz de Ali, irônica:

Por que você está indo embora tão cedo? Não me diga que está pretendendo ir à festa de Lignières! Ele pretendia ser engraçado, mas a brincadeira era ofensiva. E pela primeira vez desde que me conheciam, viram uma luz de raiva se acender nos meus olhos, logo controlada. Com calma, respondi-lhe:

Eu ia me retirar porque pensei que vocês quisessem ficar entre chadianos o que me parece muito normal em vista das circunstâncias. Quanto aos meus projetos para hoje à noite, na verdade, não tenho nenhum em particular. Este é um momento de luto no país com muitas mortes que quero respeitar. Vou, portanto, voltar para casa, ler um pouco, fazer as minhas preces e deitar cedo.

Um silêncio constrangido se instalou na casa depois da minha resposta. Eu já estava saindo quando Tiozinho me chamou: venha, cá minha sobrinha, venha se sentar do meu lado e ficar aqui um pouco mais conosco. Você faz parte da família.

Sei disso, sim, Tiozinho e estou muito honrada com suas palavras. Mas não me leve a mal. Eu penso que num momento tão difícil quanto o que estamos passando, é melhor mesmo eu me retirar. Tem aqui pessoas que não me conhecem e estarão mais à vontade com vocês. O que faço neste momento é por consideração a vocês todos. Voltarei outro dia.

Saí com Hawa e abri a porta do meu carro.

Mas o que foi que deu em Ali? Disse Hawa, bastante contrariada. Mas enfim, você lhe deu uma boa lição. Eu a abracei:

Eu entendo um pouco a sua reação, respondi. Acabei de passar na frente da casa de Leopoldo quando vinha para aqui e ele está dando a festa mais barulhenta que já ouvi, com risadas escandalosas, danças animadíssimas. Sinceramente, ele poderia ter feito um jantar discreto quando a cidade inteira chora os seus mortos. Não faça essa cara.

Tenho certeza de que Ali quis ser engraçado. Não tinha nenhuma intenção ofensiva nas suas palavras.

Quando cheguei à minha casa, Calisto me avisou de que rumores corriam à solta na cidade: parecia que os *gorane* do presidente Hissein Mahamat estavam sendo estraçalhados de propósito, para lhes quebrar o moral e animá-los a passar para o lado dos insurgentes. Era a mesma estratégia usada nos combates de março último e uma verdadeira carnificina estava tendo lugar no leste.

Eu estava cansada e muito preocupada. Agradeci a Calisto e pensei em Kayar: ele já devia ter chegado à academia de *Sandhurst* e provavelmente devia estar procurando uma acomodação. Senti uma falta imensa dele e fui me deitar.

O telefone tocava, tocava, teimoso. Ainda meio adormecida, fui atender. Olhei o relógio: eram 03:00. Do outro lado da linha, uma voz em pânico acabou de me acordar de vez.

Boa noite, ou melhor, bom dia, disse com voz sonolenta. Quem está falando? No que posso ajudá-lo?

É Ahmed, Dona Beatriz, Ahmed, o assistente administrativo do projeto de Gestão da ajuda de urgência. Desculpe incomodá-la a esta hora.

Ah, sim, disse. Ahmed, no que posso ajudá-lo?

Dona Beatriz, eu não sei o que fazer. O sítio do projeto está para ser invadido por combatentes. Eles estão armados até os dentes e muito nervosos. Querem os nossos caminhões. O que devemos fazer?

Se eles estão tão armados e nervosos quanto você está falando, abra imediatamente o portão e entregue-lhes os caminhões, respondi. O que quer fazer? Devem ter ordens lá de cima e não vão hesitar em matar todos, se caírem na besteira de tentar resistir. Ahmed, pelo amor de Deus, mande o pessoal retirar tudo o que possa identificar os caminhões como sendo das Nações Solidárias e entregue-os aos militares. Rápido, homem de Deus! Rápido! Vá dar as instruções e abrir o portão!

Espere senhora. Estou dando as instruções aos guardas! Foi a resposta. Ouvi-o falar em árabe chadiano e logo depois ouvi o barulho de pessoas correndo.

Dona Beatriz, abrimos o portão aos combatentes. Tem cerca de uma dezena.

Ahmed, preste bem atenção ao que vou dizer, continuei com voz calma. Diga ao pessoal do projeto acatar as ordens e se afastarem imediatamente dos caminhões tão logo tenham retirado deles as identificações Nações Solidárias. Nada de heroísmo inútil: suas vidas valem muito mais do que esses veículos.

Fiquei em linha com o assistente administrativo. Eu o ouvi sair, chamar os guardas e dizer para se afastarem das máquinas, depois de ter entregado as chaves aos combatentes. Pouco tempo depois, ouvi o barulho das máquinas que estavam sendo levadas.

E agora? Perguntou Ahmed, todo ofegante.

Agora? Agora meu amigo, vá dormir e mande o seu pessoal fazer o mesmo. Não há mais nada a fazer no momento. Você fez um excelente trabalho e ninguém saiu ferido. Bom, já que a situação foi resolvida, vou voltar para cama. Ainda tenho pela frente algumas horas de sono.

Fui dormir perguntando-me se a requisição a altas horas da madrugada não era o prenúncio do fim da era Hissein Mahamat, de que Kayar me falara anteriormente.

Capítulo 59
O ESFACELAMENTO DA RESISTÊNCIA

No dia seguinte, fui às notícias na casa dos Traorê. Eles já sabiam do incidente no projeto PNSQV e confirmaram o que já imaginava: sim, os caminhões amarelos estavam indo em alta velocidade para a frente de combate no Ouaddaï.

Me avisaram que as ordens de requisitar os caminhões provinham diretamente da presidência: os militares haviam recebido instruções para tentar, antes de mais nada, usar de persuasão para requisitar os veículos. Só deviam recorrer à força se não houvesse nenhum outro jeito.

Os Traorê, meu habitual grupo de amigos, e eu estávamos vendo as notícias quando apareceu na tela, os caminhões amarelos das Nações Solidárias, sobre os quais tinham sido montados os *katiushas*, ou órgãos de Stalin, cuspindo um verdadeiro dilúvio de fogo sobre as tropas inimigas. Apesar de a transmissão ser em branco e preto, os veículos eram perfeitamente reconhecíveis.

A mesma imagem apareceu em seguida em cores, nas notícias francesas das 20:00. O pessoal do projeto conseguira remover todas as identificações Nações Solidárias. Só a cor característica dos caminhões — um tom forte de amarelo — indicava a proveniência.

Tiozinho estava presente e fui me sentar entre ele e Hawa. O costumeiro genérico de tempo de guerra apareceu na televisão com a bandeira do país estalando ao vento e o hino nacional. Logo em seguida, começaram a passar imagens insuportáveis, comentadas em árabe chadiano.

Via-se na savana rala, cadáveres de homens queimados no lança-chamas, encolhidos, parecendo ser do tamanho de crianças de dez anos.

Depois apareceram sequências de corpos que pareciam ter caído, uns atrás dos outros e soube por Tiozinho que eram feridos caídos dos caminhões onde haviam sido carregados, pelos fortes solavancos provocados pelo terreno irregular e atropelados pelos caminhões seguintes. Eram homens do presidente Hissein Mahamat. Se esses infelizes haviam morrido daquela maneira horrível, os motoristas deviam estar em completa debandada para não parar e recolhê-los. O nome de muitos comandantes, de ambos os lados, mortos em combate, foram mencionados e os meus amigos se entreolharam, quando alguns nomes foram mencionados.

Íamos jantar, quando Ibrahim apareceu:

As coisas vão mal. Venho da presidência. Amanhã o presidente fará um apelo formal à população para fazer uma doação em ouro para "salvar a pátria". Todo bom cidadão seria bem inspirado em contribuir, mesmo que seja apenas com a aliança ou coroas dentárias.

Todo mundo se olhou em silêncio. Ninguém falou muito durante a refeição e não demorei em voltar para casa. A cidade estava deserta.

Não há mais combatentes circulando, devem ter sido mortos na frente leste, feridos e atropelados pelos seus próprios colegas, pensei com um arrepio. Meu Deus! Como é que vai acabar tudo isso?

À medida que a situação se agravava a cada dia, as festas do pessoal internacional começaram a escassear. Os expatriados estavam agora com medo de sair de casa e circular de noite naquela cidade erma, ameaçadora. Todos os chadianos estavam de luto pela perda de algum parente.

Minha rotina pouco se alterou. Passei pela casa de Leopoldo e não consegui acreditar no que via: o meu chefe mandara construir um muro bem alto ao redor do vasto jardim! Senti vergonha por ele: algum tempo atrás ele alegara que não dispunha de verba suficiente para construir um muro em volta do condomínio *Les Rôniers* para proteger as famílias que lá moravam, mas pelo jeito, havia dinheiro disponível para protegê-lo, a ele e aos seus! Que espécie de chefe era este homem?

Continuei meu caminho pensando que não era uma surpresa. Lembrei-me do terror de Leopoldo na base de Ounianga e do pedido que fizera ao piloto Jean Marie Laval antes da viagem para o BET.

À noite, como de costume, fui ver os Traorê. Vários conhecidos me perguntaram com ironia se eu vira o muro da casa de Lignières. Tinha visto o muro, sim, assim como todo mundo, mas não ia comentar o assunto.

Este representante residente, que desastre! Murmurou Oumar Chaib, o ministro do plano e da cooperação, que estava sentado no tapete, jogando cartas com um grupo de amigos. Ele deveria ter construído esse muro ao redor do condomínio *Les Rôniers* ou então de sua casa, Beatriz. Aquele murinho que você tem na frente de sua nova residência me dá arrepios. Mesmo que tenha uma cerca viva atrás, você está extremamente vulnerável. Enfim, minha menina, não quero falar mal na sua frente do seu chefe, mas estou cada vez mais indisposto com ele.

Vendo que os homens queriam conversar, provavelmente sobre Leopoldo, fui ajudar Hawa a preparar o jantar.

Hawa, perguntei baixinho, o que Oumar Chaib quis dizer há pouco?

Bom, respondeu, já deve conhecer algumas das razões que deixam o Oumar Chaib irritado com seu chefe. Mas talvez não saiba da última: Lignières anda em grandes intimidades com um dos principais oponentes do regime.

Ah, sim, já sei disso, respondi. Trata-se de Fachaam Balo, não é? Ele retornou do exílio faz pouco tempo.

Sim, é ele mesmo. Mas agora Lignières o vê praticamente todos os fins de semana. Ele o recebe em casa e acha normal ver oponentes ao regime. É claro, chegou aos ouvidos de Oumar Chaib.

Além disso, o seu amigo Youssouf, do ministério do plano, veio nos ver outro dia e nos informou que quando Lignières estava de férias na Bélgica nesse mês, deu uma entrevista à jornalistas sobre o Chade. Quando perguntaram o que achava da cidade de N´Djamena, respondeu que era como um queijo *gruyère*: cheia de buracos! Toda a entrevista foi feita neste tom de deboche.

Mas o nosso embaixador em Paris, sempre atento a tudo o que se fala do Chade no estrangeiro, logo obteve a íntegra da entrevista de Leopoldo e imediatamente a mandou para cá. Qualquer dia destes, o governo pode declará-lo *persona non grata*: é muito sensível ao que se diz do Chade tanto aqui no país quanto lá fora.

Quando cheguei à noite, vi uma carta de Kayar debaixo da porta de entrada. Ela devia ter sido trazida por alguém de sua confiança, pois não tinha selo ou carimbo. Dizia que ele estava bem instalado e gostando do curso, conhecera militares que poderiam talvez, a mais longo prazo, serem bons aliados se voltasse para a ativa.

Também queria me ver em dezembro em Paris e por último, sentia muita falta de mim. Esta noite, fui dormir feliz. Responderia amanhã e pediria a Olivier Coustau para enviar minha carta à Londres de Paris, pois ia sair de férias na próxima semana.

Capítulo 60
O COMBATE EM FARCHÁ

Alguns dias mais tarde, a cidade se encheu, de novo, de rumores sobre desentendimentos entre chefes de guerra de comunidades diferentes. Durante um incidente pouco claro, três irmãos pertencentes a uma facção militar importante tinham sido mortos. E a facção estava agora recusando a *diya* (o preço do sangue), o montante em dinheiro que o grupo adverso estava oferecendo como compensação pela morte dos rapazes. Movida pelo ódio, a facção queria vingança e tinha os meios e os homens para fazer um enorme estrago, caso os embates tivessem lugar na cidade.

A situação tornava-se ainda mais preocupante com o acirramento dos apetites por mais poder, agora que o governo de Hissein Mahamat estava em posição de fraqueza crescente. Mediadores tentavam evitar um derramamento adicional de sangue. Mas o PNSQV, informado da situação, preferira desde já liberar os funcionários para que voltassem para casa em segurança.

Dei um pulo, antes de me recolher, à casa de Amadou para averiguar se os mediadores tinham tido algum sucesso. Ele ficou nervoso quando me viu: não, os mediadores tinham fracassado. Eu precisava voltar imediatamente para casa.

Despedi-me de Amadou e entrei no carro às pressas.

Ligue no meu vizinho quando chegar à sua casa, disse-me, assim ficarei tranquilo sabendo que está em segurança.

No meio do caminho, notei que até os cachorros tinham achado mais prudente se esconder. Mal chegara em casa já ouvia ao longe o som de tiroteios.

Boudin desceu ao jardim como uma flecha, fez as suas necessidades e voltou correndo para casa, assustado.

Fui logo avisar o vizinho de Amadou que cheguei bem. Depois fui colocar nos meus ouvidos e nos de Boudin, chumaços de algodão, embebidos em azeite de oliva para poupar os tímpanos. Era um truque que o meu pai me ensinara e que funcionava muito bem.

As armas falavam cada vez mais alto no centro da cidade e logo notei que estavam agora se deslocando para Farchá. De repente, se juntaram ao coro das metralhadoras, o som mais grave das armas pesadas e senti os muros de casa estremecerem nas bases. Ouvi no meio da barulheira, o som dos pneus dos Toyotas "queimando borracha" no asfalto.

Apaguei todas as luzes e me lembrei da recomendação de Kayar: em caso de tiroteio, devia me abrigar atrás do sofá e não em cima, pois ainda seria o local mais seguro da casa. E assim fiz.

Os tiros ficavam ininterruptos e muito próximos. Ouvi quando os guardas da casa Mobutú começaram a atirar também. Desde que chegara ao Chade, nunca ouvira um combate tão violento e tão próximo de casa.

Boudin não se mexia mais.

Tudo bem, Boudin, dizia-lhe, afagando-o. Sobreviveremos, você vai ver. É muito assustador, mas vamos sair dessa.

E num verdadeiro estrondo, os vidros das janelas da sala se estilhaçaram e os pedaços voaram longe. Acabavam de lançar uma granada no jardim!

Boudin, enlouquecido, lutava desesperadamente para se livrar do meu abraço e tive muita dificuldade em acalmá-lo.

Quando os combatentes estavam deixando meu bairro, me levantei no escuro, segurando o cão no colo e fui ver os estragos: com o sopro da explosão, pedaços grandes de vidro haviam-se cravado no estofamento do sofá numa profundidade de vários centímetros. Congratulei-me de não ter ficado sentada nele, como queria fazer inicialmente.

Depois de alguns minutos, a noite voltou a ficar silenciosa, tranquei Boudin no meu quarto, acendi as luzes e fui buscar uma pá e uma vassoura. Calisto Delpech e meus amigos militares da casa Mobutú vieram saber se precisava de ajuda. Conseguimos limpar bem a sala.

Bom, quer algum outro tipo de ajuda? Perguntou Calisto. Sente-se segura em passar a noite aqui num local todo aberto ou quer dormir hoje em casa? Tenho um quarto de hóspedes agradável, caso não saiba. Ficará bem aqui? Sim? Então está bom, tenha uma boa noite.

Agradeci muito e despedimo-nos no terraço. Notamos que vários Toyotas do exército estavam recolhendo os mortos e feridos dos arredores. Tranquei a porta por hábito. De que me adiantava a precaução quando não havia mais um vidro inteiro na sala e as janelas não tinham grades?

Fui tomar água e dei uma olhada pela janela lateral. Havia um grupo de militares conversando na casa Mobutú e um dos homens chamou imediatamente a atenção: era alto, magro, usava farda de combate, mas sem turbante. Ele conversava com os outros homens de costas para mim e, de repente, vendo sua silhueta e ouvindo sua voz, me lembrei imediatamente do comandante que viera me resgatar na delegacia de Moursal. Talvez fosse uma mera coincidência, mas estranhei logo ter pensado nele ao ouvi-lo falar e vê-lo se movimentar.

Fui dar comida a Boudin e quando olhei pela janela, os militares tinham desaparecido. Ri comigo mesma: parecia agora que cada vez que passava por um grande susto, esperava aparecer aquele militar-anjo-da-guarda pronto para me socorrer.

Verifiquei que dois guardas armados da casa Mobutú haviam sido destacados para guardar a parte traseira de casa. O nosso guarda Hassane só ia precisar vigiar a parte da frente da residência. Quem deu a ordem para tal arranjo? Então, mesmo depois da partida de Kayar, parecia ainda ter protetores zelando por minha segurança.

Depois de deixar Boudin sair para um último xixi, fomos dormir, numa casa bem vulnerável. Mas não havia mais nada a fazer no momento. Amanhã, falaria com o proprietário.

Capítulo 61
O ÚLTIMO GRANDE COMBATE

O APELO DO PRESIDENTE HISSEIN MAHAMAT não foi o suficiente para "salvar a pátria", como ele dizia. Os rumores de que estava perdendo a razão eram cada vez mais insistentes e os massacres continuavam. Os militares *gorane,* desmoralizados, se negavam a ir para a frente leste. Ele lhes disse que os lideraria no que seria o seu último grande combate.

Ele deu aos homens a seguinte escolha: ou iam lutar com ele, ou seriam fuzilados.

E assim, lá foi o presidente com o que sobrava das gloriosas FANT (Forças Armadas Nacionais Chadianas), pela estrada de Massakory, rumo ao leste para tentar pela última vez, brecar a progressão do rival. Nesse ínterim, os franceses resolveram — secretamente — apoiar Diar. Assim, não passaram os dados de inteligência militar indispensáveis para localizar as posições inimigas. Hissein Mahamat progredia às cegas, sem saber ao certo onde se encontrava o adversário.

O resultado da iniciativa foi catastrófico: se o embate foi extremamente violento e mortífero, o presidente quase caiu nas mãos do rival e perdeu os seus melhores homens. Vendo a debandada geral, teve de bater em retirada. O Toyota pessoal se embrenhou num terreno bastante acidentado, de onde o seu irmão Hamdi, que lutava a seu lado, se desequilibrou, caiu e foi imediatamente assassinado pelos homens de Diar.

À noite na casa dos Traorê, Hawa e eu, sentamos para escutar as notícias. Apesar do tom otimista do apresentador e as fotos dos massacres mostrando, em princípio, os combatentes mortos de Diar, estava claro que a batalha não fora uma grande vitória para o presidente Hissein Mahamat.

No dia seguinte, as pessoas iam às compras para fazer estoques de comida e de água. Era evidente que o presidente Hissein Mahamat fora derrotado e que a chegada de Djimet Diar à capital era agora iminente.

Malvina, a nova colega, foi comigo aos Traorê, e estava muito assustada, pois Diar que já se tinha apoderado de várias aglomerações fronteiriças chadianas, acabava de entrar vitorioso em Abêchê, a segunda maior cidade do país.

Saindo da casa dos amigos, propus à Malvina dar uma volta na capital para sentir um pouco o ambiente. Esta estava reticente e estava certa em se preocupar com minha atitude imprudente, mas eu queria passar, rapidamente, na frente das casas de alguns líderes *gorane* para ver o que estavam fazendo.

Que ambiente de fim de reino! — Murmurei circulando em avenidas e ruas desertas. Nunca vi coisa igual. Só dá para sentir o medo, o vazio, a tensão e essa impressão desagradável de fim de mundo. Talvez venha do medo das pessoas. É tão forte que chega a sufocar. E se o presidente Hissein Mahamat cair vai ser mesmo o fim do mundo para muita gente.

Passamos na frente da casa de Abakar Taher, um chefe de guerra muito amigo de Kayar que, aparentemente, escapara do massacre.

O portão estava escancarado, a casa inteira iluminada. Muitas pessoas estavam carregando vários Toyotas com móveis, camas, equipamento e membros da família. E tudo isso acontecia na maior desordem. Então, era verdade, os *gorane* estavam mesmo deixando a cidade!

Passamos na frente de várias outras casas da comunidade do presidente e todos os seus ocupantes estavam se preparando para partir.

Minha cara, fui hoje comprar um grande peixe *capitaine*, para preparar amanhã para o embaixador da França. Mas tenho agora a impressão de que o jantar não vai acontecer. É bem possível que não estejamos mais aqui amanhã a essa hora. Se os *gorane* estão deixando a cidade nesta desordem, quer dizer que todos os rumores são verdadeiros.

E o que dizem os rumores? Perguntou Malvina.

Dizem que as cidades do leste estão caindo ou se entregando à Diar, que chegará à N´Djamena, amanhã ou depois de amanhã. É por isso que os *gorane* estão com tanta pressa de sair da cidade. Também sabem que a França está agora apoiando Diar contra o presidente Hissein Mahamat.

Mas por que ajudam Diar agora, ao passo que sempre apoiaram o presidente ainda em exercício? Continuou Malvina.

Não sei bem, respondi. Parece que os franceses começaram a desconfiar que ele queria se afastar deles para se aproximar dos americanos. Assim, ficaram com medo de o país sair de sua zona de influência. E o presidente fez dois erros: deu declarações num encontro recente em La Baule, que pareciam confirmar as suspeitas da França e enviou Diar para se formar na prestigiosa *École de Guerre,* em Paris. Isso permitiu que ele e os franceses se conhecessem melhor e que o escolhessem para ser o seu novo homem forte no Chade.

Duvido que vão abandonar Hissein Mahamat por completo. Ele ainda tem muita influência e vão ajudá-lo a fugir do Chade e dar algum apoio para ele ir se refugiar em algum país africano. E estou convencida de que os americanos também lhe prestarão ajuda. O que me preocupa, pelo que dizem, é que Diar vai fazer pior do que o presidente Hissein Mahamat. Dizem que ele não tem nem o carisma, nem a capacidade do ainda titular da presidência, mas tem, sem dúvida, a mesma ferocidade. É um homem astuto e escorregadio que não dá ponto sem nó. Você vai ver: as execuções sumárias, as valas comuns e covas rasas vão continuar crescendo na cidade e na sua periferia.

Estávamos chegando ao condomínio *Les Rôniers* e Malvina suspirou aliviada.

Chegando em casa, não vi Boudin. Procurei-o debaixo da mesa e o vi, escondido, tremendo muito. Peguei-o no colo, abracei-o até que se acalmasse um pouco.

Continuei conversando com ele e o levei para o jardim para que fizesse suas necessidades antes de dormir. Ele andava grudado em mim, olhando para todos os lados, muito tenso.

Talvez já amanhã, o dia amanhecerá com uma insurreição generalizada, pensei. Realmente ninguém merece isso. Já morreu gente em demasia.

E fui me deitar.

Capítulo 62
IDA AO PONTO DE CONCENTRAÇÃO

Acordei cedo com a nítida impressão de que alguma coisa estava muito errada. Saí no terraço de camisola para ver um colchão de casal, que oscilava de um lado para o outro sobre as costas de uma criança, demasiadamente franzina para carregar aquele peso.

Ora, vejam só. Um colchão com pernas!

Mas tratava-se de um colchão novinho, que contrastava com a criança chadiana em andrajos, que o carregava com muita dificuldade. Ouvi a voz de Calisto, que lia seu jornal enquanto tomava café no jardim:

Bom dia, está vendo a confusão? Já estão brigando na cidade e os acertos de contas já começaram. A população está linchando todos os *gorane* que encontra. E o saque de casas de estrangeiros começou também. E ele indicou o colchão que progredia penosamente, vogando como um navio bêbado no meio da avenida.

Ah, mais uma coisa, disse-me, enquanto passava manteiga no pão. Hissein Mahamat fugiu esta noite para a República dos Camarões depois de ter mandado matar cerca de trezentas pessoas e se apoderou de todo o dinheiro do Banco Central. Levou consigo a família, seus homens de confiança, o seu clã e o de sua esposa. Eu sei que você sabe o que tem de fazer, mas tente não se encontrar na hora errada no lugar errado, está bom?

Fui me vestir. Minha casa ficava a meio caminho entre o aeroporto militar da Força *Épervier* e o condomínio *Les Rôniers,* que era o ponto de concentração do pessoal das Nações Solidárias, antes da evacuação. O que me aborrecia era que, para chegar lá, precisava passar por uma zona perigosa. Pedi instruções à Sikkri, que confirmou que todos os membros da LNS deviam imediatamente ir para o ponto de concentração. Se tivesse gente à minha frente, que buzinasse e se não me desse passagem, que passasse por cima. Ele estava tão assustado, que não parava de falar a mesma coisa. Inútil conversar mais com ele.

Sikkri avisara de que cada pessoa teria direito a quinze quilos de bagagem. Então, só levei Boudin — que sozinho já pesava até mais do que isso — e uma blusa mais quente. Meu vizinho, me vendo ir para o meu carro, perguntou se eu estava deixando o país.

Talvez não seja boa ideia mesmo você ficar aqui. Você poderia receber visitas inoportunas. Umas coronhadas nos recém-colocados vidros dos seus janelões e na sua porta de entrada, e você está completamente exposta. Enfim, boa sorte. São os *Épervier* que vão se ocupar de vocês? Fiz um sinal afirmativo com a cabeça, enquanto colocava o meu cachorrinho no carro.

Uma vez na rua, fiquei com medo: ouvia-se tiros de todos os lados. Eu progredia devagar, prestando atenção em tudo o que via ao meu redor.

Boudin subiu no meu colo e eu sentia o quanto estava apavorado. Quando cheguei no começo da avenida Charles de Gaulle e ia entrar na rue de Bordeaux, vi pessoas correndo. Parecia mais uma nuvem de gafanhotos, brigavam uns com os outros para chegar em primeiro lugar às casas da vizinhança e começar a saquear. Homens, aqui e ali, segurando militares que estavam sendo degolados.

A casa de Kayar, no começo da rue de Bordeaux, já estava sendo invadida por uma turba enlouquecida que acabava de pôr abaixo o portão e a porta de entrada. O jardim coberto de papéis e películas de filme e, sobretudo, os livros de que Kayar tanto gostava. Mas ainda havia um mundo de gente na rua que corria para lá com a esperança de conseguir saquear alguma coisa.

Eu não me sentia capaz de atropelar as pessoas. Diminuí a velocidade e fui dando pequenas buzinadas. Mas ninguém me notava: todos fixados nas residências e, instintivamente, abriam passagem para o carro só pensando em acumular o maior número possível de bens.

Na avenida paralela à avenida Charles de Gaulle, a rue de Marseille, onde se localizavam meu antigo prédio e o condomínio *Les Rôniers*, vi nas valetas de cada lado, vários corpos de *gorane* degolados. Diminuí a velocidade, e olhei os cadáveres temendo que um deles fosse Djiddi Adoum ou outro amigo daquela comunidade. Virei à esquerda e dentro de dez minutos, cheguei à zona de concentração, onde já se encontravam muitos colegas.

Estavam todos assustados, me perguntando o que vi no caminho. Sikkri e Iassine tentavam desesperadamente organizar um pouco aquela incrível confusão. Leopoldo estava invisível. Apesar dos avisos da Força *Épervier*, os meus chefes não se haviam preparado para a eventualidade de uma evacuação. Ninguém tinha uma lista do pessoal Nações Solidárias atualizada com endereços e número de pessoas presentes no país ou um planejamento das ações a tomar neste caso. Também ninguém parecia saber a quem recorrer.

Tudo feito na última hora e as pessoas avisadas *in extremis* pelo rádio vieram como podiam, como eu. Faltava muita gente e ninguém sabia onde procurar todos aqueles ausentes.

Sikkri me informou que Leopoldo desaparecera desde a manhã. Ele se manifestou pelo rádio logo cedo para animar o pessoal e não se ouvira mais falar dele desde então.

A localização do condomínio *Les Rôniers* era extremamente perigosa e por múltiplas razões: em primeiro lugar, não era protegido, pois era delimitado apenas por uma cerca de arame entremeada por esteiras, que não davam nenhuma proteção contra tiros. Em segundo lugar, se encontrava muito perto de prisões e quartéis de onde provinham tanto tiros de metralhadora, quanto agora de armas pesadas.

Sikkri ia contatar o embaixador da França e Leopoldo.

Um pouco mais tarde foi a vez de Bernardo Dabzac, do MSF, aparecer e avisar que ia discutir com a Força *Épervier* a remoção do pessoal para o aeroporto. A declaração nos acalmou. Bernardo tinha muitos defeitos, mas era um homem de terreno e sabia o que falar. Precisava gritar para que fosse ouvido, tamanho era o tiroteio.

Iassine e eu conseguimos organizar um pouco as pessoas e a logística, e cada residência se encarregou de um grupo de pessoas. As crianças foram deitadas sobre cobertores ou sofás, os inquilinos das casas, ajudados por colegas, começaram a preparar o almoço. Contribuí com o meu belo peixe *capitaine*, que lembrara de trazer embrulhado em papel alumínio. De repente, ouviu-se a voz de Leopoldo, pelo rádio dizendo que estava na embaixada da França, negociando a partida do pessoal das Nações Solidárias, para França. Sikkri, Iassine e eu nos entreolhamos, divertidos.

Sabíamos, agora, que desde hoje cedo, Lignières e sua tribo haviam ido se refugiar na embaixada francesa e se recusavam a sair de lá. Ele propôs em tempos oportunos de vir à zona de concentração com a Força *Épervier* para dirigir o comboio ao aeroporto. Uma forte vaia foi a resposta recebida pela sua proposta. Fiquei envergonhada por ele.

Jeffrey Martin, o diretor da RMSA, acabava de chegar. Pelo menos agora tínhamos entre nós um chefe de agência, que também era um homem de terreno confirmado e que já comandara várias evacuações. Ele me deu um forte abraço.

Não se preocupe com o grupo, me disse. Você e seus colegas fizeram um bom trabalho e as pessoas estão mais calmas. Mas vejo que nenhum tem experiência neste tipo de operação. O coordenador residente da liga e representante residente do PNSQV já abandonou o navio antes de salvar o seu pessoal. Sinto muito em ter de dizer, mas Leopoldo é lamentável.

Concordei com a cabeça. No fundo, a culpa era da sede em ter enviado para um posto difícil como o Chade, um representante tão despreparado. Mas nós estávamos com sorte: a população só queria saquear bens, não assassinar estrangeiros, como acontecera em outros países.

Jeff aproveitou para me perguntar se poderia embarcar no meu carro quando fôssemos ao aeroporto. Acabava de ceder o seu veículo a um colega para ir buscar voluntários das Nações Solidárias que estavam do outro lado da cidade.

Malvina propôs ligar da sua casa para os meus pais, que estavam na França, pois as linhas telefônicas ainda estavam funcionando. Mas precisava fazer a chamada logo; ninguém sabia até quando seria possível.

Meu pai atendeu, estava calmo, mas muito tenso. Disse-lhe que seríamos evacuados pela Força *Épervier* em cerca de vinte minutos. Ele se calou um minuto e prestou atenção nos tiros.

Puta que pariu, Beatriz! Continuou o antigo membro do corpo de elite da infantaria de marinha francesa, que voltava a ter todos os seus reflexos e vocabulário de militar. Além de vocês estarem numa zona de tiros cruzados, tem agora também armas pesadas. Quem é o idiota que mandou se abrigarem num lugar tão perigoso?

Sim, é verdade. Mas quero que preste bem atenção, respondi. Não vai dar para falar muito, as ligações telefônicas podem ser cortadas a qualquer momento. No que diz respeito às armas pesadas, se é um fato que estão perto demais, até agora não recebemos nada na cabeça. Estarei em Paris hoje ou amanhã. Tem quatro voos UTA que vão nos buscar. Dois ainda hoje e dois amanhã. Agora, até logo! Preciso ir andando.

Comecei a ouvir gritos de alegria. Eram os militares franceses chegando com dois tanques e quatro jipes com legionários e comandos da infantaria de marinha.

Capítulo 63
O CAMP DUBUT DA FORÇA *ÉPERVIER*

O PRIMEIRO TANQUE SE COLOCOU NA FRENTE do comboio, o segundo atrás, e os jipes enquadraram os veículos do pessoal das Nações Solidárias de cada lado. Jeffrey se sentou do meu lado no carro.

Jeff, murmurei quando ultrapassamos o hotel *La Tchadienne*. Você gostou muito da minha mobília quando veio jantar em casa, observe um pouco se a vê saindo da minha casa e desfilando na rua.

Não, não estou vendo a sua mobília, respondeu ele. Na verdade, está extremamente calmo na sua residência. Isso é surpreendente, quando se vê o movimento na casa ao lado, a famosa casa Mobutú, onde tudo está sendo arrancado e levado, até as privadas e as janelas.

Eu não podia ver o que estava se passando na minha casa, pois Malvina dava aceleradas e freadas bruscas o tempo todo. Depois de vinte minutos, chegamos ao aeroporto militar no *Camp Dubut* da Força *Épervier*. Estava cheio de gente: entre os cooperantes, o pessoal das Nações Solidárias e das embaixadas, devia chegar a cerca de duas ou três mil pessoas.

Malvina e eu começamos a circular, cumprimentando os nossos conhecidos, com Boudin na guia.

Vimos uma grande confusão num canto da base. Um grupo de homens empurrava, — e até derrubava —, mulheres, velhos e crianças para chegar à mesa de uma jovem, um guichê improvisado. Era ali que estavam sendo distribuídas as passagens para o primeiro voo, que chegaria no final da tarde para levar parte do pessoal internacional à Paris.

Um dos militares veio em nossa direção: Vocês não vão querer suas passagens?

Não, agora não, como vê, precisamos dar a prioridade aos homens. Demos risada e nos afastamos.

Acho melhor embarcarmos no último voo, disse minha colega. Segundo o que este militar me falou, parece que o primeiro avião chega aqui por volta das 18:00. O segundo deverá aterrissar às 20:00. Amanhã chegarão os dois outros, respectivamente, na alvorada e por volta das 10:00.

Resolvemos embarcar no último voo e fomos procurar um lugar abrigado, afastado da multidão para passar a noite. Achamos uma espécie de armazém, ao léu, mas protegido do vento e os militares nos disseram que poderíamos pernoitar ali. Avisaram que era melhor voltarmos porque legionários iam fazer a distribuição de sanduíches. Devíamos ficar do lado daquela porta azul. Mais tarde, chegaram juntos o embaixador da França e Leopoldo.

Fui conversar com o embaixador. Leopoldo um pouco ressabiado com a recepção gélida, anunciou com um ar muito cheio de si, que ia permanecer em N´Djamena, para negociar com as novas autoridades. Ninguém lhe deu atenção.

A noite se instalou e prometia ser bem fria, pois era inverno no hemisfério norte, ao qual o Chade pertence. Malvina e eu tínhamos trazido malhas mais quentes, mas logo entendemos que não seriam suficientes. Cobertores foram distribuídos, mas infelizmente, desta vez, não pelos legionários. E o grupinho de homens desordeiros voltou a atuar: cada um pegou quatro ou cinco cobertores, e muitas pessoas ficaram sem. Vendo um homenzarrão se espreguiçar todo feliz, sob pelo menos cinco cobertores, fui educadamente pedir um cobertor para cada uma de nós e ele me respondeu com grosseria e me mandou andar.

Um grupo de legionários passava por ali. Um deles resolveu se intrometer: dirigiu-se para o homem, pegou dois cobertores e deu um puxão seco, fazendo-o rolar no chão. Pensando que nós duas estávamos tentando tirar as cobertas, ele se levantou num pulo, com os punhos cerrados e deu de cara com o militar.

Cai fora, se eu o vir de novo por aqui, posso me zangar, disse-lhe o militar.

O homem saiu correndo. Fomos nos deitar perto do armazém em cima de uma lona grossa, com Boudin no meio, para nos dar algum calor adicional. Os dois primeiros aviões chegaram na hora prevista: às 18:00 e às 20:00.

O ronco do terceiro e penúltimo avião nos acordou às 05:00 e, entorpecidas pelo frio, decidimos andar um pouco. Sikkri e Iassine já tinham embarcado para atender o pessoal evacuado na chegada em Charles de Gaulle.

Aí surgiu um problema: me esqueci de trazer a caixinha de transporte de Boudin; os militares e o pessoal da embaixada não queriam deixar o cãozinho embarcar na guia. Tentei convencê-los sem sucesso, Malvina estava lutando para não chorar.

No final, furiosa, decidi assinar um documento que isentava os franceses de toda e qualquer responsabilidade se eu ficasse em N´Djamena. Estava fora de questão abandonar Boudin. Ia voltar para casa com meu companheirinho.

Os outros passageiros estavam divididos em dois grupos: os que apoiavam a minha decisão e os que achavam que eu era ridícula, devia abandonar o cão e, na volta, comprar outro.

O que decido fazer ou não fazer com meu cachorro é problema meu, e ninguém tem nada a ver com isso, disse, seriamente indisposta. Se vocês não podem me aceitar no avião, sem caixinha de transporte, ótimo. O erro foi meu: não pensei que fosse indispensável. Então, fico em N´Djamena e o assunto está encerrado.

A mulher que distribuía as passagens, sem dúvida já bem cansada e estressada, começou a gritar comigo. Respondi com vivacidade e pedi que se ocupasse dos outros passageiros.

Um dos militares se aproximou de mim. O homem era enorme e vestia uma camiseta dois ou três tamanhos abaixo do que precisava; parecia que ia explodir a cada contração daqueles volumosos feixes de músculos.

Os olhos eram inteligentes e ele parecia se ter compadecido com o amor que tinha pelo meu cachorrinho.

Olha moça. Não fique assim tão zangada. Ninguém está pedindo para abandonar o cachorro. Vamos achar uma solução. Sei que tem caixas de transporte para animais aqui no aeroporto e vou agorinha pedir informação aos meus colegas. Mas fique calma.

E de repente, ele viu o meu nome no termo de isenção de responsabilidade. Notei o quanto ficou surpreso num primeiro momento.

Val d´Or? Beatriz de Val d´Or? Mas então, você é a filha do coronel Gastão de Val d´Or?

Não, Gastão é meu tio. Sou filha de seu primo, Henry, que é um antigo *marsouin*.

O sorriso do militar ficou ainda mais largo: E essa! Também sou *marsouin*! Servi sob as ordens de seu tio e tenho pelo coronel muita admiração. E o seu pai? Você sabe qual era o seu batalhão ou regimento?

Eu não lembro bem onde serviu, acho que era fuzileiro comando. Mas lembro de me ter falado que antes de ser desmobilizado em 1945/46, estava em Orange, no comando do Primeiro Batalhão do Sexto Regimento de Infantaria Colonial.

O militar fez um sinal de apreciação com a cabeça: vejo que você também não se deixa impressionar com facilidade. Bom sangue não mente. Bom, vou tentar ajudá-la. Espere aqui por mim.

Ele desapareceu e foi falar com seus colegas. Vi que os últimos passageiros estavam se aproximando das grades do aeroporto. Malvina e eu fomos averiguar.

É Diar e seus homens, disse um dos militares atrás de nós. E vimos um longo cortejo de Toyotas Picapes 4x4 que progredia devagar em fila indiana em direção à N´Djamena, encabeçado por um Toyota Land Cruiser.

Os veículos estavam todos cobertos por uma espécie de fuligem negra e em alguns deles, pudemos ler as letras MPS — sigla do partido de Diar — Movimento Popular da Salvação.

Fechei os olhos: pensei em todos os meus amigos chadianos que iria deixar para trás. Via de novo a cena de homens degolando outros, como se fossem animais. Quantos amigos eu acharia vivos quando voltasse? Sentia-me bem pouco à vontade; eu os atraiçoaria, abandonando-os. Ainda bem que Kayar não estava mais no Chade.

E quando o avião estava prestes a decolar, os homens acharam uma caixinha de transporte. O militar gigante agarrou Boudin pela pele do pescoço com uma mão, enquanto passava a outra debaixo de sua barriga e o colocou na gaiola. O cão estava tão assustado, que nem pensou em morder. Depois foi outra correria para poder me dar uma passagem, pois a mulher que as distribuía já se retirara.

Capítulo 64
A EVACUAÇÃO PARA PARIS

Em seguida, o homem se precipitou na pista para embarcar Boudin, no paiol. Eu subi na passarela e sentei-me ao lado de Malvina, que chorava, desesperada.

Olhei pela janela do avião e vi o militar de pé, sorrindo para mim. Mandei-lhe um beijo e, então, realizei que esquecera de pedir seu nome.

Cerca de cinco horas mais tarde, o avião chegou a Paris. Malvina ia para a Colômbia e nos abraçamos afetuosamente, prometendo ficar em contato. Ajudei, sem grande ânimo, Sikkri e Iassine com o pessoal das Nações Solidárias. Estavam completamente submersos nas reclamações e problemas do grupo. Um dos evacuados me informou que a minha casa fora saqueada e tudo o que continha tinha sido roubado.

Inch´Allah! O importante é que estamos vivos. E coisas materiais sempre podem ser substituídas.

Fazia muito frio em Paris e não estava vestida para encarar este tempo. A companhia aérea UTA, me cedeu um cobertor e lá fui eu de táxi, tremendo de frio, com o cobertor nos ombros e Boudin na gaiola, para o apartamento da rue de l´Université.

Reinava uma grande agitação; meus pais estavam preocupadíssimos. Uma representante do ministério dos negócios estrangeiros lamentava informá-los que o meu nome não constava da lista de passageiros. Ninguém sabia onde eu estava. Logo imaginei que o meu amigo militar, na pressa, devia ter esquecido de avisar sua hierarquia para que incluisse o meu nome na lista de passageiros do último voo.

Foi o meu pai que abriu a porta. Vi minha mãe, pálida, sentada no baú da entrada com o telefone na mão. Parou de falar um instante e continuou a conversa:

Obrigada pelas informações, minha senhora, disse ela. Minha filha está aqui, na minha frente, neste momento. Acaba de chegar em casa. Obrigada.

Devolvi o abraço do meu pai e depois, afastei-me dele e dei um puxão na guia de Boudin para fazê-lo entrar.

A propósito, disse, permitam-me apresentar-lhes Boudin.

Fizeram uma grande festa, e Boudin, sensibilizado com os elogios e carinhos, se deixou afagar de bom grado e acabou fazendo xixi num canto da casa, perto das cortinas. Meu pai e eu fizemos de conta que não tínhamos visto nada; sempre daria para limpar as manchas tão logo a minha mãe se afastasse do local.

A propósito, estava esquecendo, onde está a sua mala? Deixou-a lá fora? Perguntou.

Não. Tínhamos direito a apenas quinze quilos de bagagem autorizada, então, a minha única bagagem é Boudin.

Então, continuou, todo feliz, acho que seria uma boa ideia irmos comprar algumas coisas juntos, o que acha?

Agradeço a proposta de vir comprar roupas comigo. Eu adoraria.

À noite, já quentinha, fui convidada para um delicioso jantar num restaurante de luxo. Avisaram-me que iam voltar dentro de dois dias para o Brasil, para as festas de Natal. Estavam encantados em me ver sã e salva e esperavam que no próximo ano eu pudesse ir de férias ao Brasil e ficar mais tempo com eles.

Depois de passar dois dias muito agradavelmente com meus pais, fui acompanhá-los ao aeroporto. No caminho de volta a Paris, já me perguntava como poderia ter notícias de Kayar e do Chade.

À noite, como sempre, no jornal televisado falou-se do Chade. Agucei os ouvidos: no dia 1º de dezembro, quando Diar entrou na cidade e começou a abrir as masmorras do regime anterior, achou no meio dos documentos espalhados pelo chão, fotos do corpo sem vida de Abakar Nassour. Ele fora morto, provavelmente, antes do presidente Hissein Mahamat fugir do Chade.

Seu cadáver nunca foi encontrado. Dizia-se que possivelmente fora jogado com vários outros mortos num dos grandes ossários da famosa "planície dos mortos" — a localidade de Hamral Goz (que hoje foi urbanizada) — na periferia de N´Djamena, um dos lugares onde tinham sido enterradas muitas vítimas do regime de Hissein Mahamat.

O repórter dava a entender que fora assassinado pelo próprio presidente por sufocação ou tortura.

No dia seguinte, fui ver meus amigos e fazer os programas que gostava de fazer naquela cidade. Telefonei para tia Bia e marcamos um almoço neste fim de semana. Depois, chamei Martim, que estava se aprontando para sair de férias e ficar uma temporada na fazenda dos avós em Figeac, no sudoeste da França.

Conversamos bastante, e ele estava tão estressado com o trabalho que queria passar alguns dias na província para descansar.

Precisarei ficar mais tempo naquele colégio horrível antes de ter uma chance de ser transferido para um lugar melhor, me disse. Tem falta de pessoal docente. Tentarei voltar mais cedo da fazenda da minha avó para podermos nos ver e vou aproveitar para trazer o *foie gras*, que ela prepara, de que tanto gosta.

Quando regressei à casa mais tarde depois de ter saído com Boudin, o telefone tocava. Quando atendi, ouvi a voz grave, inconfundível, pedindo para falar comigo. Era Kayar!

Fiquei tão feliz em ouvi-lo, que tive de fazer um enorme esforço para não chorar. Ele também estava muito comovido: ia chegar à tardezinha e ficar cerca de três dias na cidade. Queria muito me ver, combinamos de ir jantar. Ele ficaria à noite em casa.

Capítulo 65
O RE-ENCONTRO COM KAYAR

Pareceu que era a primeira vez que eu o via: senti a mesma emoção do que antes, e ele também estava numa grande felicidade. Caímos nos braços um do outro e assim ficamos por um bom tempo, tocando-nos, olhando-nos. Mas que privilégio poder nos encontrar desta maneira tão imprevista e gostosa! E ele estava aliviado em me ver sã e salva em Paris.

Senti que alguma coisa o atrapalhava, sobre a qual parecia não criar coragem para falar. Mas não disse nada e saímos a ver livros nos Champs Elysées. Entramos no estabelecimento de mãos dadas.

Notei o olhar cheio de censura das pessoas, e muitos comentaram indignados em voz baixa esta demonstração de carinho entre uma mulher branca e um homem negro. Fiquei chocada: por que razão as pessoas queriam resumir todos e tudo aos seus próprios parâmetros estreitos e imbecis? Por que não poderia namorar um rapaz de outra cor? Com certeza também se indignariam mais tarde se me vissem usar um biquíni ou uma minissaia quando tivesse setenta anos, ou soubessem que continuava a gostar de fazer sexo nessa idade. Ainda bem que Kayar não viu nem ouviu nada, de tão interessado nos livros.

Fomos jantar e depois voltamos para casa. Sentamos no sofá e perguntei o que o estava deixando tão incomodado. Senti que Kayar hesitou, mas depois resolveu contar a verdade.

As nossas despedidas em N´Djamena me deixaram bastante desnorteado, disse ele, puxando-me contra ele. Cheguei a pensar que não me amava mais. Então, me diga: Você ainda sente alguma coisa por mim?

Só foi olhar para o meu rosto para ver que ele se enganara redondamente. Ele suspirou de alegria e me beijou longamente:

Graças a Deus, eu me enganei, disse com alívio.

Fiquei muito desapontada, porque você não confiou em mim, respondi. Você sabia que ia ter de ir embora fazia mais de um mês e só me falou no último momento, temendo que fosse ter uma crise de choro ou fazer uma cena. Mas que engano!

Isso doeu muito, muito mesmo e a única reação que tive na hora foi aquela. Saiba que meus sentimentos em relação a você são muito fortes. Mas como você sempre foi perfeitamente sincero comigo, também vou ser com você: queria muito que você fosse embora depressa, para não me ver desmoronar de tristeza e de aflição com sua partida.

Kayar, extremamente, emocionado, me beijou a cabeça, o rosto e continuou:

Mas também tem outra coisa que está me incomodando. Pedi à Halima de me fazer o grande favor de retirar de nossa casa antes das pilhagens, os meus livros e os filmes, que tirei no tempo que eu estava na luta armada. Por vingança, ela não o fez e perdi tudo. Isso me chateou muito, pois tinha coisas lá com um valor sentimental muito grande.

Eu sei. Eu vi os saqueadores chegarem como uma nuvem de gafanhotos. Jogaram abaixo o portão e a porta de entrada de sua casa e saíram carregando tudo o que podiam, incluindo os seus livros e filmes. Eu sabia o quanto você gostava daquelas coisas.

Kayar sacudiu a cabeça: Pois é, é uma grande perda para mim.

Ficamos conversando até muito tarde e depois fomos dormir. De manhã cedo, fui comprar *croissants* fresquinhos e suco de laranja, e tomamos um bom café da manhã, na cama. E depois saímos. Combinamos um almoço para o dia seguinte e quando chegou a hora de Kayar voltar para a sua academia inglesa, já estávamos fazendo planos para nos rever, antes de eu regressar à N´Djamena.

O tempo ia passando e as notícias sobre o Chade escasseavam. Diar estava firmemente no controle do país, e parecia que os chadianos estavam encantados em ouvi-lo falar que, se não ia lhes trazer nem ouro nem prata, pelo menos lhes traria liberdade.

Kayar parecia muito pessimista, mas os primeiros passos do novo presidente pareciam ir na direção que prometera. Algum tempo depois, recebi algumas notícias do PNSQV Chade.

Leopoldo pedira que Iassine regressasse antes do resto do pessoal para reerguer o escritório. Sikkri, Malvina e eu não tínhamos sido convidados a voltar, fomos considerados parte do "pessoal não essencial". O mais indicado para mim, era aproveitar bem Paris e voltar para o Chade quando precisassem dos meus serviços.

Quanto à Sikkri, as notícias me entristeceram: ele ficara extremamente abalado com o fato de sua casa ter sido inteiramente saqueada e dele ter perdido tudo.

Ele não queria mais voltar ao Chade e pedira para ser enviado a outro país.

No final do mês de janeiro, o PNSQV me pediu para voltar ao posto. Enviei uma mensagem a Kayar se queria que avisasse alguém ou fizesse alguma coisa por ele em N´Djamena. Ele respondeu que me amava e não ia pedir nada com medo de me expor.

Aproveitei os últimos dias de estada na Cidade Luz para comer uma das últimas latinhas de *foie gras* que Martim trouxera da casa de sua avó. Depois, fui marcar a minha passagem com uma certa apreensão: o que ia achar quando lá chegasse? Como estariam os meus amigos?

Capítulo 66
RETORNO AO CHADE

Quando desembarquei em N'Djamena já senti uma mudança de cara: o semblante e os turbantes do pessoal do aeroporto eram diferentes daqueles que eu conhecia e os militares da alfândega estavam tanto — ou até mais — desagradáveis do que os anteriores. Reconheci na sua cabeça o turbante *zaghawa* chadiano, que Kayar me mostrara como amarrar e identificar: mais alto, mais solto na cabeça. Abbo me recebeu com abraços, agarrou minha mala e nos levou para casa, Boudin e eu.

Também na cidade muita coisa mudara: havia muito movimento de Toyotas Picapes 4x4 cobertos de fuligem preta com os logos MPS e montados por militares com cara de poucos amigos. Os muros cobertos de inscrições que louvavam Diar e o seu partido, agora considerados salvadores da pátria. Pessoas novas na cidade: tipos bonitos mais parecidos com etíopes e sudaneses com aqueles turbantes *zaghawa* imensos típicos do outro lado da fronteira.

E então? — perguntou Abbo. Que tal a primeira impressão? Gostou dos *zaghawas* sudaneses? Logo notei que a primeira coisa que chamou a sua atenção foi a presença desta gente que não existia aqui do tempo do presidente deposto. Diar os trouxe na bagagem e foi graças a eles que conseguiu ser vitorioso. Vai ter agora de lhes dar alguma coisa em troca de agradecimento.

Me deixou em casa, onde meu carro já estava à minha espera.

Não acreditei no que estava vendo: a minha casa estava intacta! Ninguém a tinha saqueado como me tinham dito! Tudo estava exatamente como eu deixara. Agradeci Abbo, que acabava de subir a minha mala e dei a volta pelo apartamento, tudo impecável e meu empregado viera cuidar da casa.

Virei-me para ver o prolixo vizinho de baixo, subindo a escada, sorrindo e me cumprimentando.

Olá! Que bom que voltou! Estava me sentindo um pouco só aqui. Passamos por algumas saias justas, sabe? Ainda bem que você não estava. Acho que o nosso embaixador demorou muito em mandar o pessoal da Força *Épervier* ir para rua e impedir os saques. Muita gente perdeu tudo. Houve muitas queixas a este respeito.

Mas aqui tivemos sorte. O nosso guarda Hassane, fez um trato com os saqueadores: deixou que escondessem no jardim a magnífica mobília da casa Mobutú e outras coisas do seu butim, com a condição que não tocassem nos nossos apartamentos. E eles toparam. É por isso que você está achando o apartamento no estado em que está.

Tivemos vez ou outra, visitas indesejáveis de militares à noite. Mas logo depois, patrulhas franco-chadianas começaram a fazer rondas conjuntas e todos esses saques e visitas noturnas inoportunas, cessaram.

Diga-me uma coisa, perguntei. Morreram muitas pessoas aqui na cidade?

Eu não sei quantas morreram agora com a mudança de regime, respondeu Calisto. Mas dados preliminares fazem um balanço terrível dos crimes cometidos por Hissein Mahamat durante os seus oito anos de presidência (1982-1990). Acredita-se que ele foi responsável pelo desaparecimento de quase quarenta mil pessoas, que morreram em guerras, mas também foram vítimas de crimes sexuais, massacres étnicos ou sucumbiram sob tortura. Este número é sem dúvida exagerado, mas mesmo se for menor — digamos a metade — ainda assim é muita gente. O Chade transformou-se, nesses anos, em um gigantesco campo de covas rasas e valas comuns. Alguns desses ossários são muito grandes e continham até cento e cinquenta esqueletos de detentos executados pela polícia política (DDS) e pela temida brigada especial de intervenção rápida (BEIR).

No momento, tudo ainda está muito mal definido. Diar já abriu as masmorras de Hissein Mahamat e soltou os presos políticos. Aboliu a DDS e a BEIR e só está falando em paz e amor.

Não acho que o novo regime vá ser muito diferente do anterior. Já estão começando alguns rumores aqui e acolá de que os *zaghawa* sudaneses estão saqueando residências de chadianos e levando seus pertences para serem vendidos do outro lado da fronteira, em El Geneina. A cidade está até prosperando com esse comércio. Também o que se podia esperar? Esses *zaghawa* sudaneses são espertos: é claro que queriam ajudar os seus parentes chadianos a chegar ao poder em N´Djamena, mas logo viram que, se ajudassem Diar a vencer, também poderiam fazer grandes negócios aqui. Enfim, vou deixar você se reinstalar. E como está o nosso Boudin?

Já está correndo de novo pelo jardim, encantado de estar novamente no que considera ser a sua casa.

À noite, fui à casa de Hawa e Amadou. Eu lhes trouxe *foie gras*, que Amadou adorava e eles me fizeram muita festa. Estávamos todos felicíssimos em nos reencontrar.

Eu disse o quanto ficara aflita em ir embora deixando-os para trás e o quanto pensara neles durante todo aquele tempo na França. Afinal, faziam parte de minha família e sempre me tinham orientado e ajudado desde os primeiros dias. Eles eram, desde o começo da minha estadia no país, a minha estrela guia, a principal fonte de luz que aquecia o meu coração neste país tão sofrido.

É, disse Hawa. Nós dois e os filhos estamos bem e não perdemos muitos parentes com a entrada de Diar na cidade. Perdemos mais gente nos conflitos anteriores, antes da chegada dele à N´Djamena. Mas várias pessoas que você conhece entraram na clandestinidade. Isso inclui Tiozinho, Mohamed Tahar, Djiddi Adoum, Maidê Hisseini e aquele seu amigo, diretor geral do plano e da cooperação, Brahim Hissein-mi. Também entraram na rebelião os tenentes de Kayar, Maidê e Joseph, não sei se chegou a ter contato com eles.

Quanto ao nosso amigo comum Ali, quase foi morto no dia em que você foi evacuada e queria ir se esconder na sua casa. Tivemos muita dificuldade em dissuadi-lo, pois poderia ter causado problemas a você. Acabou fugindo da polícia que vinha executá-lo, pulou o muro da casa do embaixador do Sudão e se refugiou lá. Agora está preso, mas Diar não pode liquidá-lo, pois está sob a proteção do embaixador. Sabemos que apanhou muito, mas está vivo.

Outro que foi morto — e era um dos seus amigos próximos — é Idriss Haggar, o diretor da *École Normale Supérieure*, num acerto de contas entre *gorane* e *zaghawa*, continuou Hawa, com um suspiro. Assassinaram-no nas margens do Chari com dois dos seus primos e, ela viu os meus olhos se encherem de água e parou de falar, meio sem graça.

Acho que poderemos voltar a conversar sobre estes assuntos mais tarde, interveio Amadou com um sorriso. Queremos agora ouvir como estava Paris e comer um pouco deste maravilhoso *foie gras*. E juntando a palavra ao ato, Amadou abriu o vidro.

Mais tarde e um pouco mais animada, perguntei sobre as últimas que Lignières aprontara. Queria rir um pouco.

Os dois caíram na gargalhada. Bem, não aprontou nada porque não conseguiu nada ainda com o novo governo, respondeu Amadou. Parece que ninguém lhe dá a menor atenção. O seu programa, pelo que nos disse Oumar Chaib — que foi reconfirmado ministro do plano e da cooperação — está praticamente parado. A agência ainda está reorganizando as tropas que ficaram ressentidas com a partida do pessoal internacional. Mas acho que o Iassine fez um bom trabalho neste sentido. Aquele rapaz é brilhante, mesmo dono de uma ambição assustadora.

Agora é preciso um trabalho político fino, mas tanto Leopoldo quanto Iassine não conhecem ninguém para fazê-lo.

Sabemos que vários dos seus amigos, Beatriz, vão ser nomeados em postos chave. Agora é você que deverá começar a atuar nos bastidores para impulsionar de novo o programa no Chade. Faremos evidentemente tudo o que for de nossa alçada para ajudá-la.

Ouvi dizer que o comportamento do embaixador da França foi muito criticado durante a evacuação, comentei. É verdade?

Amadou deu de ombros: é, as pessoas adoram criticar. Mas creio que bastava colocar na rua os legionários e comandos da Força *Épervier* para impedir saques, tão logo o presidente deposto tenha saído da capital até a chegada de Diar a N´Djamena. Depois, a ordem poderia ter sido mantida na cidade através de rondas conjuntas chado-francesas. Então, não havia o risco de ter na cidade combates sangrentos que pudessem comprometer a vida dos expatriados. Mas talvez houvesse outras considerações que justificassem a evacuação, nada sabemos a respeito disso. Por volta das 21:00, abracei os amigos e voltei para casa.

Capítulo 67
DE VOLTA À ROTINA

No dia seguinte, fiquei muito feliz em ver os meus colegas, que também me fizeram muita festa. Malvina acabava de voltar também da Colômbia. Combinamos de ir jantar e fui ver Iassine, que estava encarregado do escritório. Meu colega estava aí, sempre sorridente, atento a tudo. Quando entrei na sua sala, levantou e fechou a porta.

Que ótimo vê-la. Leopoldo está insuportável e agora acamou-se com problemas gástricos. Acho que ainda não digeriu a recepção gélida que a comunidade das Nações Solidárias lhe reservou, tanto antes da evacuação no aeroporto quanto depois dela. Creio que ele sabe que perdeu toda e qualquer credibilidade.

As coisas estão bem devagar, continuou ele. O novo governo está se formando e ninguém ainda se interessou muito em estabelecer contato com o PNSQV. E nenhum de nós dois tem as entradas que você tem no governo. Vamos precisar da sua ajuda — e rápido — para voltar a trabalhar normalmente. Mas para ser muito honesto com você, estou feliz em ir embora. Saio daqui para meu novo posto em dois meses.

Sabe, não creio que ganhamos muito passando do Hissein Mahamat para o Djimet Diar. Claro, o povo ainda está enleado com ele, mas ele é fruto do regime anterior e não tem as qualidades do seu predecessor. Aliás, já sabíamos faz tempo. Só têm a mesma ferocidade. Então como pode prometer uma revolução? Só vai ter mais do mesmo com pessoas novas que vão vir roubar ainda mais do que as que foram embora. E tudo indica que vai virar um caos de novo e muito brevemente.

É, concordo com essa visão, retruquei. E muitos dos meus amigos foram assassinados ou já entraram na clandestinidade para chefiar movimentos armados.

Voltando ao PNSQV, continuou Iassine. Você soube o que aconteceu com Sikkri? Sim? Ele não merecia isso, mas enfim... Leopoldo pediu um novo adjunto. Vão enviar um malgaxe, Thierry Randria alguma coisa, sei que o nome é muito comprido e complicado e acho que vou preferir chamá-lo simplesmente de Thierry. Ainda vou ter a oportunidade de trabalhar um pouco com ele.

Também quero informá-la que o seu bom amigo embaixador da França, vai ser substituído em breve. Acho que o pessoal do Quai d´Orsay não ficou particularmente impressionado pela sua maneira de gerenciar a crise de dezembro último. É claro que é sempre fácil criticar as pessoas *post facto*, completou Iassine.

Continuamos conversando por um bom tempo e eu o convidei para ir almoçar comigo num restaurante da avenida Charles de Gaulle.

À tarde passei na casa de Leopoldo, que me recebeu muito bem e notei que mais do que doente, ele parecia estar muito desanimado. Fiquei um pouco e voltei para casa por volta das 18:00.

Mal tinha chegado, Calisto trouxe dois enormes peixes *capitaine*, que um dos seus colegas acabava de pescar. Como não era muito fã de carne branca e viajava no dia seguinte, talvez eu gostasse de tê-los.

Eu aceitava com todo prazer os dois peixes, mas em troca, queria lhe dar o guisado de gazela que já estava temperado. Agora só precisava assá-lo no fogo brando, regando-o frequentemente com vinho tinto. Ele aceitou a oferta com alegria pois à noite amigos vinham e ele estava com muita preguiça de cozinhar.

Quando cheguei na casa dos Traorê com os dois peixes, fui recebida com muita satisfação: Amadou acabava de avisar a esposa na última hora como sempre fazia, que trazia "gente graúda" para jantar em casa. E ela não tinha quase nada na geladeira. Ela nem sabia ao certo de quantas pessoas se tratava. Ainda fui comprar algumas outras coisas que estavam faltando na loja francesa DOM.

Quando os convidados chegaram — eram oito — foi um verdadeiro banquete sem que Amadou pudesse entender de onde provinha tamanha fartura. No meio deles, vários acabavam de ser designados para postos importantes no governo. E assim, fui refazendo a minha teia de relacionamentos.

Parecia que começava de novo, mas eu gostava das pessoas e do país, então não era difícil. Várias personalidades haviam ouvido falar de mim e vice-versa. E aos poucos, consegui acessar novamente altos círculos governamentais, *zaghawa*, desta vez.

Acompanhava com preocupação crescente o destino dos meus amigos presos até que um dia, Ali foi solto. Eu o vi nos Traorê, recém-saído da prisão, com marcas no rosto, mal-vestido e desgrenhado, ele que sempre estava impecável. Depois de algum tempo de ostracismo, voltou a ter uma posição de poder e a ser visto, cheiroso e elegante, circulando pela cidade.

Parecia que Diar, não queria ter um enfrentamento com os *gorane* por razões de governabilidade e estava costurando um acordo sobre a divisão do poder. Como inimigos mortais de ontem podiam de repente coexistir pacificamente e até discutir alianças entre eles?

Um dia perguntei à Amadou a razão. Você precisa entender uma coisa, respondeu. Existe entre todos esses combatentes, vínculos profundos que foram criados no decurso do tempo através de serviços prestados uns aos outros e de redes sociais essencialmente. Ali se beneficiou no passado de grande autoridade e popularidade quando lutava contra os líbios — e mesmo depois nas suas altas funções do tempo de Hissein Mahamat — o que o levou a mobilizar muitos homens e redes sociais. Quando Hissein caiu, teve grandes mudanças nas relações de força entre os novos e antigos poderosos e todos queriam eliminá-lo. Mas aos poucos, as circunstâncias políticas e as lealdades foram se modificando em seu benefício. Assim hoje ele não está apenas livre, como conseguiu outro posto muito importante e passou a gozar de novo do respeito e da consideração de todos.

Voltei cedo dos Traorê hoje. Tivera um dia estafante e só queria ficar deitada no sofá com as pernas elevadas e ir dormir cedo.

Vi rapidamente passar no meu terraço uma *djellaba* branca e, quando tanto eu quanto Boudin olhamos para a porta, lá estava um Ali sorridente, nos olhando pelo janelão. Eu me levantei e abri a porta, dando-lhe um beijo.

Perguntei o que queria beber e fui preparar um copo de uísque *on the rocks*. Depois fui para cozinha finalizar a preparação de espetos com mistura de carnes vermelhas diferentes, marinadas num molho especial, e arroz, que ele amou.

Discutimos de diferentes assuntos e ele me deu notícias de Kayar, com quem estivera em Paris havia pouquíssimo tempo. Aparentemente, o nosso amigo comum estava adorando o curso e já fizera amizades sólidas com líderes sudaneses.

Quando acabamos de jantar, ele me pediu um café em vez do costumeiro chá e só aí abordou a questão que o interessava.

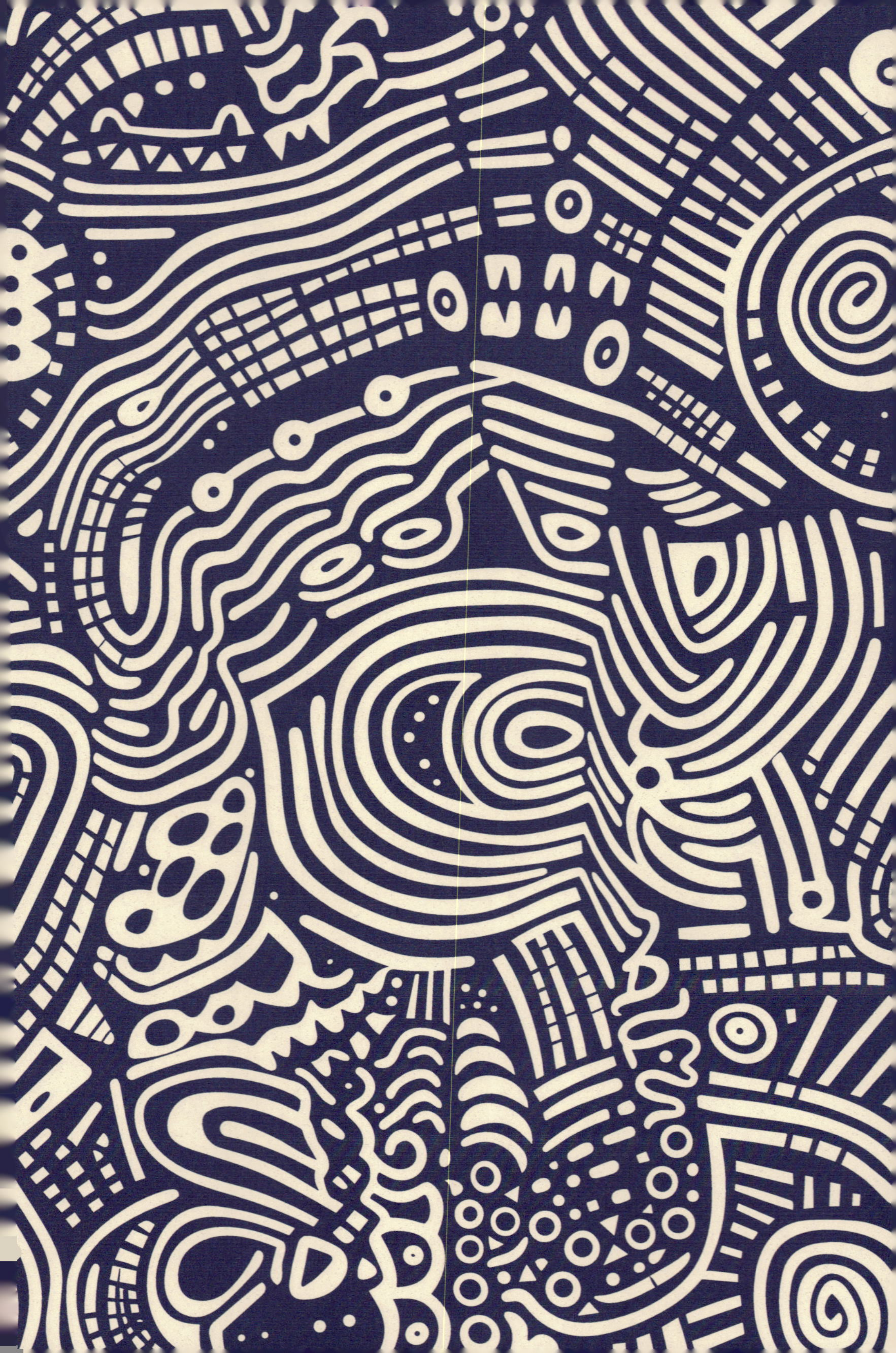

Capítulo 68
O PEDIDO DE ALI

Você sabe que Mohamed Tahar não é mais delegado do BET, não sabe? Fiz com a cabeça um sinal positivo.

Pois então, agora foi nomeada outra pessoa para este posto que é um dos meus amigos. Chama-se Edigueï Dirdemi e é natural de Fada. Já ouviu falar nele? Sim, respondi. É um militar muito prestigioso, que já foi ministro várias vezes. Se não me engano, ele era ministro do interior no seu último posto no governo do presidente Hissein Mahamat.

Ali sorriu: é isso mesmo. Ele nunca lidou com a comunidade internacional e precisa de ajuda para saber o que esperam dele e como deve proceder para que a famosa conferência sobre o BET tenha lugar. Você poderia falar um pouco com ele sobre todos esses assuntos?

Mas é claro Ali, com muito prazer, respondi. Fico feliz quando vejo pessoas interessadas em fazer as coisas acontecerem. Vou amanhã mesmo ver em que pé está o projeto. Diga à Edigueï Dirdemi, que terei muito prazer em recebê-lo — aqui em casa se ele assim desejar — qualquer dia a partir de segunda que vem.

Você se incomoda em vê-lo sozinha ou quer que eu esteja presente? perguntou Ali.

Ali! — ri. Não precisa se incomodar não. Se Edigueï Dirdemi quiser conversar sobre trabalho, ele é mais do que bem-vindo na minha casa, sozinho. Agora, se ele tiver segundas e terceiras intenções durante a visita, pode deixar que também dou conta sozinha do recado: ainda tenho no meu armário o meu chifre de antílope!

Ali desandou a gargalhar. Bem que Kayar dizia que você sempre sabe revidar a todos os ataques com uma rapidez desconcertante! E isso é verdade mais uma vez. Vou contar essa à Narguis. Ela vai adorar. Ela gosta muito de você.

Também gosto dela, disse com um sorriso. Ela é uma *lady*. Já está de volta à N´Djamena? Sim? Então, vou convidar vocês dois em breve para vir comer aqui com o casal Traorê.

Ali sorriu: Viremos é claro com muito gosto. Mas agora, eu preciso ir. Só me resta agradecê-la. Darei o seu recado à Edigueï.

No dia seguinte, comecei a me informar e vi que a questão da conferência do BET estava completamente esquecida. Li de cabo a rabo toda a documentação do projeto, estudei o orçamento em detalhe e fui depois conversar com Barry.

Olha, menina, disse-me. Se aquele imbecil de chefe não tiver objeções e você quiser se encarregar deste assunto, eu teria um grande prazer em orientar você. É deveras constrangedor ter começado a trabalhar sobre esta conferência, ter um projeto e um orçamento e não fazer nada. Então, no que me diz respeito, estou muito interessado em voltar a trabalhar com este tema. Se você quiser se encarregar desta tarefa, melhor ainda. Sei que o meu oficial de programa nacional tem medo do pessoal da missão, então realmente preferia ter um membro do pessoal internacional lidando com este assunto.

No começo da semana, já estava pronta para receber Edigueï Dirdemi e logo recebi um telefonema de Ali, confirmando que o amigo iria ter comigo na próxima quarta-feira. No dia marcado, não conseguia conter a minha curiosidade. Este homem era sobejamente conhecido pelas suas qualidades de chefe de guerra carismático, assim como pela habilidade com a qual costumava dirigir tanto as tropas que comandava, quanto os ministérios que chefiava.

A visão de uma *djellaba* branca passando no meu terraço me tirou dos meus pensamentos. E lá estava Edigueï Dirdemi, atrás da minha porta.

Capítulo 69
EDIGUEÏ DIRDEMI

Levei-o para a sala e o convidei a se sentar no tapete em cima dos almofadões. Quando me assegurei que estava confortável, perguntei se já jantara — o que era o caso — e fui buscar chá de hortelã, bolinhos diversos e tirinhas de carne de boi bem temperadas.

Edigueï Dirdemi era um homem de cerca de quarenta anos, de estatura média-baixa, magérrimo, talvez até mais magro do que Djiddi. Tinha um tipo físico bem *gorane* com rosto estreito, feições finas e pele negra acinzentada. Usava bigode e fiquei impressionada pelos seus olhos inteligentíssimos e seu carisma. Usava trajes brancos com bordados e um *chech* branco também.

Edigueï estava um pouco constrangido em estar à sós com uma mulher ocidental que não conhecia — e ainda por cima — na sua casa.

Senhor Ministro, estou feliz em conhecê-lo, disse para quebrar o gelo. Ouvi muito falar do senhor como militar e como ministro. Fico muito feliz em poder retomar os preparativos da conferência do BET, que foram interrompidos por aquele infeliz acidente no maciço do Tibesti. Depois da visita de Ali, fiz uma boa pesquisa sobre o projeto e acho que estou agora pronta para responder às perguntas que possa ter. Estou à sua disposição.

Eu o vi descontrair e franzir um pouco os olhos, como para se concentrar mais no que eu dizia. Com uma voz pausada, começou a me dizer a que tinha vindo e a colocar muitas perguntas. Eu respondia sinteticamente e com precisão.

Percebi que se ele estava escutando o que eu dizia com grande atenção, também estava me estudando a cada momento. Me pareceu inclusive que estava agora mais à vontade, começou a me chamar de você e eu também, sem me dar conta, comecei a tratá-lo da mesma maneira. Ele entendeu que era uma atitude espontânea do meu lado e que nem tinha notado a liberdade que estava tomando com ele.

Quando acabamos a conversa, estávamos os dois muito relaxados um com o outro, lançando-nos brincadeiras e dando muita risada.

Bom. Agora precisamos montar uma estratégia, não é mesmo? — disse-lhe. Imagino que para um comandante como você, é essencial. Em primeiro lugar, vou pedir ao meu chefe autorizar a me encarregar do seu projeto que, no momento, está no setor do economista principal Salif Barry.

Depois sugiro que tenhamos uma reunião para lhe dizer exatamente em que pé está o projeto e apresentar todas as propostas que Mohamed Tahar fez à sede, o ano passado.

Quando estiver tudo claro, vou apresentá-lo ao Barry que é competentíssimo na sua área, além de ser um amigo meu. Tenho certeza de que você também vai gostar dele: — Além de ser excelente na sua área, foi ministro no seu país e embaixador como você. Por último, ele é o rei dos diplomatas e tem um senso de humor maravilhoso.

Depois, quero apresentá-lo ao meu chefe, Leopoldo de Lignières, que é ao mesmo tempo, coordenador do sistema das Nações Solidárias e representante residente do PNSQV.

Então o que acha? O meu plano lhe convém? Quer mudar alguma coisa?

Para mim, está ótimo, respondeu Edigueï. E quando poderemos ter essa primeira reunião?

Tão logo Leopoldo me der autorização para me encarregar do projeto, falarei com ele amanhã e logo depois, ligo para um dos seus funcionários para dar uma resposta.

Não, respondeu Edigueï Dirdemi, sacudindo a cabeça. Quero que fale diretamente comigo sobre tudo que tenha a ver com a conferência. Anote aí o número da minha linha direta.

Pouco depois, ele se levantou, feliz da vida, para ir embora. Estava chegando à porta quando virou, encarando-me.

Beatriz, se é que me permite chamá-la assim. Eu agradeço muito a sua boa vontade em receber na sua casa e ajudar um completo estranho. Adorei a nossa conversa. E você viu que tudo correu bem: nem foi preciso tirar aquele seu chifre de antílope do armário.

Pela primeira vez na vida, além de ficar sem resposta, também fiquei vermelha. Edigueï riu de ver o quanto estava atrapalhada.

Não fique assim tão sem graça, disse-me ele com gentileza. E com muita espontaneidade, me tocou levemente o rosto com o dorso da mão, sorriu e se retirou.

Fiquei parada sem saber o que dizer ou fazer enquanto olhava a pequena silhueta branca se afastar. Que vexame! Pensei: Ali não perde nada em esperar. Ai dele quando eu o revir.

Nos dias seguintes, além das minhas inúmeras tarefas, obtive o acordo de Leopoldo para trabalhar no projeto e comecei a tomar as providências necessárias para seu monitoramento.

O evento tinha outras implicações mais políticas, o que justificava a pressa de Edigueï. Mergulhei no trabalho.

Enquanto isso, as cartas de Kayar continuavam a chegar com regularidade. E um dia soube pelos Traorê que ele estava voltando à N'Djamena por uma semana/dez dias. Se tinha inventado um pretexto qualquer para justificar a sua visita, na realidade, ele vinha procurar uma nova esposa e não me ofusquei com este fato. Sabia que para ele era importante ter uma esposa chadiana, começar outra família e de ter a aprovação das pessoas à sua volta.

Os divorciados, viúvos ou solteiros não eram muito bem-vistos no país: todos tinham de estar casados, com filhos. Era isso que dava um status de respeitabilidade a um homem na sociedade chadiana, ter ido à

Meca e poder exibir o título de El Hadj na frente do nome. Se essas duas condições estivessem preenchidas, o chefe de família sempre gozaria de muito respeito, independentemente do que fazia — ou deixava de fazer — dentro e fora de sua casa.

Quando Kayar chegou, foi uma grande alegria. Mas senti que aos poucos, ele estava novamente se entusiasmando em voltar à luta armada, a "primeira esposa", que estava agora, aparentemente, exigindo de volta os direitos que eu havia sequestrado nos últimos anos. E o "resto" estava ficando menos importante para ele, eu incluída.

Num abrir e fechar de olhos, Kayar chegou e foi embora, com a promessa de me ver quando eu fosse de férias a Paris.

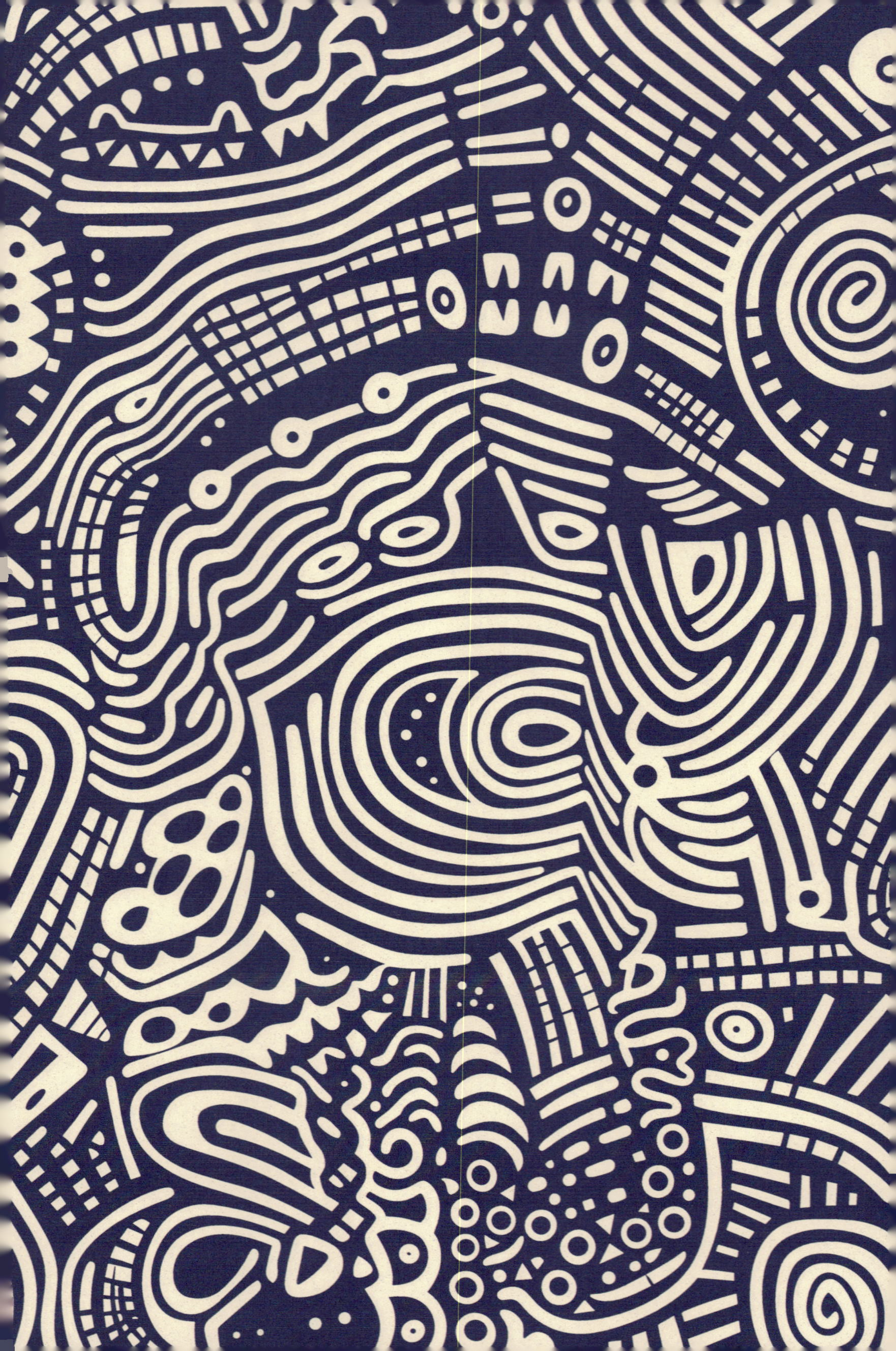

Capítulo 70
OS ENCONTROS

Como prometido, obtive o acordo de Leopoldo para me encarregar do projeto do BET e logo marquei o meu primeiro encontro com o delegado e o pessoal da missão.

Neste dia, Edigueï Dirdemi insistiu em fazer-me visitar a missão antes de termos a reunião. Quando saí no pátio com ele, imediatamente reconheci um dos caminhões amarelos do projeto de Gestão da ajuda de emergência, estacionado no jardim. Tive um movimento de surpresa, que não escapou do delegado.

Alguma coisa em particular que esteja chamando sua atenção?

Sim. Eu não podia imaginar que este caminhão estivesse aqui. Ele foi requisitado o ano passado pelo presidente Hissein Mahamat pouco antes de sua queda e vejo que ainda está em ótimo estado. Você sabe que pertence a um dos nossos projetos, não sabe?

Edigueï fez um gesto afirmativo com a cabeça.

Você não pretende, imagino, devolvê-lo a nós?

Não, respondeu o delegado. Não pretendo. Estou utilizando este caminhão para o BET, não para fins pessoais. Portanto Beatriz, não sinto o menor escrúpulo em ficar com ele à revelia do PNSQV.

Fiquei quieta, magoada pelo tom extremamente desagradável que o delegado empregara.

Senti a sua irritação crescente, mas agora não era o melhor momento para entrar em choque com ele. Precisávamos muito um do outro para fazer um sucesso daquele projeto encalhado. Edigueï Dirdemi também parecia ter chegado à mesma conclusão e estava, no momento, procurando amainar a rispidez de sua reação inicial.

Fui a primeira a falar: Peço-lhe desculpas Edigueï Dirdemi. Não era a minha intenção irritá-lo de maneira alguma. Independentemente do que eu possa pensar, não tenho o direito de falar com você desta maneira, afinal, você é ministro e eu sou apenas uma pequena assistente. Mas antes de encerrarmos este assunto, quero lhe dizer uma coisa, se me permite.

Não fica nada bem quando se quer arrecadar dinheiro de doadores numa conferência, se apoderar do equipamento de um projeto de cooperação internacional à força. Todos os doadores sabem, e este comportamento não o lisonjeia. Pode inclusive ser a justificativa para que não queiram financiar os projetos, que a missão vai propor mais para frente. Dei uma pausa. E agora, vamos mudar de assunto e falar de coisas mais prazerosas.

Edigueï me tocou de leve a mão, como para se desculpar pela resposta atravessada. Dirigimo-nos para a salinha de conferências da missão onde o pessoal nos aguardava.

Sem pressa, expliquei o projeto, passei uma cópia do orçamento, discuti o que estava previsto e perguntei o que queriam fazer. Também expliquei como funcionava a execução do projeto, qual era o papel de cada um dos agentes etc.

Depois de ter feito a minha apresentação, o chefe da seção de projetos da missão disse:

Não estamos entendendo muito bem. O seu colega que era encarregado do projeto antes de você, nos explicou que tínhamos muito pouca latitude de ação. Segundo ele, as grandes linhas do projeto já haviam sido traçadas e aceitas em Nova Iorque e não poderiam ser postas novamente em questão. Mas se entendemos bem o que você está falando, podemos rever — e modificar — tudo o que está escrito aí. Este entendimento está correto? Poderia nos explicar melhor essa aparente contradição?

Monitorar um projeto é uma coisa flexível. Somos parceiros que dialogam e não queremos impor nada a ninguém. O objetivo que todos perseguimos é ver o projeto atingir os melhores resultados possíveis e para isso, é preciso trabalho conjunto e consenso. Creio que o que meu colega quis dizer é que muitas coisas já foram decididas por Mohamed Tahar. Mas Edigueï Dirdemi não é obrigado a endossar as decisões do predecessor se não concordar com elas. Se quiser fazer diferente, então faremos diferente.

Quando a reunião terminou, Edigueï Dirdemi me chamou à sala. Quando me acomodei, ele disse:

Antes de mais nada quero me desculpar se fui impaciente com você. Vi que a minha reação a desagradou e esta não era a minha intenção. Mas me permita dizer que você foi a primeira pessoa a me dar um argumento sólido em favor da devolução do caminhão ao PNSQV. Vou inclusive ter de refletir um pouco sobre o que disse, antes de tomar uma decisão definitiva sobre este assunto.

Agora, quero que saiba que gostamos de tê-la conosco. Gostei muito da sua flexibilidade; nem uma vez sequer, ouvi você me falar não. E acho que até agora progredimos muito.

Quero também agradecer a sua apresentação e a proposta de trabalhar com meu pessoal para ensiná-lo a fazer o monitoramento de um projeto PNSQV e o futuro acompanhamento do que terá de fazer com os doadores depois da conferência.

Eu quero aproveitar para perguntar uma coisa, disse-lhe. O que faz na próxima quarta-feira à noite?

Edigueï ficou curioso: Bem, se você quiser fazer neste dia alguma coisa para fazer avançar o projeto, então estou de acordo seja lá o que for.

Barry vai sair de férias por um mês, e esse é o dia em que poderia vir em casa conhecer você, continuei. Ele prefere encontrá-lo num ambiente informal e me mandou perguntar se convém ou se você prefere que ele venha até a missão. Na verdade — e isso é entre nós — ele está inventando pretextos. Quer que se encontrem em casa com um prato da minha comida na mão. Barry é de uma gulodice impressionante e adora minha comida.

Edigueï Dirdemi caiu na gargalhada: Neste caso, aceito o convite e espero poder provar alguma coisa que você preparou. Barry tem razão. Se nos encontrarmos aqui, não será tão informal quanto na sua casa. E gostei muito de lá ir a última vez. Pode contar comigo. Quarta, estarei lá por volta das 20:00. E em jejum, dessa vez.

No dia indicado, Barry veio, ouvira muito falar do delegado e estava curioso em conhecê-lo. Mas o tempo passava e nada do delegado chegar. Fui buscar chá e petiscos e quando voltei vi Edigueï chegando, elegante como sempre. Ele se desculpou pelo atraso. Os dois homens estavam muito bem-dispostos um em relação ao outro e começaram a conversar de tudo e de nada, como se fossem velhos conhecidos. Deixei os dois a sós e fui preparar o jantar à moda chadiana.

Voltei com os famosos espetos que Ali amara e uma bandeja de arroz, *éch* e legumes. Eles estavam entretidos numa grande discussão sobre geopolítica africana, sobre o Chade, sobre o Burkina Faso — a terra de Barry — e sobre o BET.

Passaram depois a discutir o projeto e Edigueï, que estudara cuidadosamente o plano de trabalho, descreveu as grandes linhas e pediu a opinião de Barry. Ambos pareciam concordar sobre muitos pontos e Barry propôs algumas mudanças a Edigueï, que as aceitou.

Após um jantar muito elogiado, os meus amigos foram embora, não sem antes me agradecer pela excelente noite.

Entendo cada vez mais porque sua casa vive sempre cheia, me disse Barry. A companhia é realmente agradável e a comida deliciosa. Não me espanta Leopoldo ficar furioso ao ver que sua casa fica às moscas, enquanto tudo o que N´Djamena conta de pessoas importantes se encontram aqui por você, por aqueles seus espetos e guisados de gazela. Concorda comigo, Edigueï? E deu uma daquelas suas estrondosas gargalhadas.

Não fica bem eu falar assim do seu chefe. Agora, minha menina, você precisa marcar um encontro entre Edigueï e Leopoldo. Faça isso logo para podermos começar a trabalhar sério, na minha volta. Enquanto isso, como discutimos, peça à agência de execução do projeto, para procurar boas candidaturas de peritos que possam nos fazer uma análise decente do BET e preparar projetos que façam sentido.

Quando Edigueï se despediu, fiquei feliz em ver o quanto ele estava satisfeito. Apreciara muito Barry e os dois tinham agora os números dos telefones diretos para conversar sobre o projeto, caso fosse necessário. Achei prudente não falar nada, quando indiretamente, ele perguntou o que Barry tinha querido dizer com o comentário sobre Leopoldo.

No dia seguinte, recebi um telefonema de Olivier Coustau. Ia a Paris e queria saber se eu precisava de alguma coisa. Fomos almoçar juntos, dali eu o levaria diretamente para o aeroporto.

No aeroporto, notei no saguão, Issa Sougoumi e Edigueï Dirdemi, sentados num banco na maior conversa. Estavam tão entretidos que reprimi o desejo de ir cumprimentá-los.

Enquanto me despedia do meu amigo perito, ouvi:

Olha quem está aí! — disse Issa Sougoumi. Venha cá, minha filhinha!

Acerquei-me com muita satisfação.

Não me diga que veio embarcar o seu chefe Lignières! — disse ele. Que felicidade saber que este amador de fritas e mexilhões está voltando para sua terra. Quem me dera que ele nunca tivesse saído de lá.

Comecei a rir: Sinto desapontá-lo, senhor Sougoumi. Apenas vim trazer um dos meus amigos que está indo à Paris.

Mas que pena! Continuou Issa Sougoumi, então preciso organizar outro encontro na secretaria.

Olhei-o, fingindo interesse: Então o senhor recebeu outra caixa de charutos? Outro dia, quando fomos vê-lo, o meu chefe passou mal com a fumaça do seu charuto e ficou por dias com dor de cabeça e incômodo nos pulmões.

Ah é? Mas que ótima notícia, respondeu. Não vou fumar charutos na próxima visita. Vou até lá exercitar a minha criatividade para encontrar outra coisa que possa agradar muito o seu chefe e o faça se lembrar sempre de quão agradáveis são os nossos encontros.

Nessa hora, percebemos que Edigueï não devia estar entendendo nada. E de fato, o delegado estava sorrindo. Se de um lado, estava claro para ele que o Sr. Sougoumi estava gozando de Leopoldo, de outro, estava espantado em notar o quanto nós dois éramos amigos e cúmplices. Na verdade, não sabia que trabalhávamos juntos já fazia mais de três anos.

Issa Sougoumi virou-se para ele e disse em francês:

Não se preocupe Edigueï, levaria muito tempo para explicar toda essa história. E de qualquer maneira, isso faz parte dos segredinhos que temos Beatriz e eu. E pelo que me falou, você também vai trabalhar com ela, não vai? Então vá se preparando para ser primorosamente atendido e dar muitas risadas.

Capítulo 71
UMA SUCESSÃO DE DESASTRES

FUI VER LEOPOLDO E LEVANTEI com ele a questão da conferência do BET e da visita de cortesia que o novo delegado queria fazer.

Leopoldo fez uma careta. Não via a menor necessidade de encontrá-lo. Todos esses *gorane* assustavam-no secretamente e ele não sabia como se comportar com eles.

Esperei vários dias. Mas na semana seguinte, me chamou com seu arzinho astuto, para avisar que estava disposto a ver o novo delegado do BET.

Telefonei para Edigueï. Um encontro entre ele e meu chefe foi agendado na semana seguinte. Entendi que ele não devia ter recebido boas informações sobre Leopoldo e não parecia querer dar a impressão de ter pressa em encontrá-lo.

Imagino que deva se ter lembrado do comentário de Barry na minha casa. Acho que este encontro vai ser difícil.

Tentei antes da reunião, várias vezes, explicar a Leopoldo quem era Edigueï. Mas ele, nunca arranjava tempo de me escutar até o dia do encontro chegar. Fui pedir conselho à Barry que me disse para deixar as coisas como estavam. Tudo acabaria dando certo. Notei que ele também ficara preocupado.

No dia da visita, desci para ir receber Edigueï, na entrada do prédio.

Quando o pessoal do escritório o viu chegar, andando altivamente atrás de mim, não conseguiu conter a surpresa: realmente o PNSQV conseguira se relacionar com "gente graúda" do novo regime. Agora até este prestigioso personagem, recentemente nomeado chefe da missão de reabilitação do BET (MRBET), vinha ver o seu representante!

Levei-o para o salãozinho espera. Apesar de Edigueï ter chegado na hora, Leopoldo o fez esperar. Quando me levantei para ver o que estava acontecendo, o delegado me agarrou pelo braço e me fez sentar de novo:

Deixa estar, disse. Não tem importância. E continuou a tomar o seu chá.

Cerca de quinze minutos depois da hora marcada para o encontro, Amélia, a secretária de Leopoldo veio nos buscar. Leopoldo veio ao encontro do delegado com uma cordialidade exagerada e uma certa desenvoltura. Edigueï o cumprimentou com educação, mas com frieza.

Surpresa por seu tom de voz, vi um homem que não conhecia: seus olhos penetrantes se haviam ligeiramente franzido e seu maxilar inferior se mexia, sinal que, como eu descobriria com o passar do tempo, denotava contrariedade. Além disso, era uma verdadeira pedra de gelo e transformara numa geladeira o ambiente. Impassível, glacial, o delegado sentou-se e esperou.

Leopoldo, gaguejou um pouco, fez algumas gafes e mostrou que nada sabia do projeto. Durante a conversa, ficou um pouco mais seguro de si e disse a Edigueï que o seu projeto precisava ser a vitrine do BET.

Outro dia, passara pela missão e ficara surpreso pelo seu aspecto deteriorado. Isso certamente era razão suficiente para afugentar os doadores mais bem-intencionados! Faltavam flores, uma pintura nova, uma reforma. A missão também precisava se equipar adequadamente e comprar uma boa fotocopiadora, computadores e impressoras para que os resultados da conferência pudessem dar todos os seus frutos. Fiquei horrorizada com esta introdução: flores? pintura nova? reforma? Mas do que Leopoldo estava falando? Eram essas as suas prioridades para o BET?

O delegado escutou tranquilo e depois de algum tempo, seu rosto se descontraiu e ele ficou quase amável. A metamorfose não condizia com o sorriso e olhar cruéis. Ele registrava tudo com uma espécie de deleite.

Leopoldo continuava seu discurso como se estivesse falando consigo próprio. Não se dava conta que estava assumindo compromissos que Edigueï não deixaria de cobrar mais para frente. Com uma vozinha zombeteira, o delegado incitava Leopoldo a se comprometer cada vez mais, e o meu chefe, lisonjeado, pensando que estava impressionando, se enterrava cada vez mais nas promessas com a ajuda daquela raposa *gorane*.

Em vista do desastre iminente, quis intervir, mas o olhar que Leopoldo me lançou me dissuadiu. Edigueï, entendeu perfeitamente o que eu estava tentando fazer.

No final da conversa, Dirdemi obtivera muito além do que ele poderia ter desejado nos seus delírios mais ambiciosos. Quando Leopoldo repetiu que assumia o compromisso de materializar todas as promessas, pensei que estava sonhando: como podia fazer promessas sem sequer saber se havia fundos suficientes no orçamento?

Eu sabia que a partir de agora, Edigueï trataria meu chefe com desprezo: vira apenas um grande medíocre, pretensioso e imprudente.

O delegado levantou e se despediu. Chegando ao estacionamento, Edigueï pegou minha mão.

Você não precisa se censurar, menina. Você fez o que pôde. Ele não quis escutá-la. Mas tire a lição do que acaba de ver: uma das chagas deste mundo é a vaidade humana. Seu chefe é um exemplo vívido do que acabo de dizer. Se souber manipular a vaidade das pessoas, você irá longe na sua carreira, lembre-se disso.

Na minha volta, fui falar com Barry para contar sobre o encontro.

Realmente, disse, Leopoldo está exagerando. Edigueï vai reduzi-lo a pedaços. Eu bem senti que é um homem temível. Eu faço questão de estar presente na reunião de trabalho que ele decidiu organizar. Por nada no mundo, quero perder isso. Ele voltou a ficar sério.

Precisamos proteger Leopoldo dele próprio e é por esta razão que precisamos estar, os dois, presentes naquele encontro. Deixei Barry para ir estudar mais uma vez o orçamento do projeto. Existiam ainda muitos fundos não utilizados, mas quando fiz o cálculo preliminar das promessas de Leopoldo, precisaria, no mínimo, de trinta mil dólares adicionais.

Na semana seguinte, Leopoldo e Barry receberam o convite da MR-BET para a famosa sessão de trabalho e, desta vez, Lignières me chamou para pedir o custo. Quando respondi, ficou horrorizado e resolveu tentar reverter a posição na próxima reunião para pagar menos.

Estava convencido que a primeira reunião que tivera com Edigueï fora boa e que conseguiria achar com ele um compromisso razoável. Aconselhei-o a não enveredar por este caminho: ia se desacreditar completamente. Leopoldo não pareceu estar convencido e chamou depois Barry para pedir sua opinião. Não partilhou comigo a resposta do economista principal, mas estava certa de que falaria a mesma coisa do que eu.

No dia do encontro, estava claro que Leopoldo estava tenso, mesmo que tentasse parecer calmo e bem-humorado a caminho da missão. Disse-me que não queria de jeito nenhum desapontar este "bom homem" e sua gente. Leopoldo, realmente, nada entendera de Edigueï.

Dirdemi nos aguardava vestido com uma magnífica *djellaba* branca e um turbante bordado da mesma cor. Falei que Barry atrasaria um pouco. Ele nos recebeu muito bem e fez questão de passear pela missão. Quando Leopoldo foi ao pátio, viu um dos caminhões amarelos do projeto Gestão da ajuda de urgência estacionado no jardim.

Olhou o veículo em silêncio e não fez nenhum comentário. Olhei para Edigueï que estava calado também. Tive certeza de que o delegado fizera de propósito, como fizera comigo.

Quando entramos na pequena sala de conferência, todo o pessoal da missão estava convidado para participar da reunião. Vendo o seu chefe entrar, levantaram-se respeitosamente.

Leopoldo sentou-se e começou a se mexer na cadeira, desconfortável. Ele pensara que se tratava de uma simples reunião com Edigueï, Barry, ele próprio e eu, não com este mundo de gente.

O delegado, vendo que o economista principal do PNSQV não chegava, resolveu começar a reunião. Fez uma breve introdução que foi interrompida pela chegada de Barry. Edigueï fez uma pausa, desejou-lhe as boas-vindas e desculpou-se por ter começado a reunião sem ele estar presente.

Edigueï retomou a palavra para enumerar as promessas de Leopoldo. Expressou gratidão por este homem, coordenador residente do sistema das Nações Solidárias no Chade, que apesar de ter chegado no país havia pouquíssimo tempo, já entendera todos os problemas do BET.

Leopoldo lívido, começou a suar, apesar do ar-condicionado. Ele nunca imaginara que Edigueï o faria cair numa armadilha dessas e a fatura das suas promessas, calculada com ampla margem pelo pessoal da missão, era ainda mais salgada do que pensava.

Barry e eu estávamos divididos entre a consternação que sentíamos frente ao amadorismo e imprudência de Leopoldo e a admiração pela maneira magistral com a qual o delegado conduzia seus negócios. Quando Edigueï passou a palavra para Leopoldo, nada mais havia a dizer:

Vencido, gaguejando ligeiramente, Leopoldo fez o que era esperado dele: confirmou que iria financiar tudo. Depois, queria ir embora o mais rapidamente possível; não sabia mais o que dizer.

Edigueï se levantou e veio apertar a mão dos seus amigos do PNSQV. Agradeceu a Leopoldo pela generosidade e o acompanhou até o terraço. Virou-se depois das despedidas e com uma vozinha gozadora, interpelou-o:

A propósito, caro senhor representante, agora que já visitou a missão, que flores sugere que plante no jardim? Pois se eu não me engano, este foi um dos seus primeiros comentários na reunião passada, não foi?

Leopoldo, zonzo, se limitou a sorrir com um sorriso forçado sem responder. Eu estava atrás dele e ouvira a pergunta. Respondi ao delegado, tentando manter a seriedade:

Deveria plantar primaveras, senhor Ministro. Crescem bem aqui na terra, têm flores lindas e dão sombra.

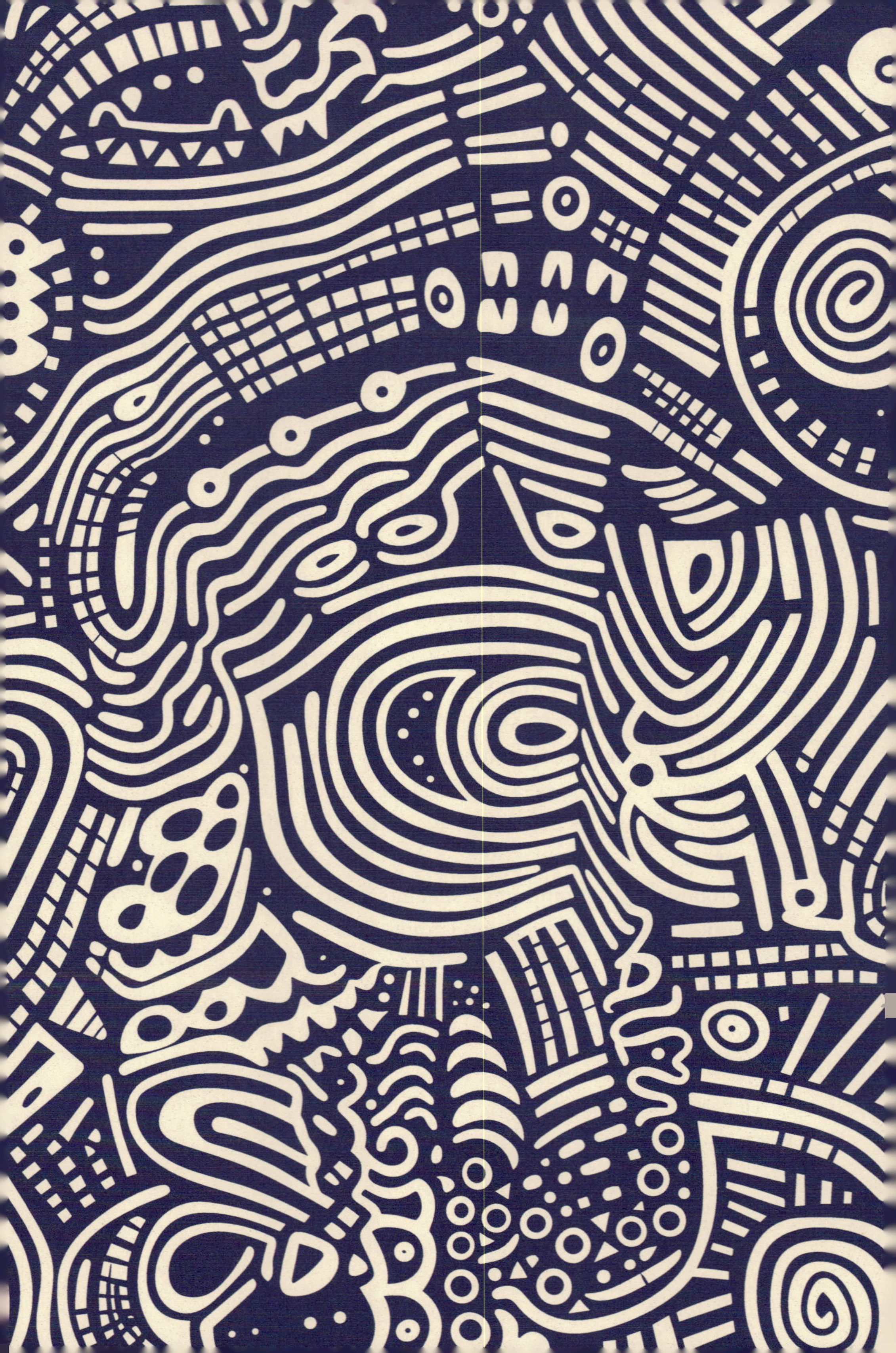

Capítulo 72
A MISSÃO DO CONSULTOR PNSQV NO BET

Alguns dias depois, recebi ótimos currículos para o consultor que devia preparar o documento sobre a região norte e os projetos a serem apresentados aos doadores da conferência sobre o BET. Um deles me chamou particularmente a atenção: era de um perito francês chamado Francis d´Auvergne, dono de uma firma de consultoria em Grenoble.

Como eu tinha muitos amigos no setor de geografia urbana e planejamento na universidade daquela cidade, mandei um e-mail pedindo referências a respeito deste consultor. E tive a felicidade de receber uma resposta falando o quanto d´Auvergne — assim como sua instituição — gozavam de ótima reputação.

Toda contente, liguei para Edigueï e combinamos um encontro às 10:00 na MRBET, neste mesmo dia.

Olá, gritou Edigueï todo feliz quando entrei. Temos novidades boas para o projeto! Vamos ver esses currículos juntos?

Começamos a estudar os candidatos um por um. Depois de uma análise mais detalhada, a superioridade de d´Auvergne estava clara e ele foi escolhido.

Então mande vir este perito, disse Edigueï. Quanto tempo acha que o d´Auvergne vai levar para chegar aqui?

Não sei dizer, respondi. Mas se o homem é tão bom quanto parece, deve ser muito ocupado. Creio que devemos esperar por volta de uns dois meses. Mas diga-me, como pretende se organizar para fazê-lo conhecer bem o BET? Ele tem de ir às três prefeituras em apenas cerca de vinte e cinco dias. Que itinerário vai fazer? Vai enviá-lo para lá com o carro da missão? Vai mandar mais de um carro?

Edigueï pensou um pouco: no que diz respeito ao itinerário, vou ter de pensar. Quanto ao transporte, não temos outros veículos além deste. Você acha perigoso ir apenas um veículo?

Acho sim, respondi. Se tiver qualquer problema no caminho, como faremos para socorrê-lo? Precisaria, no mínimo, ter um rádio montado no Toyota. Precisamos ver onde arranjar um rádio. Será que o exército chadiano pode nos ajudar?

Continuamos discutindo a missão e lembrei que Alifa Djimê, aquele personagem esquisito que conhecera no hotel *La Tchadienne* quando cheguei ao Chade, tinha um negócio neste ramo. Edigueï o conhecia também, mas não gostava dele e não queria pedir nada. Mas eu sabia que se eu pedisse com jeito, ele não ia recusar.

Você conhece este homem suficientemente bem a ponto de lhe pedir um favor destes? Perguntou Edigueï.

Não gosto muito dele, apesar de encontrá-lo com relativa frequência; temos um amigo em comum. Mas se não acharmos um rádio, não tenho problema algum em falar com ele.

Passamos a discutir os termos de referência da missão e seu itinerário, e fui finalizá-los no escritório. Separamo-nos tendo cada um, uma lição de casa.

Falei ao telefone com d´Auvergne, que logo mostrou muito interesse em vir ao Chade. Ele conhecia bem a África, mas nunca tivera a oportunidade de viajar para o país e estava muito curioso. Tão logo desligamos, enviei os termos de referência ao consultor.

Aos poucos, a missão ia tomando forma. A questão do rádio não estava resolvida e quando faltava menos de quinze dias para o perito chegar, abordei de novo o assunto com Edigueï. Fora isso, tudo estava pronto tanto do lado da missão quanto do lado do PNSQV para a ida do Sr. d´Auvergne às três prefeituras do BET.

Edigueï e eu havíamos procurado um rádio, mas sem sucesso. Lignières e Barry, não viam com bons olhos enviar um perito das Nações Solidárias viajar num único carro nestas áreas inóspitas e sem rádio. Eu mesma me sentia desconfortável com a ideia.

Edigueï! Me passe aqui o seu telefone. Vou ligar ao Alifa Djimê. Vou dizer que é um pedido meu e se perguntar por você, direi que não está.

Ele concordou com reticências. Quando comecei a trabalhar com o delegado, ele me dava instruções que, às vezes, até pareciam ordens. Mas agora, ele pedia a minha opinião e, muitas vezes, acatava, como hoje. Chamei Alifa que fez grande festa e falou que faria tudo para me atender.

Eu vou precisar, sim, de uma ajuda sua. Estou recebendo aqui um perito, no quadro do projeto de mesa redonda do BET. A missão de reabilitação vai enviá-lo a três prefeituras fazer um estudo em profundidade. Estou desconfortável em enviar o perito num só veículo, sem rádio. Será que você poderia me emprestar um?

O que diz o delegado? Ele está sabendo desta sua preocupação? Perguntou Alifa.

Sim, está sim. Como sabe, Edigueï Dirdemi, além de delegado também é militar e não vê necessidade de tomar esta precaução. Para ele, o BET é a sua casa e ele mesmo viaja por lá sem rádio, nem nada. Mas se o assunto me preocupa tanto assim, ele não via nenhum inconveniente em montar um rádio no veículo.

Então se entendo bem, o pedido é seu e não do delegado?

É isso mesmo. Se fosse o pedido de Dirdemi, ele o faria, é claro, diretamente a você. E então? Vai me ajudar? Perguntei no meu tom mais charmoso.

Bom, se o delegado não tiver objeções, peça ao pessoal da MRBET para trazer à garagem o carro depois de amanhã para montar o rádio nele. Você precisa de mais outra coisa?

Não, Alifa, desde já agradeço muito pelo favor. Desliguei e falei:

Bem, parece que agora já temos o rádio. O Alifa pediu para o carro ser enviado à oficina depois de amanhã. E desviei o olhar um pouco sem graça com o que eu vira nos olhos do delegado. Lá vi emoção, carinho e alguma outra coisa que mais se parecia com desejo, atração.

Alguns dias depois, chegava a N´Djamena o Sr. d´Auvergne. Era um homem nos seus quarenta anos, magro, de altura média com olhos e cabelos escuros. O que chamava mais a atenção era o ar sério e observador, e a grande inteligência que brilhava nos seus olhos.

Quando o delegado nos recebeu, fiz as apresentações e vi que o perito já entendera com quem estava lidando.

Depois de alguns minutos de silêncio — que pareciam uma eternidade — Dirdemi começou a falar A reunião durou cerca de uma hora e o Sr. d´Auvergne saiu de lá impressionado.

Achei o Sr. Edigueï Dirdemi uma pessoa fora do comum, me disse ele enquanto estávamos voltando para o PNSQV. Além de ter uma cabeça privilegiada, sabe exatamente o que quer. Bem que você me falou. E fiquei impressionado pelo itinerário que me propôs. Conhece perfeitamente bem a região e o programa vai me permitir avaliar realmente, as necessidades.

No dia seguinte, d´Auvergne e dois representantes da missão estavam prontos para a viagem. Agora era só acompanhá-los pelo rádio, testado e funcionando perfeitamente.

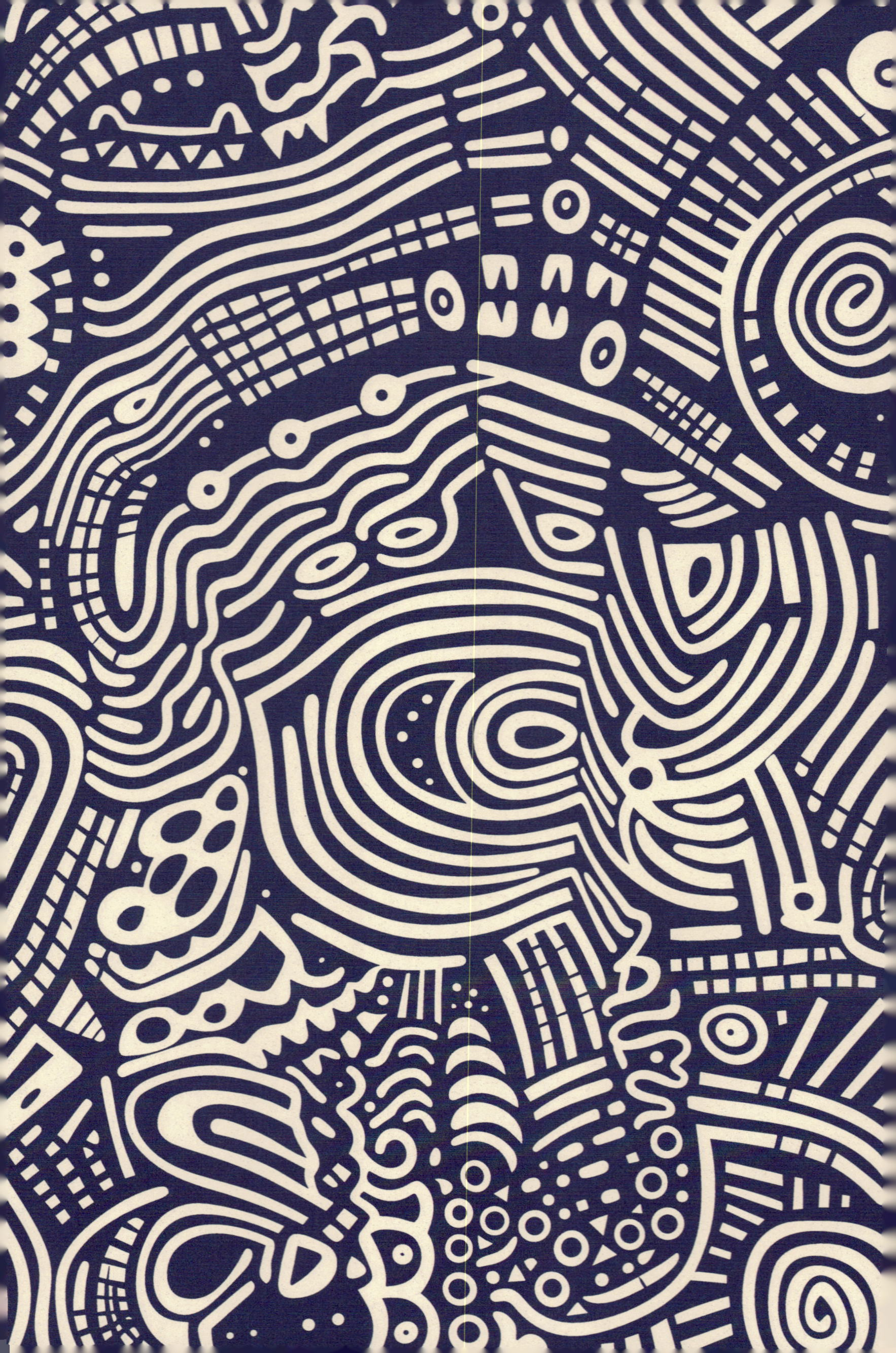

Capítulo 73
A RETOMADA DAS HOSTILIDADES

À MEDIDA QUE O TEMPO PASSAVA, sentia o ambiente político-militar voltar a dar sinais de tensão. Havia comandantes insatisfeitos com a atual partilha de poder e o descontentamento da população ficava nas pichações que cobriam os muros da cidade. Dos elogios ao presidente que vi quando voltei da evacuação, tinham passado a críticas divertidas, num primeiro momento.

Mas agora, as pichações com insultos cada vez mais pesados ao partido de Djimet Diar, refletia o quanto a população se sentia enganada com a não concretização do que lhe tinha sido prometido.

Os Traorê confirmaram que havia muito descontentamento nos comandantes *zaghawa* chadianos e outros, assim como da população, que não sabia mais como se defender dos ataques dos *zaghawa* sudaneses, que invadiam suas casas para roubar e até chegavam, em alguns casos, a estuprar e matar em total impunidade.

Se Djimet Diar, no começo do mandato como presidente, abrira as masmorras, libertara os presos políticos e dissolvera as tão temidas DDS e BEIR do presidente Hissein Mahamat, aos poucos reconstruía uma ditadura: as liberdades começavam paulatinamente a ser abolidas, a polícia política, reabilitada.

O Chade, que até agora era um país laico, estava mudando sob a influência dos sudaneses e estava se radicalizando. Sabia que os religiosos de ambos os países estavam em grandes discussões sobre a "arabização" do país e até pensavam em obrigar as mulheres chadianas a usarem o véu, o que nunca acontecera até então.

Eu me perguntava desolada, se novamente o Chade ia entrar em guerra civil: tudo parecia indicar que este era o caminho mais provável.

Este ano também, para agravar os problemas, havia uma forte seca. As cabras famintas soltas na cidade, subiam nas árvores como podiam para comer algum verde. Era indispensável passar creme no rosto e nas mãos várias vezes ao dia, para evitar gretas e feridas na pele, cuja cicatrização era muito demorada.

Eu estava, como de costume, na casa dos Traorê, quando Amadou, me avisou que era melhor voltar para casa cedo, pois podia ter barulho entre comandantes de diferentes facções.

Hawa me contou que Tiozinho e seus homens estavam atuando na região do lago Chade, em um movimento pró-mahamatista. Os insurgentes juntaram forças com os homens de outro movimento armado, ao qual pertenciam muitos amigos meus, entre os quais Mohamed Tahar. A cooperação entre os dois grupos — que também recebiam ajuda tática de Kayar — estava se tornando uma ameaça séria ao governo, que acabava de mandar para lá uma força para neutralizá-los.

Lá estamos nós, pensei. Vamos começar tudo de novo.

Pensei em Edigueï que me dissera que a sua maior aspiração para o país era alcançar a paz. Mas também dissera uma coisa que doeu no fundo na minha alma e bem mostrava que, se ele queria sonhar de vez em quando, os seus pés estavam firmemente fincados na realidade.

Ele ia procurar uma segunda esposa. Quando eu perguntei a razão, ele me respondeu:

Eu gosto da minha mulher e dou-me muito bem com ela. Mas só tenho um filho varão. Ela engravida sem problemas, mas acaba perdendo todas as crianças no decurso da gravidez, por razões que desconhecemos. Então preciso arranjar outra mulher para me dar mais filhos. Num país como o Chade, você não pode dar-se ao luxo de ter só um filho. Preciso ter muitos para ter certeza de que a minha linhagem continue.

Veja só: você tem hoje em dia grandes chances de perder um ou dois filhos na guerra, depois também existe o risco de perder outro para doenças. Já são três. Então preciso ter pelo menos mais dois para assegurar a minha descendência.

Este dia, à noite, como que para dar razão à Edigueï Dirdemi, as armas voltaram a falar alto.

Teve mortos e feridos e durante dois dias, o pessoal das Nações Solidárias ficou em casa. Na manhã do terceiro dia, a vozinha fanhosa de Leopoldo me acordou, dizendo que o pessoal da liga devia ficar em casa: era simplesmente impossível circular, pois as ruas da cidade estavam bloqueadas por barragens militares.

Foi aí que lembrei de que precisava finalizar um trabalho que devia enviar à Nova Iorque amanhã e tinha combinado de comparecer a uma reunião importante na missão de reabilitação do BET (MRBET).

Como não havia perigo em sair de casa, peguei de manhã o meu carro, levei Boudin comigo e fui trabalhar como se fosse um dia como qualquer outro. No primeiro posto de controle, baixei o vidro da janela e convenci os militares a me deixarem passar. No segundo, eram militares do quartel *Camp des Martyrs* que tinham sido escalados para guardar este acesso.

Eles haviam sido meus vizinhos durante anos, quando ainda morava no prédio das Nações Solidárias. Muitas vezes, eu lhes dera cigarros por cima da cerca de arame, que separava o jardim do condomínio do espaço onde eles descansavam. Conheciam bem Boudin e, muitas vezes, tinham ido buscar para mim o cachorrinho que fugira atrás de cadelas no cio.

Desci do carro e eles foram buscar uma cadeira e um copo de chá para mim, enquanto conversávamos um pouco sobre as novidades. Eu estava sentada, com Boudin deitado aos meus pés, quando levantei os olhos e vi um Toyota Land Cruiser dirigido por um homem extremamente bem-vestido parar. Desceu do veículo e veio correndo para o meu lado. Era Ali!

Mas o que diabos você está fazendo aqui no meio destes combatentes? — perguntou-me. Você está tendo problemas com eles?

Mas porque você está assim tão alterado? Estes homens foram meus vizinhos durante anos quando morava no prédio das Nações Solidárias. Eles me conhecem muito bem, e ao Boudin. Calhou de estarem aqui e apenas desci do carro para conversar e saber das novidades.

Olha, me disse, não fica bem uma funcionária graduada das Nações Solidárias ser vista assim nessas intimidades com combatentes. Sim, eu sei, são os seus amigos, mas siga o meu conselho: termine o seu chá, pegue o seu cão e vá embora.

Depois de alguns minutos acabei de tomar meu chá sem pressa, agradeci muito e me despedi dos homens. Entrei no carro e fui para o PNSQV.

À tarde, fui para a missão: não havia mais perigo, tinha trabalho para fazer, não via por que não deveria vir. No final da sessão, Kingang, o adjunto de Edigueï, me avisou que o delegado queria conversar comigo.

Quando entrei, ele mandou fechar a porta e me sentar.

E então? Como é que vai a nossa madona dos combatentes? E não conseguiu continuar de tanto que ria.

Meu caro amigo, disse, você não sabe o quanto estou feliz em ser a causa desta sua crise de riso, você que está sempre tão sério. Mas deixe-me dizer que Ali, além de intrometido, é o rei dos fofoqueiros! Se voltar a pisar em casa, será recebido com várias chifradas de antílope! O que tem demais eu parar para tomar um copo de chá com gente que me conhece há anos?

O delegado se levantou, deu a volta de sua mesa e veio me dar um abraço.

Adoro você, murmurou ele baixinho. Não mude nunca, ouviu? Ali e eu ficamos com medo quando soubemos. Mas ele me disse que ficou impressionado ao notar o quanto vocês estavam contentes e confortáveis uns com os outros. Me falou que se tivesse prestado atenção neste detalhe, não se teria intrometido.

Então você está perdoado por ter brincado comigo. Vim trazer o cronograma que Barry sugere que adotemos de agora até a realização da conferência. Ele também me pediu para ver como quer lidar com o filme, ou melhor, a porção de filme disponível sobre o BET que a equipe suíça filmou antes do acidente.

Edigueï perguntou: A propósito, antes de você ir embora, o seu chefe está na representação a esta hora do dia?

Mas é claro que não. Dispensou todo mundo por causa dos postos de controle. Você deve saber melhor do que eu.

Então se entendo bem, você está infringindo suas ordens? Caçoou Edigueï.

Não, respondi. Ele avisou que a circulação seria difícil, apenas isso. E olhe aqui, senhor Edigueï, não vamos começar a caçoar do meu chefe. Já tenho Issa Sougoumi que não para de gozar dele e inventa tudo o que pode para deixá-lo desconfortável nas reuniões. Ele fica um verdadeiro garoto travesso quando vê Leopoldo e já não sei mais o que fazer com ele. Não preciso de outra contraparte que faça a mesma coisa. Falando sério, não fica bem eu me divertir com vocês às custas do meu chefe. Não é ético, meu amigo. Digo isso ao Sr. Sougoumi o tempo todo. Independentemente do que eu possa pensar dele, ele continua sendo o meu supervisor.

Eu notava que a minha amizade com o delegado estava se aprofundando. Sentia que Edigueï tinha por mim respeito, carinho, confiança e até em certas ocasiões, admiração. Sentia que ele estava começando a ficar atraído fisicamente por mim. E isso era um coquetel explosivo. Sabia muito bem que eu também estava me envolvendo com ele e me sentindo bem demais na sua companhia.

Mas era claro que não deveria ter nada com ele antes da conferência do BET. Apesar de já ter acontecido no passado, eu não gostava de misturar vida pessoal com vida profissional. Então, voltaria a pensar no assunto depois da conferência.

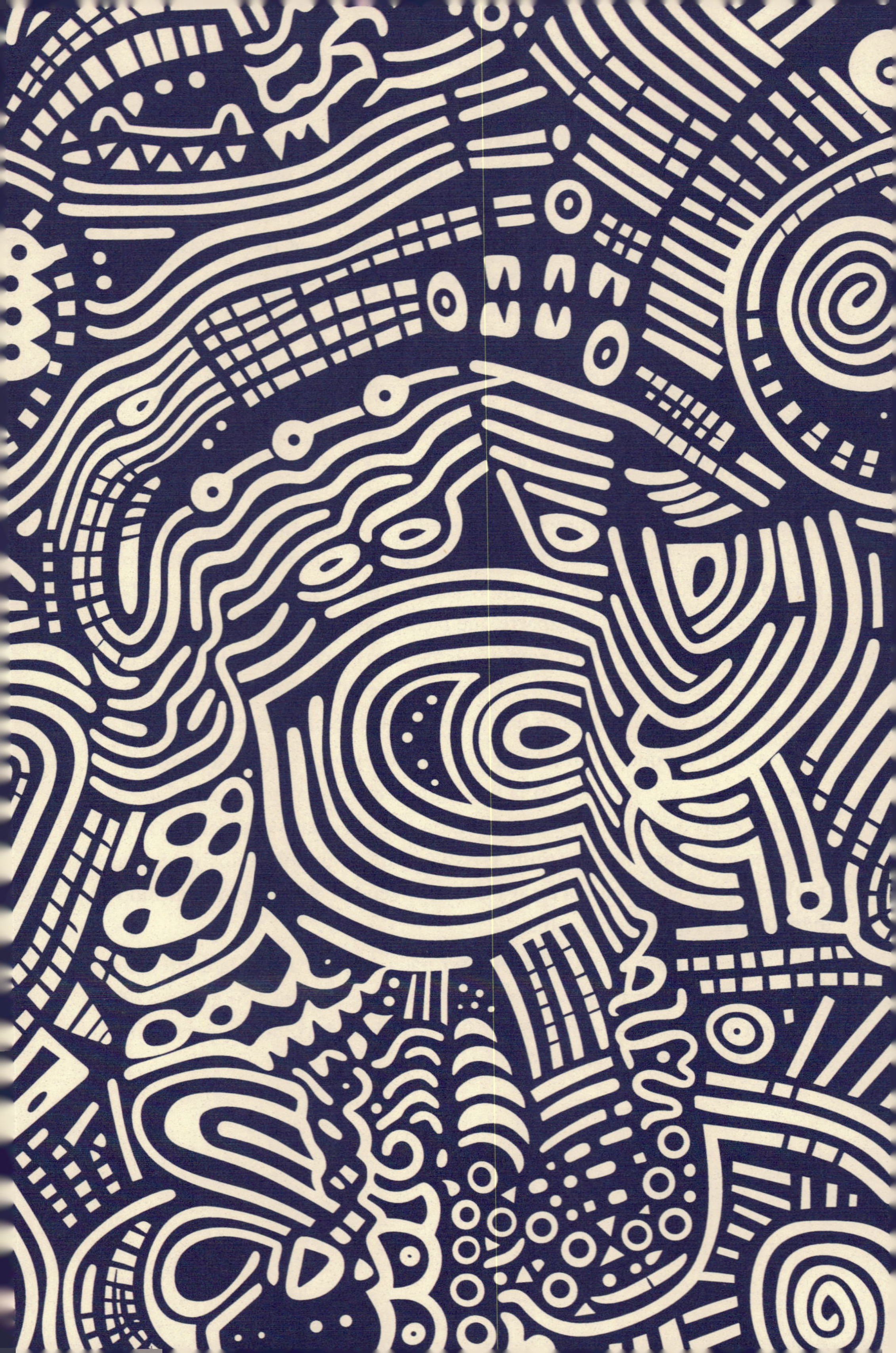

Capítulo 74
AS AULAS DE NEGOCIAÇÃO

Um dia, Leopoldo quis que eu fosse negociar um contrato com um ministério complicado. Parecia que o chefe do departamento em questão era impossível: É claro que não podia deixar de ser um nortista e bem agressivo!

Amadou me avisou que era muito mais delicado, do que Leopoldo falara: Omitira que Moussa Erdimi — era o nome da contraparte ministerial — e Firmino Kojo, o assistente administrativo internacional beninês do PNSQV, tinham tido uma discussão tão acalorada que deviam abandonar a mesa de negociação, furiosos um com o outro. Faltou pouco para que passassem às vias de fato! Portanto, a minha abordagem necessitava habilidades de negociação e diplomacia.

Depois desta conversa, fiquei com ainda mais raiva de Leopoldo e suas informações truncadas e o pouco caso que sempre demonstrava em relação à contraparte chadiana.

Eu nunca fizera até agora, uma negociação, e resolvi com toda simplicidade, de ir falar com Edigueï. Ele poderia dar excelentes conselhos.

Edigueï tão logo soube que eu estava na missão, avisou que queria falar comigo.

Então, como está? Indagou ele quando me viu.

Contei a tarefa dada por Leopoldo.

Menina, se você não sabe nem por onde começar uma negociação, sugiro que não vá encontrar Moussa Erdimi. Ele é uma verdadeira raposa e um excelente negociador. O PNSQV deveria mandar para lá uma pessoa que já tenha experiência neste campo. Ah, a sua organização já fez isso? E o que foi que deu?

Pelo que amigos chadianos me contaram, só faltou a reunião acabar em socos e pontapés. O encontro foi um desastre.

Bom, então vai precisar ter diplomacia, mas isso você tem de sobra, me disse Edigueï. Agora, no que diz respeito à negociação, posso lhe dar algumas dicas sim.

Você já tem uma grande vantagem: instintivamente sabe que todos os que estão ao redor de uma mesa têm de ganhar alguma coisa na negociação.

Vamos pegar o exemplo do caminhão amarelo que está aí atrás, no meu quintal. Você já me disse que o quer de volta e eu não estou disposto a devolvê-lo. Então, vamos negociar. Pode começar! Estou ouvindo!

Fiquei vermelha. Ele realmente poderia ter achado outra coisa. Como confiava nele, não me neguei. Hesitando um pouquinho, comecei a argumentar e ele derrubava todos os meus argumentos em segundos. Numa hora, já ficando meia brava com este desequilíbrio de forças, comecei a procurar a solução mais justa e a mais exequível diplomaticamente e a argumentá-la.

Agora sim você está começando a aprender a negociar. Ele me ajudou ainda com outros exemplos. Depois perguntou qual era o assunto que eu devia ir discutir com minha contraparte e me fez argumentar, mostrando-me todas as vantagens e todos os inconvenientes. Depois de várias sessões de treino em negociação, declarou que eu estava apta a enfrentar Moussa Erdimi.

Vá agora encontrar meu conterrâneo. Ele vai ficar muito surpreso que mandem uma mulher para negociar e que negocie com ele *à la gorane*. Não deixe de me contar o que aconteceu.

As coisas se passaram exatamente como Edigueï previra. Moussa Erdimi — que não queria mais ver ninguém do PNSQV após a experiência com Firmino Kojo — aceitou me receber unicamente por curiosidade. A ideia de a organização mandar uma mulher para negociar uma questão, que o seu representante varão não conseguira resolver o divertia muito.

Quando entrei, me recebeu bem por me ter achado ao mesmo tempo simpática e bonita. Falamos um pouco de banalidades e foi num ambiente tranquilo e divertido que a negociação começou. Moussa estava bem-disposto e não se sentia ameaçado por mim. Ele até queria me dar uma chance para ver como eu me saía. Mas logo depois, quase caiu da cadeira quando me viu negociar *à la gorane*, um assunto que era relativamente complexo. E o acordo a que chegamos era ótimo dos dois lados. Leopoldo ficou muito feliz com os resultados.

Moussa acabou partilhando a surpresa com Edigueï Dirdemi, quando se encontraram na casa de um parente.

E foi assim, que aos poucos, comecei a afinar as habilidades neste campo com a ajuda do delegado. Meu mentor continuava a me orientar no que ele considerava ser uma arte, quando sobrava tempo depois das nossas sessões de trabalho na MRBET.

Graças às orientações, eu me tornaria no futuro, uma das negociadoras mais fortes em todos os meus escritórios de terreno. E mesmo depois de muitos anos, cada vez que me sentava numa mesa de negociação, lembrava das técnicas e truques de Edigueï e sentia muita gratidão por ele.

Uma semana antes da data em que devia ter lugar a famosa conferência do BET, tudo estava pronto e eu não me cansava de ver e rever todos os detalhes com o delegado, o pessoal da missão e Salif Barry.

Um dia antes da conferência, o meu coração doeu e senti o meu estômago se torcer dolorosamente quando encontrei um envelope grande marrom da sede sobre a minha mesa, assim como um e-mail no computador: o PNSQV Nova Iorque estava pensando em me transferir de posto no primeiro semestre de 1992! E foi aí que me dei conta que já fazia quase cinco anos que eu estava no Chade.

Leopoldo, é claro, parecia muito descontente com a decisão reagindo fortemente a ela. Se eu fosse retirada do Chade, quem iria falar com aquele "bando de selvagens" *gorane* e *zaghawa*? Estava atemorizado com a ideia de ser obrigado novamente a se encontrar com gente do tipo de Kayar Yacoub e Edigueï Dirdemi, tarefa que me delegara completamente.

Ele precisava falar com a sede para que eu ficasse no Chade até ele próprio ser enviado para outro posto.

Se já esperava esta notícia, me sentia extremamente abalada agora que a tinha recebido. Fui tristonha para a casa dos Traorê, Hawa começou a chorar e parecia inconsolável. Amadou, do seu lado, ficou muito abalado. Como ele me confessaria mais tarde, se sentia muito apoiado por mim e não hesitava em vir conversar comigo em casa quando apareciam problemas sentimentais, financeiros ou de qualquer outro tipo. Ele confiava em mim e não se acanhava em contar o que acontecia de desagradável. E muitas vezes eu o ajudara, financeiramente inclusive. Este era um segredo entre nós dois.

A conferência durou uma manhã e me deu muito trabalho: precisei tomar notas detalhadas para fazer a minuta. E sobretudo, redigir documentos curtos, nos quais os compromissos de financiamento estivessem transcritos nos termos exatos usados pelos doadores para que os assinassem na hora do intervalo. Para o efeito, eu trouxe para a MRBET o meu novo secretário Gêdeão — que era excelente — e o seu computador. Tanto Edigueï quanto Barry ficaram muito satisfeitos com os resultados: vários projetos iam ser financiados, mas agora era necessário fazer um acompanhamento sério para que as promessas se concretizassem, e esta parte em geral era a mais difícil — e tediosa — do processo.

Após o sucesso da mesa redonda, Edigueï se aproximou de mim e me falou que passaria em casa à noite por volta das 19:00.

Estávamos muito conscientes da atração recíproca que sentíamos um pelo outro. Já por uma ou duas vezes, quase nos aproximamos. Foi apenas um resto de bom senso que nos impediu; todo mundo na missão estava acostumado a bater na porta do delegado e entrar sem esperar uma resposta.

Então, já imaginava muito bem o que podia acontecer se Edigueï fosse em casa.

Capítulo 75
O BECO SEM SAÍDA

Esperei o delegado às 19:00 e, como não veio, decidi que não valia a pena estragar a minha noite e fui visitar os Traorê.

Eles me sugeriram aproveitar as minhas ótimas relações com o delegado para ficar mais tempo no Chade. Respondi negativamente: não gostava de usar esses meios por questões éticas e era difícil, de qualquer maneira, a sede concordar com o pedido depois de uma permanência de cinco anos.

O que eu não disse aos amigos era que estava sentindo que, talvez, já tivesse chegado a hora de seguir em frente. Como algumas árvores do cerrado brasileiro, que param de florescer e frutificar se não tem queimada, sentia que chegara o momento de passar pela minha "queimada particular" e me renovar. Sentia que, por mais difícil que fosse, precisava mudar de posto para viver novas experiências e continuar crescendo.

O Chade, com todas as suas dificuldades, não me desafiava mais. Foi um posto mestre, experiências positivas e negativas fortíssimas, mas agora as superara todas e tinha de reconhecer que caíra um pouco na rotina, se é que no Chade fosse possível.

Também entendia que a minha relação com Kayar chegara ao fim: quando ele terminasse *Sandhurst* — se é que tivesse paciência de cursar os três anos da academia — iria diretamente para o Sudão ou entraria para clandestinidade no Chade. Seja lá onde resolvesse voltar para a luta armada, o resultado seria o mesmo: não o veria mais.

Mas antes de deixar o Chade, eu queria "conhecer" Edigueï. Não estava perdidamente apaixonada, como com Kayar, mas certamente estava muito atraída.

Eu sabia — objetivamente — que não era boa ideia de me envolver com ele: teria pouquíssimo tempo disponível, pois, de um lado, o país corria o risco de brevemente voltar para um estado de guerra civil e, de outro, eu também deixaria o Chade em poucos meses. Outro inconveniente era o fato de a educação *gorane* de Edigueï Dirdemi ser muito repressora. Kayar, por exemplo, era bem mais ocidentalizado do que o delegado e tinha estudado vários anos na França. E mesmo assim, tivemos problemas no começo do relacionamento para nos entendermos.

Assim como Kayar, Edigueï era um homem com muitos compromissos, ocupava uma posição de destaque no governo e exercia uma grande influência tanto na sua região quanto no país. Assim, mesmo se quisesse, não poderia me dar muita atenção. Mesmo assim, resolvi ir em frente, sem escutar a vozinha interna que me desaconselhava de enveredar por este caminho.

Um dia Edigueï me disse em voz baixa que passaria na minha casa logo à noite por volta das 20:00.

Desta vez, chegou na hora combinada, sorridente, relaxado. Depois de conversar sobre uma coisa e outra, ele se achegou e, sem muitos preâmbulos, quis fazer amor comigo no tapete da sala. Qualquer um que chegasse poderia nos ver pelos janelões. Assim, me levantei, apaguei as luzes e o levei para o quarto. Edigueï não disse nada, se despiu, apagou a luz e veio ter comigo.

Ainda lembro de duas características notáveis de Edigueï, que vislumbrei rapidamente antes de ele apagar a luz, pois os *gorane* tradicionais são muito envergonhados em serem vistos nus por mulheres: ele era de uma tal magreza que mais parecia um esqueleto coberto por uma fina camada de pele, com músculos e nervos aparentes. Paradoxalmente, emanava muita força e eu lembrava de tê-lo visto na missão fazer coisas e levantar objetos que requeriam muito vigor. E era o homem mais bem dotado pela natureza que tinha conhecido na vida.

O que aconteceu depois foi feito com uma precisão cirúrgica, com grande economia de gestos. Ele não quis que eu tomasse a menor iniciativa. Isso parecia ser o seu privilégio exclusivo. Ele fez amor no escuro no mais total silêncio, que era muito estranho para mim. Parecia me desejar, mas era desprovido de carinho e de romantismo. Parecia uma operação militar, precisa, fria e rápida. Em seguida, levantou-se, foi tomar banho e vestir-se novamente. Fiquei imensamente frustrada e tive de fazer um enorme esforço para que não visse o quanto estava desapontada com essa primeira experiência sexual, quando acendeu a luz.

Só foi quando ainda meio chocada, comentei que gostaria muito de tê-lo um pouco perto de mim, que ele veio. Acariciou-me o rosto, me disse o quanto me achava bela e que gostara muito de fazer amor comigo. Depois de cinco minutos de aconchego, ele se levantou, devia ir embora.

Acompanhei-o até a porta, muda e frustrada. O amor *gorane* tradicional durava pouco e era rude, austero. Não existia preliminares, jogos de sedução ou imaginação. Apenas o essencial para um homem com a penetração, mas para uma mulher brasileira, uma relação assim não tinha como ser satisfatória.

Lembrei de um comentário de Kayar sobre a importância do silêncio nas relações sexuais *gorane* tradicionais: como no deserto, as tendas são muito próximas umas das outras, os casais fazem o possível para esconder dos seus vizinhos quando fazem sexo. Algumas das artimanhas adotadas é fazer amor o mais rapidamente possível e no mais completo silêncio.

Meu Deus! Que diferença com Kayar! O comchefe era um verdadeiro fogo de artifício na cama, capaz de fazer o prazer durar e sabia realmente satisfazer uma mulher.

Fiquei tão desapontada que "botei literalmente os pés pelas mãos", comentei o meu caso com Malvina.

O delegado, que também tinha suas expectativas em relação a mim, se sentiu incompreendido e se assustou, temendo que nossa relação caísse na boca do povo. Consequentemente, começou a me ver cada vez menos ao passo que eu tentava vê-lo cada vez mais.

Como a situação político-militar do país se degradava de novo a olhos vistos entre representantes das etnias *gorane* e *zaghawa*, não era difícil para Edigueï se tornar cada vez mais indisponível.

Esta situação de crescente incompreensão se arrastou por algumas semanas. Edigueï foi me ver, mas não conseguíamos conversar sobre os nossos problemas. Magoados um com o outro, ambos achávamos que estávamos certos e não queríamos conversa. Eu queria explicações. Edigueï não tinha a menor intenção de dá-las. Com o passar do tempo e como as incompreensões, tanto de um lado quanto do outro, se aprofundavam com a falta de diálogo, perdemos aquela maravilhosa comunhão de espírito que tanto nos aproximara.

Nós não nos víamos mais e parecia até que não queríamos mais nos ver. Foi nesta hora, que entendi que tinha perdido um amigo. Era preciso rever a relação em profundidade para salvar o que ainda dava para salvar. E havia muito o que salvar.

Cheguei à conclusão de que fizera tudo errado. De tanto querer explicações com os meus sentimentos feridos, estava na verdade afastando o amante e o amigo. Sabia que por falta de tempo, eu fui rápido demais para ter o que eu julgava ser uma relação plena e acabei assustando-o. E as nossas profundas diferenças culturais também tinham desempenhado um papel importante no fiasco da relação sentimental.

Em síntese, a relação estava indo reto para um beco sem saída, mesmo que tivéssemos sentimentos muito fortes um pelo outro.

Resolvi ficar uns tempos sem ir à missão e pensar, sem pressa, como agir com o delegado. Precisava descansar a cabeça e ter uma visão mais clara sobre qual comportamento adotar.

Uma coisa era evidente: eu deveria tomar a iniciativa de conversar com Edigueï; ele jamais o faria por seu sistema de crenças. Decidi ultrapassar o orgulho ferido, minhas expectativas frustradas e apenas ver no delegado, o amigo.

Assim não esperaria — ou pediria — mais nada dele no campo amoroso. Só queria que sentisse a profunda amizade e o grande respeito que tinha por ele. No fundo, queria resgatar a relação de amizade que tínhamos.

Edigueï, do seu lado, estava decepcionado. Fizera um pouco a mesma análise do que eu: as diferenças culturais eram demasiadamente grandes e estava claro para ele que não soubera me agradar tanto na cama quanto fora dela. Mas estava muito envolvido com atividades políticas e não tinha tempo para se dedicar a mim.

Ele também sentia, com muita tristeza, que a nossa relação se degradara bastante e eu deixaria definitivamente o Chade. Esperava me fazer mudar de opinião, mesmo que eu fosse tão teimosa e decidida quanto ele.

Edigueï nunca se deparara antes com uma situação análoga. Alguma coisa devia ser feita, mas ele não sabia o que e como proceder, dividido que estava entre a vergonha e o orgulho.

Capítulo 76
UM ATO DE AMOR

Um belo dia, Kingang me telefonou: estava enfrentando problemas para acertar um assunto relativo ao orçamento do projeto. Queria saber se eu poderia auxiliá-lo. Eu estava reticente em lá ir, mas não podia recusar ajuda ao rapaz, que se tornara um amigo.

Quando cheguei, o delegado estava no jardim, em cima de um tapete, rezando. Sem fazer barulho e tomando o máximo de cuidado para não incomodar, contornei o jardim e fui ao setor administrativo. Trabalhei com Kingang cerca de uma hora, até encontrarmos o problema.

Quando me levantei para ir embora, um dos encarregados de projeto da missão veio me dizer que o delegado queria falar comigo.

A propósito, me disse Kingang. Você sabe da última? O delegado vai desposar uma segunda mulher. Eu sabia que Edigueï tinha um filho único, Ali, de nove anos. A noiva, segundo o assistente administrativo, parecia ter cerca de quinze/dezesseis anos e ainda não conversara com a sua primeira esposa a respeito pois não sabia como lhe dar a notícia sem magoá-la.

Edigueï, ouvindo os meus passos, levantou-se para me cumprimentar e me saudou com o seu usual "Bom dia, como vai?"

Notei as olheiras fundas e azuladas, assim como a cara cansada do meu amigo.

Resolvida a aplicar as minhas novas resoluções, sentei-me a certa distância dele e o fiz falar de suas atividades. Depois, eu falei das minhas, como costumava fazer antes de nos aproximarmos. Eu me sentia descontraída e, de repente, foi ele mesmo que levantou o assunto da minha partida; eram péssimas notícias para ele.

Fiquei comovida, falei que nunca era fácil abandonar um amigo como ele. Edigueï estava se descontraindo e começando a achar o encontro prazeroso.

Discutimos por um bom tempo muito agradavelmente e, de repente, me dei conta que estava tarde e que precisava ir. Como se tivesse lido o meu pensamento, Edigueï teve um gesto de contrariedade: não queria que eu fosse embora naquele momento.

Insistiu para que tomasse uma outra xícara de chá. Depois quis que eu fosse sentar mais perto dele. Quando terminei o chá, conversei mais algum tempo e depois levantei-me sem pressa.

Senti naquele momento, um amor profundo pelo homem que estava à minha frente. Sabia que ele também me amava e queria achar uma maneira de mostrar meu sentimento, sem afugentá-lo. Precisava achar algo na cultura chadiana, que traduzisse de certa forma o que estava sentindo.

Peguei sua mão, virei-a e apoiei os lábios na parte interna do seu pulso. Depois, sempre devagarinho, me despedi dele como se nada acontecera. Pela primeira vez, nos olhamos.

Era um gesto de grande respeito, afeto e amizade. Vi que pela primeira vez em semanas, ele entendia corretamente a mensagem. Vi os seus olhos refletir um profundo espanto e, em seguida, uma violenta emoção que imediatamente tentou disfarçar. Ele não falou nada, a voz lhe faltava.

Perfeitamente consciente da reação que o meu gesto suscitara, eu saí da sua sala e fui para o carro sem me virar, sentindo os olhos de Edigueï cravados nas minhas costas, do outro lado da janela.

Depois deste último encontro, as nossas relações voltaram a ficar excelentes. Recomeçamos nossas conversas e risadas ao telefone e voltamos a nos ver com frequência em casa e na missão. O essencial é que havíamos voltado a ter o mesmo grau de intimidade e de carinho que tínhamos um pelo outro, antes de virarmos amantes. Talvez até tenhamos ficado ainda mais próximos.

Eu sentia o quanto ele estava triste com minha partida e um dia, quando estava na minha casa, criou coragem e me perguntou se ia embora porque a nossa relação amorosa não dera certo.

Não, respondi. Isso nada teve a ver na minha decisão. Mas vários fatores pesaram. Primeiro, você tem as suas obrigações políticas e vai ter cada vez menos tempo para sua família, então que dirá de mim. Depois, estou cansada de ver os meus amigos morrerem em combates que não entendo e que nunca terminam. E isso também pode acontecer com você pois sei que estará sempre à frente de tudo e de todos como o grande chefe de guerra que é. E a verdade é que não tenho mais estrutura para suportar isso.

Quanto à nossa relação, tenho certeza de que ela teria tido uma boa chance de sucesso se não evoluísse numa conjuntura tão desfavorável. Não temos mais tempo para desenvolver o lado sentimental da relação. Então prefiro, por mais que me custe, abrir mão completamente do amante para ficar com o amigo. E peço perdão pelos comportamentos inadequados que tive. Sei que mais de uma vez, eles o chocaram, apesar de nunca ter feito de propósito. Quero que saiba que eu o amo muito, Edigueï Dirdemi, e que agradeço muito a sua paciência comigo.

Vai doer muito sair do Chade e deixar pessoas a quem me apeguei, como você e meus amigos Traorê. O Chade para mim virou um pouco a minha casa, e meus amigos se tornaram minha família.

E por último, tenho de continuar o meu caminho e ir para outros desafios também.

Edigueï, puxou-me contra ele. Passou os braços ao meu redor e encostou a cabeça no meu ombro, na junção com meu pescoço. Dei um beijo no seu rosto, peguei a sua mão, fechei os olhos e fiquei imóvel. Depois de alguns minutos, me afastei dele sempre segurando sua mão nas minhas.

Não me agrada nada me afastar de você assim tão depressa, disse-lhe. Mas faço isso por respeito a você: notei que não gosta de contatos físicos prolongados, que adoramos no Brasil. Depois de algum tempo, eles o deixam pouco à vontade e você os rejeita.

Edigueï sorriu: Você tem razão. Nós aqui somos muito mais recatados e ficamos envergonhados em dar grandes demonstrações de carinho, pois não fazem parte de nossa tradição. Somos educados, como já lhe disse, para não demonstrar nada. Ficamos um pouco sem saber o que fazer com essas demonstrações físicas exuberantes de afeto. Às vezes, podemos até ter reações inadequadas como já tive com você e que entendo agora que a magoaram.

Na verdade, somos bem econômicos tanto em palavras quanto em gestos. Nunca esqueça de que somos gente do deserto. Se realmente nós dois tivéssemos tido tempo para construir uma relação sentimental — eu teria gostado que acontecesse — precisaríamos passar por um verdadeiro aprendizado. As maneiras de proceder no campo amoroso nas nossas culturas são radicalmente diferentes. Pensando melhor, acho que foi isso que criou todos os problemas que tivemos.

Concordo com você, respondi. Mas conseguimos manter a nossa amizade, e o fato de termos sido mais íntimos, aprofundou-a mais ainda. E isso, para mim, vale qualquer sacrifício.

Edigueï afagou meu rosto com o dorso da mão:

Agora, minha menina, passando de gato para lebre, tem uma coisa que quero que você saiba: o governo não quer mais o seu chefe no Chade. Ele vai ser declarado *persona non grata*.

Não disse nada, já esperava que fosse acontecer.

Ele saiu por duas semanas do país e foi dar uma nova entrevista sobre o Chade que nos revoltou, continuou Edigueï. E não é a primeira vez que ele faz isso, como bem sabe. Vamos dar vinte e quatro horas para juntar as suas coisas e sair daqui.

Não respondi imediatamente. Edigueï veio sentar-se mais perto de mim e acariciou rapidamente meu rosto.

Você não diz nada? Você me acostumou a reações mais veementes de sua parte.

Eu estou sim a par da última entrevista que Leopoldo deu, respondi, depois de um silêncio. De fato, é inadmissível. Um amigo me mandou a íntegra do texto e o partilhei com Barry. Mas não seria boa política lhe dar vinte e quatro horas. Seria muito ofensivo e o PNSQV sede poderia, como represália, deixar o escritório aqui sem representante residente por um bom tempo. E isso acarretaria muitos problemas para vocês, pois encarregados de escritório não podem tomar uma série de decisões. Peçam que Leopoldo vá embora, mas deem dois ou três meses.

Vendo a cara contrariada de Edigueï, disse: Eu sei que você vai me dizer que isso não é de minha conta e que estou metendo o nariz onde não sou chamada, e provavelmente tem razão.

Mas você partilhou a informação confidencialmente comigo, e gostaria que acabasse de ouvir o que tenho a dizer. Depois, evidentemente, fará o que quiser.

Por favor, antes de formalizar, converse com Barry. Ele poderá explicar melhor, as eventuais reações da sede a um pedido assim tão brusco. Sei que gosta dele e que já tiveram contatos informais sobre diferentes assuntos. Me promete que vai fazer isso? Ninguém melhor do que ele para lhe dar um parecer: ele leu a entrevista de Leopoldo, é ex-ministro de um país super hiper-nacionalista, além de ser o rei dos diplomatas e gostar muito de você.

Aos poucos, a sua irritação desapareceu: Não custa nada eu ouvir o que o Barry tem a dizer, respondeu. Se é só isso que você me pede, para ficar feliz, não tenho por que recusar. Então está decidido. Falarei com ele.

Agora mudando um pouco de assunto, também vim aqui para terminar o nosso curso de negociação, continuou ele. Tem algumas que podem ficar bem difíceis com interlocutores que não sejam de boa-fé, como o seu chefe. Aí a negociação tem de adotar a mesma abordagem que os *gorane* usam na guerrilha, com recuos e avanços estratégicos conforme o terreno. Essa é a arte. Adaptar a negociação ao terreno. Hoje estou com um pouco mais de tempo: quer aprender?

Sim, quero sim. Eu já consigo obter excelentes resultados com o que você me ensinou.

No dia seguinte, estava na minha sala quando Barry desceu, entrou e fechou a porta. Pedi a Gêdeão para nos trazer um café.

Acho que já sabe qual o assunto que me traz aqui, disse ele. Edigueï Dirdemi ligou hoje de manhã para me falar sobre a decisão que o governo quer tomar a respeito de Leopoldo. Na verdade, não é o governo propriamente dito que quer que ele vá embora. É o próprio Edigueï. Ele não o suporta mais e outras pessoas como Issa Sougoumi, Oumar Chaib e outros partilham o mesmo sentimento de rejeição.

Na verdade, acho que os chadianos foram muito pacientes. Ele me falou que vocês conversaram e acho que você lhe deu um excelente conselho. Aproveitei apenas para dar mais justificativas e indicar como o seu governo tem de proceder para que as coisas corram da melhor maneira possível. Mas ele está mesmo desolado é com sua partida.

Barry ficou quieto por alguns instantes: Você não quer mesmo ficar mais tempo aqui?

Não, respondi. Como sabe, nesses quase cinco anos que servi aqui, fiz muitos amigos chadianos e perdi vários deles nessas guerras intestinas sem nexo e que não têm fim. Agora, sinto que vão partir de novo para o confronto. E daqui a pouco, até o nosso amigo Edigueï pode passar para a oposição com este presidente, que está gerindo este país como uma mercearia *zaghawa*. Não consigo mais ver isso e entendo que tem ainda muita carnificina pela frente.

Realmente o que eu dizia fazia sentido. Ele não disse mais nada, acabou o seu café, me deu um forte abraço e subiu para sua unidade.

À noite deste mesmo dia, fui à casa de Hawa e Amadou e indaguei sobre Tiozinho.

Não temos notícias, respondeu Hawa. Temos muito receio de que os nigerinos acabem entregando os combatentes à Diar, se continuarem usando o seu território. Eles já têm problemas de sobra sem ainda ter de lidar com movimentos insurgentes chadianos.

As condições climáticas são muito desfavoráveis ao governo, o que facilita os ataques da rebelião. Mas estas não durarão eternamente, e se as forças de Diar se juntarem com as nigerinas, os rebeldes terão de lutar em duas frentes e poderão ser esmagados num movimento de tenaz. Como sabe, também há outras zonas de conflito no país. Pelo jeito, Diar não está conseguindo manter a promessa de paz e de liberdade. Também, da maneira como se comporta, o que espera? Nunca vi tantos movimentos clandestinos se formando.

Ouvi dizer que ainda hoje houve choques importantes de tropas na zona do lago Chade. Muitos rebeldes — e chefes de alta patente — foram capturados. Amadou foi ver se alguém sabe de Tiozinho.

Amadou chegou, foi lavar as mãos e se sentou junto a nós.

Prenderam vários chefes rebeldes, disse Amadou. A maioria dos prisioneiros foi trazida para N´Djamena agora há pouco. Tiozinho não está no meio, teve uma sorte incrível: foi encurralado num sítio perto do lago Chade, quando, tanto ele quanto os oponentes, se reconheceram: eram amigos próximos num *maquis* anterior! Beatriz! Interrompeu-se. Esta comida está divina. Parabéns!

Voltando ao que estava falando, os homens suplicaram para Tiozinho se entregar e asseguraram de que nada de mal lhe aconteceria. Ele resolveu que não havia vergonha nenhuma em se entregar aos amigos. Eles o trouxeram num comboio separado dos outros. Foi encarcerado em N´Djamena, mas não foi maltratado, pois são seus mesmos amigos que controlam o presídio onde se encontra. Daqui a pouco, quando as coisas esfriarem, me falaram que Tiozinho seria autorizado a sair da prisão para visitar parentes e amigos, com a condição que lá voltasse para dormir.

No dia seguinte, recebi uma carta de Kayar. Ele me contava as últimas novidades, mas era cada vez mais aparente que ele estava cansado de estar sentado num banco de escola e podia sentir o seu entusiasmo em voltar a combater.

De qualquer maneira, não o via morrer velhinho numa cama com artrose, arteriosclerose ou uma daquelas numerosas doenças terminadas por "ites" ou "oses", que afligem as pessoas da terceira idade e, às vezes, até jovens. Ele morreria provavelmente combatendo e eu estava certa de que era o que ele próprio desejava.

Fiquei pensando na minha própria situação: acabava de receber na semana passada um convite para ser representante residente assistente na república dos Camarões, que recusei. Se fosse para Yaoundê — a capital do país vizinho — eu seria muito tentada a viajar para o Chade nas horas livres e não faria o menor esforço para me integrar na sociedade cameronesa. E eis que hoje recebera uma nova proposta, desta vez para ir à Moçambique, que era longe, bem longe do Chade. E eu estava resolvida a aceitar o posto.

Capítulo 77
O SUSTO

Estava me aprontando para ir à tarde como de costume à casa de Hawa e Amadou, quando notei que o céu cinzento, ficou cinza chumbo em questão de segundos, rasgado por relâmpagos, imediatamente seguidos por fortes trovões. As rajadas de vento também estavam ficando mais fortes.

Fiz um cálculo rápido, talvez chegasse à casa dos amigos antes do aguaceiro, mas precisava ir imediatamente. Se não, teria grandes chances de passar o meu fim de tarde em casa. Estas tempestades, violentíssimas neste período do ano, levavam sempre algum tempo para se dissipar.

Só foi eu sair de casa, que a chuva desabou. Só dava para enxergar uma cortina de água, que batia com incrível violência no carro. Fui imprudente em sair com este tempo e resolvi ir me abrigar no hotel *La Tchadienne* — um pouco mais abaixo de minha casa — até a intensidade da chuva diminuir.

Como a visibilidade estava péssima, não notei que uma perua estava parando, atrás de um miniônibus na faixa oposta da avenida. Eu vira, isto sim, um outro carro de transporte, na minha frente, estacionar para deixar as pessoas descerem. De repente, vi um rapaz sair correndo do veículo que parara do outro lado da avenida e que não havia visto. Ele só pensava em se molhar o menos possível e atravessou correndo sem olhar a pista, onde eu me encontrava, numa tentativa de embarcar na outra perua, que ainda estava estacionada.

Entendi que eu estava dirigindo rápido demais e, seja lá o que fizesse, ia bater no homem. Breguei, mas o carro derrapou. Tentei, desesperadamente, evitar o embate e não cair na valeta funda, à minha direita, no acostamento. Freei e a ponta do para-choque bateu no indivíduo e o arremessou longe, numa área com muita vegetação.

Aparentemente, tanto o ônibus quanto as duas peruas arrancaram como se não tivessem visto o acidente, ou não queriam se envolver, o que era mais provável. E fiquei sozinha na avenida, debaixo de uma chuva torrencial com um homem furioso, que avançou sobre o meu carro e tentava por todos os meios abrir as portas do veículo, xingando-me pesadamente em inglês.

Oh, meu Deus, pensei, fui atropelar logo um sudanês. Eu hesitava em ir embora, pois não sabia se ele estava ferido ou não.

Quando o homem percebeu que todos os meus vidros estavam fechados e as portas travadas, ele puxou uma faca da sua *djellaba*, tentou quebrar o vidro com facadas e começou a dar pontapés na lataria. Eu me assustei e entendi que de nada adiantava ficar ali. Do jeito que o homem estava exaltado, não tinha a mínima possibilidade de conversar e, se ele conseguisse entrar no carro, não hesitaria em me esfaquear. Acelerei e fui embora.

Ele correu atrás de mim e lá ficou na avenida, impotente, encharcado, fora de si, xingando e fazendo gestos obscenos.

Eu me assustara bastante, tremia da cabeça aos pés, tinha vontade de chorar e queria colo. Queria colo de Kayar ou de Djiddi. Mas lembrei logo que os meus dois amigos estavam bem longe da capital e me senti, neste momento, profundamente sozinha.

Resolvi entrar no estacionamento do hotel *La Tchadienne* e chorar a contento. E foi o que eu fiz. Fui direto para o estacionamento, mais distante da rua, perto do rio Chari e comecei a soluçar desesperadamente.

Passei um bom tempo, e quando saí do veículo, a chuva diminuíra bastante e eu me sentia bem melhor. Olhei para a lataria do carro que, milagrosamente, não fora amassada pelos pontapés daquele sudanês maluco. Entrei no bar, fui lavar meus olhos com água fria e tomar um café.

Eu me acalmei e comecei a pensar sobre o que acabava de me acontecer: era muito grave. O homem tivera todo o tempo do mundo para decorar a minha chapa. Ia assim descobrir sem grande dificuldade, onde eu morava ou trabalhava, me tocaiar e tentar me matar nas próximas semanas. Era isso que os sudaneses faziam na cidade em circunstâncias similares e, em total impunidade, seja dito de passagem. Eu realmente estava em apuros.

Resolvi ir pedir ajuda à Edigueï Dirdemi, que a esta hora, ainda devia estar no escritório. A chuva agora parara e até um raio tímido de sol aparecia.

Já mais calma, fui buscar o carro quando, distraída, esbarrei num militar que estava entrando no hotel. Eu me desculpei e o olhei rapidamente. O homem se imobilizou e me encarou: seu rosto estava completamente coberto pelo *chech* e estava de óculos escuros e farda de combate. Ele me fez um leve movimento de cabeça, como que para me cumprimentar, mas não disse nada.

Algo familiar no seu jeito me levou a parar e olhá-lo com mais atenção. Lembrava-me de alguém, mas não sabia em que contexto nós nos tínhamos encontrado.

Olhei de relance aquele corpo magro e musculoso, as mãos fortes, aquele anel na mão esquerda, o turbante amarrado à moda *gorane* e o reconheci imediatamente: era o comandante que viera, tempos atrás, me tirar da delegacia de Moursal!

Senti-me mais tranquila: Você! — sorri. O salvador anônimo que me tirou da delegacia de Moursal. Eu não o esqueci. Daqui a pouco vou embora do Chade para Moçambique, bem longe daqui. Amei trabalhar neste país cinco anos. Me permita, o homem, que lhe dê um abraço de despedida e de agradecimento. Posso? Eu gostaria muito. Por favor, não me rejeite. É de coração.

Sempre mudo, ele simplesmente abriu os braços para mim, me acolheu contra o seu peito e me deu um forte abraço ao qual eu correspondi plenamente. Senti um grande bem-estar, uma comunhão profunda com este homem que eu mal conhecia e que sem o saber, aparecia de novo no meu caminho depois de eu levar outro grande susto.

Fiquei contra ele, a cabeça encostada no seu peito, me acalmando, feliz com o reencontro. Sentia-me protegida com ele por perto. Depois peguei a sua mão e a beijei muito respeitosamente, agradecendo-o mais uma vez pela ajuda.

E de repente, tive de fazer um esforço para não rir e não dar uma olhada à minha volta para ver se Ali estava nas imediações. Ele já ficara horrorizado em me ver sentada numa cadeira num posto de controle tomando chá com meus amigos combatentes, então que dirá se me visse nos braços de outro combatente beijando sua mão?

Sorri e afastei-me dele devagar, sem pressa, as mãos apoiadas nos seus braços. Senti que ficara comovido pela maneira tão chadiana de agradecer a ele. Entendi que teria gostado muito de eu ficar mais tempo junto dele, mesmo sabendo que ele não tentaria prolongar mais o abraço por respeito. E tive certeza, neste momento que, ao contrário de Edigueï Dirdemi, demonstrações físicas prolongadas de carinho o agradavam bastante. Diferenças de geração, pensei, mesmo com o rosto coberto, eu via pelo seu físico que se tratava de um homem novo.

Com gentileza, ele colocou uma mãozona no meu ombro e com o dorso da outra me afagou delicadamente o rosto. Kayar e Edigueï tinham o hábito de fazer o mesmo comigo e deduzi que devia ser uma marca de carinho *gorane*. Depois ele inclinou um pouco a cabeça na minha direção e me disse num tom divertido e galanteador:

Obrigado, moça bonita, não é todo dia que se recebe um abraço assim tão gostoso. Fiquei muito feliz em revê-la. Mas é uma pena que vá nos deixar agora que se integrou tão bem aqui conosco. Tenha uma boa viagem e não esqueça do Chade e dos chadianos. A propósito, a mulher, você me pediu aquela vez o meu nome: sou Maidê Wodji para servi-la, então, lembre-se sempre de mim. Se precisar de qualquer ajuda antes de sua partida, fale com Abderahmane Guinassou, o chefe dos homens da casa Mobutú. É um amigo meu e sempre sabe onde me encontrar.

Toquei levemente a sua mão: Que bom descobrir nas vésperas de minha partida o nome do meu anjo da guarda, disse-lhe. Obrigada, Maidê, tenha muita saúde, muita felicidade. Lembrarei sempre da ajuda que me estendeu e não esquecerei do seu nome. É um nome muito bonito para uma pessoa ainda mais bonita.

Afastei-me, comovida, mas também cismada: este nome de Maidê Wodji me era familiar, mas não conseguia lembrar onde o ouvira. Entrei no meu carro e saí do hotel. Quando olhei pelo retrovisor, ele ainda estava na porta da *Tchadienne*, em pé, imóvel, olhando para mim. Fiz um gesto de adeus e, devagar, entrei na avenida Mocktar Ould Dada, em direção da MRBET.

Quando cheguei ao meu destino, Edigueï me recebeu com sua costumeira gentileza, mas logo percebeu que eu estava assustada com alguma coisa. Notou que as minhas mãos tremiam levemente, que eu estava muito pálida e havia chorado.

Pediu chá e avisou que não queria ser incomodado.

Sentei-me à sua frente e tomei alguns goles da bebida tentando me acalmar. O delegado sentou-se ao meu lado, esperou uns minutos e perguntou o que acontecera.

Eu contei em detalhes o acidente com aquele rapaz sudanês, o seu ódio, o ataque que protagonizara com uma faca na mão e voltei a tremer um pouco com a lembrança. Edigueï escutava tudo e, devagarzinho, enternecido ao me sentir tão desamparada, puxou-me contra ele, ninando-me com doçura.

Fui relaxando, o rosto contra o seu ombro e só foi quando ele viu que eu estava melhor, que me deu um beijo no rosto e se afastou.

Para alguém que não costuma demonstrar os sentimentos, você está realmente fazendo grandes progressos, disse-lhe em seguida, olhando-o com malícia. Saiba que era exatamente disso que eu precisava. Muito obrigada, meu amigo, pelo seu carinho.

Edigueï sorriu: Você foi muito valente. Mas não se preocupe, nada vai lhe acontecer. Tomarei as medidas necessárias. Agora, cá entre nós, você foi imprudente ao circular rápido demais no meio deste temporal — eu até diria que nem devia ter saído de casa — mas este indivíduo também devia ter olhado se vinha algum veículo antes de atravessar a rua daquela maneira.

Com certeza. Mas estou me sentindo bem melhor depois de ter vindo "pedir colo" a você. Vou embora, sei que é muito ocupado, sobretudo estes últimos tempos. E, além do mais, daqui a pouco vai ser a hora de sua prece.

Ele riu de novo, comovido pela minha sinceridade e a expressão que usara. Ele me tocou a mão.

Então saiba que cada vez que "precisar de colo", como você diz, estarei aqui à sua disposição, ouviu? Não hesite um segundo em vir, senão ficarei bravo. Ele me deu um abraço prolongado, carinhoso.

Agradeci e, depois de me ter despedido dele, saí da sua sala.

Todos os meus amigos da missão estavam me esperando e vieram perguntar o que acontecera. Eu lhes contei e falei que Edigueï tinha assegurado que não teria consequências ruins para mim.

Bem, se nosso chefe falou isso, então pode ficar despreocupada, respondeu Kingang. Acalme-se e volte tranquila para casa.

Saí da missão para ir visitar Amadou e Hawa. Enquanto dirigia, ia pensando no que me tinha acontecido num espaço tão curto de tempo: se eu não tinha mais os meus anjos da guarda Kayar Yacoub e Djiddi Adoum, tinha arranjado outros como Maidê Wodji e Edigueï Dirdemi. E este último realmente me dera uma prova eloquente de que gostava de mim e se preocupava com o meu bem-estar. Eu me senti mais tranquila. Tinha tido muita sorte no Chade de ter tantas amizades sinceras — tantos fachos de luz no meu caminho, me guiavam e protegiam num ambiente que estava voltando a ficar cada vez mais trevoso e ameaçador.

Os amigos confirmaram que com os sudaneses nunca se sabia o que poderiam fazer: eram conhecidos por tocaiar as pessoas de quem tinham ódio e vingar-se. Mas agora que fora pedir ajuda a Edigueï Dirdemi, eu nada mais tinha a temer.

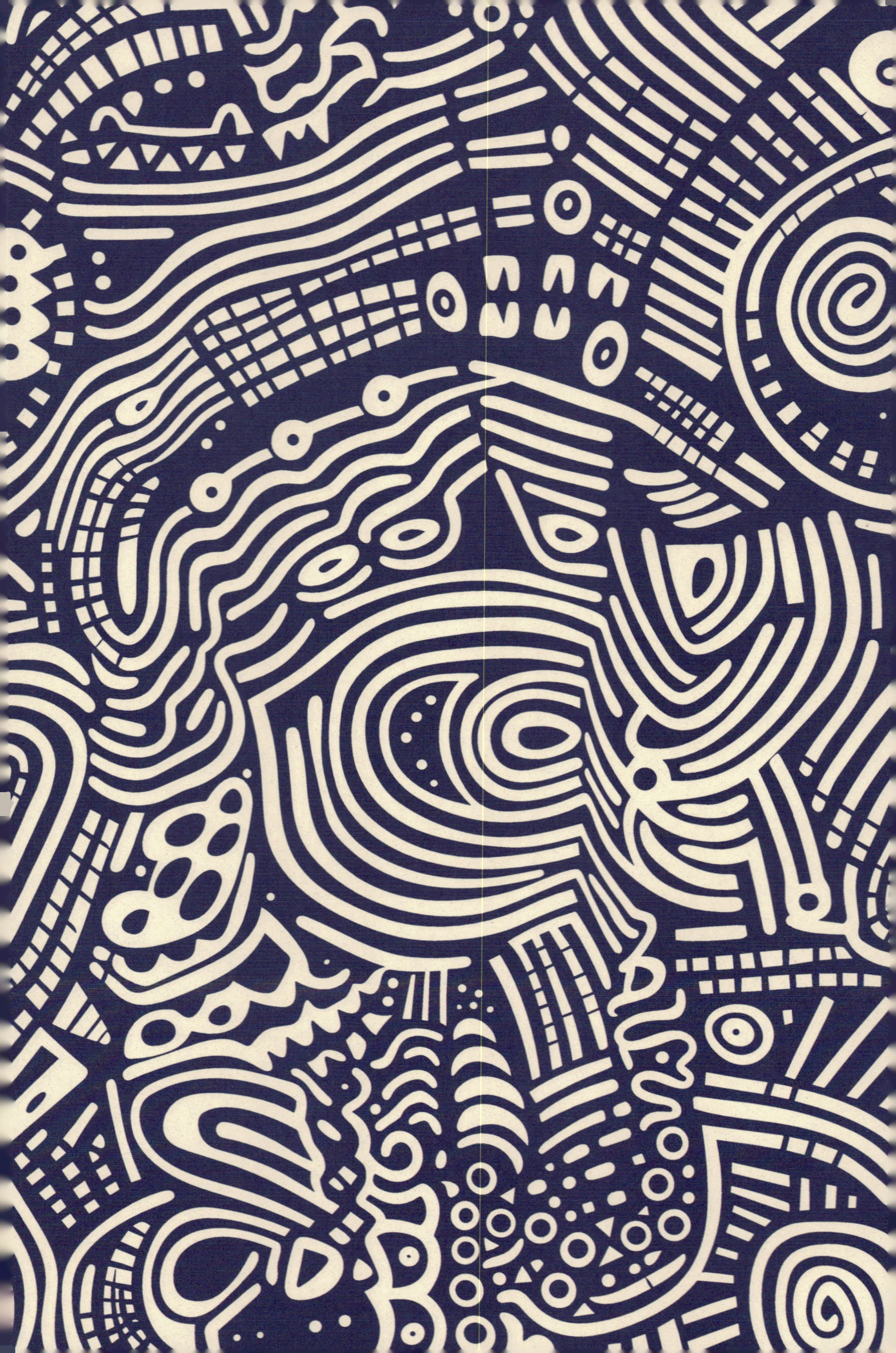

Capítulo 78
AS DESPEDIDAS

Eu já começara, aos poucos, a me despedir dos amigos. Eles faziam grandes festas e todos sentiam um aperto no coração. Eu tinha virado de certa maneira uma presença obrigatória no país tanto para o governo, quanto para doadores e colegas. Nenhum internacional até hoje ficara cinco anos no Chade e conhecia o país tão bem quanto eu.

Soube que Issa Sougoumi voltara à N´Djamena e fui um dia com Leopoldo me despedir do velho amigo, ele seguiria na semana seguinte para Paris. Estava bem mais magro, envelhecido e com uma cara doente, mas abriu um enorme sorriso quando me viu. Foi meramente educado com Leopoldo e me fez uma grande festa. O assistente de Sougoumi — Omar Saleh — logo notou que o ex-secretário da presidência queria conversar comigo e entreteve Leopoldo até que ele resolvesse ir embora.

Se Issa Sougoumi não tivesse essa cara cansada e doente, eu teria ficado mais com prazer, mas como não era o caso, resolvi voltar para o PNSQV com Leopoldo. Na hora da despedida, coloquei as mãos nos seus ombros e recomendei que descansasse bastante, assim como teria feito com o meu próprio pai e, muito comovida, agradeci a amizade. Ele também me disse o quanto estava grato por ter passado momentos ótimos em minha companhia. Vendo que estávamos comovidos, ele me abraçou e murmurou no meu ouvido alguns desaforos sobre o meu chefe.

Ri como de costume, mas com lágrimas nos olhos. Sentia que era a última vez que o via. Despedi-me dele sem notar o espanto de Lignières com aquelas demonstrações de amizade e carinho entre o ex-secretário geral da presidência e eu.

De noite, eu estava na casa dos Traorê quando ouvi falar da prisão de um grupo grande de militantes do grupo clandestino MDD — Movimento para a Democracia e o Desenvolvimento — cerca de duzentos e quarenta elementos haviam sido presos em Maiduguri, na Nigéria vizinha. Eles haviam sido entregues pelo governo nigeriano às autoridades de N´Djamena contra dinheiro como um rebanho de animais. Entre os chefes, como Goukouni Kerkour e Mahamat Yarda, estava Mohamed Tahar, o meu amigo ex-delegado do BET.

Mal chegaram à capital chadiana, dois dos chefes desapareceram sem que ninguém soubesse do seu paradeiro. Soube-se mais tarde que Goukouni Kerkour e Mahamat Yarda haviam sido assassinados a facadas nas margens do rio Chari e seus corpos, cortados em pedaços e jogados na água. O resto dos rebeldes foi levado a Djimet Diar, que, além de mandar surrá-los com uma impressionante selvageria, resolveu lhes dar depois disso "um tratamento VIP", isto é, submetê-los a torturas requintadas.

Eu sabia que os chadianos conseguem sobreviver a castigos corporais desumanos. Mesmo assim, saí da casa de Hawa e Amadou com frio na alma: enquanto eu ia descansar, Mohamed fora certamente colocado na posição do *arbatachar* — a versão chadiana do "pau de arara" brasileiro — que consiste em deitar o(a) infeliz de bruços e amarrar seus braços aos calcanhares atrás das costas de modo a pressionar o seu peito e o(a) manter nesta posição até que morra de paralisia ou isquemia. Desolada, virava e revirava na cama insone.

Nas vésperas da partida, pedi para ver Edigueï, que estava cada vez mais ausente. Ele imediatamente arranjou tempo, sabendo que era provavelmente a última — ou a penúltima vez — que me via. Encontramo-nos na missão. Ele continuava atencioso e carinhoso, mas os seus olhos estavam tristes. Ele emagrecera, se é que ainda era possível, e as olheiras fundas denotavam noites mal dormidas. Conversamos muito de coração aberto e, de repente, perguntou:

Se um dia, eu precisar de você aqui em N´Djamena e chamá-la, você virá?

Mas é claro. Que pergunta! É só chamar. Aqui está o meu e-mail do PNSQV. Enquanto eu trabalhar na organização é neste endereço: beatriz.devaldor@pql.org que você pode me encontrar. Se eu não responder, entenderá que não estou mais nesta agência. Aí você vai contatar minha irmã Marina, em São Paulo: ela sempre sabe onde estou e me transmitirá toda e qualquer mensagem sua. Estão aqui seus telefone e endereço. Também pode falar aqui em N´Djamena com minha amiga Hawa Traorê se for melhor para você, pois pretendo continuar em contato com ela.

Edigueï pegou os dados e leu com atenção para ver se os entendia bem.

Eu teria gostado muito de ir ao aeroporto para demonstrar todo meu apreço, continuou ele. Mas agora que descobri que Leopoldo vai viajar com você, no mesmo dia, não irei e espero que você não se ofenda. Não quero que ele pense que estou no aeroporto por sua causa. Mas vou pedir ao Kingang para me representar e ele ficará com você e o seu cão, até embarcarem. E quero aproveitar para agradecer tudo o que fez e a amizade sincera que me estendeu. Tenho orgulho em ser seu amigo.

O mesmo digo eu, respondi. Quero agradecer por tudo, Edigueï, incluindo os cursos de negociação. Também tenho muito orgulho em ser a sua amiga e sinto um carinho imenso por você, murmurei, sentindo as lágrimas subirem. Agora, eu preciso lhe pedir um favor, não sei bem como dizer, imagino que nas discussões com os chefes de guerra deva ter lá no meio o coronel Djiddi Adoum, aquele que foi diretor geral das alfândegas do tempo do presidente Hissein Mahamat.

Ele é o meu irmãozinho. Amadou me avisou que não seria boa ideia, tanto para mim quanto para ele, procurá-lo. Se eu não dou a mínima para minha "tal" reputação não quero prejudicar Djiddi em nada.

Por favor, gostaria que você se despedisse dele em meu nome. Ele sempre cuidou muito bem de mim. Diga a ele que eu pensei nele com muito afeto antes de ir embora e quero agradecer toda a sua amizade e eu o amo muito.

Djiddi? Você é amiga do Djiddi Adoum? Mas ele não se dá com ninguém, tem pânico de estrangeiros, e você quer me dizer que ele frequentava a sua casa? Edigueï não conseguia acreditar no que estava ouvindo.

Sim, respondi baixinho. Tenho muito carinho por ele. Dê o meu recado por favor. O delegado concordou, falaria sim com Djiddi, que veria na semana seguinte.

Fui dar um abraço no pessoal da missão e voltei ao PNSQV. Lembrei que me esquecera de trazer, neste último encontro, o presente que queria lhe dar: a bandeja de cobre em banho de prata e texto do alcorão, no centro, gravado em ouro, que ele adorava. Cada vez que vinha em casa, ele admirava "aquela obra de arte".

Aproveitaria a ida de Kingang ao aeroporto para pedir que entregasse meu presente ao delegado.

A partir deste momento, mergulhei nas festas de despedida, que meus amigos chadianos e expatriados estavam fazendo em minha homenagem. O último fim de tarde, eu queria passar nøs Traorê como fizera durante quase cinco anos. Fiquei ainda mais feliz em ver Tiozinho, que pedira uma autorização especial na prisão para vir se despedir de mim. Passamos a última noite felizes tentando não pensar que no dia seguinte, dia 17 de maio de 1992 às 10:00, eu deixaria o Chade, definitivamente.

Procurei alegrar um pouco o ambiente dizendo que voltaria nas próximas férias a N´Djamena para falar de Moçambique. Era apenas um até logo e eu manteria contato. Quando estava para sair, Amadou me interpelou: Ah, estava esquecendo de lhe dar esta notícia importante, que tenho certeza, vai deixá-la feliz: Mohamed Tahar sobreviveu a todas as torturas e acabou de ser solto ontem à noite. Parece que ficou com algumas sequelas, mas nada que o impedisse de viajar hoje mesmo para Abêchê, sua terra natal. Além dele, apenas cerca de 10% do seu grupo sobreviveu ao "tratamento VIP" dado por Djimet Diar.

Agradeci a informação. Parecia que um grande peso me fora tirado de cima do peito.

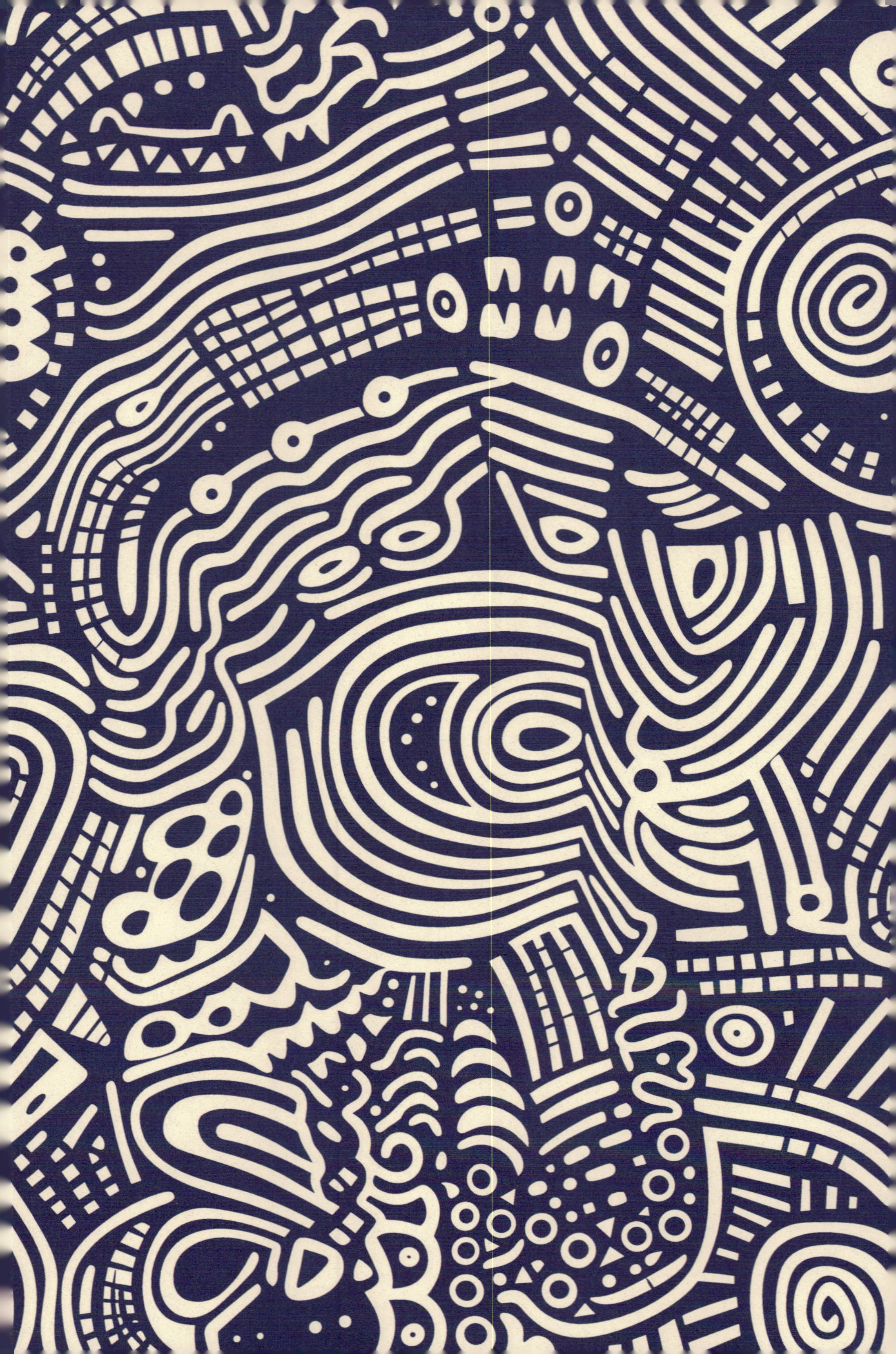

Capítulo 79
A PARTIDA

MALVINA ME CONVIDOU PARA passar a última noite no Chade, na sua casa, com Boudin. Conversamos bastante e sua amizade me fez um bem imenso.

No dia seguinte, quando acordei, não resisti em ir dar uma volta a pé no condomínio *Les Rôniers*. Parecia um dia como qualquer outro, com céu azul e calor infernal logo cedo, mas para mim, hoje, ia ser um dia especial.

Sentia uma dor muito grande. Cada vez que eu mudava de posto era a mesma coisa: parecia que eu "morria", pois mudava de país, de amigos, de rotina, de escritório, de contrapartes, de moradia, de cultura. E com todos estes pensamentos na cabeça, andava pelo condomínio, não notando o tempo que passava. Também sabia que depois desta "morte" eu ia "renascer" com a chegada a um novo posto.

Malvina veio me chamar; estava ficando tarde e precisava me preparar. No aeroporto, um mar de gente estava à minha espera: colegas do escritório, contrapartes, militares, colegas de organizações internacionais e outros amigos. Procurei Hawa e Amadou e fui ter com eles, logo cercada por todos.

Leopoldo fazia de conta que o pessoal viera para homenageá-lo, mas logo percebeu que não tinha como se convencer desta farsa por muito tempo, quando viu que estavam à minha volta.

Um homem se aproximou e apresentou-se: era Hassane Abbo e vinha a pedido da MRBET, para fazer as minhas formalidades de embarque e cuidar do meu cachorrinho. Pegou a gaiola de Boudin e a levou pessoalmente debaixo da asa do avião para protegê-lo do sol. Depois ia colocá-lo no paiol, quando toda a bagagem despachada já tivesse sido embarcada. Em resumo, a partir daquele momento, ficaria à minha disposição — e à de Boudin — até o embarque, como cortesia da MRBET.

Kingang também estava na sala VIP — representando Edigueï Dirdemi — e ficou comigo até chamar o voo. Dei um suspiro e me levantei. Abraçamo-nos e fui para a porta.

Era uma hora muito difícil para mim. Quando sobrevoei N´Djamena, olhei as casas de barro misturado com erva e seus telhados de zinco e me perguntei se algum dia viria de novo à cidade.

É, François Favre, pensei, enquanto sobrevoava aquela paisagem urbana tão familiar com um aperto no coração. Você não sabe — e é possível que nunca venha a saber — mas deixei o Chade como vencedora, mesmo que tenha começado como derrotada. Gostei muito daqui. É realmente um posto, professor, mas está claro de que preciso deixá-lo agora e ir para novos desafios.

O meu desempenho aqui fora considerado pela minha hierarquia da sede como um dos melhores que obtivera até então na organização, com Angola. Até me valeu uma promoção. E devo grande parte disso aos meus queridos amigos como os Traorê, Djiddi, Kayar, Issa Sougoumi, Edigueï e tantos outros que foram, como já disse antes, os meus fachos de luz. Além de me trazerem equilíbrio e harmonia, apoiaram-me incondicionalmente em todas as oportunidades.

O clã Lignières vendo o quanto estava abatida e perdida nos pensamentos, me deixou em paz até chegar a Paris. Quando aterrissamos, despedimo-nos no aeroporto Charles De Gaulle: os dois iam fazer uma baldeação para continuar para Bélgica e eu os acompanhei até o seu satélite. Vi o casal desaparecer no tapete rolante, que levava ao portão de embarque, e agora só tinha Boudin na sua gaiola e eu, no meio do pátio deserto.

Fui tomar um café. Tia Bia não estaria me esperando no saguão de desembarque; fora para a casa de uma das suas amigas na Bélgica, mas voltaria antes da minha partida para Maputo, capital de Moçambique.

Peguei um táxi com o meu menino e fui para Paris. De repente, lembrei-me de que esquecera mais uma vez de entregar à Kingang o presente para o delegado. Deixara a bandeja atrás da porta do quarto de hóspedes da casa de Malvina.

Chegando no apartamento da rue de l´Université, liguei para minha amiga para dizer que cheguei bem, e pedir um favor.

O que é? Mal chegou a Paris e já vai lembrando de coisas que esqueceu de fazer?

Pois é, Malvina, respondi. Estava tão perturbada em ir embora que esqueci de entregar à Kingang o presente que queria dar à Edigueï Dirdemi. Ficou atrás da porta do seu quarto de hóspedes. Será que você se importaria de entregá-lo em mãos ao delegado?

Hummmm, me parece interessante, gozou a minha amiga. E é uma chance incrível de, afinal, conhecer este homem do qual fala tanto. Vou sim. Ligarei a ele hoje à tarde e — é claro — te ligo depois para contar as minhas impressões.

Malvina fez como dissera.

Quando entrou, Edigueï levantou-se para cumprimentá-la. Malvina parou espantada, impressionada pela beleza dos traços e pelo carisma do delegado. Ele indicou uma cadeira à sua frente.

Boa tarde, senhora. Beatriz sempre me falou muito de si. Mas o que ela esqueceu de me dar? Estou desolado em incomodá-la.

Malvina ficou vermelha, roxa, gaguejou vendo que nunca ia deixar de ficar impressionada com os meus amigos.

Ela queria muito que o Senhor Ministro ficasse com isso, disse ela entregando-lhe um saco grande, cuidadosamente amarrado com uma fita vermelha.

Edigueï desfez a fita, mergulhou a mão no saco e dele retirou a maravilhosa bandeja.

Ela viu a expressão de felicidade, logo depois substituída por uma de profunda emoção. Colocou a bandeja com todo cuidado sobre sua mesa.

Diga à Beatriz, se for falar com ela, que ela não poderia me ter dado um presente que me agradasse mais. De fato, sempre fiquei encantado com esta bandeja. Agradeça muito por mim, sim? Ela chegou bem em Paris?

Edigueï já retomara o seu controle costumeiro e agora olhava curioso para esta mulher, que parecia ser muito tímida e não parava de ficar vermelha e sem graça. Ela era bonitinha, parecia ótima pessoa, mas ele parecia intimidá-la muito. Que diferença comigo!

Bem, Senhor Ministro, agradeço muito o tempo que me dedicou. Vou avisar Beatriz que a entrega já foi feita e que o senhor gostou muito do presente. Tenha uma ótima tarde.

Mais uma coisa senhora, continuou ele com gentileza. Quando é que nossa amiga comum embarca para Moçambique?

Dia 08 de julho à noite, Senhor Ministro.

Ele sorriu e agradeceu mais uma vez por ter vindo à missão.

Quando chegou ao PNSQV, ela ligou para mim, que acabava de voltar do passeio com Boudin, no parque da Place des Invalides.

Nossa, Beatriz! — gritou Malvina. Ele é liiiiindo! Agora eu entendo muita coisa.

Nada de nomes, Malvina. Nada de nomes, por favor. E aí, ele ficou contente com o presente?

Ele me recebeu super bem. Deu para ver que, no começo, ficou muito espantado. Depois feliz e por último, comovidíssimo. Bem, missão cumprida. Agora pode se dedicar de corpo e alma à sua nova aventura em Moçambique. Nos falamos ainda antes de você embarcar para Maputo.

Capítulo 80
E A AVENTURA CONTINUA...

Eu estava pensando no que ia comprar para a viagem, quando o telefone tocou. Fui atender e tive a surpresa de ouvir a voz de Ali.

Que ótimo ouvir dele! Eu ia começar a fazer mil perguntas quando Ali disse que teríamos todo tempo do mundo para discutir tudo o que eu quisesse, na sua casa, no dia seguinte. Estava fazendo um almoço com amigos e ficaria feliz se eu pudesse me juntar ao grupo. Aceitei evidentemente com entusiasmo, alegre de ainda ter alguns momentos junto com chadianos.

Enquanto corria comprar as coisas que precisaria em Moçambique pensei: como Ali conseguira o meu número de telefone em Paris? Quem o tinha era Kayar. Será que o ex-comchefe também estaria presente no almoço?

No dia seguinte, fui para o 12ème arrondissement. Era um prédio bonito, bem situado e só foi chegar no andar, antes mesmo de tocar a campainha, ouvi lá dentro a voz grave de Kayar.

Todos, quando entrei, pararam a conversa e me olharam. Abracei todos e me sentei entre Ali e Kayar. O almoço foi incrível e eu realmente estava muito grata a Ali, de me ter chamado. Não vimos a hora passar, até que, no final da tarde, lembrei que Boudin precisava sair passear e levantei-me para ir embora.

Passara uma tarde ótima, mas precisava mesmo ir: ainda tinha muitas coisas a fazer para preparar minha viagem a meu novo posto. Kayar também levantou: estaria ocupadíssimo nestes poucos dias em que ainda ficaria em Paris. Abraçamo-nos todos com muito carinho e Ali me pediu para ir visitá-lo em N´Djamena, quando fosse possível.

Lado a lado na rua, Kayar passou seu braço debaixo do meu e me fez mil perguntas. Informou-me que na primeira quinzena do mês de julho estaria voltando para a luta armada e estava extremamente feliz com essa decisão. *Je reprends du collier*, disse-me ele, rindo muito, usando uma gíria francesa que quer dizer literalmente "volto para a canga".

Sempre muito entretidos um com o outro, fizemos a baldeação para a linha Balard-Créteil, no sentido Balard, que levava à minha casa. Num primeiro momento, sinceramente, esperava que ele pudesse ficar um pouco comigo, mas logo entendi que não seria possível: ele ia encontrar ainda hoje um grupo de chadianos da oposição, que provavelmente iria combater com ele e precisavam acertar detalhes. Ele só pensava neste encontro e na felicidade de voltar à ativa, retomar a vida cheia de adrenalina de um combatente. Estava claro que não havia o menor espaço para outras preocupações.

Quando estávamos chegando à estação Invalides, do metrô, onde eu descia, Kayar me deu um forte abraço: Espero que não fique zangada comigo, por não poder ficar conversando um pouco na sua casa. Vontade é que não falta, mas o tempo também é curto e tenho um mundo de coisas ainda a organizar. Desejo a você e ao negro (era assim que ele se referia a Boudin) muitas felicidades em Moçambique.

Desejei-lhe o mesmo. A porta abriu e desci na plataforma. Mandei um beijo e acenei para ele. E ele no vagão, imóvel, olhava para mim fixamente, comovido.

E de repente como num sonho, revi Kayar vestido com a camisa verde, o jeans surrado e o par de tênis, da noite em que ficamos juntos pela primeira vez. E eu também estava com aquele *bubú* azul de que Kayar tanto gostava, com aqueles colares de cerâmica etíope, exóticos, pesados.

A porta do vagão se fechou com um barulho seco, me trazendo de volta à realidade. Vi o corpo do ex-comchefe balançar levemente quando o trem arrancou. Seus olhos continuavam fixados em mim. Segui-o até ele desaparecer no túnel. Parada naquela plataforma agora vazia e silenciosa, senti frio e logo em seguida, uma profunda gratidão: Kayar e eu, realmente, tínhamos merecido viver plenamente a experiência maravilhosa, que se findava naquele momento. Imóvel, lá fiquei algum tempo, profundamente comovida, olhando a estação deserta e relembrando a nossa história.

E de repente, lembrei-me onde vira Maidê Wodji! Ele comandava os homens da segurança do comchefe, naquela primeira vez que o vi na casa de Hissène! Ele estava de pé na penumbra, atrás de Kayar controlando tudo e todos. Tentei lembrar de suas feições: logo revi um homem jovem, enérgico, com traços fortes e regulares, a pele escura, o cavanhaque bem aparado e sobretudo, aqueles olhos diferentes: grandes, amendoados, de um incrível tom cinza claro. Ri satisfeita por ter finalmente lembrado quem era Maidê Wodji e onde o vi pela primeira vez.

E agora, mais informações voltavam à minha memória a respeito daquele homem. O seu nome fora mencionado algumas vezes pelo próprio Kayar, por Djiddi e Amadou como sendo um dos seus tenentes e homem de confiança. Ele viera várias vezes buscar meu namorado em casa, então devia saber muita coisa sobre mim! Assim não era espantoso que na ausência de seu chefe ele é que fosse me resgatar da delegacia de Moursal com seus homens. Será que era possível Maidê Wodji ter continuado a zelar por mim depois da partida de Kayar? Isso explicaria muitas coisas como, por exemplo, a atitude protetora dos combatentes da casa Mobutú em relação a mim.

Mas a realidade veio bater na minha cara como uma bofetada: a minha vivência naquele país se encerrara, com minha presença em Paris e o desaparecimento de Kayar naquele túnel da estação de metrô Invalides. Dei um basta ao redemoinho de pensamentos, sentimentos e lembranças. Os meus outros fachos de luz, além dele, passariam agora a ficar acesos para sempre na memória e no coração.

Quanto às covas rasas, certamente, a sua sinistra multiplicação continuaria até ter alguma mudança na governança do país. E nada parecia indicar que fosse acontecer num futuro próximo. Entendi que o Chade era agora uma página virada e precisava seguir em frente.

A aventura continuava para Kayar e para mim, só que iríamos trilhar caminhos separados. Ele se preparava para voltar a combater no Chade ou no Sudão, não sabia ao certo, e eu, como de costume, não perguntara.

E eu me preparava para ir ao meu novo posto no PNSQV/Moçambique, na África Austral — bem longe do Chade e do Sudão — e começar uma nova aventura. Lentamente, dirigi-me para a saída e, sem me virar, subi as escadas para voltar para casa. Já era hora de sair para passear o negro.

Palácio atual do sultão de Gaoui na prefeitura do Chari-Baguirmi.